ZONA PELIGROSA

ZONA PELIGROSA

JAMES GRIPPANDO

Editado por HarperCollins Ibérica, S.A.
Núñez de Balboa, 56
28001 Madrid

Zona peligrosa
Título original: The Most Dangerous Place
© 2017, James Grippando Inc.
© 2020, para esta edición HarperCollins Ibérica, S.A.
Publicado por HarperCollins Publishers LLC, New York, U.S.A.
© Traducción del inglés, Sonia Figueroa Martínez

Diseño de cubierta: CalderónStudio
Imágenes de cubierta: Dreamstime.com

ISBN: 978-84-9139-436-5
Depósito legal: M-38422-2020

Para Tiffany, con amor.
Siempre.

Primavera

1

—No hay duda de que esta muñequita tiene tu mismo pelo —comentó Keith, el marido de Isabelle Bornelli.

Ella le miró e intercambiaron una sonrisa llena de cansancio; habían partido de Hong Kong con destino a Miami y llevaban veintidós horas de vuelo. En un Boeing 777, y la distribución de los asientos de primera clase es 1-2-1, así que la pareja estaba separada por un pasillo y ella tenía sentada a su izquierda a Melany, la hija de cinco años de ambos, que estaba profundamente dormida con la cabeza apoyada en el regazo de su madre y el rostro oculto bajo una ondulante y sedosa cabellera castaña.

—Es un gen fuerte —afirmó Isa.

Era una morena despampanante que no guardaba un grato recuerdo de los concursos de belleza en los que había participado de niña, pero el hecho de que una de las más prestigiosas academias de belleza de Caracas la seleccionara a los seis años había alimentado el ansia de su madre por alcanzar a través de ella los codiciados títulos de reina de la belleza. En un país sin rival en cuanto al número de ganadoras de Miss Universo y donde eso era motivo de orgullo nacional, los concursos de belleza eran mucho más que el billete de salida del barrio para una muchacha pobre: eran una oportunidad para que la familia entera tuviera una vida mejor. Pero ese no había sido el caso de los Bornelli. El padre de Isa detestaba los concursos de belleza y apoyaba el punto de vista revolucionario (un punto de vista sostenido por Hugo Chávez, el presidente en aquel entonces), que sostenía que la cirugía estética era «monstruosa». Al final fue el leal servicio de Felipe Bornelli al régimen de Chávez lo que hizo ascender a la familia y la sacó del ruinoso pisito situado en los marginales cerros del oeste de Caracas en el que vivían. Isa tenía once años cuando su padre consiguió un puesto diplomático en el Consulado General de la República Bolivariana de Venezuela en Miami, y recibió una educación de primera en la escuela internacional de enseñanza secundaria más prestigiosa de la ciudad. Pero lo mejor de todo fue que se salvó de que le pusieran implantes de trasero a los doce años, de que le redujeran quirúrgicamente los intestinos a los dieciséis, de que le cosieran en la lengua una malla que habría hecho que comer fuera una tortura para ella, y de otras medidas extremas que las «fábricas de reinas de la belleza» alentaban a las chicas a tomar en pos de una definición de «perfección» que había sido establecida por otros.

Isa apartó un mechón de pelo que había caído sobre el rostro de Melany, y un deje de tristeza tiñó su maternal sonrisa. Aquel hermoso cabello ocultaba también el aparato de última generación que permitía que la niña oyera.

—Hora de despertarse, cielo.

Melany apenas se había movido desde la breve y única escala que habían hecho en San Francisco, así que Isa no había tenido a nadie con quien conversar. Keith era el director de gestión de patrimonios en Hong Kong del International Bank of Switzerland y se había pasado el vuelo entero trabajando en su portátil. Tan solo había parado para comer o echarse una siesta; Isa, por su parte, no había dormido nada de nada, ya que aquello no era un viaje de vacaciones familiares.

Melany no había nacido con problemas de audición. Cuando el IBS le ofreció a Keith el puesto en Hong Kong, Melany era como la mayoría de las niñas de veintidós meses de Zúrich, es decir, no había completado aún la secuencia completa de vacunaciones contra la *Haemophilus influenzae* tipo b. Pero el «Hib» no estaba incluido en el plan de vacunación infantil de Hong Kong, y dos meses antes de su tercer cumpleaños Melany contrajo meningitis bacteriana provocada por dicha bacteria. Los médicos le dieron un noventa por ciento de probabilidades de sobrevivir, lo que sonaba bien en teoría hasta que Isa pensó en las últimas diez personas a las que había saludado y se imaginó a una de ellas muerta. Semanas más tarde, cuando la niña empezó a mejorar, los médicos les advirtieron de que había un veinte por ciento de probabilidades de que padeciera secuelas a largo plazo, secuelas que podían abarcar desde daños cerebrales a enfermedades renales, pérdida auditiva o amputación de extremidades. Para cuando llegó su cuarto cumpleaños, se había confirmado que Melany había ido a parar al extremo más desfavorable de ese amplio espectro de posibilidades: la infección había destruido las diminutas células ciliadas de la cóclea y le había causado una profunda sordera en ambos oídos. Ni siquiera podía oír sonidos superiores a los noventa y cinco decibelios (un cortacésped, un taladro... Ni siquiera un martillo neumático).

Los audífonos eran inútiles en su caso, la única esperanza que les quedaba era un implante coclear bilateral (un pequeño aparato mecánico que, básicamente, cumplía la función de las destrozadas células ciliadas que estimulaban el nervio auditivo). La intervención quirúrgica había sido todo un éxito... por un tiempo. Melany llevaba seis meses de rehabilitación auditiva cuando había surgido un problema en el oído derecho y, aunque el médico de Hong Kong les había asegurado que podía solucionarlo, Isa no estaba dispuesta a correr ningún riesgo. Un segundo fallo provocaría que la cóclea se osificara aún más, con lo que a Melany le quedaría una sordera permanente en un oído porque ya no podría ser candidata para recibir un implante. De modo que en marzo la llevó a Miami para que la examinara el cirujano que había sido el pionero en implantes cocleares en el Jackson Memorial Hospital, y este deshizo la primera cirugía y las mandó de vuelta a casa para que la niña pudiera recuperarse. En abril, una vez pasado el riesgo de infección, volvían para que se realizara la segunda intervención quirúrgica.

—Falta poco para aterrizar —les advirtió la auxiliar de vuelo—. Tiene que ponerle el cinturón de seguridad a su hija.

Isa ajustó el procesador de sonido de la niña. Esta no solía dormir con el aparato, pero no pasaba nada si lo hacía. Las únicas partes externas eran el micrófono y el procesador del habla (que se sujetaba en la parte posterior de la oreja, igual que un audífono), y un transmisor que llevaba en la cabeza, justo detrás de la oreja.

—Despierta, cielo.

Al ver que los ojos de Melany parpadeaban y se abrían, descargó con una exhalación la tensión que la atenazaba. Desde que las cosas se habían torcido con el implante del oído derecho, experimentaba una sensación de alivio palpable cada vez que algo le confirmaba que el izquierdo seguía funcionando, que el cerebro de Melany daba muestras de poder percibir el sonido de la voz de su madre, aunque en realidad no estuviera «oyéndolo» en el sentido tradicional de la palabra.

Melany se incorporó en el asiento y, adormilada aún, se abrazó a su cuello y apoyó la cabeza en su hombro. Isa miró de nuevo a su marido y vio que estaba tecleando en su *smartphone*.

—¿Qué haces? —le preguntó.

—Avisar a Jack de que llegamos según lo previsto —contestó él.

Jack Swyteck era el mejor amigo de Keith de su época de instituto e iba a ir a recogerlos al aeropuerto.

—No puedes mandar mensajes de texto desde un avión.

—Sí que puedo, tengo una rayita.

—Me refiero a que no está permitido.

El suelo vibró bajo sus pies y entonces se oyó el chirrido hidráulico del tren de aterrizaje. La auxiliar de vuelo regresó en ese momento.

—Cinturones de seguridad, por favor. Y nada de mensajes de texto, señor.

—Perdón —contestó Keith.

—Por el amor de Dios, ¡vas a hacer que nos arresten! —le dijo Isa, mientras alzaba a Melany y la acomodaba en el asiento correspondiente.

Él guardó el móvil antes de extender el brazo y tomarla de la mano.

—Estás muy estresada, cariño. Todo va a salir bien, te lo prometo.

—¿Qué es lo que va a salir bien?

La pregunta la hizo Melany, que se había perdido la primera parte de la conversación de sus padres (la que había ido a parar principalmente a su oído derecho, el que había que operar).

Keith capturó un dulce beso en su propio puño y se lo pasó desde el otro lado del pasillo a Isa. Esta lo depositó a su vez en la frente de la niña, que esbozó una sonrisa.

—Todo, cielito mío —le aseguró Keith—. Todo va a salir de maravilla, absolutamente todo.

Maniobrando como buenamente podía, Jack Swyteck iba abriéndose paso con la silla de paseo de tres ruedas por una abarrotada terminal del Aeropuerto Internacional de Miami. Su mujer se esforzaba por seguirle el paso mientras Riley, de dos añitos, chillaba entusiasmada conforme la silla zigzagueaba entre los pasajeros cual coche de pruebas sorteando conos.

—¡Eh, tú, Jeff Gordon![1] Podrías aminorar el paso, ¿por favor? —le pidió Andie.

—¡Vamos tarde! —contestó él.

Siempre iban tarde. La cantidad de trastos que un papá *sherpa* se llevaba de casa era inversamente proporcional al tamaño y el peso del retoño; era un axioma inmutable de la paternidad. Y, de igual forma, estaba fehacientemente demostrado que, por muy bien planeado que estuviera un trayecto, era imposible llegar al lugar de destino sin tener que regresar al coche a por un peluche, una mantita, una taza o cualquier

---

[1] Jeff Gordon es un piloto californiano de automovilismo de velocidad, retirado en la actualidad. Ganador de competiciones como la NASCAR, está considerado uno de los mejores automovilistas americanos de la historia. (N. del E.)

15

otra cosa que, por supuestísimo, resultaba ser el objeto en particular sin el que Riley no podía vivir en ese momento determinado.

Un agente de la TSA los detuvo en el control de seguridad situado al fondo de la terminal internacional. No podían avanzar más allá, habían llegado a la versión de aeropuerto de un cordón de terciopelo: una cinta de balizamiento de nailon unida mediante postes. Jack encontró un punto desde donde se veían bien las puertas de salida de la aduana y esperaron allí.

—¿Crees que podrás reconocerlo? —le preguntó Andie.

Jack no había visto a Keith Ingraham en más de una década, y ambos estaban a punto de conocer a la mujer y a la hija del otro.

—Sí, pero solo porque busqué su foto en la página web del IBS.

—¿Está muy cambiado?

—Está igual, salvo por el pelo rapado.

—Ese es un cambio demasiado grande.

—No te creas, ya empezaba a tener bastantes entradas en el último año de instituto. Supongo que al final terminó por tirar la toalla. Pero le queda bien, parece un Bruce Willis más joven.

Riley emitió un sonido raro desde la sillita. Estaba imitando a la pareja entrada en años que tenía al lado, que estaba hablando en chino, y Andie se disculpó en mandarín (había aprendido unas nociones básicas en una de sus misiones encubiertas) antes de continuar.

—¿Por qué perdisteis el contacto?

—Por lo típico, supongo. Keith se quedó aquí y estudió Administración y Dirección de Empresas en la Universidad de Miami, yo me fui para estudiar Derecho. Para cuando volví, él estaba trabajando en Wall Street para Sherman & McKenzie.

—Así que mientras tú vivías con una mensualidad precaria y defendías en el Freedom Institute a presos condenados a muerte, tu viejo colega Keith estaba ganando dinero a manos llenas con S y M.

—Se les llama «SherMac» para abreviar, no «S y M».

—Pues mira tú por donde, resulta que cuando me pasaba setenta horas a la semana investigando fraudes hipotecarios en plena

Gran Recesión, en el FBI casi todos los llamábamos «S y M», tanto a ellos como a sus balances generales. «Superturbios y Manipuladores».

Esa era una de las muchas cosas interesantes que tenía ser un abogado criminalista casado con una agente del FBI: uno se llevaba una sorpresa tras otra al darse cuenta de la cantidad de amigos que, muy posiblemente, habían estado a punto de salir chamuscados por cortesía de Andie Henning y el largo brazo de la ley, pero que, a diferencia de Ícaro, habían logrado escapar volando de las llamas.

—Keith ahora trabaja para el IBS.

—Ah, el S y M de S. «Superturbio y Manipulador de Suiza».

—Qué cínica eres —comentó él, sonriente.

Un flujo constante de pasajeros de aspecto cansado iba pasando por la aduana. Amigos y familiares esperaban expectantes e iban recibiendo a sus seres queridos con abrazos, sonrisas y lágrimas de alegría cuando estos procedían a pasar al otro lado del cordón de seguridad. Jack siguió pendiente de la puerta de salida hasta que, finalmente, a pesar de verlo al fondo del largo pasillo, lo reconoció al instante.

—¡Ahí están! —le dijo a Andie antes de saludar con la mano a Keith.

Su amigo le devolvió el saludo mientras se acercaba acompañado de su familia. Empujaba un carrito de equipajes lleno hasta los topes, y su esposa y su hija caminaban junto a él tomadas de la mano.

—¡Madre mía! —exclamó Andie—. Si esa es la pinta que tiene su mujer después de sobrevolar medio mundo, está claro que tu viejo amigo se casó con un bellezón.

Andie no era celosa, pero Jack seguía sin comprender esa costumbre de las mujeres de fijarse unas en otras (aunque, en ese caso, él mismo estaba pensando lo mismo que ella, la verdad).

El gran momento consistió en un reencuentro típicamente masculino: palmadas en la espalda y una especie de abrazo a medias; Jack insistiendo en ayudar con el equipaje en un tira y afloja que, como era de esperar, terminó con Keith apilando las maletas más pequeñas en un carrito que ya estaba a rebosar de por sí y afirmando que lo tenía controlado. Los adultos estaban en medio de las presentaciones cuando Riley se bajó de su sillita para saludar, estaba claro que quería convertirse al instante en la mejor amiga de Melany; esta, sin embargo, se mostró más reservada, aunque puede que tan solo fuera por el cansancio del viaje.

Jack volvió a sentar a Riley en la sillita y ya se disponían a dirigirse hacia la salida cuando vio que se acercaban dos policías, dos agentes del Departamento de Policía de Miami-Dade.

—¿Isabelle Bornelli? —preguntó el más alto de los dos.

La caravana se detuvo antes siquiera de haber podido iniciar la marcha. Las sonrisas se desvanecieron y un súbito nerviosismo se adueñó del grupo.

—Sí —respondió ella.

—Está usted arrestada.

El otro agente se acercó a ella y le esposó rápidamente las manos a la espalda. Isa no opuso resistencia.

—¡Un momento! —exclamó Keith—, ¿qué está pasando aquí? —siguió hablando mientras el agente que estaba realizando el arresto procedía con la consabida tarea de leerle sus derechos a un detenido—. ¡Esto es una locura! Miren, si es por el mensaje de texto que he mandado desde el avión, no he…

—No digas ni una sola palabra más, Keith —le ordenó Jack con firmeza, asumiendo al instante su papel de abogado defensor.

—¡Tengo que saber de qué va todo esto!

—Keith, hazme caso.

Su viejo amigo hizo caso omiso a la advertencia y siguió insistiendo.

—¿Por qué está siendo arrestada mi mujer?

—Por asesinato —afirmó el agente con semblante pétreo.

—¡¿Qué?!

—Está siendo arrestada por el asesinato de Gabriel Sosa —añadió el agente.

Keith lo miró atónito y las palabras brotaron atropelladamente de sus labios.

—¿Qué…? ¿Cómo…? Pero… ¡No conocemos a ningún…!

—¡Cállate, Keith, te lo digo muy en serio! —le advirtió Jack—. Isa, no respondas a ninguna pregunta ni hables sobre esto con la policía. Limítate a decir que quieres hablar con tu abogado, ¿entendido?

Ella asintió, aunque la expresión de su rostro revelaba lo aterrada que estaba.

—¿A dónde vas, mami? —preguntó Melany con voz teñida de preocupación.

—Concédanle treinta segundos con su hija.

Los agentes accedieron a la petición de Jack. Isa hincó una rodilla en el suelo e intentó explicarle a Melany lo que ocurría. Un grupito de curiosos se había congregado en el lado público del cordón de seguridad formando un tosco semicírculo a su alrededor, así que Jack dio medio pasito hacia uno de los agentes y, moderando el tono de voz para que solo le oyera quien tenía que oírle, se aseguró de dejar clara la situación ante las autoridades.

—Soy abogado.

—¿Es usted el abogado de la señora? —le preguntó el agente.

—Ahora sí —afirmó Keith.

—Querría ver la orden de arresto.

El agente le entregó una copia. Consistía en una única hoja donde, tal y como solía ocurrir, tan solo se enumeraban las cláusulas aplicables del código penal y se exponía que el juez, en base a la declaración jurada de un inspector de la policía de Miami-Dade, había llegado a la conclusión de que existían causas probables para creer que Isa Bornelli había cometido el delito en cuestión. Los datos concretos debían de estar en dicha declaración y Jack tendría que obtenerla a través del juzgado o del fiscal.

—Vamos, señora Bornelli —dijo el agente.

Isa intentó abrazar a su hija de forma instintiva, pero las esposas se lo impidieron. Luchó por reprimir las lágrimas al besar a Melany en la mejilla, y las rodillas le flaquearon al incorporarse.

Jack le dio a Keith una tarjeta de visita y le indicó que se la metiera a Isa en el bolsillo de la chaqueta; esperó a que lo hiciera, y entonces le dijo a ella:

—Ahí está mi número de teléfono, vamos a seguirte hasta… —Se interrumpió porque no quería decir «centro penitenciario» delante de las niñas— el sitio al que vas. Pero llámame si tienes que hablar antes de que lleguemos.

Ella no contestó, se la veía aturdida. Keith hizo ademán de ir a darle un último abrazo, pero al ver que Melany rompía a llorar se centró en ella y la alzó en brazos.

—No pasa nada, cielo. Mami va a ir a charlar un rato con estos policías tan agradables, eso es todo —lo dijo en un tono de voz que no habría engañado a Riley, y mucho menos a una niña de cinco años.

Los agentes se llevaron a Isa, pero no la condujeron hacia la salida principal de la terminal. La llevaron de vuelta al otro lado del cordón de seguridad y un agente de la Administración de Seguridad en el Transporte los escoltó a través del control de seguridad, con lo que ni su abogado ni su mismísimo marido pudieron acompañarla.

—¡Te queremos! —le gritó Keith, hablando también por Melany.

Isa se volvió a mirar por encima del hombro mientras los agentes la alejaban más y más de su familia. Jack observó con atención la expresión de su rostro. Después, miró por un instante a Keith antes de dirigir de nuevo la mirada hacia ella; aunque la atención de Isa estaba centrada en Keith, logró establecer contacto visual con ella por un segundo antes de que ella apartara la mirada.

Guardó silencio y no le dijo nada a su viejo amigo, pero, como espectador privilegiado, tenía claro lo que aquella mujer estaba diciéndole sin palabras a su marido: ella sí que conocía a Gabriel Sosa.

Isa sabía perfectamente bien de qué iba todo aquello.

2

Jack fue con Keith a toda prisa a por el coche, que había dejado en el aparcamiento Flamingo. Andie, por su parte, se quedó haciendo cola en la parada de taxis para llevar a las niñas a la casa que tenían en Cayo Vizcaíno.

Jack puso el manos libres mientras conducía hacia la salida del aeropuerto y, dado que a aquellas horas estaban fuera del horario de oficina, llamó a Abe Beckham al teléfono de casa. Abe era un litigante principal de la fiscalía general del condado de Miami-Dade, y se le consideraba uno de los fiscales de referencia a los que acudir en juicios por homicidio en primer grado. No podía decirse que fueran amigos exactamente, pero Jack se había enfrentado a él en dos casos de pena capital y existía un respeto mutuo.

—Lo siento, pero el caso no es mío. Este lo lleva Sylvia Hunt —le dijo Abe.

—No la conozco.

—Le diré que has llamado.

—Me urge hablar con ella lo antes posible; de hecho, tendría que ser hoy mismo.

—Veré lo que puedo hacer.

Jack le dio las gracias antes de colgar. Había varias rutas posibles para llegar al centro penitenciario, pero, dado que ya había pasado la hora punta, decidió ir por la autopista Dolphin.

—¿Crees que la fiscal te llamará? —le preguntó Keith.

Jack contestó sin apartar la mirada de la carretera.

—Si en cinco minutos no lo ha hecho, la llamo yo.

—Bueno, la verdad es que no era así cómo había planeado que conocieras a mi mujer —comentó Keith, con un profundo suspiro.

Jack podría haber sido un amigo y haberse limitado a ofrecerle unas palabras tranquilizadoras, pero en ese momento estaba pensando como el abogado que era.

—¿Hasta qué punto la conoces, Keith?

—Llevamos seis años de casados, ¿a qué viene esa pregunta?

—No estoy preguntándote desde cuándo la conoces, sino si la conoces bien. ¿Qué supone una semana laboral normal para ti? ¿Setenta horas de trabajo?, ¿ochenta?

—Isa y yo compartimos tiempo de calidad.

«Calidad»: nombre en clave para «insuficiente».

—Seguro que viajas mucho.

—A Zúrich una vez por semana. Cada dos semanas a Singapur o a Tokio, depende de dónde se celebre la reunión sobre patrimonios privados en Asia. Y también hago algún que otro viaje esporádico… Desarrollo comercial, eventos de grandes clientes y cosas así.

—Resumiendo, que en casa estás… ¿qué?, ¿tres noches por semana?

—A veces cuatro. Si estás insinuando que no conocía de verdad a la mujer con la que me casé y que resulta que es una asesina, estás delirando.

—Me limito a formular las preguntas necesarias. ¿Tiene Isa antecedentes penales?

—No.

—¿Estás seguro?

—No la he investigado nunca para comprobarlo, si a eso te refieres.

—¿Qué sabes acerca de su familia?

—Su madre murió antes de que nos conociéramos. Su padre vive en Caracas…, bueno, eso tengo entendido. No le conozco, Isa y él no tienen ninguna relación; de hecho, ella ni siquiera quiso invitarlo a nuestra boda.

—¿Por qué no?

—Por cuestiones políticas. Estaba aliado con Chávez durante la infancia de Isa. No voy a poner palabras en boca de mi mujer diciendo que fue una rebelión, pero ¿qué mayor capitalista podría haber elegido como esposo la hija de un miembro declarado del Partido Socialista Unido que un gestor de patrimonios de un banco suizo?

—Sí, puede que tengas razón en eso —afirmó Jack.

—Todo esto tiene que ser un error, Isa llevaba años sin poner un pie en Miami. Se fue de Estados Unidos tras su primer año de universidad y completó los estudios en la Universidad de Zúrich. Estaba trabajando en su doctorado en Psicología cuando la conocí.

—¿Tiene un doctorado? —No era su intención mostrarse tan sorprendido.

—Aún no. Ha quedado aparcado desde que nació Melany; de hecho, casi todo ha quedado aparcado desde que empezaron los problemas de oído de nuestra hija. Es la misión a la que Isa dedica todo su tiempo.

Jack se incorporó al carril derecho de la autopista, tomó la salida de la calle Doce y, parado en el semáforo situado al final de la rampa, le sonó el móvil. Era Sylvia Hunt. Ella no quiso decirle gran cosa por teléfono, pero sí que accedió a enviarle un correo electrónico con una copia de la declaración jurada que sustentaba la orden de arresto.

Obtener dicha copia había sido su objetivo principal, pero había una cuestión que requería de una respuesta inmediata.

—¿Cuándo fue asesinado Gabriel Sosa?

—Este mes se cumplen doce años del asesinato. El diecisiete de abril, para ser exactos.

—Entonces se trata de un caso sin resolver, ¿verdad?

—Sí.

—Deduzco que ha aparecido alguna prueba nueva que, supuestamente, vincula a Isa Bornelli con el crimen.

—Sí, así es. Todo se detalla en la declaración jurada.

—¿No puede explicármelo usted sin más?

—Estoy preparándome para una vista de exclusión de pruebas relacionada con otro caso. En este momento no estoy centrada en la señora Bornelli y no quiero que se me acuse de tergiversar nada. Lea la declaración jurada y entonces accederé gustosa a concertar una cita con usted para sentarnos a hablar del tema.

Algunos fiscales preferían ser cautos, sobre todo con abogados criminalistas con los que no habían tratado anteriormente.

—¿Va a mandarme ya la copia? —le preguntó Jack.

—En cuanto colguemos.

—Está bien. Una última pregunta rápida: he visto que la orden de arresto alega homicidio en primer grado con circunstancias especiales. ¿Cuáles son esas circunstancias?

—Secuestro y tortura.

El semáforo se puso en verde, igual que el semblante de Keith.

—¿Está hablando de un secuestro para pedir un rescate? —insistió Jack.

—Mire, debo seguir con mi otro caso. Lea la declaración jurada, por favor.

Jack le dio las gracias, colgó y se incorporó al tráfico en dirección al edificio judicial.

—¿Te encuentras bien? —le preguntó a Keith, que parecía estar realmente descompuesto.

—¿Secuestro y tortura?, ¿en serio? ¡Esto es una jodida pesadilla!

Jack no quería empeorar aún más las cosas, pero necesitaba respuestas.

—¿Dónde estaba Isa por estas fechas doce años atrás?

Keith respiró hondo antes de contestar.

—Estaba estudiando.

—¿Dónde? —Le lanzó una mirada, pero su amigo estaba mirando por el parabrisas como si la hilera de faros traseros rojos que tenían delante lo tuviera hipnotizado.

—Aquí, en la Universidad de Miami.

Ambos guardaron silencio. No hacía falta que ninguno de los dos dijera que la vía más rápida para salir de aquel embrollo (que Isa no hubiera vuelto a pisar Estados Unidos después de terminar la secundaria, lo que habría sido una coartada irrefutable) se había esfumado.

3

El juzgado de lo penal estaba sumido en la oscuridad, pero las luces del centro de detención preventiva brillaban al otro lado de la calle (la conocida como «calle Trece de la Suerte»). Jack dejó el coche en el aparcamiento, que a aquellas horas ya estaba desierto. Eran las ocho de la tarde pasadas cuando Keith y él cruzaron la entrada de visitantes situada en la planta baja.

Aquel centro penitenciario, dotado de varias plantas y situado al norte del centro de Miami, albergaba a ciento setenta presos a la espera de juicio por cargos que cubrían el espectro legal al completo, desde infracciones de tráfico hasta homicidios. Los hombres y las mujeres estaban alojados en plantas distintas, pero en ambos casos se aplicaban las mismas normas en lo referente a las visitas: las de la familia tenían lugar estrictamente en locutorios, y las que estuvieran fuera del horario normal tan solo se permitían mediante una orden judicial.

—¿Me está diciendo que no puedo ver a mi mujer? —preguntó Keith.

Estaban en el vestíbulo, ante la ventanilla donde se llevaba a cabo el registro de visitas. La funcionaria de prisiones que estaba en el interior de la cabina contestó a través de un micrófono de cuello flexible.

—Las reclusas pueden recibir visitas los jueves y los sábados, de 17:30 a 21:15.

26

Keith parpadeó, perplejo. La neblina de *jet lag* que le envolvía era prácticamente visible.

—Estamos a martes —le aclaró Jack.

—Acabo llegar de Hong Kong, seguro que hay excepciones.

—Solo las hay para abogados y agentes de fianzas.

—¿Cuánto tardaría en hacerme agente de fianzas?

Jack sabía que su amigo no estaba diciéndolo en serio (bueno, no del todo), así que no le contestó y procedió a acercarse un poco más a la ventanilla para que la funcionaria le programara una visita en calidad de abogado. La mujer consultó el ordenador y confirmó que Isa ya había pasado por el proceso de ingreso y que Jack Swyteck estaba registrado como su representante legal; al parecer, estaba recluida en un calabozo temporal a la espera de que se le asignara una cama.

Unos quince minutos después, un guardia condujo a Jack a la sala donde los abogados podían reunirse con sus clientes. Isa ya estaba esperándole allí, y el guardia le hizo entrar antes de cerrar la puerta y echar el cerrojo desde fuera para dejarlos a solas.

La nueva clienta de Jack, que estaba sentada tras una pequeña mesa y todavía iba vestida con la ropa que se había puesto para viajar desde Hong Kong, se levantó de la silla para saludarlo.

—Gracias por venir.

—Me alegra poder ayudar —contestó él.

Isa volvió a ocupar su silla y Jack se sentó frente a ella al otro lado de la mesa. Estaban rodeados de paredes sin ventanas construidas con bloques de cemento pintados de amarillo; la brillante luz fluorescente le daba a la sala tanta calidez como la que podría haber en un taller.

—¿Cómo lo llevas? —añadió él.

—No sé, supongo que voy dejándome llevar como una autómata. Esto es bastante surrealista.

—Sí, tu reacción es comprensible.

Ella se cruzó de brazos como si tuviera frío, aunque lo más probable era que su incomodidad se debiera a todo lo ocurrido en conjunto… Por no hablar del hecho de que él era un viejo amigo de su marido. Keith había mencionado que aquellas no eran las circunstancias ideales para conocerse, ni mucho menos, y seguro que la situación debía de ser incluso más incómoda para ella.

Decidió abordar el tema antes de continuar.

—Mira, no quiero que te sientas obligada a contratarme como tu abogado. Da la casualidad de que este es mi trabajo y resulta conveniente a corto plazo, pero elegir representación legal es una decisión muy personal.

—Gracias por decirlo.

—Estoy dispuesto a ayudar todo el tiempo que tú quieras, pero una vez que lidiemos con todas las cuestiones preliminares puedo darte una pequeña lista de abogados criminalistas de primera para que hables con ellos y decidas lo que quieres hacer.

—Keith me habló largo y tendido sobre ti y sobre tu trabajo en el Freedom Institute; por lo que me contó, me da la impresión de que tú ya eres un abogado de primera.

El Freedom Institute era la institución en la que Jack había iniciado su carrera al terminar los estudios, y había sido allí donde había tenido su primera toma de contacto con los casos de pena capital.

—Podemos hablar de eso más adelante. Por ahora, centrémonos en el problema que tenemos entre manos. Tengo unas cuantas preguntas. Pero, antes de nada, ¿hay algo que quieras saber?

—¿Cómo está Melany?

—Está bien, Andie la ha llevado a casa junto con nuestra hija.

—Dile a Keith que la deje dormir con el procesador de audio si ella quiere. Estar en una casa extraña puede hacerla sentir demasiado aislada si no puede oír por ambos oídos.

—Me aseguraré de decírselo. Él está aquí, en la sala de espera.

Le explicó las restricciones que existían para las visitas de familiares.

—¿Jueves y sábados? Pero supongo que para cuando llegue el jueves yo ya no estaré aquí, ¿verdad?

Jack titubeó por un instante que se alargó un pelín de más.

—¡Tengo que ver a mi familia! —protestó ella—, ¡y no puedo traer a mi hija a este lugar! ¿Cuándo podrás sacarme de aquí?

—Deja que te explique cómo funciona el proceso: te presentarás ante el juez por primera vez para la vista incoatoria, y eso no será hasta mañana. Tratarán tu caso como uno más junto con el resto de los arrestos por delitos graves, a partir de las nueve y media de la mañana.

—¿Estás diciendo que tengo que pasar la noche aquí?

—Sí.

Isa respiró hondo y expulsó el aire poco a poco, como intentando asimilar todo aquello.

—Vale, podré soportarlo. ¿Después ya me podré ir?

—Intentaré que la fiscalía acceda.

—¿Crees que el fiscal accederá?

—Es una mujer, no un hombre, y de momento solo hemos hablado una vez por teléfono. Se ha comprometido a enviarme por correo electrónico una copia de la declaración jurada del inspector de Homicidios de la policía de Miami-Dade donde se detallan las pruebas que hay en tu contra. He tenido que dejar mi móvil al registrarme como visitante, pero hace veinte minutos todavía no me había llegado su mensaje; si no está en la bandeja de entrada cuando me devuelvan el móvil, pasaré por encima de ella y recurriré a algún superior suyo.

—Eso no me parece un comienzo demasiado halagüeño. ¿Qué pasa si la fiscal no accede a dejarme en libertad?, ¿me dejará salir el juez?

Precisamente esa era la primera mala noticia que tenía para ella, y Jack intentó expresarse con tacto.

—En un caso de homicidio en primer grado, la presunción legal es que no se establezca una fianza.

Fue como si acabara de golpearla en el pecho. Isa apartó la mirada por un momento antes de volver a dirigirla hacia él.

—¡No puedo quedarme aquí! Melany tiene la operación este viernes.

—Quizás podamos usar eso a nuestro favor.

—¡No es cuestión de usarlo! Mi hija tiene cinco años, ¡no puede estar sin su madre!

—Perdona. Lo que quería decir es que nos encontramos en una situación donde existen circunstancias atenuantes que respaldarían tu salida de prisión.

—Sí, hay un montón de circunstancias atenuantes. Empezando por el hecho de que no soy culpable, ¡yo no maté a Gabriel Sosa!

—Mis clientes no siempre me dan la respuesta a esa pregunta, y te aseguro que no influye lo más mínimo en mi decisión de aceptar el caso. Lo único que quiero es la verdad.

—Esa es la verdad, yo no lo maté.

Jack no respondió de inmediato. Le concedió un momento para ver cómo actuaba tras afirmar lo que, según ella, era la verdad, para observar su comportamiento. No es que fuera un detector de mentiras, pero sí que se dio cuenta de que ella no sintió la necesidad de parlotear con nerviosismo para llenar el silencio.

—Está bien. Si estás decidida a tomar esa vía, tenemos que hacerlo sin reservas. ¿Sabes quién lo hizo?

—No.

—Retrocedamos más aún, vayamos al principio. Será por mi intuición de abogado, pero cuando la policía te arrestó en el aeropuerto me dio la impresión de que no era la primera vez que oías hablar de Gabriel Sosa.

—Ajá.

—Vale, ahora dime quién es. O, mejor dicho, quién era.

Ella respiró hondo antes de contestar.

—Un chico al que conocí en la universidad.

—¿Le conocías bien?

—No tanto como yo creía.

—¿Qué significa eso?

Al verla titubear, tuvo la certeza de que estaba a punto de contarle algo que jamás le había revelado a su marido.

—Me violó.

Jack había llegado a un punto de su carrera en el que realmente creía haber oído todo lo habido y por haber, y de repente se topaba con cosas así.

—Lo siento, Isa, pero vas a tener que contarme todo lo que pasó.

4

—Me gustaría hacer una llamada, por favor —le dijo Isa a un guardia.

La reunión con Jack había durado hasta las 21:30. Él le había advertido de que el centro penitenciario estaba muy masificado, lo que explicaba que aún estuviera a la espera de que le asignaran una cama. Jack le había explicado también que un cargo de homicidio en primer grado conllevaba una celda en Custodia Preventiva Nivel Uno, la sección de alta seguridad. Se le concedería una hora al día para ducharse y estar en la sala comunitaria, tendría acceso a los libros del carrito de biblioteca y podría llevárselos a su celda, pero las presas del Nivel Uno no tenían televisión ni acceso a ordenadores. Y lo más importante de todo: podía realizar llamadas a cobro revertido desde el teléfono del centro.

El guardia la condujo desde la celda de detención hasta el teléfono y le indicó que se pusiera a la cola: tenía por delante a media docena de presas como mínimo (dependía de cuántas de ellas estuvieran guardándole el sitio a alguna amiga o compañera de celda). No podía hacer nada aparte de esperar; de hecho, quizás le viniera bien tener un poquito de tiempo para pensar con más detenimiento lo que iba a decir. Necesitaba y quería hablar con Melany (suponiendo que la niña estuviera despierta a aquellas horas, claro), pero todavía no sabía exactamente cómo iba a explicarle lo que pasaba. Intentó elaborar mentalmente una especie de guion, pero era difícil concentrarse. Desde el momento en que la policía la había arrestado en el aeropuerto, se había sentido como desconectada de la realidad. No tenía reloj ni móvil, no se le permitía hablar. Y no le gustaba lo más mínimo cómo la miraba el guardia. No era la primera vez que un hombre la desnudaba con la mirada, pero en aquella situación en la que, literalmente, era prisionera del tipo en cuestión, resultaba especialmente perturbador.

—No voy a ir a ninguna parte, no hace falta que espere aquí conmigo —le dijo.

Dio la impresión de que el guardia captaba la indirecta, porque calculó con rapidez el tiempo que Isa iba a tener que estar esperando antes de contestar.

—Regresaré en una hora.

Pasaron sesenta y cinco minutos. El guardia no había regresado aún, e Isa todavía estaba haciendo cola. Lo ocurrido durante la jornada había empezado a pasarle factura. En ese momento tendría que estar en una cama enorme en un hotel de lujo, durmiendo y recuperándose del *jet lag*, y en vez de eso se había visto obligada a soportar ratos interminables de espera sin recibir explicación alguna intercalados con súbitos torbellinos de actividad sin sentido que, al parecer, se producían según se les antojara a los funcionarios de prisiones. Que si escalera arriba, que si escalera abajo; que si ahora la llevaban a una celda de detención, que si ahora la trasladaban a otra; le habían puesto las esposas, se las habían quitado y se las habían vuelto a poner; el cacheo había sido especialmente memorable.

—Oye, tú, ¿vas a usar el teléfono o no?

La pregunta de la presa que estaba detrás de ella en la cola hizo que abriera los ojos: había estado a punto de quedarse dormida de pie. Por fin le había llegado el turno. Se acercó al teléfono, y le tembló la mano al marcar el número de la casa de Jack.

«¡Por favor, que conteste alguien!», suplicó para sus adentros.

Jack contestó al cuarto tono, y se disponía a pasarle el teléfono a Keith cuando ella lo detuvo.

—¿Se lo has contado? —Al final de la visita, le había pedido que se lo contara todo a su marido.

—Sí.

—Entonces, él ya sabe que me…

—Ni una palabra más, Isa. Recuerda lo que te he dicho sobre los teléfonos del centro penitenciario.

Jack le había dado algunos ejemplos impactantes sobre hombres y mujeres para los que el cordón del teléfono de una cárcel había sido, metafóricamente hablando, una soga que ellos mismos se habían echado al cuello, y el letrero que había en la pared (*Todas las llamadas son monitorizadas por las autoridades*) daba más peso aún a la advertencia. Tenía órdenes estrictas de no hablar de Gabriel Sosa, de la agresión sexual ni de ninguna otra cosa relacionada con el caso.

—Entiendo —le dijo a Jack—. ¿Keith está al tanto de las reglas?

—Sí, las hemos estado repasando. Está deseando hablar contigo, ya te lo paso.

Keith tardó unos segundos escasos en ponerse al teléfono, pero dio la impresión de que tardaba mucho más en decir algo.

—Ni siquiera sé por dónde empezar, cielo —admitió al fin.

—Me lo imagino —contestó ella.

—Lo que no entiendo es por qué no me habías contado nada de todo esto.

Huelga decir que se refería a la violación.

—Keith, ya sabes que en este momento no podemos hablar del tema. No hagas que esta llamada sea más difícil aún de lo que ya es.

—Perdona, no era esa mi intención.

—No te preocupes. —Decidió ir directa a lo realmente importante—. Estoy preocupada por Melany.

—Tranquila, está bastante bien. Ha estado de lo más entretenida jugando con la cría de Jack y Andie antes de que se acostara.

—¿Está dormida?

—No, me refería a Riley. Con todo lo que ha dormido en el avión, lo más seguro es que Melany esté despierta hasta medianoche como mínimo. Voy a decirle que se ponga.

Isa apretó con fuerza el teléfono, la espera se le hizo mucho más larga de lo que fue en realidad. Esperaba tener la fortaleza suficiente para soportar aquello.

—Hola, mami.

Esa vocecilla…, esa vocecilla estuvo a punto de matarla.

—Hola, cielo. ¿Has hecho una amiga nueva hoy?

—Sí. ¿Cuándo voy a verte?

Un segundo golpe poco menos que mortal.

—Muy pronto. ¿Riley es simpática?

—Sí, mucho. ¿Vas a venir esta noche?

—No, cielo, esta noche no.

—¿Por qué no?

—Es que no puedo.

—¿Por qué?

Isa no supo qué decir, y se enfadó consigo misma por no haber preparado una explicación de antemano.

—Esta noche la vas a pasar con papi.

La niña no contestó, y a través de la línea se oyó el sonido ahogado de sollozos. Isa cerró los ojos y los abrió de nuevo mientras intentaba encajar el golpe.

—No llores, mi niñita grande. No llores, por favor.

Oyó de fondo a Keith asegurándole a Melany que todo iba a salir bien.

—Buenas noches, mami. Te quiero.

Isa estuvo a punto de romper a llorar, pero se contuvo.

—Y yo a ti.

—¿Estás bien? —Era Keith, que se había puesto de nuevo al teléfono.

—No, para nada.

35

Él le dio unos segundos antes de decir:

—Mira, yo no le daría demasiada importancia a su reacción. Ella lo está llevando muy bien, yo creo que lo que pasa es que está cansada.

Isa sabía que su marido tan solo estaba intentando paliar el dolor, pero la estrategia no estaba funcionando.

—¿Estarás mañana en la vista incoatoria?

—Sí, claro que sí.

—Jack me ha dicho que llevaré puesto un uniforme carcelario, no traigas a Melany.

—Ya, no te preocupes.

—Y ten cuidado con lo que dan por la tele cuando ella esté delante, Jack dice que este caso podría captar la atención de los medios. No quiero que Melany vea nada de eso.

—De hecho, no sabía si comentártelo, pero el caso ha salido en las noticias.

Claro, era de esperar. *Antigua alumna de la Universidad de Miami arrestada por el asesinato de su violador.* Un titular como ese tenía todas las papeletas para hacerse viral.

—¡No me puedo creer que esté pasándome esto!

—No te preocupes por cosas que están fuera de tu control, ese es el trabajo de Jack.

Se le formó un nudo en la garganta. Esperaba estar interpretando bien las palabras de su marido, porque daba la impresión de que lo que él estaba diciéndole en realidad era «Creo en ti, yo sé que eres inocente».

La mujer que estaba detrás de ella en la cola masculló que se le había terminado el tiempo, o algo así. Nadie le había advertido de que hubiera restricciones de tiempo, pero la mujer tenía la corpulencia de una campeona de lucha libre y no quería terminar su primera noche en prisión recibiendo una paliza.

—Keith, tengo que colgar.

—Vale. Oye, solucionaremos todo esto y saldremos adelante.

—Sí, claro que sí.

—Te quiero.

—Y yo a ti.

Procedieron a despedirse y, en cuanto colgó, la presa a la que le tocaba el turno a punto estuvo de tirarla al suelo de un empellón en su afán por usar el teléfono. Ella se hizo a un lado y esperó al guardia; según él, iba a regresar en una hora, pero esa hora ya había pasado con creces. Ojalá que la demora se debiera a que todavía no habían podido asignarle una cama… ¡A lo mejor la dejaban marcharse a casa!

El arranque de optimismo fue breve; la llegada del guardia acabó con sus esperanzas de un plumazo.

—Tenemos un catre para ti, ricura —le dijo él.

«¡No soy tu "ricura"!». Isa reprimió el impulso de espetarle aquellas palabras y le siguió por el largo pasillo. Mantuvo la vista al frente, fija como un láser, sin establecer contacto visual con ninguna de las ocupantes de las celdas que había a derecha e izquierda. La puerta situada al final del bloque de celdas se abrió con un zumbido y se adentraron en el ala este.

—Qué suerte tienes —le dijo el guardia—. No hay celdas libres en el nivel uno y esta noche la pasarás aquí, con las rameras y las drogatas.

Isa no contestó. En ese momento no se sentía nada afortunada.

Las luces ya se habían apagado para cuando llegaron a la celda que le habían asignado. Entró procurando no hacer ruido, y tuvo cuidado al meterse en la litera inferior para no despertar a la presa que dormía en la de arriba. La estructura chirrió un poco cuando se tumbó. La puerta de la celda se cerró, y fue entonces cuando la realidad la golpeó de lleno.

«Estoy en la cárcel. Esto está pasando de verdad, ¡estoy en la cárcel!».

Se sentía presa en todos los sentidos. Revelarle a su abogado que había sido víctima de una violación en la universidad no había resultado ser liberador en absoluto, tan solo había servido para remover un pasado que había logrado compartimentar y reprimir durante años.

Recordó lo que Keith le había dicho sobre la mención del caso en las noticias. Sabía lo mal que debía de estar la cosa sin necesidad de preguntar, y estaba convencida de que todo iba a empeorar aún más: seguro que la historia iría agrandándose y exagerándose cuando la noticia volara desde Miami hasta Hong Kong y después viajara por medio mundo hasta llegar a su antiguo barrio de Caracas. Se había pasado toda la vida luchando contra la adversidad. Una madre que la había obligado a entrar en el mundo de las academias de belleza, un padre que la había condenado por ello…

Y, ahora, su pesadilla de la universidad iba a conocerse en el mundo entero, una pesadilla que tenía un nombre: Gabriel Sosa.

Intentó cerrar los ojos, pero la sobresaltó la inquietante voz de la mujer que ocupaba la litera superior.

—¿Qué has hecho para acabar en el trullo?

—Nada —contestó con voz queda.

La mujer se carcajeó de ella.

—Sí, claro, ¡ninguna hemos hecho nada! —Asomó la cabeza por el borde del colchón para mirarla, sus largas rastas colgaban en la penumbra—. ¡Venga, princesa, puedes contármelo!

—No he hecho nada, de verdad que no.

La sonrisa de la mujer se esfumó.

—Crees que soy una chivata, ¿eh?

—¿Qué? ¡No, no es…!

—Crees que si me dices lo que hiciste iré a toda leche al fiscal y haré un trato para salvar mi propio culo.

—¡Yo no he dicho eso! —«Pero, ahora que lo mencionas…».

—¡Zorra de mierda! Si vas por ahí llamando chivata a la gente, ¡será mejor que duermas con un ojo abierto!

Isa contuvo el aliento y rezó para que la mujer no bajara de la litera para continuar aquella discusión cara a cara o, peor aún, puño a cara. El colchón de arriba no se movió, lo que provocó lo más parecido a una sensación de alivio que había sentido desde su llegada a aquel lugar. Pero dormir estaba descartado y yació en aquella celda en silencio, escuchando, intentando acostumbrarse a lo que podrían denominarse los sonidos «normales» de una cárcel. Para sobrevivir había que saber identificar con rapidez cualquier sonido, cualquier movimiento, cualquier cosa fuera de lo común.

«Será mejor que duermas con un ojo abierto».

Isa había guardado secretos a lo largo de toda su vida adulta, pero jamás se había enfrentado a un sistema judicial decidido a exponer sus entrañas ante el mundo entero. Era algo rayano en lo aterrador y no podía suprimir las emociones que iban acumulándose en su interior e imploraban escapar. Había cruzado medio mundo en avión para estar con su hija cuando más la necesitaba, y resulta que ahora existía la posibilidad de que no volviera a verla nunca más.

Luchó por contenerla, pero una lágrima cayó en medio de la oscuridad. Seguida de otra más. Las palabras que le había dicho a Melany resonaron en su mente: «No llores, mi niñita grande. No llores, por favor».

—¿Estás llorando ahí abajo, princesa?

La voz de su compañera de celda la hizo estremecer.

—No.

Las rastas volvieron a aparecer de nuevo, colgando desde arriba en la oscuridad, y alcanzó a ver el brillo de los ojos de aquella mujer.

—¡Sí, sí que lloras!

—¡Que no! —A pesar de su negativa, se le quebró la voz.

—¡Oh, pobre princesita! Tayshawn te tiene tan asustada que estás a punto de mearte encima, ¿verdad?

—¿Quién es Tayshawn?

—El guardia que te ha traído. Todo el mundo sabe que le gustan los coñitos latinos.

Isa se quedó helada. Sus instintos habían acertado de lleno… «¡No soy tu "ricura"!».

—Tranquila, princesa, estás a salvo. Me tienes a mí de compañera de celda.

—¿Qué quiere decir eso?

—Que no voy a hacerme la loca cuando Tayshawn venga con la excusa de hacer una inspección y te meta su pollón garganta abajo. Eso no va a pasar... —Tras decir aquello desapareció de nuevo en los confines de su litera, y terminó su promesa en medio de la oscuridad—: Esta noche.

5

Jack ya estaba en el centro de Miami a las cinco de la mañana, listo para la primera de las entrevistas que iban a hacerle para la televisión local. Tenía programadas cinco, y todas ellas iban a emitirse antes de la vista incoatoria de Isa. A las cinco y media ya estaba en el plató con el micro puesto.

—¡Buenos días, Miami! —dijo a cámara la emperifollada y perfecta presentadora rubia.

Por regla general, Jack no haría uso de los medios tan pronto, pero en ese caso estaba justificado. Sylvia Hunt no le había enviado el prometido correo electrónico, de modo que había intentado saltarse ese peldaño y recurrir a alguien que estuviera por encima de ella en la escala jerárquica. Pero la fiscal general tampoco había devuelto sus llamadas. Estaba claro que la fiscalía no tenía intención alguna de compartir la declaración jurada en la que el inspector de Homicidios exponía las pruebas que sustentaban la «causa probable» para el arresto de Isa.

—Esta mañana me acompaña el abogado criminalista Jack Swyteck.

Técnicamente hablando, la fiscalía no estaba legalmente obligada a compartir la declaración jurada del inspector de policía. La defensa podía obtener una copia en la secretaría del juzgado, pero eso no podría ser hasta las nueve de la mañana, hora a la que se abrían las oficinas. De modo que Jack tenía que mandar un mensaje a la oficina en pleno de la fiscal general: si no estaban dispuestos a tener la cortesía de compartir la declaración jurada antes de la vista incoatoria, era un grave error emitir un comunicado de prensa antes de que él pudiera entrar en el juzgado y obtener su propia copia.

—Señor Swyteck, usted ya ha trabajado en multitud de juicios por asesinato. Háblenos de la acusación que la fiscalía general ha presentado contra su clienta actual, podría decirse que se trata de un caso poco ortodoxo.

—Para serle sincero, la fiscalía está comportándose con un secretismo inusual. No sé prácticamente nada sobre el caso más allá de lo que la fiscalía se dignó a poner en el comunicado de prensa que se emitió anoche, justo antes de la última edición de los telediarios.

—Bueno, gracias a ese comunicado sabemos que su clienta es una mujer de treinta y un años, que a los diecinueve entró a estudiar en la Universidad de Miami y que en la primavera de su primer año allí fue víctima de una agresión sexual. Y que ahora, al cabo de tantos años, ha sido arrestada y acusada de homicidio en primer grado porque, presuntamente, asesinó al hombre que la violó. ¿Son esas las alegaciones?

—Sí, básicamente, eso es lo que sostiene la acusación. Y gracias por no mencionar el nombre de mi clienta, a pesar de que aparece en el comunicado de prensa de la fiscalía.

—Hablemos de esa cuestión. Tengo entendido que está bastante molesto al respecto.

—A decir verdad, estoy horrorizado.

—¿Por qué?

—Del comunicado de prensa de la fiscalía se infiere claramente que el motivo que llevó a mi clienta a asesinar a Gabriel Sosa fue el hecho de que él la agredió sexualmente. Al igual que la mayoría de los estados de esta nación, Florida cuenta con una ley de protección de las víctimas que prohíbe a los cuerpos de seguridad facilitar a los medios de comunicación el nombre de una víctima de violación. La idea es evitar convertirla en víctima por partida doble: una vez cuando sufre la agresión y otra cuando su identidad se hace pública. La fiscalía de Miami ha hecho caso omiso de la ley, parece ser que ha adoptado la postura de que una víctima de violación acusada de asesinar a su agresor no tiene derecho a esa protección.

—Espere un momento… ¿Deberían aplicarse dichas leyes en esta situación?

—En mi opinión, así debería ser. Mire, mi clienta es inocente de ese asesinato hasta que se demuestre lo contrario. Lo único que sabemos con certeza es que sufrió una agresión sexual. No voy a criticar el que una agencia de noticias decida de buena fe que las leyes de protección de las víctimas no son aplicables en este caso, pero considero que la oficina de la fiscal general no debería ser la cabecilla en ese sentido al revelar el nombre de mi clienta escasas horas después de su arresto.

—Debo admitir que estoy de acuerdo con usted en eso, y desde aquí me gustaría compartir una pequeña nota editorial con nuestros televidentes. Si bien es cierto que esta cadena de televisión reveló ayer la identidad de la clienta del señor Swyteck en las noticias de las once de la noche, lo hicimos basándonos en la información que aparecía en la nota de prensa difundida por la oficina de la fiscal general de Miami. Desconozco cuál va a ser nuestra postura de ahora en adelante, pero puedo asegurarles que, por cuestión de principios, esta presentadora de *Good Morning Miami* no va a repetir ese nombre. Muchas gracias por estar con nosotros esta mañana para hablarnos de este caso tan fascinante y subrayar esa importante cuestión, señor Swyteck.

—Gracias a ustedes.

—Y ahora nos vamos al Mercy Hospital para hablar en directo con Ginger Radley, una turista británica que ha sobrevivido a una caída de veinte pisos después de que se le rompiera la cuerda elástica. ¡*Puenting* al estilo de Miami! ¡A continuación, en *Good Morning Miami*!

Jack se quitó el micrófono y bajó de la tarima, se alegraba sobremanera de no tener que hacer aquello a diario para ganarse la vida.

Sylvia Hunt estaba en su dormitorio, con la mirada fija en la televisión de pantalla plana que tenía en la pared. La sangre le hervía en las venas, ¡la aparición de Jack Swyteck en *Good Morning Miami* la había tomado desprevenida!

No estaba acostumbrada a que ningún abogado defensor le ganara la partida. Se había dejado la piel como «auxiliar en boxes» trabajando como fiscal de poca monta en casos de delitos mayores cometidos por adultos, con semanas laborales de sesenta horas bajo la supervisión de diversos fiscales, ganando la astronómica cifra de cuarenta mil dólares al año. La habilidad de saber manejarse en la sala de un juzgado sumada a una preparación diligente y constante había sido una combinación inigualable que le había abierto puertas, y podría haber ascendido a cualquier unidad. Había optado por la de delitos sexuales, y era quien más casos había llevado a juicio y más condenas había obtenido en el estado de Florida. Se había convertido en el miembro más joven de la fiscalía general de Miami que conseguía el título de «litigante principal», título que la colocaba entre la élite: un reducido grupito de fiscales bien curtidos que se encargaban de los casos de pena capital más controvertidos y complicados.

Era un honor y una distinción que se había ganado a pulso, y no merecía ni mucho menos aquel borrón en su historial.

Alargó la mano hacia su móvil, que estaba encima de la mesita de noche y, como ella, tenía la batería cargada a tope. Le dio igual que aún no fueran ni las seis de la mañana, marcó el teléfono de la casa de su jefa y salió de la cama.

—Swyteck está haciendo la ronda de programas matinales en la tele.

Carmen Benítez estaba en medio de su cuarto mandato como fiscal general electa, y nadie ponía en duda su entrega: se quedaba trabajando hasta tarde entre semana, trabajaba los fines de semana y durante las vacaciones, no tenía problema alguno si la llamaban por teléfono a la una o a las dos de la mañana…, pero nunca había sido una persona madrugadora que digamos.

—Grábalo, voy a seguir durmiendo —le contestó.

—¡No, espera! Nos están pulverizando por haber revelado el nombre de una víctima de violación en la nota de prensa que emitimos anoche sobre Isabelle Bornelli.

Benítez titubeó, Sylvia notó su confusión a través de la línea.

—A ver, espera un momento… el nombre no lo dimos.

—Sí, sí que lo dimos —afirmó Sylvia—. He llamado a la cadena para comprobarlo y me han mandado una copia de la nota de prensa. Se nombra a Isabelle Bornelli tal cual.

—¡Vaya cagada! —exclamó Benítez, con un gemido de incredulidad.

—Y que lo digas. Esa no es la versión de la nota de prensa que yo revisé y aprobé anoche. Dije que no se usara su nombre, que había que esperar a que los medios tomaran su propia decisión y ya no hubiera vuelta atrás.

—Está claro que alguno de los de relaciones públicas metió la pata. No era la primera vez.

—Esa no es una explicación demasiado satisfactoria. No subestimes este asunto, Carmen. Vamos a recibir duras críticas por parte de grupos de defensa de los derechos de las víctimas, te lo aseguro.

—Tendremos que hablar sobre control de daños. ¿A qué hora es la vista incoatoria?

—Nueve y media.

—Eso no nos da mucho margen de tiempo.

—Puedo estar en tu oficina en treinta minutos —le dijo Sylvia.

—¡Uuufff! —Fue una mezcla de bostezo y quejido.

—Me lo tomaré como un sí. Nos vemos en media hora.

Después de colgar, Sylvia agarró el mando a distancia de la tele, cambió de canal y… ¡allí estaba de nuevo! ¡El abogado de altos vuelos de Isa estaba saliendo en otro programa más!

—Me parece lamentable que la oficina de la fiscal general esté encabezando un ataque contra el espíritu, por no decir el propio texto, de las leyes que protegen a las víctimas de una violación.

Sylvia apagó la tele y cogió su bolso. Su furia no se había apaciguado, pero al echar a andar hacia la puerta vio por el rabillo del ojo la fotografía enmarcada de sus padres que tenía en el tocador. Ellos habían sido compañeros en todos los sentidos de la palabra, su matrimonio había durado más de treinta años e incluso habían tenido su propio bufete de abogados, Hunt & Hunt, en Pensacola, el lugar donde ella se había criado. Había pasado el tiempo suficiente desde su pérdida para que el dolor se fuera mitigando, y logró esbozar una pequeña sonrisa al recordar algo que su padre solía decir cuando algún letrado de la parte contraria se pasaba de la raya.

—En esta ocasión ha pisado usted al perro equivocado, señor Swyteck —afirmó de camino a la puerta.

6

La sala de audiencias 1-5 del edificio judicial Richard E. Gersten estaba abarrotada.

Las vistas incoatorias de los casos de delitos mayores comenzaban todos los días laborables a las nueve de la mañana, y ese miércoles la lista de casos incluía a Isabelle Bornelli y a todas aquellas personas que hubieran sido arrestadas en el condado de Miami-Dade durante las últimas veinticuatro horas por algún delito mayor. La rutinaria escena se desarrollaba en una espaciosa y vieja sala con altos techos y una larga barandilla de caoba que separaba los asientos para el público en general de la zona donde se ponían en marcha los engranajes del sistema judicial. La mesa de la fiscalía, situada frente al vacío estrado del jurado, la ocupaba un fiscal auxiliar que iba sacando un expediente tras otro del montón que tenía sobre la mesa conforme iba anunciándose cada caso.

Jack presenciaba todo aquello desde la primera fila de asientos destinados al público. Estaba a la espera de que le llegara su turno mientras iban desfilando ladrones a mano armada, conductores borrachos y otros acusados varios que proclamaban su inocencia, tras lo cual se les dejaba en libertad bajo fianza o permanecían bajo custodia preventiva.

Keith, que estaba sentado a su izquierda en el largo banco, comentó:

47

—No esperaba que hubiera tanto público.

Lo dijo en voz baja para no interrumpir la séptima vista de la mañana, que estaba desarrollándose en ese momento al otro lado de la barandilla.

Tanto Jack como la fiscalía general habían subestimado la indignación pública que iba a generar el arresto de Isa. Multitud de curiosos interesados en el caso ocupaban los bancos situados detrás de Jack y Keith; la sección reservada a los medios de comunicación estaba a rebosar. La nota de prensa que la fiscalía había difundido la noche anterior había despertado cierto interés a nivel local, pero habían sido las entrevistas que Jack había concedido esa mañana las que habían hecho que la atención de la prensa se centrara tenazmente en el caso. Internet ya era un hervidero de tuits, blogs y todo tipo de publicaciones electrónicas sobre la bella mujer que había estudiado hacía ya un tiempo en Miami y que, tras pasar años «escondida» en Hong Kong, había terminado siendo arrestada por asesinar al joven que la había violado en la universidad.

—¿Cuándo podré ver a Isa? —preguntó Keith.

«No antes de tiempo, espero», pensó Jack para sus adentros. Un abogado del Freedom Institute estaba haciendo cola en la secretaría del juzgado para obtener una copia de la declaración jurada que Sylvia Hunt no le había enviado, y quería tenerla en sus manos para cuando empezara la vista incoatoria de Isa.

—Isa es la número once de la lista, un guardia la hará entrar cuando le toque.

—¡Siguiente caso! —anunció el juez González, que estaba avanzando con rapidez. Ya iban por el noveno acusado.

Era el juez de más edad del circuito penal. Algunos decían que ya no tenía las fuerzas necesarias para aguantar casos largos, pero daba la impresión de que seguía disfrutando del ritmo frenético de las vistas incoatorias. Habían pasado varios meses desde la última vez que Jack había estado ante él, y en aquella ocasión había sido el sueño de todo abogado defensor: habían empezado a las 09:07 y habían terminado a las 09:08. La fiscalía había retirado los cargos de agresión que se habían presentado contra una anciana que a Jack le había recordado a su propia abuela. La mujer era una expatriada cubana que había huido del régimen de Castro en una balsa en la primera oleada de refugiados, y no había podido contenerse cuando un torpe universitario había entrado en su cigarrería llevando puesta una camiseta con la icónica imagen del Che Guevara, fiscal supremo durante la revolución cubana. Si la fiscalía no hubiera retirado los cargos lo habría hecho el juez, que habría podido alegar que su propia familia de cinco miembros también se había ido de Cuba en una balsa, que tan solo cuatro de ellos habían logrado llegar con vida a la costa de Florida y que aquello era Miami, no la República Popular de Berkeley.

Jack se preguntó si el juez habría visto esa mañana algo relacionado con el caso en la televisión. Algunos programas habían mencionado que el padre de Isa había servido a las órdenes de Hugo Chávez, el protegido de Fidel Castro, y eso suponía una complicación que a Isa no le convenía en absoluto (sobre todo ante el juez González).

—¡Caso número uno siete cero tres cero uno! —anunció el alguacil—, ¡el estado de Florida contra Isabelle Bornelli!

—¡Las mujeres violadas también tienen derechos! —gritó una mujer desde la última fila.

El juez González golpeó con su maza.

—¡Quiero orden en esta sala!

Silencio absoluto. Había sido un arrebato aislado, estaba claro que de momento no había movimientos coordinados. Jack no había visto a ningún manifestante de camino al edificio judicial, pero tenía la sensación de que algo se estaba cociendo. Incorporarle a aquel caso los derechos de las víctimas de agresión sexual podría terminar siendo contraproducente, pero no estaría haciendo bien su trabajo como abogado defensor si no estuviera pensando ya en cómo podría ayudar esa jugada a su clienta.

La puerta lateral se abrió y un guardia hizo entrar a Isa en la sala.

—Dios mío… —Keith dijo aquellas palabras en voz baja, fue una reacción instintiva. Era la primera vez que veía a su mujer con el uniforme carcelario y esposada.

Jack se puso de pie, cruzó la puerta batiente de la barandilla y recibió a su clienta en la mesa de la defensa.

Isa miró a su marido por un breve instante, y entonces se volvió hacia Jack y susurró:

—Me tienes que sacar de la cárcel, ¡tienes que hacerlo!

Su voz estaba teñida de desesperación y a él le habría gustado llegar al fondo del asunto, pero una vista incoatoria transcurría con rapidez y ese no era el momento adecuado.

—Buenos días, señorita Hunt —dijo el juez González, sonriente—. En los últimos tiempos ya no tengo el placer de verla con frecuencia en estas vistas.

El fiscal auxiliar que se había encargado de los diez casos anteriores se hizo a un lado y Sylvia Hunt asumió la voz cantante en la mesa de la acusación. La fiscalía había sacado la artillería pesada para el caso del Estado contra Bornelli.

—Últimamente no tengo muchas entre manos —contestó ella.

—En fin, siempre es un placer verla. Y lo mismo le digo a usted, señor Sweet. Perdón, Swat…

—Jack Swyteck en representación de la acusada Isabelle Bornelli, señoría.

No había un solo juez de pelo cano en toda Florida que no supiera pronunciar el apellido del anterior gobernador, y Jack interpretó el lapsus mental de González como alzhéimer o animosidad. Ninguna de las dos opciones era auspiciosa para su clienta.

—Buenos días a ambos. Señorita Hunt, ¿podría decirme la fecha y la hora en que se produjo el arresto de la señora Bornelli?

—Fue ayer, a las siete y veinte de la tarde aproximadamente.

—Señora Bornelli, el propósito de esta vista es informarle sobre ciertos derechos que usted tiene, darle a conocer los cargos que se han presentado en su contra según las leyes de Florida y determinar bajo qué condiciones, en caso de haberlas, será puesta en libertad antes del juicio. ¿Me ha comprendido?

—Sí, señoría —contestó Isa.

—Tiene derecho a permanecer en silencio…

Isa oyó la lista completa de sus derechos por segunda vez en otros tantos días, en esa ocasión de boca del juez. Jack pensó para sus adentros que se la veía igual de aturdida que la vez anterior, y tomó la palabra una vez que el juez terminó de hablar.

—Prescindiremos de la lectura de cargos.

—De acuerdo. Señora Bornelli, ¿cómo se declara?

—No culpable, señoría.

—Muy bien. —La mirada del juez se dirigió hacia el otro lado de la sala—. Señorita Hunt, ¿cuál es la postura del Estado en cuanto a la fianza?

—Señoría, gracias a la vertiginosa ronda de entrevistas que el señor Swyteck ha hecho hoy por los programas de televisión, somos muy conscientes de que él considera que las reglas deberían ser distintas en este caso porque la señora Bornelli es la presunta víctima de una agresión sexual. Como bien sabe el tribunal, he llevado a juicio a multitud de agresores sexuales y me tomo muy en serio los derechos de las víctimas en nuestro sistema judicial. Pero la señora Bornelli no es la parte acusadora en este caso, sino la acusada, y el cargo que se le imputa es el de homicidio en primer grado. Bajo el marco legal, la presunción en un caso de homicidio en primer grado es que se deniegue la fianza en ausencia de pruebas claras que demuestren que no existe riesgo de fuga. Instamos al tribunal a que aplique la ley.

—¿Qué pruebas tienen de que el riesgo de fuga sí que existe? —preguntó el juez.

Hunt había desactivado bien la cuestión de la protección de las víctimas, y Jack supuso que iba a aprovechar la pregunta para dejar el tema atrás y pasar al ataque.

—La señora Bornelli procede de Venezuela. Vino a vivir aquí a los once años, cuando su padre trabajaba de diplomático en la oficina del consulado general para el gobierno de Chávez.

El juez González se irguió en su asiento al oír aquello, claramente interesado.

—¡No me diga!

A Jack no le gustó nada su reacción. Por el tono de voz, solo le había faltado añadir: «¡Eso era todo cuanto necesitaba saber!».

La fiscal prosiguió con su razonamiento.

—Era una universitaria de diecinueve años en Miami cuando, según afirma ella, fue agredida sexualmente por el señor Sosa, cuyo cadáver fue recuperado seis semanas después cerca de los Everglades de Florida. Inspectores de la policía de Miami-Dade llevaban dos meses investigando el homicidio cuando la señora Bornelli se fue de Miami y se trasladó a Suiza. El caso quedó sin resolver. Dos años atrás, justo en la época en que se reabrió la investigación, ella se fue a vivir a China.

«Un país comunista», pensó Jack para sí. Hunt sabía cómo jugar sus cartas ante el juez, pero ese era un golpe bajo. Se puso en pie y afirmó:

—A Hong Kong.

—Sí, así es —asintió Hunt—. Pero, desde que pasó a estar bajo el control del gobierno comunista chino, Hong Kong ha hecho que las extradiciones a los Estados Unidos sean extremadamente difíciles. Cada movimiento que la acusada ha hecho desde la muerte del señor Sosa ha sido un intento calculado y claro de evadir la justicia, lo que confirma que existe el riesgo de que se fugue. Debería denegársele la fianza.

El juez negó con la cabeza, pero no porque estuviera en desacuerdo con ella. Estaba juzgando y sentenciando.

—Bueno, debo decir…

—Señoría, solicito permiso para responder —dijo Jack, a pesar de saber que podía ser un esfuerzo inútil.

—Que sea breve.

—Mi clienta se fue de Miami porque fue agredida sexualmente y quería dejar atrás este lugar y empezar de cero en un lugar nuevo; vivió ocho años en Suiza porque estuvo estudiando en la Universidad de Zúrich para obtener un doctorado y se casó con un hombre que trabajaba para el IBS; se trasladaron a Hong Kong porque su marido (el señor Keith Ingraham, que está sentado en la primera fila), fue ascendido a un puesto en las oficinas de dicho banco en Hong Kong.

—¿Él es suizo?

—No —contestó Jack.

—Es un ciudadano estadounidense —apostilló la fiscal—, lo que plantea otra cuestión interesante. Desde que se fue a vivir a Hong Kong, el señor Ingraham ha viajado a los Estados Unidos en catorce ocasiones. La acusada tan solo lo acompañó en dos de esos viajes, y fueron dos viajes que se realizaron para que su hija recibiera tratamiento médico. Aún estamos intentando obtener pruebas de manos del gobierno comunista de China —no perdió la oportunidad de subrayar aún más lo del comunismo—, pero creemos que esos dos viajes a Miami han sido las dos únicas veces que la señora Bornelli ha salido de Hong Kong desde que se fue a vivir allí.

El juez, que parecía estar listo para emitir su dictamen, agarró su maza y tomó de nuevo la palabra.

—Lo que usted está diciendo, señorita Hunt, es que desde que la policía reabrió la investigación de este homicidio la acusada ha estado viviendo en una isla del otro lado del mundo. Ha estado escondida en Hong Kong, de donde probablemente no podría ser extraditada.

—Exacto. También me gustaría añadir que tiene una reserva de avión a su nombre con destino a Hong Kong, el vuelo está programado para este sábado.

—¡No me diga! —El juez estaba juzgando y sentenciando de nuevo.

—¡Esto empieza a ser absurdo, señoría! —protestó Jack—. Mi clienta ha viajado a Miami porque su hija padece una profunda sordera en un oído. El viernes tiene programada una intervención quirúrgica correctiva en el Jackson Hospital, será realizada por los mayores expertos a nivel mundial en implante coclear.

—Pero lo que el abogado defensor está omitiendo decirle, señoría, es que el marido y la hija de la acusada no tienen previsto regresar hasta dentro de doce días. La niña no puede viajar en avión justo después de la intervención quirúrgica, pero esta madre abnegada que no tiene necesidad alguna de regresar con apremio a Hong Kong, que es un ama de casa, tiene previsto tomar un vuelo al día siguiente de que operen a su hija. La única conclusión lógica es que la acusada está decidida a salir de Miami y regresar a China cuanto antes. Existe riesgo de fuga, la fianza debería denegársele.

Jack le lanzó una mirada a su clienta, que había omitido mencionar aquella programación de vuelos tan curiosa.

—Señoría, me gustaría poder...

—He oído suficiente, señor Swyteck.

—Señoría, con la venia, me gustaría solicitar una audiencia probatoria para poder tratar a fondo estas cuestiones, después de la cual el tribunal podrá tomar una decisión definitiva en lo que respecta a la fianza.

—De acuerdo. Señorita Cynthia, ¿cuándo tengo una hora libre?

La secretaria del juez revisó la agenda.

—De aquí a dos semanas, a las once de la mañana.

—Programe la audiencia para ese día. Hasta entonces, la acusada permanecerá bajo custodia.

Isa agarró a Jack del brazo y le dijo, con voz firme pero lo bastante baja para que tan solo él pudiera oírla:

—¡Tengo que asistir a la operación de Melany!

Jack hizo lo que pudo.

—Señoría, solicito que se tomen las medidas necesarias para que mi clienta pueda salir de forma temporal el viernes, para poder estar con su hija durante la operación. Podrían concedérsele ocho horas, quizás.

—Claro, que levanten la mano todos los contribuyentes presentes en esta sala que quieran pagar el gasto de una escolta policial para llevarla y traerla del hospital. Nadie. Solicitud denegada.

—Podría permitírsele salir con una pulsera electrónica.

—Este tribunal no va a autorizar el uso de una pulsera electrónica en un caso de homicidio en primer grado. La acusada regresará al centro penitenciario. Fianza denegada. —El juez dio por zanjada la cuestión golpeando con la maza.

El alguacil anunció el siguiente caso, y una abogada y su cliente se acercaron con rapidez y ocuparon sus respectivos asientos en la mesa de la defensa mientras Jack e Isa se dirigían hacia la barandilla. Keith estaba esperando allí de pie y se esforzó por abrazar a su esposa desde el otro lado.

El guardia se acercó entonces para tomar del brazo a Isa, que susurró con apremio:

—¡Jack, no puedo pasar otra noche en ese sitio! ¡No puedes permitirlo!

La desesperación que Jack había visto antes en sus ojos se había convertido en terror.

—Iré a verte esta tarde, tenemos muchas cosas de las que hablar.

—Mira, sobre lo del billete de avión…

Antes de que él pudiera contestar, el juez dijo desde el estrado:

—Señor Swyteck, ¿podría dejar la conversación con su clienta para el centro penitenciario?

Jack le pidió disculpas al tribunal. Mientras el guardia procedía a conducir a Isa hacia la salida de reclusos, ella le lanzó una mirada a su marido por encima del hombro y articuló las palabras «te quiero» con los labios antes de desaparecer tras la puerta maciza.

La siguiente vista incoatoria ya había comenzado, así que Jack y Keith recorrieron el pasillo central en silencio rumbo a las puertas dobles situadas al fondo de la sala. La fiscal fue tras ellos y, justo cuando llegaron a las puertas, le entregó una carpeta a Jack y dijo en voz alta y clara:

—Aquí está la declaración jurada que prometí. Lamento no haber podido hacérsela llegar anoche, los del departamento de policía me pusieron muchas trabas porque no querían que la compartiera sin editar. El asunto se convirtió en una pesadilla burocrática, y no pude solucionarlo a tiempo.

—¡Esa mierda no hay quien se la crea! —espetó Keith.

Aunque el juez González no podía oírlos desde aquella distancia, Jack le lanzó una mirada a su amigo para advertirle que se callara. La fiscal abrió una de las puertas de cristal y salió al vestíbulo.

—No confío en ella —afirmó Keith.

Jack la siguió con la mirada a través del cristal. La vio ir directa hacia el grupo de periodistas que esperaba a las puertas del edificio y proceder entonces a repartir copias de la declaración jurada que había procurado que él no obtuviera hasta después de concluida la vista.

—Ojalá pudiera estar en desacuerdo contigo en eso —le dijo a su amigo.

7

Jack empezó a acribillar a preguntas a Keith en cuanto salieron del edificio judicial y estuvieron bien lejos de cualquier posible oído indiscreto. Eso de que las paredes de los juzgados escuchaban no podía tomarse de forma literal, pero el viejo dicho era más cierto que nunca en un mundo donde cualquiera que estuviera en las redes sociales gozaba del poder de un periodista.

—Explícame lo del billete de avión de Isa —le pidió a su amigo mientras bajaban los escalones de granito el uno junto al otro.

—Te aseguro que no sé a qué se refería la fiscal, he visto nuestros billetes y los tres íbamos a regresar a casa en el mismo vuelo; en todo caso, habría sido yo quien hubiera podido volver antes de la fecha prevista.

—¿Cabe la posibilidad de que Isa comprara dos billetes de regreso, por si acaso?

Se detuvieron al llegar a la esquina, justo enfrente del aparcamiento.

—¿Por si acaso qué?

—Por si acaso tenía que marcharse de Miami antes de lo previsto.

Keith sopesó aquella posibilidad antes de contestar.

—Ahora estás hablando como la fiscal.

—En eso consiste a veces mi trabajo.

El despacho de Jack estaba a unas pocas manzanas del edificio judicial. Introdujo las coordenadas en el GPS y le dijo a Keith que condujera él para poder ir echándole un vistazo a la declaración jurada. Estaba leyéndola por segunda vez (en voz alta, para que su amigo estuviera al tanto de la información) cuando enfilaron por el camino de entrada de la vieja casa situada cerca del río Miami.

—¿Este es tu bufete? —le preguntó Keith, antes de detener el coche.

El edificio de noventa años de antigüedad, construido por la pionera de Florida Julia Tuttle, albergaba el Freedom Institute. A la fachada de piedra color coral le vendría bien un buen lavado de cara, al porche una manita de pintura y en el tejado faltaban algunas tejas, su exterior apenas había cambiado desde que Jack había entrado a trabajar allí siendo un abogado novato recién salido de la universidad. Cuatro años defendiendo a culpables había resultado ser más que suficiente para él, y había decidido ir por libre; una década después, cuando su mentor había fallecido y el instituto había quedado al borde de la quiebra, él había ideado un plan para salvarlo.

—El edificio es propiedad del instituto, yo solo alquilo unas oficinas.

—¿Por qué? —le preguntó Keith antes de abrir la puerta mosquitera. Los goznes hicieron un sonoro chasquido, como si estuvieran desprendiéndose de la herrumbre acumulada durante cien años.

Era una pregunta que Jack había oído también de boca de su propia mujer. En teoría, él no se encargaba de dirigir el Freedom Institute, ya que esa tarea recaía sobre la hija de Neil. Pero él estaba allí para asesorar a diario, y el elevado alquiler que pagaba ayudaba a financiar las actividades que se llevaban a cabo. Tal y como había dicho su contable: «El tiempo que inviertes en ellos es un tiempo que no puedes facturarle a un cliente, y pagas demasiado de alquiler».

—Está muy bien situado —se limitó a contestar.

Otro chasquido más, como si la puerta estuviera a punto de salirse de sus goznes, y entonces se quedó abierta.

—Mi despacho también está muy bien situado, pero tiene vistas al puerto de Hong Kong —le dijo Keith.

Entraron en el edificio, y Jack sonrió al ver la cara de sorpresa que puso su amigo. Sí, el exterior necesitaba algunos arreglos, pero la remodelación del interior era causa de orgullo. Los suelos originales de pino del condado de Dade habían sido lijados y barnizados de nuevo; los elevados techos y las molduras se habían restaurado; las habitaciones del piso de arriba, que en otra época eran inhabitables, estaban en perfectas condiciones, así que ya no hacía falta que el vestíbulo hiciera también las veces de archivo lleno de cajas; la mala iluminación fluorescente de los años setenta había sido reemplazada por completo en una puesta a punto total de la instalación eléctrica; la sala de estar se había convertido en una impresionante sala de recepción decorada con alfombras orientales, antigüedades auténticas y tapicería de seda.

—Esto es caro —comentó Keith, mientras contemplaba con interés el escritorio de estilo jacobino que había en el vestíbulo.

—Lo conseguimos barato de un grupo de inversores financieros tan codiciosos que ni siquiera yo fui capaz de librarlos de la cárcel.

—*Touché.*

La asistente de Jack estaba a cargo del mostrador de recepción en ese momento, así que aprovechó para presentársela. A Bonnie la llamaban «la Correcaminos» porque al ir de acá para allá por la oficina lo hacía a todo gas. El resto del equipo estaba en los juzgados.

Procedió entonces a conducir a Keith a su despacho (lo que antiguamente había sido el comedor) para hablar del caso. Ocupó su silla tras el escritorio y su amigo se sentó frente a él en un sillón estampado a rayas antes de preguntar:

—¿Qué te ha parecido la declaración jurada?

Jack no quería hablar con él de su propia opinión al respecto.

—Me parece que es un buen momento para aclarar algunas cosas: mi clienta es Isa.

—Sí, por supuesto.

—Lo que quiero decir es que me interesa saber qué te ha parecido a ti la declaración jurada, pero mi propia opinión es algo que compartiré con Isa.

—Estoy seguro de que ella querría que habláramos del tema.

—La relación entre abogado y cliente no funciona así.

—Vale, si esas son las reglas, está bien. —No se le veía nada contento.

Jack había leído la declaración jurada en voz alta en el coche, pero se la entregó para que la leyera por sí mismo.

—A mí me parece que aquí no hay gran cosa —afirmó su amigo tras una rápida lectura.

—Desde un punto de vista legal no hace falta gran cosa para establecer que existe causa probable para un arresto.

—Eso es algo que no entiendo, ¿qué papel juega el gran jurado en todo esto?

—No se requiere una acusación del gran jurado a menos que los de la fiscalía quieran solicitar la pena de muerte. A veces pueden presentar otro tipo de casos ante el gran jurado, pero yo creo que en esta ocasión no se enteraron de que Isa iba a venir a Miami hasta el último momento. No les dio tiempo a presentar pruebas ante el gran jurado, así que optaron por la vía más rápida. Redactaron lo que se conoce como «información penal», que consiste en una somera enumeración de los cargos, y después consiguieron una declaración jurada que contenía lo justo para que un juez dictara una orden de arresto.

—Tendría que haber más requisitos para poder arrestar a alguien por asesinato en primer grado, ¿no? Básicamente, lo único que pone aquí es que Isa fue a un bar con su novio y un amigo de este un viernes por la noche de abril y que señaló a Gabriel Sosa y le dijo a su novio que el tipo la había violado en marzo en la residencia de estudiantes donde ella vivía.

—Bueno, pone algo más que eso —afirmó Jack antes de tomar la declaración—. Literalmente dice que «de acuerdo con el plan que fue orquestado y organizado por Isabelle Bornelli, los cómplices

60

identificados en la presente declaración como varón desconocido 1 y varón desconocido 2 secuestraron mediante el uso de la fuerza a Gabriel Sosa, le asesinaron y se deshicieron de su cadáver».

—Pensaba que solo querías saber lo que opino yo.

—Puedo ir aportando lo justo para ir haciéndote preguntas inteligentes. ¿Sabías que la habían agredido sexualmente?

—No.

Jack se tomó unos segundos para dejar a un lado los detalles puntuales del caso y reflexionar.

—¿Isa es una persona que cree en el perdón?

—¿En un sentido espiritual?

—En todos los sentidos.

—Tiene un corazón enorme. Sí, yo diría que es una persona que sabe perdonar.

—Pero apartó de su vida a su propio padre, ¿verdad?

—Bueno, me dijo que fue por cuestiones políticas.

Jack decidió que tendría que tratar ese tema más a fondo con ella, así que lo anotó en un papel y prosiguió entonces con su lista mental de preguntas abiertas.

—¿Es cierto que, aparte de los dos viajes recientes para el tratamiento médico de Melany, Isa llevaba casi dos años sin salir de Hong Kong?

Keith reflexionó unos segundos antes de contestar.

—Para serte sincero, ni me había dado cuenta de eso hasta que lo ha mencionado la fiscal. He estado tan ocupado con el trabajo, y ella tan atareada con la rehabilitación del habla y de la audición de Melany…, en fin, supongo que se me pasó por alto que no nos habíamos tomado unas vacaciones.

—¿Y no vinisteis a los Estados Unidos ni una sola vez cuando vivíais en Zúrich?

—Yo sí que vine, ella no.

—¿Nunca le propusiste que te acompañara? Podría haberte dado por decirle «Oye, cielo, ¿por qué no vienes también? Podríamos ir a ver algún espectáculo de Broadway en Nueva York, tomaremos el sol en South Beach», o algo así.

—No sé, puede que sí que se lo propusiera, pero es que no puede decirse que ella no tuviera nada que hacer. Era doctoranda antes de que tuviéramos a Melany.

—¿Conoce Isa a tus padres?

—Sí, les he organizado varios viajes para que vengan a vernos.

—¿Dónde vivían ellos cuando Isa y tú estabais en Zúrich?

—Seguían aquí, en Miami. Se fueron a vivir a Carolina del Norte hará cosa de un año, cuando papá se jubiló.

—Lo que me estás diciendo es que no había forma de traer a Isa a Miami ni antes de que Melany enfermara, ni siquiera cuando era pleno invierno en Suiza y allí hacía un frío que pelaba. ¿Tan ocupada estaba con su tesis doctoral?

—No era solo por eso, yo creo que también tenía algo que ver con cuestiones políticas.

—¿A qué te refieres?

—Ya te lo he dicho, su padre trabajaba como diplomático para Chávez en la oficina de Miami del cónsul general. Lo hizo durante años.

—¿Qué tiene que ver eso con el hecho de que Isa viniera a Miami?

—Su padre no se fue de aquí sin más, la oficina entera cerró debido a amenazas terroristas.

—¿Qué terroristas?, ¿tipo Al Qaeda?

—No, eran exiliados cubanos. —Keith se sacó el móvil del bolsillo—. A ver si puedo encontrar la página web que me enseñó Isa.

—¿Cuál?

—La del consulado general. Que yo sepa, la oficina sigue cerrada. Ah, aquí está.

Le pasó el teléfono, y Jack leyó en voz alta lo que ponía.

—«El Gobierno de la república bolivariana de Venezuela ha confirmado con extrema preocupación el aumento de amenazas en contra del personal del consulado venezolano en Miami, Florida. En consecuencia, la oficina de Miami permanecerá cerrada hasta que los criminales, los terroristas y las organizaciones de esa índole que el gobierno de los Estados Unidos alberga en el estado de Florida dejen de ser un peligro para la seguridad de nuestro personal».

—Supongo que se refieren a la comunidad de exiliados cubanos —comentó Keith.

—¡Venga ya! Ahora resulta que el juez González es un terrorista.

—Hoy no ha sido demasiado amable con mi mujer.

Keith no era el primer amigo de Jack al que se le olvidaba que era medio cubano. Su madre había muerto poco después de que él naciera y lo habían criado su padre y su madrastra, que eran angloamericanos. «Un niño medio cubano atrapado en el cuerpo de un gringo». Así era como lo definía su abuela, que había estado intentando enseñarle todo lo habido y por haber sobre las costumbres cubanas desde que había logrado escapar al fin de la Cuba de Castro y había llegado a Miami. Eso había ocurrido cuando él tenía unos treinta y tantos años, y hasta el momento la nota que ella le había puesto era un excelente por el esfuerzo y un bien alto por cómo aplicaba en la práctica lo aprendido.

—Entonces, según tú, ¿el motivo por el que Isa no venía a Miami era esa supuesta amenaza terrorista?

—Eso fue lo que ella me dijo, aunque admito que me pareció una reacción exagerada. Sabiendo lo que sé ahora está claro que su actitud no tenía nada que ver con la política, que no quería regresar por el mismo motivo que la impulsó a irse: no quería revivir el recuerdo de la agresión sexual que sufrió.

—Tiene sentido —admitió Jack, que había usado ese mismo argumento ante el juez.

—Sí, sí que lo tiene —asintió Keith—. Pero hay algo que no comprendo: la argumentación de la defensa se basaba en que Isa había estado ocultándose en Hong Kong; de ser así, ¿por qué iba a elegir Miami precisamente para la operación de Melany?

—La primera operación no salió bien.

—Sí, es verdad. Pero entonces uno opta por Australia, por Europa o por Boston, si es que quiere venir a Estados Unidos.

—Vale, comprendo tu razonamiento, pero yo he sido testigo de cómo ha cambiado mi propia mujer desde que nació Riley. Tu hija se arriesgaba a quedarse sorda del oído derecho de forma permanente si la segunda intervención quirúrgica no salía bien. Cuando se es una mamá osa, una no lleva a su pequeña a un médico sin prestigio de Australia; si puede permitírselo, que sería vuestro caso, una lleva a su hija al médico que inventó los implantes cocleares.

—Sí, supongo que tienes razón. En fin, hablando de cosas que puedo permitirme... La fachada de este sitio se parece a la mansión de los Clampett antes de que Jed encontrara petróleo[2].

—¿Qué haces? —le preguntó Jack al verle sacar un talonario de cheques.

—He estado informándome. En un caso como este, tengo entendido que un anticipo de cien mil dólares se considera adecuado.

—¿Me estás dando un cheque?

—Bueno, puede que algunos de tus clientes hagan estos tratos con maletines llenos de dinero, pero...

—No me refiero a eso. No voy a aceptar cien mil dólares de tu parte.

—Por favor, Jack. Somos viejos amigos, pero soy de los que creen que uno recibe aquello por lo que paga. Mi intención no es que me ayudes gratis.

—Ya acordaremos algo.

—No, hagámoslo ahora. Estos últimos dos días han sido los peores de mi vida, no me des una preocupación más. Quiero que este

---

[2] Los Clampett son los protagonistas de la serie de televisión estadounidense de los años sesenta *Los nuevos ricos*. Trata de cómo una familia rústica que vivía al sur de California encuentra por casualidad petróleo en sus tierras y decide mudarse con su nueva riqueza a Beverly Hills. (N. del E.)

caso sea tu prioridad. Acepta el cheque y que el asunto quede zanjado. Por favor.

Empujó el cheque para que quedara en medio del escritorio, al alcance de la mano de Jack. Aquellos no eran los viejos tiempos de Jack Swyteck, un abogado novato para el que cobrar era una preocupación que se podía dejar para más tarde. Ahora tenía una mujer y una hija.

—Vale, hay que tener en cuenta que me has roto la puerta de abajo —dijo, sonriente, antes de tomar el cheque.

Su amigo le devolvió la sonrisa y Bonnie entró en ese preciso momento.

—Perdón por la interrupción. Un hombre quiere hablar contigo, Jack. Dice que es de vital importancia.

—¿Quién es?

—Se llama Felipe Bornelli.

Jack intercambió una mirada con Keith, que dijo con semblante serio:

—Es el padre de Isa.

—¿Sabías que estaba en la ciudad?

—No.

—¿Qué le digo? —preguntó Bonnie.

—Que en un minuto estoy con él.

Ella salió del despacho y Jack se dispuso a hacer una llamada.

—¿A quién llamas? —le preguntó Keith.

—A tu mujer, a ver si puedo contactar con ella. Tengo que saber qué diantres está pasando aquí.

8

Sylvia Hunt tenía que recorrer una corta distancia a pie para ir desde los juzgados hasta su despacho. El edificio donde se encontraba el centro principal de operaciones de la oficina de la fiscal general del condado de Miami-Dade se conocía oficialmente como el «Edificio Graham», pero ella lo llamaba el Bumerán. El lugar tenía dos alas y el ángulo que formaban hacía que la estructura se asemejara a un bumerán, pero ella lo llamaba así porque tenía la impresión de que salía de allí y al poco tiempo ya estaba de vuelta.

En esa ocasión, sin embargo, se sentía como si un bumerán de verdad hubiera llegado volando a toda velocidad de las alturas, la hubiera pillado totalmente desprevenida y le hubiera golpeado de lleno en la cara.

—¡Las mujeres violadas también tienen derechos! ¡Las mujeres violadas también tienen derechos!

El cántico la persiguió mientras cruzaba la calle y caminaba por la acera; lo lideraba la mujer que había sido silenciada por el mazazo del juez González al inicio de la vista incoatoria. Alrededor de una docena de manifestantes se habían congregado a las puertas del Edificio Graham, en su mayoría mujeres. Las pancartas no se centraban en Isa, sino en la cuestión más amplia de los derechos de las víctimas de violación, aunque no vio referencia alguna a RAINN (la red nacional de violación, abuso e incesto) ni a ninguna otra de las organizaciones

66

de mayor peso que ella había apoyado a lo largo de los años. Era un grupo pequeño pero que se hacía oír, y seguro que los telediarios de aquella noche harían que pareciera mucho más grande y ruidoso de lo que era en realidad.

Un reportero y el cámara que le acompañaba se acercaron a ella al verla pasar junto a los manifestantes.

—Señorita Hunt, ¿le causa sentimientos encontrados el hecho de llevar a juicio a una víctima de violación?

El cámara estaba grabando, y Sylvia siguió andando sin detenerse. El reportero se acopló a su paso para permanecer junto a ella y le puso un micrófono delante de las narices.

—¿Le parece justo acusar de homicidio en primer grado a la víctima de una violación?

Se levantó una súbita ráfaga de aire cuando estaban llegando ya al edificio, y Sylvia tuvo que apartarse el cabello de la cara. El grupo de manifestantes caminaba tras el reportero y repetía sin cesar su consigna:

—¡Las mujeres violadas también tienen derechos!

—No puedo hablar sobre las pruebas en este momento —se limitó a contestar antes de acelerar el paso.

—No estoy hablando de las pruebas. Estoy preguntándole si le parece justo encarcelar a la víctima de una agresión sexual antes del juicio, tal y como lo haría con un asesino en serie.

Sylvia se detuvo ante la puerta giratoria de la entrada principal y se esforzó por dar una respuesta que acaparara titulares, pero que no revelara nada.

—Está demostrado que existe el riesgo de que la señora Bornelli intente fugarse. El juez González ha aplicado la ley al mantenerla bajo custodia preventiva sin fianza hasta que se la juzgue por el asesinato de Gabriel Sosa.

—Pero mucha gente alegaría que…

—Eso es todo cuanto puedo decir en este momento. —Entró en el edificio sin más.

Tanto el reportero como el cámara de *Action News* se quedaron fuera junto con los manifestantes, y ella cruzó el vestíbulo a paso rápido y entró en un ascensor que estaba abierto. Subió hasta la última planta, se dirigió hacia su despacho sin dirigirle la palabra a nadie y, después de cerrar la puerta, se sentó tras su escritorio y respiró hondo.

¿Que si le causaba sentimientos encontrados el hecho de llevar a juicio a una víctima de violación? ¡Pues claro que sí! La decisión de acusar a Isa de homicidio en primer grado la había atormentado, habría bastado con un cargo menor. No le había hecho gracia oponerse a que se estableciera una fianza, pero acceder a una puesta en libertad previa al juicio crearía un precedente que otro abogado usaría contra ella en el futuro en algún caso de asesinato. Arrestar a Isa antes de que operaran a su hija era una decisión a la que ella se había opuesto en un primer momento, pero la brigada de investigación criminal la había convencido de que el riesgo de fuga era demasiado elevado.

Llamaron a la puerta y Carmen Benítez entró sin esperar a recibir permiso. Llevaba bajo el brazo una carpeta que se colocó sobre el regazo al sentarse.

—¿Qué tal estás, Sylvia?

—Bien.

—Esa es la respuesta que esperaba de ti. —Carmen sonrió un poco cual madre orgullosa, pero entonces se puso seria—. Me han contado que alguien ha gritado «Las mujeres violadas también tienen derechos» durante la vista.

—La cosa no ha pasado a mayores, solo ha sido un grito aislado.

—Los de seguridad me han mandado un correo electrónico para informarme sobre la encerrona que te han hecho los de *Action News* y sobre lo del grupo de manifestantes que hay fuera.

—Sí, esa ha sido otra sorpresita.

—Mira. Ya sé que, de la larga lista de casos que he puesto en tu camino, este no es tu preferido. Vas a recibir críticas por llevar a juicio a una víctima de abusos sexuales.

—Eso ya lo sabía cuando acepté el caso. Te dije que podía hacerlo. Tema zanjado.

Benítez guardó silencio por unos segundos, y Sylvia notó el peso de la preocupación con que la miraba.

—Yo no tengo tan claro que el tema esté zanjado, Sylvia. Algo te preocupa. Ya sé que puedes lidiar con los medios de comunicación por muy sensacionalistas que sean, ¿es por los manifestantes? ¿Te ha afectado lo que dicen?

—No.

—Entonces ¿qué es lo que pasa?

Sylvia respiró hondo y exhaló el aire poco a poco. Aquello empezaba a parecer un programa de esos en los que una confesaba sus más íntimos secretos.

—He hecho algo que no hago nunca, he mentido.

—Espero que no haya sido al juez.

—No. Jack Swyteck me llamó anoche para pedirme una copia de la declaración jurada. Le dije que se la mandaría y no lo hice.

—¿Y qué? Puede conseguir una copia en la secretaría del juzgado.

—Hice una promesa, y esta mañana he inventado una excusa absurda para justificar por qué no la cumplí.

—Me parece que estás exagerando algo que carece de importancia.

Sylvia desvió la mirada, y al cabo de un momento miró de nuevo a Benítez y admitió:

—Forma parte de un problema más profundo. Las pruebas que se detallan en la declaración jurada se sostienen a duras penas.

—Eso no es algo inusual.

—Sí, ya lo sé, pero ese no es el procedimiento correcto en un caso como este. Eso fue lo que me puso en el brete de tener que mentirle a Swyteck en su propia cara.

—No te sigo.

—Las pruebas que se presentan en esa declaración jurada son tan poco consistentes que cualquier abogado defensor podría conseguir que este caso pareciera una caza de brujas orquestada por la fiscalía en contra de una víctima de abusos sexuales. Si le hubiera enviado una copia a Swyteck anoche, él habría convertido la vista de esta mañana en un bochorno público para nosotros. Por eso no lo hice.

—Pero la cosa va a cambiar, tendremos que poner algunas cartas sobre la mesa en la vista preliminar.

—No quiero esperar tanto. No quiero pasar desde ahora hasta entonces empleando toda mi energía en convencer al público de que este caso está justificado.

—Pues no hables con los medios.

—No tenemos esa opción, Swyteck ya nos ha tomado la delantera en ese aspecto. Lo único que lograremos si permanecemos en silencio es que la cosa empeore más aún.

—¿Qué propones?

—Quiero acudir al gran jurado, conseguir una acusación y poder afirmar públicamente que este caso no es algo que se haya sacado de la manga una fiscal que no sabe lo que hace.

Benítez se tomó unos segundos para pensar en ello antes de contestar.

—Bueno, no es nada insólito trasladar un caso al gran jurado incluso después de que el Estado haya presentado cargos.

—Y yo creo que en este caso tiene sentido hacerlo —afirmó Sylvia.

Daba la impresión de que la fiscal general compartía su opinión, aunque puede que por motivos distintos.

—Puede que nos beneficie desde un punto de vista táctico. No me gusta la idea de que Swyteck interrogue a nuestros testigos en una vista preliminar, no tendríamos que preocuparnos por eso si acudiéramos al gran jurado.

Era un argumento válido. Según las leyes de Florida, tan solo se requería una vista preliminar en caso de no existir una acusación por parte del gran jurado.

—Entonces ¿estás de acuerdo? —le preguntó Sylvia.

—Sí. Debemos lograr que se deje de dar la imagen de que esta acusación de la fiscalía no cuenta con el apoyo de la gente.

—Gracias.

Benítez tomó la abultada carpeta que tenía en el regazo y la puso sobre el escritorio al levantarse de la silla.

—No quiero que leas esto ahora, limítate a quedarte con la carpeta. Espera a leerlo a que el juicio se ponga duro y estés replanteándote tu decisión de seguir adelante con este caso.

—¿Qué es lo que contiene?

—Cartas de la madre de Gabriel Sosa.

Sylvia echó un vistazo al interior de la carpeta.

—Hay un montón —comentó.

—Nueve años atrás, un inspector de policía le dijo que el caso había llegado a un callejón sin salida. Desde entonces, cada mes sin falta, Fátima Sosa me ha enviado una carta para suplicarme que se haga justicia y la muerte de su hijo no quede impune.

—¿Le respondiste alguna vez?

—Sí. Le he dicho lo complacida que estoy porque la mejor fiscal posible para llevar este caso está encargándose del asunto.

Sylvia no contestó, pero agradeció aquellas palabras.

—Sigue así, buen trabajo —añadió Benítez antes de salir del despacho y cerrar la puerta tras de sí.

Sylvia tomó la carpeta. Se sintió tentada a leer una de las cartas al menos, pero optó por seguir el consejo de la fiscal general. Metió las cartas en un cajón de su escritorio y lo cerró; las dejaría para cuando llegara ese momento de bajón en la larga senda que tenía por delante.

9

Jack estaba sentado a su escritorio teléfono en mano, intentando hacer las gestiones necesarias para que Isa le llamara.

Incluso para un abogado al que le urgía hablar con su cliente, contactar con un recluso del centro penitenciario podía ser tan complicado como llamar al mismísimo papa. Daría igual si estuviera llamando a Isa para decirle «¡Tu marido está atado a las vías del tren!, ¡se acerca una locomotora a toda velocidad!, ¡está en un grave aprieto!», la rutina siempre era la misma. En esa ocasión estaba repitiéndose lo de siempre, la cosa había empezado con el primer paso habitual.

—¿Dice que se llama Jezebel?

—¡No, Isabelle! Isabelle Bornelli.

—Lo siento, no hay ninguna reclusa con ese nombre.

—Sí, le aseguro que...

—Espere un momento, por favor.

Llevaba casi cinco minutos en espera.

La puerta se abrió y Bonnie la Correcaminos asomó la cabeza.

—El señor Bornelli me ha pedido que te diga que solo ha venido por pura cortesía y que va a marcharse si no puedes recibirlo ahora mismo.

—Madre mía, Isa tenía razón —comentó Keith—. El tipo es un capullo pomposo.

—Esto es una pérdida de tiempo —afirmó Jack antes de colgar el teléfono—. Bonnie, ¿sabe el señor Bornelli que Keith está aquí conmigo?

—No le he dicho con quién estás.

Era una pregunta extraña, pero Jack se la hizo a su amigo de todas formas:

—¿Quieres conocer a tu suegro?

—Pues no lo tengo nada claro, pero escabullirme por la puerta de atrás me parece bastante absurdo.

Jack tuvo que darle la razón en eso.

—Bonnie, hazlo pasar.

Ella se marchó con su brío habitual y regresó en un abrir y cerrar de ojos acompañada del señor Bornelli. Tanto Jack como Keith se pusieron en pie para las presentaciones de rigor.

—Un inesperado placer —afirmó Felipe Bornelli al estrechar por primera vez la mano de su yerno.

Era un hombre que hablaba inglés con fluidez a pesar de tener un marcado acento español. Apenas era un poco más alto que su hija y no tenía ni de lejos un atractivo que pudiera justificar la elegancia y el porte de ella, así que Jack dedujo que la madre de Isa debía de haber sido toda una belleza. El pelo de Bornelli tenía un distinguido tono plateado y lo llevaba peinado hacia atrás como Gordon Gekko, el personaje de las películas *Wall Street*, con quien compartía también esa especie de intensidad exacerbada: hablaba un pelín más rápido de lo normal, al estrechar la mano apretaba un poco más de lo necesario y no esperaba a que los demás terminaran de hablar antes de meter baza.

—Keith ya se disponía a marchar…

—Quédese, por favor —dijo Bornelli.

—No quiero entrometerme en…

—No es ninguna intromisión; de hecho, preferiría que usted oyera lo que tengo que decirle al señor Swyteck.

Se dirigieron a la zona de estar que había en un extremo del despacho y se sentaron alrededor de la mesita auxiliar situada frente a una chimenea que no había visto arder un tronco desde la presidencia de Lyndon B. Jonhson; en fin, una cosa más que había que arreglar.

—¿Sabe su hija que está usted aquí?

Jack le hizo la pregunta a Felipe, que se cruzó de piernas antes de contestar y le dio un primer plano de sus amarillentas uñas de los pies. La camisa de golf y los pantalones de vestir bien planchados que llevaba puestos eran del todo aceptables, pero en Miami eran demasiados los hombres para los que un estilo ejecutivo informal era sinónimo de ir con sandalias.

—¿Se refiere a que estoy aquí, en su despacho, o a que me encuentro en Miami?

—A ambas cosas.

—La respuesta es no en ambos casos.

—¿Cuándo habló con ella por última vez?

—Fue hace nueve años y medio, en el funeral de su madre.

—Isa y Keith todavía no se conocían en aquel entonces, ¿verdad? —Jack estaba intentando hacerse una idea de la cronología de los acontecimientos.

Fue Keith quien contestó.

—No, pero le mandamos una invitación de boda.

—¿Fue usted quien la puso en el correo? —le preguntó Bornelli a su yerno.

—No, no fui yo en persona. Isa se encargó de hacerlo.

—No recibí ninguna invitación.

Cabía la posibilidad de que estuviera mintiendo, pero, a juzgar por la cara que puso Keith, Jack dedujo que era igualmente posible que Isa no hubiera sido sincera y en realidad no hubiera mandado invitación alguna. Optó por cambiar de tema, aunque no del todo.

—¿Puedo preguntarle por qué dejaron de hablarse su hija y usted o es algo demasiado personal?

—¿Ella no se lo ha contado?

—Me serviría de ayuda oír su versión de la historia.

—Pues le diré que su pregunta, además de ser demasiado personal, no tiene nada que ver con el motivo de mi visita.

—De acuerdo, dígame entonces qué le ha traído hasta aquí.

—No es mi intención faltarle al respeto, señor Swyteck, pero debo hablar con franqueza: no apruebo al abogado que mi hija ha elegido para su defensa.

Keith soltó una risita nerviosa, pero Jack supo de inmediato que aquel hombre estaba hablando muy en serio.

—Lamento oír eso. —Dejó la cosa ahí.

—Creo que debería explicarle por qué —afirmó Bornelli.

—Yo creo que no hace falta.

Bornelli no le hizo ni caso y procedió a darle sus explicaciones.

—Supongo que sabrá que estuve trabajando aquí, en Miami, en la oficina venezolana del cónsul general.

—Sí, estaba al tanto de eso.

—Durante gran parte del tiempo que ocupé ese puesto, el gobernador de Florida no era otro sino Harry Swyteck.

—Fue elegido dos veces, así que está claro que tuvieron que coincidir en el tiempo.

—Fue más que eso. Podría decirse que entre nosotros había una relación de antagonismo… o incluso de hostilidad, quizás.

El gobernador Swyteck no era de ascendencia cubana, pero la madre de Jack había llegado a Miami en la adolescencia bajo el amparo de la llamada «Operación Pedro Pan», un programa humanitario que permitió que miles de padres cubanos (la propia abuela de Jack entre ellos) pusieran a sus hijos en algunos de los últimos vuelos que partieron de La Habana con rumbo a Miami. El plan de la abuela era reencontrarse allí con su hija un poco más adelante, pero eso no sucedió e hicieron falta otros treinta años para que lograra salir de Cuba y conocer a su nieto. Para la comunidad de exiliados cubanos que vivía en Miami no había habido un ocupante de la mansión del gobernador que estuviera más a su favor que Harry Swyteck.

—¿Está hablando en serio?, ¿ha venido a verme porque mi padre estaba firmemente en contra de Castro y de Chávez?

—Está minimizando el asunto —contestó Bornelli con un tono de voz que dejaba entrever cierto enfado—. Pero sí, estoy hablando muy en serio. No voy a permitir que un abogado que se apellida Swyteck represente a mi hija.

Jack se echó un poco hacia delante en la silla.

—Permítame explicarle algo, señor Bornelli: esto no está sujeto a votación. Usted no tiene ni voz ni voto en la selección de un abogado, esa decisión está en manos de Isa.

—Y en las mías —apostilló Keith.

—No, la decisión tan solo depende de ella.

Jack hizo aquella afirmación con rotundidad. No le gustaba contradecir a su amigo en presencia del padre de Isa y estaba claro que al propio Keith tampoco le había hecho ninguna gracia, pero era algo que había que decir.

—Me limito a proteger los intereses de mi hija —argumentó Bornelli.

Jack dudaba mucho que así fuera, pero optó por evitar que la confrontación fuera a más.

—Las buenas intenciones que usted pueda tener son irrelevantes, señor Bornelli. Isa me escogió a mí, el tema queda zanjado.

—Discrepo con usted en eso. —La voz de Bornelli cada vez sonaba más tensa—. Estoy en mi derecho de elegir al abogado que va a poner punto final a la deshonra que ha manchado el buen nombre de mi familia por culpa de mi hija.

—¿A qué deshonra se refiere? Su hija es inocente hasta que se demuestre lo contrario.

—No estoy hablando del asesinato de Gabriel Sosa.

Las palabras impactaron de lleno en Jack, que sintió como si una mula acabara de propinarle una coz. Keith parecía estar a punto de estallar de ira.

—Espere un momento… —Jack apenas podía asimilar lo que creía haber oído—. ¿Está insinuando que Isa deshonró a su familia porque la violaron?

La expresión de Bornelli se tornó pétrea.

—¿Quién dice que fue violada?

—Ella —contestó Keith.

—Exacto —se limitó a decir Bornelli.

—¡Váyase a la mierda!

Jack tuvo que alargar el brazo cual árbitro de boxeo para evitar que su amigo se levantara de la silla como un resorte. En un intento de mantener la situación bajo control, dijo con calma:

—Vale, está bien. A riesgo de dignificar esta conversación con una pregunta que ahonde en el tema, picaré el anzuelo: señor Bornelli, ¿tiene usted alguna prueba que demuestre que Isa no fue violada?

Felipe tardó unos segundos en contestar, como si estuviera intentando encontrar las palabras exactas.

—Las pruebas que pueda tener o dejar de tener las compartiré gustoso, pero con el nuevo abogado de Isa. En fin, creo que he dejado clara mi postura. Debo marcharme ya. —Se levantó de la silla—. Caballeros, ha sido un placer. Gracias a los dos por concederme unos minutos de su tiempo.

No hubo apretones de manos. Jack y Keith permanecieron donde estaban viendo cómo se dirigía hacia la puerta y salía del despacho, y fue entonces cuando el segundo masculló:

—Tendría que darle un puñetazo en la boca a ese imbécil.

—Deja que se vaya.

—Viene a tu despacho e intenta despedirte, después llama mentirosa a mi mujer delante de mis narices. ¿Qué se cree, que Isa le pertenece?

—Esa no es la cuestión —le corrigió Jack. Al ver que su amigo no le entendía, optó por hablar más claro—. La cuestión aquí es si la propia Isa lo cree, si cree que él es su dueño.

10

A las cuatro de esa misma tarde, Jack fue a reunirse con Isa en el centro penitenciario por segunda vez.

Tardó unos minutos en llegar a pie desde la oficina de la fiscal general, donde había pasado buena parte de la tarde intentando llegar a un acuerdo..., aunque no para Isa, sino para el propietario de una botica de barrio al que se le había ido a pique el negocio a raíz de que abrieran un supermercado justo enfrente. El propietario del local se había negado a rescindir el acuerdo que obligaba al cliente de Jack a seguir con el alquiler durante cinco años más, y ahora este estaba acusado de incendiar el edificio para librarse de tener que pagar. Jack había batallado para que no lo mandaran a la cárcel, pero tan solo se podía ayudar hasta cierto punto a un saboteador novato que se había chamuscado sus propias cejas por acercarse demasiado al acelerante.

Isa y él se sentaron a solas en la misma mesa de la sala sin ventanas donde habían mantenido la primera reunión. Ella llevaba el pelo recogido en una coleta y las uñas, que antes lucían una manicura preciosa, se las habían cortado por motivos de seguridad, aunque la del índice de la mano izquierda la tenía mucho más corta de lo exigido por las normas del centro. Estaba claro que había estado mordiéndosela.

—Supongo que no te avisaron de que quería que me llamaras —le dijo él.

—No. De ser así, lo habría hecho.

—Quería hablar contigo porque tu padre se ha presentado de improviso en mi despacho.

Dio la impresión de que la noticia la había sorprendido de verdad. Jack procedió a hacer un breve resumen de la conversación con Bornelli y, conforme el relato fue progresando, vio en su semblante dolor y enfado a partes iguales.

—Nunca me creyó. —Isa apartó la mirada y negó con la cabeza lentamente, como si aún estuviera atónita—. Mi propio padre no se creyó nunca que me hubieran violado.

Jack le dio un minuto para que recobrara la compostura, saltaba a la vista que seguía siendo un tema que la hería profundamente.

—¿Dudó de tu palabra desde un primer momento?

—Sí.

—Hablemos de eso, cuéntame.

—Después de que pasara lo que pasó, yo no sabía qué hacer —admitió ella en un tono de voz más suave.

Jack podría haberle pedido que retrocediera un poco más en el tiempo (tenía que saber más acerca de «lo que pasó»), pero el hecho de que ella siguiera refiriéndose así a la violación incluso después de tantos años revelaba lo difícil que le resultaba todo aquello. De modo que, como no era algo relevante para la cuestión que les ocupaba en ese momento, iba a dejarla saltarse «lo que pasó» y empezar su relato a partir del «después».

—¿Dónde te pasó?

—En la residencia de estudiantes donde vivía, en mi habitación. Estaba sola. Gabriel me dejó allí, en el suelo. Debí de permanecer ahí tirada durante… no sé, una hora. Puede que fuera más tiempo. Me sentía tan poquita cosa…, como un objeto sin valor. No quería existir. Me envolví en una manta y no podía dejar de llorar.

—¿Dónde estaba tu compañera de habitación?

—Estaba pasando fuera el fin de semana. En realidad, no éramos amigas, así que no le habría confiado a ella lo que me había pasado.

—¿Te planteaste llamar a la policía?

—¿Qué iba a decirles? Tuve una cita con un chico, regresamos juntos a mi habitación y, según Gabriel, «mantuvimos relaciones sexuales». —Hizo un gesto con los dedos para entrecomillar la expresión—. ¿Qué iban a hacer ellos, aparte de hacerme sentir peor conmigo misma?

—Entonces ¿qué fue lo que hiciste?

—Llamar a casa. Quería hablar con mi madre.

—¿Qué tal fue la conversación?

—Lamentablemente, fue mi padre quien se puso al teléfono.

—¿Le contaste lo que había pasado?

—Ojalá no lo hubiera hecho.

—¿A qué te refieres?

—Yo no quería hablar precisamente con él de algo así, quien me hacía falta era mi madre. Pero notó por mi voz lo alterada que estaba y se negó a pasarle a ella el teléfono hasta que le contara lo que pasaba. «¿Se puede saber qué cojones te pasa ahora?», esas fueron sus palabras.

—¿Se lo contaste?

—Lo intenté. Llegué hasta la parte en que había invitado a Gabriel a subir a mi habitación y a mi padre no le hizo falta escuchar nada más. Se enfureció conmigo. «¿Me estás diciendo que has invitado a un hombre a sentarse en tu cama estando tu compañera de habitación fuera de la ciudad? ¿Qué creías que iba a pasar?».

Esa reacción no sorprendió a Jack. Y no solo porque había conocido al padre de Isa, sino porque esas eran preguntas que se les hacían a menudo a mujeres que tenían ojos amoratados y costillas rotas.

—Lamento mucho que tuvieras que pasar por algo así, y lamento también tener que decirte que tu padre sigue opinando igual.

—No me sorprende. Él jamás admitiría que se ha equivocado, nunca se disculpa.

—¿Llegaste a contarle a tu madre lo de la agresión?

—Sí. Pero no esa noche, sino un poco después.

—¿Ella te creyó?

—Sí, claro que sí.

—¿Ella no tenía ninguna influencia sobre las opiniones de tu padre?

—No, en este caso no. Se trataba de una situación muy complicada, él nos echaba a nosotras la culpa de lo que había pasado.

—No entiendo.

Isa hizo una pequeña pausa, como si estuviera intentando decidir por dónde empezar.

—A lo largo de mi infancia, en la casa Bornelli fueron muy pocos los temas por los que oí discutir a mis padres.

—¿Tenían un matrimonio feliz?

—La verdad es que no. Mi madre se limitaba a ceder siempre a los deseos de mi padre, menos en lo referente a los concursos de belleza.

—¿En serio?

—Sí, yo tenía seis años cuando ella me apuntó a mi primer concurso. Lo gané, y eso fue lo peor que podría haber pasado. A partir de ese momento, la mía fue como millones de madres similares que había en Venezuela: tenía una foto de Hugo Chávez colgada en la cocina, y a pesar de eso era capaz de gastarse la mitad del presupuesto familiar en mandar a su hija a una academia de belleza y de recorrer cientos de kilómetros en coche para llegar al siguiente concurso. Era algo así como «Sí, soy una revolucionaria, pero… por favor, por favor, ¡que mi hija llegue a ser Miss Venezuela cuando crezca!».

—¿Cómo te sentías tú al respecto?

—Lo detestaba, pero no tanto como mi padre ni mucho menos. Recuerdo una vez, yo debía de tener unos nueve o diez años…, nos levantamos a las cuatro de la mañana porque íbamos a un concurso que estaba a cuatro horas de trayecto en coche; mi madre me hizo practicar en la cocina con los tacones antes de irnos; sí, niñas de diez años caminando con tacones; en fin, supongo que el taconeo despertó a mi padre porque salió del dormitorio y en cuanto me vio se puso a gritarle a mi madre. «¡Estás convirtiéndola en una zorra! ¡Parece una prostituta!». Y no era solo por los tacones, también influye cómo te enseñan a moverte, a expresarte. Es un juego de seducción, se nos hipersexualiza cuando todavía somos muy niñas. Mi padre estaba totalmente en contra.

—La situación debió de llegar a su fin cuando él asumió el puesto en el consulado.

—¡Qué va! Yo tenía once años cuando nos vinimos a vivir a Miami, esa es la edad en la que las cosas se aceleran de golpe. Aquí hay una comunidad venezolana enorme. Mi madre encontró una academia de South Beach, estaba justo al lado de una de las agencias de modelos; chicas guapísimas procedentes de Venezuela, Brasil, Argentina… todas ellas recibiendo una buena educación en Estados Unidos mientras seguían entrenando para convertirse en reinas de la belleza.

—¿Cuánto tiempo duró esa situación?

—Hasta que cumplí los catorce. La revista *Ocean* publicó un artículo sobre las academias de belleza sudamericanas del sur de Florida, y yo fui una de las chicas que aparecieron en él. Fue algo muy bochornoso para mi padre, incluso creo que Chávez iba a llamarle a casa para hablar con él.

—Supongo que entonces tu padre se puso firme.

—No, entonces se puso violento. Le propinó a mi madre un puñetazo tan fuerte en la cara que la dejó inconsciente.

Jack sintió como si a él acabaran de propinarle otro.

—Cuánto lo siento, Isa.

—Sí, fue bastante monstruoso.

Él escogió con cautela su siguiente pregunta.

—¿Ella presentó una denuncia ante la policía?

—Por supuesto que no. —No tardó en captar el porqué de la pregunta—. ¿Estás insinuando que ese es el motivo por el que yo tampoco lo hice en mi caso?

Su respuesta sirvió para que Jack recordara que estaba intentando aplicar tácticas de psicología de baratillo en una estudiante de la materia.

—No lo sé, ¿tú qué opinas?

—Opino que ya hemos hablado bastante del tema. —Su mirada se agudizó—. Lo que me interesa realmente es saber cómo vas a sacarme de aquí.

—Ya has oído lo que ha dicho el juez. Tenemos una vista en dos semanas.

—Eso es demasiado tiempo.

—Mi asistente está trabajando en ello. No puedo prometerte nada, pero Bonnie lleva conmigo cerca de veinte años y te aseguro que, si existe alguna forma de convencer a la secretaria del juez de que nos dé una fecha más cercana en el calendario de su jefe, ella la encontrará.

—No puedo quedarme en este sitio, Jack. Te lo digo en serio.

—Ten en cuenta que tenemos trabajo por hacer antes de que vuelvas a presentarte ante el juez. Debemos demostrar que no existe el riesgo de que te fugues. Una de las cosas que tenemos que explicar es por qué compraste un billete de avión para regresar a casa con tu familia en dos semanas, pero adquiriste también otro para regresar sin Melany al día siguiente de la intervención quirúrgica. Como comprenderás, parece un plan para huir en caso de emergencia.

—Claro que lo parece, porque eso es lo que es.

Jack no esperaba esa respuesta.

—¿Reservaste ese segundo vuelo por si tenías que huir?

—Sí.

—¿Huir de qué?

—¡Uy, no sé, espera que me lo piense! —contestó ella con sarcasmo—. A ver, ¿de qué podría querer huir? ¿De los recuerdos que me atormentan?, ¿de las amenazas de los exiliados cubanoamericanos que han causado el cierre del consulado venezolano?, ¿de mi padre?

—Este no es momento de ponerse sarcástica.

—Lo siento, pero es que estoy hasta las narices de todo esto. Vine a Miami para estar junto a mi hija el día de la operación y, en vez de eso, ¿dónde estoy? Pues encerrada en esta sala, vestida con este precioso mono carcelario, intentando decirle a mi abogado qué explicación puede darse sobre un billete de avión en una vista absurda que no va a celebrarse hasta dentro de dos semanas. ¡Tengo que estar junto a mi hija este viernes, y necesito que mi abogado me saque de aquí a tiempo para poder estar allí!

—Comprendo tu frustración. Pero en un caso de homicidio en primer grado la libertad bajo fianza es la excepción, no la regla.

—¿Estás diciéndome que es imposible?

—No, pero en todo caso no te la concederían antes del viernes. ¿Puedes posponer la operación de Melany un par de semanas?

—Sí, en teoría sí, pero las probabilidades de que se recupere del todo van disminuyendo con cada día que pasa. Así que, por mucho que quiera estar allí con ella, no vamos a plantearnos esa opción. Keith tendrá que llevarla él solo.

—Me parece la decisión correcta.

—Sí, pero eso no impide que me duela.

—Lamentablemente, no es la única decisión difícil que tienes que tomar; de hecho, puede que esta otra sea incluso más dura.

—Dime.

—¿Vas a contarme por qué ideaste un plan de emergencia y reservaste un billete de avión para regresar a Hong Kong al día siguiente de la operación? ¿De qué creías que podrías tener que huir?, ¿a qué le temías? —Jack se inclinó un poco hacia delante para subrayar aún más su siguiente pregunta—. ¿Qué era lo que sabías acerca de la investigación del asesinato de Gabriel Sosa antes de subirte junto a tu familia a ese avión en Hong Kong?

Sus miradas se encontraron, pero tan solo obtuvo silencio por respuesta; al cabo de un largo momento, recogió sus cosas y se levantó de la silla.

—¿A dónde vas? —le preguntó ella.

—Voy a dejar que consultes esto con la almohada. Reflexiona largo y tendido. Y ten por seguro que, cuando volvamos a vernos mañana, a nuestra relación no va a irle nada bien si intentas tomarme el pelo.

Ella no contestó.

Jack llamó con los nudillos a la puerta, que se abrió al cabo de un momento; cuando entraron los guardias del centro penitenciario, se volvió a mirarla de nuevo y afirmó:

—Lamento que no puedas estar con Melany durante la operación, lo lamento de veras.

Salió de la sala y sus pasos resonaron por el pasillo mientras se dirigía hacia la salida.

11

Aún no eran ni las cinco de la mañana cuando Keith salió de su habitación en el hotel Four Seasons, bajó en un ascensor y salió a la calle. Mientras esperaba a las puertas del hotel llegó una limusina de la que emergieron cuatro chicas con taconazos de doce centímetros y falditas ajustadas; bajaron con cuidado, procurando no tropezar en los adoquines, y estaban riéndose de algo. Era una de esas risitas tontas que revelaba que todavía estaban bajo los efectos de una noche en South Beach, de demasiados Red Bull y vodka.

—¡Qué auriculares tan chulos! —comentó la rubia al pasar junto a Melany.

Una de sus amigas le dijo que se callara, que eso no era «un auricular», pero la advertencia desencadenó una nueva ronda de risitas mientras el grupo entraba en el vestíbulo.

La limusina se fue, y la mujer de Jack llegó segundos después en su coche.

—¡Ahí está! —exclamó Melany refiriéndose a Riley.

La niña se había quedado desconsolada al saber que su mamá no iba a estar con ella durante la operación. Había sido Andie quien había tenido la idea de que Riley la acompañara, y la propuesta había contribuido a detener el llanto. Keith esperaba que la calma durara al menos durante el preoperatorio.

Después de asegurar bien a Melany en la sillita extra que había en el asiento trasero, procedió a sentarse delante junto a Andie. Brickell Avenue discurría por el centro del distrito financiero de Miami, pero a aquella hora tan temprana de la mañana apenas había tráfico y el trayecto hasta el hospital tan solo iba a durar unos diez minutos.

—¿Has encontrado un apartamento? —le preguntó Andie.

Jack le había advertido que lo más probable era que aquella pesadilla fuera para largo, así que Keith había hablado con su supervisor y se había adoptado una decisión ejecutiva para permitirle trabajar en las oficinas del IBS en Miami durante las cuatro semanas siguientes; una vez terminado ese plazo, se reevaluaría la situación.

—Sí, nos instalaremos allí esta misma tarde. Está completamente amueblado. Ni siquiera vamos a cambiar de edificio, lo único que tenemos que hacer es preparar las maletas y subir al ascensor. —El Four Seasons no solo funcionaba como hotel, también ofrecía apartamentos en alquiler—. Estaremos en la planta sesenta y uno, a Melany le ha encantado la idea.

Cuando el semáforo se puso en verde, Andie giró a la izquierda y se incorporó a la autopista.

—Debe de tener unas vistas espectaculares.

—Sí —admitió él con voz apagada—, desde el balcón orientado al oeste alcanza a verse el centro penitenciario.

La intervención quirúrgica de Melany era la primera de la jornada para el doctor Balkany, y llegaron al hospital antes de la hora prevista. La recepcionista los condujo a la sala de espera, y Keith y Andie se sentaron en una esquina mientras Melany intentaba enseñarle a Riley la versión de Hong Kong del hiphop.

—Melany es un encanto de niña —comentó Andie sonriente.

—Siempre le ha encantado la música. A ella no le sonará jamás igual que a nosotros, ni siquiera le suena igual que antes de la meningitis, pero eso no parece importarle. Todavía le encanta bailar.

—Qué maravilla.

—Sí. Isa merece buena parte del mérito en ese aspecto. El implante es un milagro, pero hace falta mucha dedicación para lograr que un niño que lleva un implante coclear tenga una vida normal. Isa ha sido una verdadera campeona.

—Seguro que también es mérito tuyo.

Él esbozó una pequeña sonrisa, pero en ella se reflejaba tristeza.

—La verdad es que no. Quiero a Melany con todo mi corazón, la gente dice que soy un buen padre, pero con todo esto me he dado cuenta de que, en gran medida, mi papel consiste en ser el «papá divertido». Yo juego con ella, le leo antes de dormir y la llevo a la pista de hielo, donde finge ser una princesa de *Frozen*, pero era Isa quien se levantaba en medio de la noche cuando Melany tenía miedo; era ella quien la reconfortaba, quien la llevaba al médico cuando se encontraba mal; era Isa la que sabía encontrar las palabras adecuadas y cómo calmarla cuando se angustiaba.

Andie dirigió la mirada hacia Riley y admitió con voz suave:

—Ser madre es una ardua tarea, puedo dar fe de ello.

—Eso es algo que tengo muy claro, te lo aseguro. Isa estaba trabajando en su doctorado cuando nos casamos. Volviendo la vista atrás, me doy cuenta de que acepté como lo más normal del mundo la decisión de Isa de aparcar sus estudios y quedarse en casa cuidando de nuestra hija.

—Qué bien que lo reconozcas.

—Pero no siempre lo hice. Aunque nunca la critiqué a la cara, en mi fuero interno cuestionaba a veces la decisión que ella había tomado, me preguntaba si había hecho bien al centrarse por completo en su papel de madre en vez de ser una de esas supermamás que se las ingenian para poder con todo. Marido, niños, trabajo, triatlones en sus horas libres…, en fin, ya me entiendes. —Al ver que ella guardaba silencio, se dio cuenta de repente de que estaba hablando con una supermamá—. Perdona, no estaba juzgando ni haciendo comparaciones.

—No te preocupes.

—Es que la mente toma derroteros muy raros cuando uno se encuentra en circunstancias como esta. Todo esto me ha tomado de improviso, no he tenido tiempo de prepararme. Ha sido como si alguien le hubiera dado a un interruptor de la luz. ¡Zas! La madre de Melany… No es que se haya esfumado, pero de repente no está aquí. Sí, le digo a Isa cada dos por tres lo guapa que es, pero no recuerdo haberle dicho ni una sola vez lo maravillosa que es como madre, lo increíblemente bien que lo está haciendo con Melany. Estoy divagando, supongo que lo que digo no tiene mucho sentido.

—Tiene mucho sentido —afirmó ella.

—¿En serio?

—Sí, más de lo que te imaginas.

Keith supo por su voz que estaba siendo sincera.

Sylvia Hunt y un fiscal novato entraron a las ocho de la mañana en la sala donde esperaban ya los veintitrés miembros del gran jurado. Todos ellos habían jurado mantener en secreto todo cuanto ocurriera ante ellos y evaluar todas las pruebas presentadas en contra de Isabelle Bornelli.

El procedimiento se había iniciado el jueves por la tarde. Sylvia había leído en voz alta los cargos que se le imputaban a la acusada, había explicado el marco legal y había hecho un somero resumen de las pruebas que pensaba presentar, y al final de la jornada se había levantado la sesión hasta el día siguiente. Y allí estaban de nuevo, era viernes por la mañana y la fiscalía estaba lista para llamar a su primer testigo.

—Vamos allá —dijo Sylvia.

El fiscal que la acompañaba abrió la puerta y dos agentes de la policía estatal de Florida acompañaron al testigo al interior de la sala.

La defensa sería informada de todo cuanto se presentara ante el gran jurado, y Sylvia no estaba dispuesta a revelar sus cartas. La fiscal general y ella coincidían por completo en que la estrategia a seguir era presentar tan solo las pruebas imprescindibles para asegurarse de que el gran jurado emitiera una acusación, lo que serviría para disipar por completo la idea de que el caso contra Isabelle Bornelli no tenía base suficiente para ser llevado a juicio; en función de cómo fueran las cosas a lo largo de esa mañana, cabía la posibilidad de que bastara con un único testigo.

—Diga su nombre para que quede constancia, por favor —dijo Sylvia.

—David Kaval.

Estaba sentado en la silla de madera maciza con los hombros encorvados y actitud relajada; sus tatuajes se volvieron más prominentes aún cuando se cruzó de brazos. Le hacía falta un afeitado y un corte de pelo, pero tenía unas facciones atractivas y Sylvia se dio cuenta de inmediato de que tenía potencial para gustarle al jurado bajo aquel rudo exterior. El aspecto de tipo duro y tosco les iba bien en ese momento, pero cuando llegara el juicio propiamente dicho, ella se encargaría de que estuviera bien aseado y vestido. Haría que se pareciera al humilde y responsable arquitecto que las mujeres de las comedias románticas llevaban a casa para presentárselo a sus padres antes de dejarlo tirado por «el amor de su vida».

Y tampoco vendría nada mal quitarle los grilletes de los tobillos y el mono naranja.

—Señor Kaval, ¿dónde reside en la actualidad?

—En Raiford, Florida.

—¿Dónde, exactamente?

—En la prisión estatal de Florida.

—¿Está usted cumpliendo condena?

—Pues sí.

—¿Por qué crimen?

—Robo a mano armada.

Sylvia observó a los miembros del jurado y vio que la escuchaban con interés.

—¿Cuál fue la condena que le impusieron?

—Diez años en la prisión estatal.

—¿Cuánto le falta para cumplirla?

—Unos dos años.

—¿Se enfrenta en la actualidad a otros cargos?

—Sí. Asociación ilícita, pero no tiene nada que ver con el robo.

Sylvia confirmó sus palabras asintiendo con la cabeza.

—El cargo por asociación ilícita está relacionado con el tema del que vamos a hablar hoy aquí, ¿verdad?

—Sí.

—¿Ha llegado usted a algún acuerdo con el estado de Florida en lo relativo a ese cargo?

—Sí.

—¿Podría describirle ese acuerdo al gran jurado?

Kaval se volvió hacia los miembros del jurado.

—Voy a declararme culpable y recibiré una sentencia de diez años, pero se me abona el tiempo que ya he cumplido en prisión.

—De modo que, en definitiva, usted habría recibido dos condenas y habría tenido que pasar un total de diez años en la prisión estatal. Pasado ese tiempo, quedaría en libertad. ¿Es así?

—Sí, eso es lo que acabo de decir.

—Dígame, bajo los términos de este acuerdo, ¿qué es lo que se le exige a usted a cambio?

—Testificar en contra de Isabelle Bornelli.

—Tiene que dar un testimonio veraz en el caso contra la señora Bornelli. ¿Es correcto?

—Sí, eso es. Un testimonio veraz.

—Gracias, señor Kaval. —Se acercó un poco más a él. Era un movimiento estudiado que le indicaba a los miembros del gran jurado que la parte siguiente era importante—. ¿Conoce usted a la acusada, Isabelle Bornelli?

—Sí.

—¿De qué la conoce?

Él esbozó una pequeña sonrisa.

—Fui su novio cuando ella iba a la universidad.

Sylvia miró de nuevo a los miembros del gran jurado y vio que algunos de ellos estaban tomando notas. Buena señal.

—Señor Kaval, quiero que retrocedamos hasta el primer año de universidad de la señora Bornelli. Quiero que recuerde cierta noche en concreto; cierto viernes por la noche, para ser exactos.

Keith dirigió la mirada hacia el reloj que había colgado en la pared de la sala de espera. Eran las 10:07, habían pasado dos minutos desde que había comprobado la hora por última vez.

Andie se había quedado hasta que había empezado la operación, y entonces se había marchado para llevar a Riley a la guardería e irse al trabajo. El tiempo pasaba más lento cuando uno no tenía a nadie con quien hablar. Se suponía que la operación iba a durar tres horas y de momento tan solo se habían pasado tres minutos del tiempo estimado, así que no estaba preocupado; bueno, digamos al menos que no estaba más preocupado de lo que cabría esperar. Pero habría estado bien que la enfermera fuera a ponerlo al tanto de cómo iba todo.

Se puso de pie, y estaba dirigiéndose hacia la ventana que había en la recepción cuando se abrió la puerta neumática y el doctor Balkany emergió de la sala quirúrgica. Estaba sonriendo.

—Todo ha ido de maravilla —afirmó.

Keith tuvo ganas de abrazarlo; de hecho, lo hizo, pero quería saberlo todo al detalle.

—Cuando dice que ha ido de maravilla, se refiere a...

—Lo sabremos con certeza cuando la incisión sane y se incorporen los componentes externos, pero estoy convencido de que su oído derecho será tan perfectamente funcional como el izquierdo.

Aquellas palabras dejaron sin aliento a Keith. Tal y como estaban las cosas, les hacía falta que algo saliera bien, y aquella noticia era inmejorable.

—¡Muchísimas gracias, doctor! ¿Cuándo podré verla?

—Ahora está en recuperación. Hemos usado anestesia general, pero no tardará en ir despertando. La enfermera le llevará hasta allí.

Keith le dio las gracias de nuevo, y al cabo de unos minutos llegó la enfermera que lo condujo por un laberinto de pasillos codificados por colores. Una línea verde que discurría por el suelo de baldosas conducía a la sala de recuperación. Melany estaba en el box número 3, tras una cortina de plástico que colgaba del techo para dar privacidad. Otra enfermera estaba revisando el vendaje que Melany tenía detrás de la oreja; el cirujano había afeitado una sección de unos cinco centímetros de cabello para poder hacer la incisión, pero la niña tenía melena de sobra para cubrirla.

La enfermera pulsó un botón para ir elevando el colchón e incorporar a Melany hasta dejarla casi sentada, pero los ojos de la niña tan solo estaban ligeramente entreabiertos.

—¿Cómo te encuentras, niñita grande?

Melany no respondió, y la enfermera dijo:

—Aún no se le ha pasado del todo el efecto de la anestesia.

Tampoco llevaba el procesador auditivo externo en el oído izquierdo, así que no le habría oído ni aun estando totalmente despierta. El nuevo procesador no iba a estar programado y operativo hasta que regresaran a Hong Kong… Si es que regresaban, claro.

Keith permaneció de pie junto a la barandilla de la cama y tomó la mano de su hija, que iba despertando poco a poco. La enfermera sacó el procesador antiguo de la bolsa que contenía los efectos personales de la niña y se lo colocó detrás del oído izquierdo. El proceso duró un minuto escaso, pero fue tiempo suficiente para que la neblina de la anestesia se disipara y Melany reconociera a su padre.

—Ya estás de vuelta, bienvenida —le dijo él.

La niña sonrió, y Keith se inclinó por encima de la barandilla para abrazarla. Ella le rodeó el cuello con los brazos y le estrujó con todas sus fuerzas.

—¡Mami! —dijo mientras seguía aferrada a él.

Keith dedujo que la neblina no se había disipado del todo todavía.

—No, cielo, soy papi.

—¡Mami!, ¡mami! ¡Está justo detrás de ti!

Él se volvió a mirar y se quedó boquiabierto al ver a Isa a los pies de la cama, vestida con la ropa que se había puesto para el vuelo desde Hong Kong.

—¿Pe-pe... pero... qué...? —Era como si las palabras le salieran con un retardo de varios segundos.

Isa se acercó y se abrazaron hasta que ambos se echaron a reír. Entonces se acercó a Melany, que exclamó jubilosa:

—¡Has vuelto!

—Sí, cielo. Mami ha vuelto —contestó Isa mientras la abrazaba con fuerza.

12

Jack pasó la mañana en los juzgados de lo civil situados en el centro de la ciudad, lejos de los lugares por donde solía moverse cuando se trataba de casos penales, intentando convencer a un juez muy escéptico de que era aceptable que su clienta hubiera tardado once años en denunciar al profesor de universidad que la había suspendido por negarse a hacer lo que le había exigido a media docena de mujeres más a cambio de un aprobado. Al salir encendió su móvil, y se disponía a informar a su clienta de que podía recurrir la sentencia de sobreseimiento cuando apareció en la pantalla el mensaje de texto de Keith: *Isa ha salido libre bajo fianza, ¡llámame!*

Tuvo que leerlo dos veces y, aun así, no acababa de comprenderlo del todo. Bajó dos tramos de escalones de granito a toda prisa para poner distancia cuanto antes entre su móvil y el edificio de los juzgados, una construcción de noventa años de antigüedad con una impresionante fachada de piedra caliza y columnas dóricas donde había una pésima señal de teléfono. Algunos decían que el viejo edificio estaba cayéndose a pedazos, pero, desde el punto de vista de la tecnología móvil, era una verdadera fortaleza. Jack podía dar fe de ello, porque llevaba toda la mañana sin una sola barra en el indicador de cobertura.

Se sentó en la marquesina de la parada de autobuses que había en la esquina, llamó a Keith al móvil, y se exasperó al ver que no contestaba. El jueves había dejado tres mensajes para Isa en el centro penitenciario y no había recibido respuesta alguna; la última comunicación que había tenido con su clienta había sido el miércoles, cuando le había dicho que no iba a poder salir a tiempo de estar presente en la operación de Melany.

Su teléfono empezó a sonar. El número que apareció en la pantalla era el de Keith, pero resultó ser Isa quien estaba al otro lado de la línea.

—¡Sorpresa! —exclamó ella rebosante de entusiasmo.

—Me has quitado la palabra de la boca. ¿Dónde estás?

—En un taxi, regresando del hospital con Keith y Melany.

Melany. Jack tenía en mente un montón de preguntas, pero una de ellas era la más importante de todas.

—¿Qué tal ha ido la operación?

—¡Ha salido todo perfecto! Para cuando he llegado al hospital, la intervención ya había terminado, pero estaba con ella cuando ha despertado. ¡Ha sido el momento más maravilloso de mi vida! No sabes lo agradecida que le estoy a Manny.

—¿Manny?, ¿quién es Manny?

—Manuel Espinosa, ha dicho que os conocéis.

Espinosa era un exitoso abogado de altos vuelos, pero Jack no tenía una opinión demasiado buena de él. Se le podría describir como… «astuto», por decirlo de forma suave.

—Sí, le conozco, pero ¿qué tiene que ver él en este asunto?

—Me quedé con el ánimo por los suelos después de hablar contigo el miércoles, y mi compañera de celda (que me dio un miedo de muerte cuando la conocí, la verdad) resultó ser de gran ayuda. Ella me recomendó que llamara a Espinosa, así que lo hice.

El autobús se detuvo en la esquina y el conductor abrió las puertas. Jack no se movió de donde estaba.

—¿Llamaste a otro abogado? —El humo del tubo de escape le cubrió como una nube cuando el autobús retomó la marcha.

—Sí, espero que no estés molesto.

—No lo estoy, pero es que debo comprender la situación. ¿Estoy fuera del caso?

—¡No, claro que no! Manny está especializado en fianzas.

—¿Eso fue lo que te dijo? —le preguntó él, consciente de que era mentira.

—Sí, me garantizó que podría sacarme en libertad bajo fianza.

—Isa, ningún abogado puede garantizarte eso en un caso de homicidio en primer grado.

—Pues él lo hizo, y logró sacarme.

—Sigo sin entender nada. La secretaria del juez no me ha llamado para lo de la vista, no he sabido nada de la fiscal ni de Espinosa. Acabo de decirte que no estoy molesto, pero la verdad es que sí que lo estoy. Yo no trabajo así, no puedo hacerlo.

—Lo siento, Jack. Puede que esto suene egoísta, pero tus sentimientos no eran mi prioridad. Yo tan solo quería… —Se le quebró la voz por la emoción—. Tan solo quería estar junto a mi hija.

—Eso lo comprendo, yo no soy la prioridad aquí. Podemos presentar una simple notificación de cambio de abogado y será Manny quien te represente de ahora en adelante. Es un trámite sencillo.

—¿Qué dices? Os quiero a los dos.

—¿Quieres que seamos codefensores?

—Sí. Keith os pagará a ambos, ¡vais a formar un gran equipo!

—No sé qué decirte, Isa.

—Por favor, Jack. Reunámonos en el despacho de Manny. Él podrá explicarnos cómo ha conseguido sacarme bajo fianza, y a partir de ahí podemos planear entre todos la estrategia a seguir a partir de ahora.

Lo cierto era que Jack estaba muy interesado en lo primero, en cómo se las había ingeniado Manny para lograr que la dejaran en libertad.

—Está bien, hablaré con Espinosa para concertar una reunión.

—¡Genial! Y muchas gracias, Jack. No me habría puesto en contacto con él si tú no hubieras admitido con toda sinceridad que no podías conseguir que me concedieran la fianza.

Aquello no sonaba como un cumplido, la verdad, pero Jack supuso que lo decía de buena fe.

—De nada.

Ambos colgaron, y Jack no tuvo ni tiempo de buscar el teléfono de Espinosa cuando la secretaria de este le llamó para confirmar una cita a la una. El bufete de Espinosa, LLP, estaba a unas pocas manzanas de donde se encontraba Jack y ni siquiera iba a tener que mover el coche, así que accedió.

Se puso en pie y echó a andar por la acera de Flagler Street. Cada vez tenía más cobertura, y empezaron a llegarle más mensajes al teléfono mientras se dirigía hacia el bufete de Espinosa; uno de ellos en concreto, un mensaje de voz de Sylvia Hunt, captó su atención de inmediato. Se llevó el teléfono al oído y se esforzó por oír el mensaje por encima de la bulliciosa cháchara de unos cincuenta turistas brasileños que regresaban a sus autobuses de color verde y amarillo después de vaciar las tiendas de electrónica.

—Jack, llevo toda la mañana intentando contactar con usted —le dijo ella—, pero su secretaria me ha dicho que estaba en los juzgados. La fiscal general y yo nos reunimos con Manuel Espinosa, que nos mostró una carta firmada por Isabelle Bornelli en la que se establece que él es su abogado; en cualquier caso, quería hacerle saber que hemos investigado las alegaciones del señor Espinosa y hemos accedido a que la señora Bornelli quede en libertad bajo una fianza de cien mil dólares. Llámeme si tiene alguna duda.

¿Las alegaciones del señor Espinosa?, ¿qué alegaciones?

Le habría gustado poder devolverle la llamada de inmediato, pero perdería toda credibilidad si ella supiera lo perdido que estaba en todo ese asunto.

Estaba claro que uno no debía acceder jamás a representar a un amigo.

Apretó un poco el paso mientras seguía por Flagler Street, no quería llegar ni un minuto tarde a la cita con Espinosa.

13

La reunión comenzó a la una en punto. Jack, Isa y Manny estaban sentados alrededor de una mesa redonda en el espacioso despacho de este último y Jack se lo tomó como un gesto conciliatorio, una especie de pipa de la paz. Espinosa podría haberles sentado en las butacas situadas frente a su escritorio para así llevar la batuta desde una posición de poder; en la mesa redonda, ninguno de los dos abogados estaba visiblemente al mando.

—Lo primero que quiero dejarte claro es que no estoy quitándote el puesto, Jack. No estoy aquí para sustituirte, estamos creando un equipo jurídico.

—Estoy abierto a esa posibilidad.

—¡Qué alivio oírte decir eso! —exclamó Isa.

El «alivio» en cuestión se reflejaba con claridad en su rostro. Una ducha y un cambio de ropa habían contribuido a la transformación, pero se trataba de algo más profundo. El hecho de poder estar junto a Melany en un momento tan trascendental la había convertido en una persona nueva.

—Pero tenemos que actuar como un equipo —le advirtió Jack a Manny.

—Sí, por supuesto —asintió este.

—Hay diferencias que son una cuestión de estilo, pero hay otras cosas que son fundamentales.

—Eso es lo que mueve el mundo —alegó Manny.

—No me refería a eso exactamente. Mira, te daré un ejemplo concreto: yo nunca garantizo resultados a mis clientes. Cuando he hablado por teléfono con Isa, me ha dicho que tú le garantizaste que saldría libre bajo fianza.

Espinosa sonrió al oír aquello.

—Puede que ella lo interpretara así, pero yo jamás le garanticé nada.

—No, esas fueron las palabras exactas que usaste: «Te lo garantizo» —afirmó ella.

Espinosa no perdió la sonrisa, pero se le veía un poco incómodo.

—Bueno, si las usé debió de ser después de que me contaras lo que te había pasado en la celda.

—¿Qué pasó?

Jack le hizo la pregunta a Isa, pero ella bajó la mirada y fue Manny quien contestó.

—Un guardia del centro penitenciario planeaba agredirla sexualmente.

Jack se tomó unos segundos para asimilar aquello antes de decir:

—Lamento muchísimo saber que te haya pasado algo así, Isa. Y perdóname por insistir en el tema, pero debo tener claros los hechos. El plan no llegó a llevarse a cabo, espero.

—No —le contestó ella.

—¿Cómo te enteraste de lo que planeaba hacer ese hombre?

Ella respiró hondo y dio la impresión de que ese brillo radiante que Jack había visto en su semblante escasos momentos atrás se desvanecía.

—Al principio fue algo instintivo, ese guardia en concreto me dio mala espina. Intenté no alterarme y me dije a mí misma que estaba siendo paranoica, que la resurrección de Gabriel Sosa estaba haciéndome ver a todo hombre que tuviera poder sobre mí como un violador. Pero al final resultó que no eran imaginaciones mías.

Jack esperó a que prosiguiera con el relato, pero se quedó callada.

—Su compañera de celda la alertó —dijo Manny.

—Me dijo que el guardia tenía un plan —asintió ella.

—¿Puedo preguntar cuál era ese plan?

Ella puso los codos sobre la mesa y apoyó la cabeza en las manos.

—¿Es realmente necesario hablar de esto?

—Lo siento, pero sí.

Manny se encargó de contestar por ella.

—En pocas palabras, las cámaras de seguridad que hay en cada celda no graban las veinticuatro horas del día. Tienen activación por movimiento. El guardia empleó amenazas y coacciones para que la compañera de celda de Isa accediera a permanecer inmóvil delante del sensor de la cámara, impidiendo así que se activara, mientras él agredía a Isa.

—¿Habría funcionado? —preguntó Jack.

—Afortunadamente, eso no lo sabremos jamás. La compañera de celda se lo contó a Isa y le dijo que contactara conmigo; ella y yo nos hemos reunido esta mañana, he acudido a la fiscal general para exponer la situación y en veinte minutos habíamos llegado a un acuerdo.

—Qué rapidez.

—En mi opinión, la fiscal general sabe que fue demasiado lejos al acusarla de homicidio en primer grado y el equipo de la acusación en pleno se está arrepintiendo, como cuando uno va de compras y al llegar a casa ve que se ha excedido. Me ha bastado con describir el titular que habían evitado por los pelos: «Víctima de violación encarcelada y agredida sexualmente de nuevo, después de que la fiscalía se opusiera a su puesta en libertad bajo fianza». Han cedido de inmediato.

—Con eso cobra más sentido el mensaje de Sylvia Hunt que he recibido esta mañana, ha hecho una vaga referencia a unas alegaciones.

—Ah, ¿te ha llamado?

—Sí, lo interesante es que ninguno de vosotros dos lo haya hecho.

—Eso ha sido decisión mía —admitió Isa con voz suave.

—No es que hayas herido mis sentimientos, pero voy a tener que pedirte una explicación —le dijo Jack.

—La cuestión es que yo no quería que Keith se enterara de esto, se habría preocupado por algo que no estaba en sus manos solucionar. Por eso no le conté tampoco lo de Gabriel Sosa, no quería que nuestro matrimonio se convirtiera en una larga sesión de terapia en la que, cada vez que hacíamos el amor, mi marido me preguntara «¿Te parece bien que haga esto, cielo? ¿Es esto otro demasiado traumático para ti?». Él no tenía por qué enterarse, era algo con lo que yo tenía que lidiar.

Jack se preguntó si ese viejo dicho sobre los abogados (algo así como «el abogado que se representa a sí mismo tiene por cliente a un necio») sería aplicable también a los psicólogos.

—Comprendo tus motivos, y es una decisión que te pertenece a ti. Pero yo no soy Keith.

—Es que creí que, si te lo contaba, podrías decírselo a él.

—No, lo que tú me cuentas no lo comparto con él.

—Ya lo sé.

—¿Lo tienes claro de verdad? Porque si no es así, no puedo representarte.

Ella guardó silencio durante unos segundos, y entonces contestó.

—Lo siento. Tienes razón, no volverá a pasar.

Jack no tenía ni idea de si podía confiar en que ella estuviera diciendo la verdad, pero tenía un buen punto de partida, una pregunta que iba a servir a modo de comprobación.

—El miércoles hablamos sobre el vuelo que reservaste para regresar a Hong Kong al día siguiente de que operaran a Melany; según tú, la fiscalía tenía razón al afirmar que era un plan para huir en caso de emergencia. Quiero que me digas de qué creías que podrías tener que huir.

—De acuerdo, te lo diré: de mi novio de la universidad, David Kaval.

—¿Qué te hizo pensar que podrías verte obligada a huir de él?

—Que está loco. Ya sé que ese no parece un término que debiera usar alguien que tiene una licenciatura en psicología, pero te lo digo muy en serio: David Kaval está loco.

—¿Aún vive en Miami?

—No tengo ni idea de dónde está.

—¿Por qué creías que podrías verte obligada a huir de él?

—Porque… —Se interrumpió, no sabía cómo contestar—. Cuando me marché de la Universidad de Miami para completar mis estudios en Suiza, no lo hice únicamente para escapar del recuerdo de Gabriel Sosa, también fue para alejarme de David Kaval. No es que esté loco sin más, es un loco peligroso.

Jack tenía una larga lista de preguntas en mente, pero el teléfono de Isa empezó a sonar. Ella contestó y una sonrisa asomó a su rostro.

—Es Melany —les dijo a ambos antes de hablar con la niña—. Hola, cielo. ¿Estás siendo buena y descansando…? Estás aburrida… Sí, papá está muy ocupado, cielo. Pero yo ya he terminado casi lo que estoy haciendo, así que dentro de muy poquito vuelvo a casa… Quince minutos. Te lo prometo, ¿vale…? Yo también te quiero.

Colgó y se centró de nuevo en ellos.

—Chicos, lo de David Kaval es una larga historia y en este momento tengo que estar junto a Melany. ¿Podemos dejar esta conversación para más adelante?

—Sí, por supuesto —asintió Manny.

Jack estaba deseando saber más sobre el tal Kaval, pero no era una cuestión tan urgente como para justificar el mantener a Isa apartada de su hija por más tiempo; además, no le vendría mal investigar a Kaval por su cuenta antes de hablar más a fondo del tema con ella.

—Claro, por mí no hay problema —contestó.

Después de que Isa les diera las gracias y se marchara, Manny se levantó de la silla y le estrechó la mano a Jack.

—Estoy impaciente por empezar a trabajar contigo, Jack. Apuesto a que esto va a resultar muy interesante.

—Sí, de eso no hay duda.

14

El viernes por la noche era una velada para salir y disfrutar en pareja. El evento principal era un concierto de Adele en el estadio, pero primero se deleitaban con una cena temprana. Jack pidió el churrasco con chimichurri y Andie optó por el cebiche peruano con aguacate; una botella de Malbec descansaba entre ellos sobre la mesa.

Aquel restaurante a pie de calle era uno de los preferidos de ambos. Estaba situado al final de la calle, en un rincón sin tanto ajetreo donde la franja residencial de Miami Avenue daba paso a la zona de restaurantes. Más al sur, frondosos flamboyanes y unas cuantas casas de estilo colonial español retrotraían a una época previa a los rascacielos..., a los tiempos en que Mary Brickell, una pionera, había implantado en la zona el verdadero estilo de Miami ideando bellas avenidas de gran amplitud, y vendiendo después parcelas de sus extensas propiedades para tentar a los ricachones a construir casas en la costa. Algunas de las primeras mansiones todavía seguían en pie (los propietarios eran gente como Silvester Stallone o Madonna) cuando Jack había abierto su primer bufete, pero ni siquiera esas se encontraban exactamente en Brickell Avenue. Lo que hacía de aquel lugar una zona atrayente para la gente de los alrededores era el exclusivo distrito de bares y restaurantes, que también gozaban de popularidad entre la población sudamericana que alimentaba el mercado inmobiliario de apartamentos de los alrededores.

Al ver que su móvil empezaba a vibrar, Jack le echó un vistazo al número que salía en la pantalla y volvió a dejarlo sobre la mesa.

—¿Quién era?

Era una pregunta que Andie no le habría hecho antes de que naciera Riley, pero la maternidad parecía haber activado un gen que la impulsaba a querer estar al tanto de todo. Como si cada llamada que interrumpía una cita se debiera a que una niña de dos años muy curiosa había metido su cuchara en la tostadora y estaba siendo trasladada a toda prisa a la sala de urgencias.

—Otro reportero, llevan todo el día llamándome a raíz de la puesta en libertad de Isa.

—¿Tienes que devolver la llamada?

—No.

—¿Seguro?

—No podría hacerlo ni aunque quisiera. Fue Manny quien negoció la puesta en libertad, y en el acuerdo al que ha llegado con la fiscalía se estipula que no hablaremos con los medios hasta que se lleve a cabo una investigación interna sobre la conducta indebida del guardia del centro penitenciario.

—¿Tú también estás obligado a cumplir con ese acuerdo?

—Sí, Manny y yo somos codefensores.

Jack lo dejó ahí. No solían hablar demasiado sobre sus casos, pero siempre había terrenos ambiguos que bordeaban el límite donde la comunicación básica entre marido y mujer tenía prevalencia sobre la confidencialidad debida entre un abogado criminalista y una agente del FBI.

—¿Qué tal va la cosa? Me refiero a lo de trabajar con Manny.

—Ya veremos.

—Eres consciente de que el noventa por ciento de los casos que maneja son de tráfico de drogas, ¿verdad? —le dijo ella.

—¿Cómo te has enterado de eso?

—Uno de nuestros agentes de Narcóticos me ha enviado un mensaje de texto. Algo así como «Eh, Henning, tu marido ha caído aún más bajo».

En opinión de la mayoría de los compañeros de trabajo de Andie, era mejor que Jack defendiera a presos condenados a muerte que a traficantes de droga.

—¿Te molesta que trabaje con él?

—No, ¿y a ti? —Al ver que Jack no contestaba, Andie asintió—. Sí que te molesta, ¿verdad?

—No es por los clientes relacionados con las drogas.

—¿No? ¿Por qué, entonces?

Él titubeó. La pregunta iba un poco más allá de esos «terrenos ambiguos que bordeaban el límite».

—No sé si deberíamos hablar de esto.

—Jack, soy tu mujer. Está claro que algo te ronda por la cabeza y por culpa de ese «algo» no estás siendo una compañía muy amena que digamos. Anda, cuéntame.

Era cierto que no podía quitárselo de la cabeza; además, la conversación que Keith y él habían mantenido con Felipe Bornelli en su despacho no era confidencial. De modo que dejó el tenedor sobre la mesa y se lo contó.

Andie sirvió más vino, escuchó el relato y no emitió opinión alguna hasta que él terminó de hablar.

—¿El padre de Isa te quiere fuera del caso?

—Eso fue lo que él me dijo.

—¿Crees que fue él quien acudió a Manny Espinosa para que te reemplazara?

Andie tenía un don especial para saber justo lo que él estaba pensando.

—Según Manny, Keith y la propia Isa, las cosas no ocurrieron así; de hecho, por lo que me han contado sobre la relación que hay entre su padre y ella, por nada del mundo contrataría a un abogado que recomendara él.

—¿Quién le habló de Manny?

—Su compañera de celda.

—¿La que afirmó que un guardia del centro penitenciario planeaba violar a Isa?

Aquello lo tomó por sorpresa.

—¿Cómo te has enterado de eso? No se ha hecho público.

—La División de Derechos Civiles del Departamento de Justicia va a intervenir en el asunto, nuestro departamento va a encargarse de la investigación. No estoy dándote ninguna información confidencial, la noticia estará mañana en los periódicos.

Jack tomó un trago de vino..., bueno, fue más que un trago. Había perdido la cuenta de las veces en que había sido reacio a hablar de alguno de sus casos con Andie por miedo a que se le escapara algo confidencial, y al final había descubierto que ella sabía más que él.

—Tiene sentido que se involucre a los federales —admitió—. Pero volviendo al punto anterior, a quién contrató a Manny... Hay algo que no encaja en la cronología de los acontecimientos. El miércoles, el juez denegó la libertad bajo fianza; dos horas después, Felipe Bornelli apareció en Miami para decirme que no aprueba al abogado que ha contratado su hija; ni cuarenta y ocho horas después, Manuel Espinosa la saca de la cárcel y tiene a Isa comiendo de la palma de su mano.

—Nadie te considera un mal abogado, Jack. Deja a un lado tu ego, ¿por qué el padre de Isa iba a contratar a Espinosa?

—No lo sé. No me trago el cuento ese de que no quiere que el hijo del gobernador Swyteck represente a su hija, pero me dio la clara impresión de que, por la razón que sea, quiere controlar el caso.

—¿Qué piensas hacer al respecto?

Jack se tomó unos segundos para reflexionar antes de contestar.

—Podría volver a hablar con Isa.

—No, antes de eso.

—Podría acudir directamente a Felipe.

Esa respuesta tampoco convenció a su mujer.

—¿Qué otra opción te queda?

Él pensó en ello hasta dar en el clavo.

—Podría hablar con la compañera de celda de Isa.

—¡Exacto! Y, a riesgo de estar hablando más de la cuenta, te diría que quizás te convenga hablar con ella antes de que la interroguen los federales.

Volvían a estar de nuevo en ese terreno ambiguo, pero Jack se alegraba de haber mantenido aquella conversación.

—Me siento mejor, gracias.

—De nada, ya se me ocurrirá cómo puedes devolverme el favor.

Jack notó cómo le acariciaba el tobillo con el pie y dijo, con una sonrisa esperanzada:

—¿Qué probabilidades hay de que Riley se quede en su propia cama esta noche?

Últimamente daba la impresión de que, cada vez que mamá y papá salían, Riley tenía una pesadilla. Las dos últimas veladas románticas habían terminado convirtiéndose en fiestas de pijamas con Jack, Andie, Riley y Dora la Exploradora.

—Del cincuenta por ciento.

—¿Crees que nos dejaría estar a solas si juráramos sobre un montón de Biblias que no tiene nada de lo que preocuparse, que va a ser hija única?

Ella se echó a reír.

—Nuestra niña es lista, Jack, pero no tanto.

La noche del viernes era la primera que pasaban en el apartamento que habían alquilado en las residencias del Four Seasons, y Keith estaba llenando la nevera; en la zona de Brickell se estilaba que te llevaran la compra a casa y la mayoría de tiendas se encargaban hasta de colocarte cada producto en su sitio, pero a él le gustaba tenerlo todo ordenado a su manera: la leche en el estante superior, las botellas de agua y los refrescos en la inferior, las fechas de caducidad mirando hacia delante. No pudo evitar hacerlo él mismo, pero aun así le había dado una buena propina al repartidor, que había exclamado «¡Vaya, muchas gracias!» con un marcado acento hispano.

Todavía le quedaban varios paquetes de alimentos secos sobre la encimera, pero ya se había encargado de todos los perecederos. Melany estaba profundamente dormida en su nuevo dormitorio, que era adyacente al principal; Isa, por su parte, había dicho que estaba agotada y que iba a acostarse, pero en ese momento la vio en la terraza, a la que se podía acceder desde el dormitorio principal por un extremo y desde la cocina por el otro. Estaba apoyada en la barandilla, tenía puesta una bata y el pelo recogido con una pinza.

Salió a la terraza y se detuvo junto a ella.

—¿No podías dormir?

—No —admitió ella con voz suave.

A Keith no le extrañó que le costara conciliar el sueño, vete tú a saber qué pesadillas habría traído consigo a casa después de pasar por el centro penitenciario.

La terraza estaba orientada al norte y las vistas eran espectaculares. Tenían el núcleo financiero de Miami a sus pies y daba la impresión de que bastaría con alargar la mano para tocar las luces de Cayo Vizcaíno.

—Se parece un poco a Hong Kong —comentó él.

—Sí, es lo que me ha dicho Melany.

Su voz carecía de inflexión, y a pesar del extenso panorama que tenían ante ellos parecía estar enfocando intensamente la mirada, como si algo le hubiera llamado la atención.

—¿Estás bien? —le preguntó él.

Ella contestó sin desviar la mirada.

—¿Ves aquel edificio de allí? Al oeste de Brickell Avenue, junto al Marriot. —Señaló hacia el edificio en cuestión.

—¿El de cristal de la esquina?

—Sí. Cuando era una cría y vivía en Miami, esa era la Oficina del Consulado General de la República Bolivariana de Venezuela. Mi padre trabajaba ahí.

—¿Estuviste dentro alguna vez?

—No, ni una.

La verdad era que nunca habían tenido una conversación propiamente dicha sobre su padre, y Keith no sabía si ese sería el momento adecuado para ello; aun así, seguía molesto por la forma en que Felipe se había presentado en el despacho de Jack y había dejado claro que le quería fuera del caso.

—Es un hombre inusual —comentó.

—Qué me vas a contar. Es curioso cómo se puede tener una imagen de alguien en la mente. Yo a mi padre siempre lo imagino con una de esas camisetas rojas que solían llevar todos los miembros del gobierno de Chávez. Una camiseta roja y una cazadora con los colores de la bandera de Venezuela.

—No iba vestido así cuando Jack y yo hablamos con él.

—¿Has vuelto a saber algo de él desde entonces?

—No, ¿y tú?

—De ser así, te lo diría.

—¿Estás segura de eso?

Ella se volvió a mirarlo.

—Sí, Keith. ¿A qué vienen esas dudas?

La pregunta le sorprendió, teniendo en cuenta los secretos que habían salido a la luz en los dos últimos días. Pero no quería generar una discusión.

—Solo quiero asegurarme de que no haya venido a causar problemas.

—No voy a preocuparme por eso, Manny y Jack pueden encargarse del asunto.

Keith notó que había puesto por delante a Manny.

—Está bien, pero no quiero que te fíes demasiado de Manny.

—¿A qué te refieres?

Él intentó decirlo con tacto.

—Tu padre no se limitó a decir que quería a Jack fuera del caso, también afirmó que pensaba compartir información que pondrá en tela de juicio si es realmente cierto que Gabriel Sosa te agredió.

Isa cerró los ojos lentamente y volvió a abrirlos segundos después; estaba intentando encajar aquel golpe.

—Mi padre es... —Se interrumpió mientras buscaba la palabra adecuada—. Increíble, simple y llanamente increíble.

Ambos se quedaron en silencio. Keith pensó en su propia hija, en cómo reaccionaría si una Melany de diecinueve años le llamara por teléfono para decirle que la habían agredido sexualmente.

—Todavía me cuesta creer que tu padre reaccionara así, ¿cómo pudo desechar de plano la posibilidad de que te hubieran violado?

Ella titubeó como si fuera reacia a hablar del asunto.

—Tú no le conoces. No puede decirse que me acuerde a la perfección de aquella conversación telefónica, la que él y yo mantuvimos después de lo que acababa de pasarme. Yo ya estaba en *shock*, y cuando empezó a gritarme por invitar a un chico a subir a mi habitación en la primera cita me quedé... No sé, me quedé catatónica.

Keith sintió que la sangre le hervía en las venas, pero no sabía si sería prudente mostrar su ira. No sabía cómo lidiar con ninguno de aquellos sentimientos ni con los súbitos e inesperados acontecimientos que les habían cambiado la vida desde el mismo momento en que habían aterrizado en Miami.

—Fue un gran error no presentar una denuncia —afirmó ella.

—No puedes culparte por no haberlo hecho.

—Colgué el teléfono después de hablar con mi padre y no supe qué hacer. No sé cuánto tiempo pasó, pero entonces me entró otra vez el pánico. ¿Qué iba a hacer si me había quedado embarazada? Fui a la clínica del campus para que me examinara una doctora y la enfermera que estaba en la recepción debió de darse cuenta de lo traumatizada que estaba, porque me preguntó si quería denunciar algo ante las autoridades. Pero lo único que yo podía oír era la voz de mi padre atronándome en la mente. Ni siquiera mi propio padre se creía que me hubieran violado. Así que le dije a la enfermera que no, que no tenía nada que denunciar. Cuando me hicieron pasar a la consulta le dije a la doctora que había tenido actividad sexual sin protección y me dio la píldora del día después y ahí quedó zanjado el asunto.

—Lo hiciste lo mejor que pudiste.

A ella se le inundaron los ojos de lágrimas.

—En ese momento era incapaz de pensar. Estaba avergonzada, me sentía culpable. No quise revelar lo que me había pasado porque no quería que se enterara nadie.

Keith la abrazó en la penumbra.

—Tranquila, ya está. Eso quedó atrás, ahora estás bien.

—Voy a acostarme otra vez, a ver si consigo conciliar el sueño. Necesito dormir.

—Voy contigo.

Keith abrió la puerta y entraron en el dormitorio. Ella fue directa a la cama, pero él hizo una parada en el baño y para cuando salió ya se había quedado dormida, así que se metió bajo las sábanas procurando no hacer ruido y apoyó la cabeza en la almohada. El aire acondicionado se encendió automáticamente y después se apagó; no miró la hora, pero el aire se encendió y se apagó en dos ocasiones más y todavía seguía sin poder dormir. Él también estaba avergonzado y se sentía culpable. Pensó en las cosas que Isa y él habían hecho en el dormitorio, en las cosas que él le había dicho en momentos de pasión, y se preguntó si alguna vez la habría hecho sentir incómoda. El sexo no había sido sino uno de los puntos fuertes de la relación entre ambos desde siempre, o eso era al menos lo que había creído él. ¿Tan insensible era?, ¿habría intentado ella hablarle del tema y él no había prestado atención?

La contempló mientras dormía durante unos segundos, le puso una mano en el hombro... y ella se sobresaltó, se sentó como un resorte al sentir aquel pequeño contacto. Tenía la respiración acelerada.

—¡Me has asustado!

Keith la calmó y ella volvió a tumbarse, pero dio la impresión de que dormía con un ojo abierto.

A Keith le preocupaba lo que se avecinaba. Ni siquiera habían llegado aún a la parte dura de todo aquello y se preguntaba cómo iban a sobrellevarlo Isa y él, cómo se vería afectada Melany, cuando un juicio obligara a su esposa a revivir en público en la sala de un juzgado la experiencia más traumática a la que podría enfrentarse una mujer.

Le habría gustado acariciarle el pelo y besarla con dulzura en la sien, pero no lo hizo. No quería arriesgarse a perturbar el descanso que había tardado tanto en llegar.

15

Jack despertó temprano el sábado por la mañana. Andie estaba dormida en el otro extremo del colchón y Riley estaba entre ambos, estirada de lado a lado como la línea horizontal de una «H». Se levantó de la cama poquito a poco, procurando no despertarla, pero sus esfuerzos fueron en vano.

—¡Papi, vamos a jugar a ser Swiper!

Swiper era el travieso zorro de *Dora la exploradora*, los dibujos animados preferidos de Riley. Y resulta que Swiper lo rapiñaba todo: piedras preciosas, arándanos de Colina Arándano, la vida sexual de Jack y Andie...

¡Le daban ganas de estrangular a ese zorro!

—¿Quieres que le preparemos el desayuno a mami? —le propuso a la niña en voz baja.

A ella le pareció una idea genial y salieron del dormitorio de puntillas, como Swiper largándose con el botín.

Las vistas que había desde la cocina eran una de las cosas que le encantaban de su casa, y un aire de nostalgia tiñó el placer que sentía al contemplar la luz matutina titilando sobre la bahía más allá del pequeño jardín. Les quedaban unos meses escasos en Cayo Vizcaíno y ya lo echaba de menos. Había sido una «rata del cayo» durante ocho años, desde antes de conocer a Andie, gracias a que había alquilado a muy buen precio una de las llamadas «casas Mackle» (cientos de sencillas viviendas de cemento con dos habitaciones que habían sido construidas para veteranos de la Segunda Guerra Mundial dispuestos a enfrentarse a lo que, en aquella época, era poco más que un pantano infestado de mosquitos). La de Jack era la última Mackle que quedaba en la zona costera y, como el propietario no quería renovar el contrato de alquiler, su única esperanza para salvar la vieja casa del buldócer sería conseguir un número de lotería premiado con siete millones de dólares como mínimo.

—Papi, ¿hacemos tortitas?

—Perfecto.

Jack recorrió la cocina con la mirada. No tenía ni idea de dónde estaba guardada la plancha, pero se sentía un poquitín orgulloso de sí mismo por saber al menos que necesitaba una.

En ese momento se oyó el rítmico golpeteo de las uñas de un perro contra el suelo de baldosas procedente del pasillo, y un somnoliento golden retriever entró en la cocina.

—¡Hola, Max! —le saludó Jack antes de abrir la puerta francesa que daba al jardín—. ¿Tienes que ir al baño, campeón?

—Max ya ha hecho pis —dijo Riley señalando hacia el charco que había en la sala de estar.

Max estaba bien entrenado. Si alguna que otra vez había algún accidente esporádico, la culpa la tenía siempre un cabeza hueca llamado Jack, que alguna que otra vez olvidaba dejarlo salir antes de dormir.

Tomó un rollo de servilletas de papel y mientras estaba secando el lago Okeechobee empezó a sonarle el móvil, que había estado cargándose durante la noche sobre la encimera de la cocina. El tono de llamada era nuevo: *Hello* de Adele. El tema había sido uno de los bises de la cantante al final del concierto de la noche anterior y Andie se lo había puesto en el móvil durante el trayecto de vuelta a casa.

—¡Anda, la canción preferida de mamá! —exclamó Riley. Se puso a cantar, pero adaptando un poco la letra—. *Hello from the other kitty...*

Jack sonrió al imaginarse a la niña y a Andie cantando a dúo la versión de Hello Kitty del tema de Adele mientras circulaban por la ciudad en el utilitario deportivo, pero su sonrisa se esfumó cuando oyó la voz de Manny al otro lado de la línea telefónica.

—Buenos días, Jack. Perdona que te llame en sábado, pero acabo de hablar por teléfono con Sylvia Hunt.

—¿Qué pasa?

—Te cabreaste bastante con ella porque no te dio una copia de la declaración jurada, así que dice que esta vez ha querido avisarnos.

—¿Cómo que «esta vez»? No habrá cambiado de opinión sobre lo de la fianza, ¿verdad?

—No. El gran jurado dictaminó ayer que ha lugar el procesamiento, y ella va a hacer público el escrito de acusación a las nueve de la mañana.

—¿Con toda la información que ya tenían, y han acudido al gran jurado? ¿Por qué?, ¿existen cargos adicionales?

—Ella no me ha dado los motivos, supongo que será por una cuestión de estrategia.

Jack comprendía el valor estratégico: llevar a juicio a una víctima de violación había resultado ser una decisión controvertida y la fiscalía general quería el sello de aprobación de un gran jurado; aun así, él había participado en demasiados casos de pena capital como para pasar por alto la Quinta Enmienda de la Constitución de los Estados Unidos, que estipulaba que tan solo se requería el escrito de acusación de un gran jurado en una clase de casos: en aquellos en los que la fiscalía pensara solicitar la pena de muerte.

—Esperemos que solo sea por eso, por estrategia —se limitó a decir.

16

El equipo se reunió en el Freedom Institute a las 09:30. Jack, Manny e Isa se sentaron alrededor de la mesa de formica que había en lo que podría considerarse la sala de reuniones mientras Keith esperaba en el despacho de Jack, al margen de la conversación entre abogados y clienta.

La remodelación del interior del Freedom Institute suponía toda una transformación, pero no estaba carente de nostalgia. Había una habitación que no había cambiado lo más mínimo y que, por votación unánime del equipo, se conservaría tal y como estaba: la cocina *vintage* de los años sesenta era una cápsula del tiempo en honor al mentor de Jack. Además de ser el lugar donde abogados y personal habían abierto sus fiambreras a la hora de la comida desde que el instituto había abierto sus puertas, también hacía las veces de sala de reuniones principal (y única). Por encima de la cafetera, colgada en la pared, estaba la fotografía enmarcada de Bobby Kennedy que, años atrás, cuando estaba en Harvard, Neil había tenido colgada en su habitación de la residencia de estudiantes.

—Me parece que a Keith le molesta que siempre le mantengamos al margen —comentó Isa.

—Él comprende que no es el cliente y es importante que tú también lo hagas —contestó Jack.

—Tenía entendido que lo que se habla entre marido y mujer estaba protegido por una especie de confidencialidad, o algo así.

—Hasta cierto punto —asintió Jack—. Pero no hay necesidad de que Keith esté presente en esta reunión y, si se da el caso de que tenga que responder a una serie de preguntas bajo juramento, cuanto menos sepa, mejor. Cada vez que diga que se niega a responder porque lo que le dijo su mujer es confidencial dará la impresión de que está escondiendo algo.

—¿Podría verse obligado a testificar en el juicio? —le preguntó ella.

—Eso no podemos saberlo a ciencia cierta, será mejor que por ahora nos centremos en lo que sí sabemos. En el escrito de acusación se te imputan dos delitos: hay un primer cargo por homicidio calificado vinculado a un secuestro, y un segundo cargo por conspiración para cometer un asesinato. Esto último significa que ideaste un plan junto con otras personas para asesinar a Gabriel Sosa; el crimen es ese acuerdo con otros.

—¡Yo no acordé nada con nadie!

—El cargo por homicidio calificado significa que participaste en el secuestro de Gabriel Sosa; durante dicho secuestro otra persona, no tú, mató a Gabriel.

—No lo entiendo. ¿De qué se me acusa?, ¿de secuestro o de homicidio?

—De homicidio en primer grado.

—¡No me parece justo!

—Es un principio muy consolidado. Se ha ejecutado a gente por conducir el coche de huida cuando fue el cómplice el que disparó y mató al trabajador del banco. Da igual quién haya cometido el asesinato, si participas en un crimen como un secuestro o un robo y al final alguien acaba muriendo eres culpable de homicidio calificado. Así funciona la ley.

—Has dicho «ejecutado», ¿me enfrento a la pena de muerte?

—No, aunque admito que eso me ha tenido un poco preocupado cuando me he enterado de que el caso se había remitido a un gran jurado. Es posible que la fiscalía solicitara la pena de muerte, pero el gran jurado no ha picado. Bajo la acusación que se ha formulado, no existe la posibilidad de que se te imponga la pena de muerte ni aun suponiendo que te declararan culpable de todos los cargos.

—Me lo tomaré como una buena noticia, pero ¿cómo de mala podría ser la sentencia?

—¿En el peor de los casos?

—Sí, en el peor de los casos.

—Cadena perpetua sin libertad condicional.

Ella se encogió ligeramente en la silla. No era la pena de muerte, pero seguía siendo una posibilidad aterradora.

—No llegaremos a ese punto —le aseguró Manny.

—¿Cómo puedes estar seguro de eso? —preguntó ella.

—Porque la fiscalía no quiere llevar a juicio un caso así. Mientras estés dispuesta a llegar a un acuerdo y declararte culpable de un cargo menor, la cadena perpetua sin libertad condicional no tiene ni por qué pasarte por la mente.

—No pienso declararme culpable de algo que no he hecho. No, ni aunque sea un… «cargo menor», como dices tú.

Jack y Manny intercambiaron una mirada, como si el uno estuviera preguntándose cuántos miles de veces habría escuchado el otro esas mismas palabras de boca de otros clientes.

—Echémosle un vistazo al escrito de acusación —propuso Jack.

—Antes de eso quiero decir que, como abogados tuyos, somos plenamente conscientes de que toda historia puede verse desde varios puntos de vista —apostilló Manny—. En un escrito de acusación solo se refleja uno de ellos: el del Estado.

—Vale.

—También quiero añadir que en el escrito de acusación no se incluyen todas las pruebas que la fiscalía presentó ante el gran jurado. Eso vendrá después, cuando obtengamos las transcripciones del procedimiento.

—¿Cuándo os las darán?

—Pronto. Hablaremos con la fiscalía para acordar fechas. Pero no era mi intención interrumpir. Adelante, Jack.

—Gracias. En los primeros párrafos se relatan las alegaciones previas. Fuiste a un bar con tu novio y su amigo, señalaste a Gabriel Sosa y dijiste que te había agredido sexualmente esa primavera, en tu habitación de la residencia de estudiantes.

—Como ya dije antes, todo eso es verdad.

—¿Quién era el amigo de tu novio?

—No me acuerdo de su nombre, ni siquiera estoy segura de que llegaran a decírmelo. Era la primera vez que le veía y no volvimos a coincidir.

—En el escrito de acusación tampoco aparece su nombre —dijo Jack—. Pero yo estoy convencido de que, cuando obtengamos las transcripciones, el testigo principal resultará ser tu novio, David Kaval.

—Ya te dije que no sé dónde está.

—Mi investigador lo averiguó anoche. Está en la prisión estatal de Florida por robo a mano armada.

—Y por eso es más probable aún que esté testificando en tu contra —afirmó Manny—, seguro que ha hecho un trato.

—Sí, es lo más probable —asintió Jack—. Al margen de quién pueda ser o dejar de ser el testigo, en el escrito de acusación se alega que, cuando Sosa salió del bar y fue a por su coche, tú le seguiste en una furgoneta blanca acompañada de tu novio y de su amigo. ¿Es eso cierto?

—Sí.

Jack titubeó ligeramente. Aquella respuesta le había sorprendido, esperaba que ella lo negara.

—¿Por qué le seguisteis?

—David dijo que íbamos a darle un susto.

—¿Cómo ibais a hacerlo?

—No lo sé, David no lo especificó.

—¿De quién era la furgoneta?

—Del amigo de David, yo ni siquiera quería ir.

—Pero lo hiciste.

—Sí.

La vieja nevera que Jack tenía a su espalda empezó a chirriar. La respuesta de Isa quedó suspendida en el aire hasta que el ruido mecánico cesó, y Jack prosiguió.

—En el escrito pone lo siguiente: «Tras recorrer un kilómetro y medio, más o menos, la furgoneta golpeó por atrás el coche de Sosa de forma deliberada. Cuando este salió del coche para examinar el daño causado, el novio de Isa y su amigo salieron de la furgoneta con rapidez y se encararon con él». ¿Es eso cierto? —Al ver que ella no contestaba, lo intentó de nuevo—. ¿Es cierto, Isa?

—Sí.

Otra admisión inesperada.

—¿Cómo se encararon con él Kaval y su amigo?

—Nos paramos en el arcén, como lo haría cualquiera después de un choque así. Sosa estaba de pie entre la parte trasera de su coche y el morro de la furgoneta. David y su amigo le bloquearon el paso: David se puso en el lado del conductor y su amigo, que era más corpulento, en el otro; así que Gabriel quedó atrapado, no podía salir de allí.

—¿Dónde estabas tú?

—En el asiento delantero de la furgoneta.

—¿Oíste lo que hablaron?

—No.

—¿Viste si alguno de los dos tocó a Sosa?

—David le empujó.

—¿Con fuerza?

—No. Se comportaron como adolescentes de instituto, estaban intentando asustarle. Yo me bajé de la furgoneta y le dije a David que parara, pero él no me hizo caso y volvió a empujar a Gabriel.

—¿Más fuerte?

—Sí, le tiró al suelo y empezó a gritarle. Le dijo: «¡Levántate! ¡Levántate, nenaza!».

—¿Qué hiciste tú?

—Me puse a gritarle a David. Le dije que parara, que dejara en paz a Gabriel. Pero él me gritó: «¡Lárgate de aquí, Isa! ¡Vete! ¡Piérdete!».

—¿Qué hiciste?

Ella respiró hondo y empezó a temblar.

—Me fui corriendo de allí.

—¿A dónde fuiste?

—A mi habitación de la residencia de estudiantes, estábamos a menos de kilómetro y medio del campus. Eché a correr y no paré hasta que llegué a mi habitación y cerré la puerta con llave.

—¿Llamaste a la policía?

Ella bajó la mirada y la fijó en la mesa antes de admitir:

—No.

—¿Por qué no?

Isa se tomó un momento para hacer acopio de fuerzas y luego miró a Jack.

—¿Tienes idea de lo que me habría hecho David si hubiera llamado a la policía?

—Teniendo en cuenta que ahora está en la cárcel por un crimen violento, supongo que me hago una idea.

—Tu imaginación no es tan truculenta. Eso espero, al menos.

Jack iba a tener que hablar con ella más detalladamente acerca de ese novio, pero eso sería más adelante. Primero quería repasar la cronología de los hechos.

—¿Cuándo contactaron de nuevo contigo David y su amigo?

—Del amigo no supe nada más, David me llamó a la mañana siguiente.

—¿Qué tal fue la conversación?

—Le dije «Espero que no le hicierais daño» y él me contestó que no se lo habían hecho, que se habían limitado a darle un susto. «Se ha cagado de miedo», esas fueron sus palabras exactas. Y después me dijo: «Ahora ya puedes dormir tranquila. Ya no tienes que preocuparte de si va a aparecer por ahí a molestarte».

—¿Cómo interpretaste tú eso?

—Pensé que Gabriel estaba tan asustado que no se atrevería a acercarse a la zona donde yo vivía.

—¿No se te ocurrió pensar que igual no aparecía por allí porque estaba muerto?

—No.

La vieja nevera se puso a chirriar de nuevo. Jack le dio al motor eléctrico un momento para que dejara de chirriar y, una vez reinstaurado el silencio, le dio a Isa unos segundos más para ver si ampliaba su respuesta. Al ver que ella no añadía nada más, le preguntó al fin:

—¿Hay algo más que quieras contarnos?

—No, eso es todo.

Él repasó sus notas para asegurarse de haber preguntado acerca de todas las cuestiones pendientes, y entonces le echó otro vistazo al escrito de acusación.

—En el escrito se da una versión muy distinta a la tuya. Aquí pone que tu novio y su amigo metieron a Gabriel en la parte trasera de la furgoneta a la fuerza y que se dirigieron entonces a un taller mecánico. Y que tú ibas con ellos.

—Eso no es verdad, volví corriendo a la residencia de estudiantes.

—Según lo que pone aquí, Sosa fue torturado de forma sistemática durante horas en el taller, y el sábado por la mañana encontraron su destrozado cadáver tirado en un rincón de Krome Avenue, en la zona sur del condado de Miami-Dade.

—No sé nada de torturas ni de cadáveres encontrados en la calle. Lo último que vi fue a ellos parados entre la furgoneta y el coche de Gabriel, cuando estaban metiéndole miedo.

—¿Por qué saliste corriendo? —le preguntó Jack.

Ella no contestó de inmediato, pero por su lenguaje corporal estaba claro que se había hecho esa misma pregunta multitud de veces.

—No lo sé. Tenía miedo, estaba enfadada. Era insoportable ver de nuevo a Gabriel Sosa. Me di cuenta de repente de que no soportaba permanecer allí ni un segundo más, así que eché a correr.

—¿Antes de que Kaval y su amigo se lo llevaran al taller?

—Sí. Hasta ahora no tenía ni idea de lo de ese taller.

—En la última línea del escrito de acusación se alega que todo fue planeado, orquestado y organizado por Isabelle Bornelli.

—Quienquiera que lo haya dicho, miente.

Jack se inclinó un poco sobre la mesa. No lo hizo para intimidarla, sino para dejarle claro que allí había algo que no acababa de cuadrarle.

—Déjame preguntarte algo, Isa: ¿qué creíste que pasaría cuando señalaste a Gabriel Sosa en el bar y le dijiste a tu novio quién era?

—No lo sé.

—Vas a tener que mejorar esa respuesta.

Ella se recompuso y contestó.

—Creí que él le diría a Gabriel que no iba a salir impune después de lo que me había hecho, que le diría que ni se le ocurriera acercarse a mí una segunda vez.

—¿Lo dices en serio? Venga ya, Isa, vamos a hablar con claridad. Tú sabías que haría mucho más que mantener una conversación con él.

—Creía que actuaría como lo haría cualquier novio al encontrarse con el hombre que había violado a su novia, pero todo eso de que yo ideé un plan para asesinar a Gabriel es una completa locura.

Manny se levantó de la silla y se apoyó en la encimera.

—Sí, sobre todo si no te violó.

—¿Perdona?

—No habrías tenido motivo alguno para hacer que tu novio se fijara en él, para secuestrarle, para asustarle... ni para matarle, por supuesto..., si, tal y como le dijiste a la doctora del campus, lo único que hicisteis Gabriel y tú fue tener relaciones sexuales sin protección.

—¡Pero no fue eso lo que pasó! —protestó ella.

—Esa no es la cuestión —alegó Manny—. ¿Puede demostrar la fiscalía que sucedió algo más?

—No entiendo.

—Técnicamente, la fiscalía no tiene por qué demostrar que existe un móvil, un motivo. Pero en un caso como este, si el Estado no puede demostrar su existencia, un jurado jamás te declarará culpable.

125

—Pero no deberían declararme culpable por motivo alguno, ¡yo no hice nada!

—Isa, solo te pido que me escuches. La fiscalía no puede demostrar que sufriste una agresión sexual. Tú no presentaste una denuncia, tu agresor está muerto, no se realizó un examen médico de tu cuerpo para confirmar dicha agresión. Si Jack y yo estamos en lo cierto, el caso se sustenta en la declaración de tu exnovio, que es un delincuente convicto que está cumpliendo una condena por robo a mano armada. Le haremos trizas cuando suba al estrado, quedará como un canalla que ha conseguido un buen trato a cambio de testificar en tu contra.

—Pero ¿qué se supone que tengo que hacer? ¿Quieres que mienta sobre lo que me pasó, que diga que no me violaron?

—No, lo que quiero es que te calles —Manny dijo aquello de forma categórica y calmada. Al ver la cara de indignación que puso ella, añadió—: quiero que nos callemos todos. Tenemos que dejar de decirles a la fiscalía, a los medios y a quien sea que te violaron. No quiero sacar a la luz pública nada que después pueda ser usado en nuestra contra en el juicio, nada que demuestre que Gabriel Sosa te agredió sexualmente. Porque, tal y como están las cosas en este momento, no veo cómo podría demostrar la fiscalía que hubo violación. Y sin violación no hay móvil; sin móvil no hay condena.

—No me gusta ese enfoque —dijo ella—. No me gusta lo más mínimo.

—En ese caso, quizás prefieras pasar el resto de la vida en la cárcel.

Ella le pidió ayuda a Jack con la mirada, que optó por intervenir.

—No te pases, Manny.

—Digo las cosas tal y como son.

—No, las dices como te conviene.

—¿Qué opinas tú, Jack? —le preguntó Isa.

Aunque seguía teniendo sus dudas en lo que a Manny se refería, Jack había estado escuchando la conversación manteniendo la mente abierta.

—Esta es la cuestión más difícil a la que puede enfrentarse un abogado criminalista: ¿doy mi versión de los hechos y defiendo mi inocencia o me quedo callado y digo que el gobierno no puede demostrar mi culpabilidad más allá de toda duda razonable?

—Pero ¿estás de acuerdo con Manny?

Jack no apartó la mirada de Isa al contestar porque supo de forma instintiva que ella necesitaba apoyo y seguridad.

—Hasta cierto punto. Si dices públicamente que te violaron, según lo que establece la normativa en materia de pruebas tus palabras pueden usarse en tu contra durante el juicio. Es una admisión. Así que estoy de acuerdo con él en que no deberías hacer ninguna declaración pública.

—Perfecto —dijo Manny—. En ese caso, estamos todos de acuerdo.

Jack apartó la mirada de Isa y la dirigió hacia él.

—No tan rápido, no creo que debamos permanecer callados todos. La fiscalía merece todas las críticas que está recibiendo por parte de la opinión pública por presentar cargos contra Isa por homicidio. Si somos los abogados quienes les decimos a los medios de comunicación que fue violada, la fiscalía no puede usarlo contra nuestra clienta durante el juicio.

—Estás hilando muy fino —comentó Manny.

—No, se trata de un punto importante. Sí, Isa debería permanecer callada. Pero sus abogados seguiremos valiéndonos de los medios de comunicación. Mantendremos la presión sobre la fiscalía general por armar un caso de asesinato en primer grado cuando los cargos, en caso de haberlos, tendrían que haber sido mucho menos graves.

—¿Estás diciendo que no testificaré en el juicio? —le preguntó Isa.

—Esa es una decisión que tomaremos sobre la marcha. Por ahora, nuestro objetivo es evitar que hagas ninguna declaración pública antes del juicio que pudiera facilitarle las cosas a la fiscalía a la hora de sustentar su acusación.

Isa respiró hondo y exhaló antes de asentir.

—De acuerdo, supongo que puedo aceptar esa estrategia.

Manny negó con la cabeza.

—Vale, lo que dice Jack está muy bien en teoría, pero la realidad es que ninguno de nosotros puede decir nada sobre la agresión sexual.

—¿Por qué no? —le preguntó ella.

—Porque eso es lo que acordé con Sylvia Hunt. Ella accedió a que la fiscalía no se opusiera a la libertad bajo fianza, siempre y cuando nosotros accediéramos a no hacer declaraciones hasta que haya finalizado la investigación sobre la conducta indebida del guardia del centro penitenciario.

—El hecho de no poder hablar sobre la investigación no os impide hablar sobre lo que hizo Gabriel Sosa —argumentó Isa antes de mirar a Jack—. ¿Verdad que no?

—Acepté una mordaza total —insistió Manny—. La defensa no puede hablar con los medios y punto.

A Jack le quedó todo claro en ese momento. Manny ya se había decidido por una estrategia (que Sosa no había violado a Isa) y, actuando por su cuenta, había hecho que todo el equipo de la defensa tuviera que ceñirse a ella.

—No me parece el mejor resultado —comentó Isa.

—Es el mejor resultado posible —afirmó Manny—, has salido de la cárcel.

Ella cerró los ojos y se masajeó el entrecejo.

—Todo esto está dándome un dolor de cabeza monumental.

—Ya hemos cubierto bastante terreno por esta mañana —dijo Jack.

—¿Cuándo volvemos a reunirnos? —le preguntó ella.

—Pronto —contestó él antes de mirar a Manny—. Pero, antes de nada, los abogados tenemos que mantener una conversación. Una en profundidad y honesta, los dos solos.

—Vale, llamadme cuando me necesitéis —asintió ella—. Gracias a los dos —añadió antes de salir de la sala.

—Yo también tengo que irme —dijo Manny—. Si me doy prisa, puede que llegue a tiempo a la hora de salida que tengo reservada en el campo de golf de La Gorce.

—He dicho en serio lo de hablar de abogado a abogado.

La nevera había empezado a chirriar otra vez. Manny le dio una patada y el ruido cesó de golpe.

—Qué espacio de trabajo tan original tienes aquí montado, Swyteck. Vayamos a hablar a mi despacho.

Jack se levantó de la silla. No quería discutir con Manny estando Keith e Isa en la sala de al lado, pero cada vez estaba costándole más morderse la lengua.

—¿Es así como quieres manejar esto, Manny?

—No tengo ni idea de lo que quieres decir.

—Si vamos a ser un equipo, tienes que dejar de comportarte como si fueras el capitán del barco.

—Es que lo soy. No fuiste tú quien consiguió que Isa saliera en libertad bajo fianza.

—Justamente a eso me refiero, Manny. No le he dicho ni una sola palabra en tu contra a Isa, pero todo lo que tú haces está pensado para convencerla de que este caso lo lleva un solo abogado. Tú decides lo que les decimos a los medios; tú decides la estrategia a seguir durante el juicio; tú eres el mago legal que sacó a su clienta de la cárcel con su varita mágica.

—Te aseguro que no fue cuestión de magia, Jack.

—No lo dudo. Pero ¡caramba! ¡Qué coincidencia tan grande que este caso cayera sin más en tus manos!, ¿verdad? Sobre todo escasas horas después de que el padre de Isa viniera a mi despacho, ese «espacio de trabajo tan original», como tú lo llamas, y me dijera que solo compartiría con su nuevo abogado las pruebas que demostrarían que Isa no fue violada.

Manny sacudió la cabeza en un gesto de reprobación.

—¿Estás acusándome de jugar sucio, Jack?

—¿Cuántos clientes venezolanos tienes?

—He tenido muchos. Así es nuestro negocio, Caracas es la nueva Medellín.

—Deja que te lo ponga de otro modo: ¿a cuántos clientes apellidados Bornelli representas?

Manny esbozó una pequeña sonrisa que se esfumó con rapidez y, a continuación, contestó con semblante serio.

—Los mismos que tú, Jack. Los mismos que tú.

Jack le sostuvo la mirada y fue Manny el primero que parpadeó.

—Mis amigos me están esperando en el club de campo —dijo.

La mirada de Jack le siguió como un láser hasta que salió de la sala y cerró la puerta tras de sí.

17

Jack condujo rumbo a Coconut Grove al mediodía. Se dirigía hacia allí por algo relacionado con el caso de Isa, pero no se trataba de una comida de trabajo exactamente: iba a hacerle una visita a Theo Knight.

Theo era su mejor amigo, además de camarero, terapeuta, confidente e investigador ocasional. También era un antiguo cliente, un antiguo pandillero que podría haber acabado muerto en las calles de Overtown Village o de Liberty City pero que, en vez de eso, había ido a parar al corredor de la muerte por un asesinato que no había cometido. Jack le había salvado la vida, literalmente. Con lo que había recibido del Estado tras el acto de conciliación, Theo había abierto una taberna (Sparky, la había llamado. Un juego de palabras y un corte de manga en toda regla a «Old Sparky», el apodo de la silla eléctrica de la que se había salvado). El éxito que había tenido con Sparky había llevado a la apertura de un segundo bar en Coconut Grove: el Cy's Place.

El lugar era más conocido por las sesiones nocturnas de *jazz* que por su menú, así que Jack tenía taburetes donde elegir y optó por uno que estaba frente a la televisión (que siempre estaba puesta en el canal ESPN). Theo se acercó, se inclinó por encima de la barra y le dio un apretón de manos, uno de esos con múltiples pasos que Jack era incapaz de seguir por mucho que Theo le llamara a veces «hermano».

—¿Cómo te va, tío?

—Como siempre —contestó Jack.

—¿Tienes hambre?, ¿te apetece un especial de Riley?

Theo se había autoproclamado tío de Riley, y el especial al que se refería consistía en una salchicha sin pan cortada en cien pequeños trocitos.

—No, si lo llamamos el especial de Riley es con motivo.

—Podrías haberme traído a mi sobrinita.

—La próxima vez será.

A Andie no le entusiasmaba precisamente la idea de llevar a una niña de dos años a un bar y darle de comer salchichas. Pero lo que pasaba en el Cy's Place no salía de allí…, bueno, al menos hasta la última vez que habían estado allí, porque Riley había regresado a casa cantando su propia versión de *Noventa y nueve botellas de cerveza en la pared*.

—¿Tu mujer sigue cabreada conmigo porque le enseñé a Riley a contar hacia atrás?

—En primer lugar, no se cabreó; en segundo lugar, no creo que *noventacientas*, *oncedocientas* pueda considerarse «contar», y mucho menos hacia atrás.

—¡Oye, que era la primera vez que la niña lo intentaba! —Vio que la pareja que estaba sentada al final de la barra le llamaba con un gesto y fue a ver qué querían.

Jack sabía que Theo decía en serio lo de que le llevara a Riley más a menudo. Cuatro años perdidos por culpa de un crimen cometido por otra persona le habían dejado con una actitud permanente de «todo lo que merezca la pena hacer, hay que hacerlo a lo grande». No era un tío sin más para Riley, iba a ser el Willie Mays[3] de los tíos; el Cy's Place no era un mero club de *jazz*, era la reencarnación del

_____

[3] Willie Mays es un jugador profesional de béisbol, actualmente retirado. Miembro del Salón de la Fama del Béisbol, jugó en el equipo San Francisco Giants y, posteriormente, en el New York. (N. del E.)

Overtown de Miami en sus buenos tiempos. Nadie tenía que recordarle a Jack lo especial que era aquel lugar: suelos de madera que crujían bajo los pies, paredes de ladrillo rojo y altos techos eran los huesos perfectos para el club que el tío abuelo de Theo siempre había soñado con llegar a tener. La luz de las lámparas de estilo *art nouveau* creaba el ambiente perfecto; de noche, las mesas se llenaban de gente frente a un pequeño escenario donde se tocaba música en vivo; y, más importante aún: en esos mismos taburetes, durante la gran fiesta de inauguración, habían saltado chispas entre Jack y la agente del FBI Andie Henning. Habían estado charlando y riendo hasta las dos de la madrugada mientras oían tocar a Uncle Cy, que los transportó al viejo Overtown Village con su saxofón. Varios meses después, en el segundo aniversario del trigésimo noveno cumpleaños de Jack, este puso un anillo de compromiso en el dedo de Andie. Fueron buenos tiempos.

Se preguntó por qué daba la sensación de que aquello había ocurrido hacía un millón de años.

—Ahora vuelvo —le dijo Theo al pasar junto a él de camino a la cocina—. Tengo información para ti.

Jack sabía que podía contar con él. Andie le había dado un buen consejo al decirle que, para averiguar lo que había pasado realmente con lo de la libertad bajo fianza, iba a tener que hablar con la compañera de celda antes de que la engullera la investigación sobre la conducta indebida del guardia. Las probabilidades de que accediera a hablar con él parecían remotas, así que era el trabajo perfecto para Theo.

Las puertas batientes de la cocina se abrieron, Theo emergió de allí y fue a servirle un par de bocadillos a la pareja del final de la barra antes de regresar junto a Jack.

—¿Pudiste concertar una cita?

Theo asintió.

—Sí. Y no te preocupes, que no hice nada ilegal para conseguirlo. Nada de sobornos ni de amenazas.

—¿Cómo lo hiciste?

—Una de mis antiguas camareras está encerrada allí por un asunto de drogas. Le pregunté si conocía a Foneesha Johnson, me dijo que sí, y entonces intercedió en mi favor. Me he visto con Foneesha esta mañana.

—¿Qué tal ha ido la cosa?

—Bastante bien. Voy a llevarla a un partido de los Heat dentro de unos seis meses, si la absuelven; si no lo hacen, pues en unos veinticinco años.

—Me refería a… ya sabes a qué me refería.

—Sí, claro que lo sé. Pero solo estoy cachondeándome a medias, porque a mí me parece que es muy probable que la absuelvan. Y ¿sabes por qué?

—Tengo la impresión de que no será porque sea inocente.

—Exacto. Ha conseguido un abogado de altos vuelos.

—Sí, ya lo sé. Manuel Espinosa.

—Vale, pero ¿sabías que Manny está haciéndolo gratis?

—¿Manny está defendiéndola gratis?

—Joder, ¿ahora tengo un loro al lado?

—Perdona, estoy intentando asimilar todo esto. Manny es un abogado que defiende a traficantes de drogas, no representaría gratis ni a su propia madre.

—Ya, tío, pero así es la cosa. Foneesha Johnson no podría costearse un abogado así.

Jack tuvo que darle la razón en eso.

—Vale. Entonces ¿cómo ha conseguido la compañera de celda de Isa que él la defienda gratis?

—Según Foneesha, fue él quien contactó con ella. Se ofreció a ser su abogado gratis si accedía a verse con él cara a cara y ella accedió.

—Tiene que haber algo más.

—Lo hay. Pero aquí es cuando empiezo a no verlo claro. Mira, resulta que para conseguir que la defendiera gratis ella tenía que hacer algo a cambio.

—¿Algo como qué?

—Un favor. No me refiero a uno sexual.

—Eso ya lo sé, Theo. Anda, suéltalo ya.

Su amigo se inclinó un poco más hacia él, como si estuviera a punto de revelarle el mayor secreto del mundo.

—Foneesha tenía que ayudar a Isa a conseguir la libertad bajo fianza.

—¿Cómo?

—Ella no ha querido decírmelo. Bueno, no ha querido decírmelo esta mañana, pero me ha asegurado que me lo diría durante el partido de los Heat. ¿Puedes conseguirme entradas? Me vale cualquier cosa, aunque sean para un partido contra los petardos de los Knicks.

—Theo, olvídate de los Heat, hazme el favor. Lo que me estás contando es un bombazo.

—Bueno, en ese caso que sean para ver a los Golden State.

—Vale, puedes escoger el partido que te dé la gana, pero cierra el pico aunque sea por un minuto y déjame pensar. —Jack cerró los ojos. Al cabo de un momento los abrió de nuevo y pensó en voz alta—. Esto es lo que me dijo Manny, vamos a ir siguiendo la cronología de los hechos: un guardia fue a hablar con la compañera de celda de Isa e intentó coaccionarla para que colaborara en su plan de agredir sexualmente a Isa.

—Foneesha no me ha contado nada de eso.

—No pasa nada, tú sígueme paso a paso. La compañera de celda fue a contarle a Isa lo que tenía planeado el guardia.

—¿Qué pasó entonces?, ¿Isa te llamó?

—No, llamó a Manny. Porque él era el abogado de Foneesha.

Se miraron en silencio por un momento mientras intentaban descifrar todo aquello.

—Eso no tiene sentido —afirmó Theo—. Foneesha me ha dicho que consiguió que Manny la representara gratis después de comprometerse a ayudar a Isa a salir de la cárcel.

—Vale. Y Manny dice lo contrario, que se ofreció a ayudar a Isa a salir de la cárcel porque ya era el abogado de Foneesha.

—¿Qué crees que pasó en realidad?

—No tengo ni idea.

—¿Qué crees que pudo pasar? En el peor de los casos.

Jack se dio unos segundos más para procesar todo aquello antes de contestar.

—Manny averiguó quién era la compañera de celda de Isa, se reunió con ella y se ofreció a representarla gratis si ella le decía a Isa que el guardia planeaba violarla.

—Entonces ¿no crees que el guardia estuviera planeando nada?

—Me has pedido que me ponga en el peor de los casos.

—¿Crees que Manny puso las palabras en boca de Foneesha?

—Lo único que digo es que cabe esa posibilidad.

—¡Joder! Un abogado puede quedar inhabilitado por una triquiñuela como esa.

—Sí, si alguien puede demostrar que lo hizo.

—Pero aquí hay algo que se me escapa… ¿Por qué querría Manny ayudar a Isa a salir de la cárcel? Su abogado eras tú, no él.

—Eso es cierto, pero sería una forma de convertirse en su abogado.

—¡Venga ya, tío! He buscado a Espinosa en Google, no le faltan clientes forrados de pasta.

Jack recordó la conversación que había mantenido en su despacho con el padre de Isa. Felipe Bornelli había dejado muy claro que el abogado que Isa había contratado para defenderla no contaba con su aprobación.

—Puede que no fuera cuestión de si Manny conseguía un nuevo cliente; incluso puede ser que no fuera cuestión de conseguirle otro abogado a Isa. Es posible que todo esto sea una cuestión de control.

—¿Control sobre qué?

—Sobre Isa y sobre el caso.

—Estás hablando de algo serio, Jack —afirmó Theo mientras pasaba un paño por la barra—. Aunque todo depende, claro.

—¿De qué?

—De si uno puede creerse algo de lo que diga o deje de decir Foneesha.

—Has confiado en ella lo suficiente como para invitarla a un partido de los Heat. —Lo miró sorprendido al ver que se echaba a reír—. ¿Qué es lo que te hace tanta gracia?

—No la invitaría a sentarse a mi lado ni poniéndome un traje aislante de esos para protegerte del ébola. Esas entradas son para mí y para mi chica, para Riley.

—Entonces ¿no piensas seguir en contacto con Foneesha?

—¡Qué va! Tuve suerte con poder hablar con ella una vez, y le saqué todo lo que pude. Pero no te creas a pies juntillas lo que me dijo.

—Está bien. —Jack golpeteó la barra con los nudillos y se bajó del taburete—. Gracias, amigo mío. Ya veremos de qué me sirve esta información.

18

Sylvia entró a eso de las dos de la tarde en el Village of Merrick Park, un centro comercial al aire libre de tiendas de lujo situado en Coral Gables. Después de entregarle su vehículo al aparcacoches, siguió la hilera de majestuosas palmas reales hasta el patio descubierto central. Hacía cerca de cinco años que no veía a la joven mujer que estaba sentada en un banco de cara a la fuente, pero, conforme fue acercándose a ella por detrás, reconoció de inmediato tanto la postura como el cabello y el contorno de los hombros.

—Hola, cielo.

La mujer se volvió de golpe, sobresaltada y conteniendo el aliento, y Sylvia esbozó una sonrisa teñida de tristeza al ver lo asustadiza que seguía siendo.

No había estado en aquel lugar en casi cinco años, no había vuelto después de verse por última vez con la «mujer desconocida». Valerie Hinds tenía veinticuatro años, pero Sylvia la había conocido cuando era una jovencita de diecisiete que estudiaba en el instituto de Coral Gables. Los estudiantes no podían ir al centro comercial en horas lectivas y eso lo convertía en un lugar de encuentro perfecto, ya que Valerie no quería que ninguno de sus compañeros la viera hablando con una fiscal. No quería que nadie supiera que había sido agredida sexualmente.

Había sido Sylvia quien había llevado a juicio a los tres hombres que la habían violado a punta de cuchillo.

Valerie se levantó y le dio un abrazo antes de decir:

—Me alegro mucho de verla.

Se sentaron en el banco, bajo la sombra de las hojas de palma y rodeadas de tiendas tipo Tiffany, Gucci y demás. Charlaron un poco para ponerse al día. Valerie estaba prometida y le enseñó el anillo.

—¡Felicidades! —Sylvia la abrazó sonriente.

Valerie le devolvió la sonrisa y le dio las gracias, pero se puso seria al admitir:

—No se lo he contado.

—¿El qué?

—Lo que me pasó.

—Ya veo.

Sylvia no se sorprendió al oír aquello. La idea de testificar había sido tan traumática para Valerie que le había suplicado que llegara a un acuerdo (incluso que retirara los cargos, si fuera necesario) con tal de no tener que ver cara a cara a sus agresores en el juicio. Ella había pasado infinidad de horas apoyándola, consolándola, diciéndole que todo iba a salir bien, pero al final habían optado por el acuerdo. Valerie no podía testificar y punto.

—Cuando hablamos de llevar el caso a juicio, usted mencionó las leyes de protección de las víctimas que evitarían que mi nombre saliera en los medios de comunicación.

—Sí, así es. Y sigues estando protegida.

—Pero ahora he visto que está metida en el caso ese contra Isabelle Bornelli, y me preguntaba si la fiscalía general está cambiando su postura. ¿Deja de estar protegida la identidad de las víctimas de violación?

—Isabelle Bornelli es un caso totalmente distinto.

—Solo quería asegurarme.

—Quédate tranquila, no tienes de qué preocuparte.

—Porque no quiero que esto salga a la luz, de verdad que no. —La antigua agonía emergió de nuevo—. No es algo de lo que quiera hablar con nadie, ni con mi marido ni con ninguna otra persona. Es algo que está zanjado, quiero dejarlo atrás. No sé si me entiende.

—Claro que sí. —«Mejor que nadie», pensó Sylvia para sus adentros.

Valerie respiró hondo.

—¿Puedo preguntarle algo?

—Claro.

—¿Por qué lleva a juicio a Isabelle Bornelli?

—Soy fiscal, un gran jurado la ha acusado formalmente. Tiene que ser juzgada por los delitos que se le imputan.

—Eso lo entiendo, pero lo que estoy preguntándole no es eso: ¿por qué tiene que ser precisamente usted?

Sylvia desvió la mirada hacia la fuente, y al cabo de unos segundos volvió a mirar a la «mujer desconocida».

—Puede que esto suene raro, pero el hecho de que me hagas esa pregunta refuerza aún más mi convicción de que debo ser yo quien lo haga.

—Tiene razón, suena raro.

Hubo un largo momento de silencio, hasta que al final Valerie se puso en pie.

—Muy bien. Me ha alegrado volver a verla, señorita Hunt.

«Señorita Hunt». Así la llamaba años atrás, cuando era una adolescente.

—Me parece que ya es hora de que me tutees, llámame Sylvia.

—No, me quedo con el «señorita Hunt». Gracias de nuevo por venir a hablar conmigo.

Sylvia permaneció inmóvil mientras la veía darse la vuelta y alejarse. «Señorita Hunt». Era un golpe demoledor, uno que hizo que se preguntara cuántas otras «mujeres desconocidas» se sentían igual. Traicionadas.

Se levantó del banco. Era sábado y, por una vez, no tenía trabajo pendiente. Podría haber pasado un rato viendo escaparates en el centro comercial o haber llamado a alguna amiga y quedar para comer, pero en vez de eso regresó al puesto donde estaba el aparcacoches para recoger su vehículo. Iba a regresar a su despacho.

Ese parecía ser el momento perfecto para seguir el consejo de Carmen Benítez. De repente sentía la necesidad de regresar a su escritorio, abrir la carpeta que le había dado y leer alguna de esas cartas que había enviado la madre de Gabriel Sosa.

19

Jack estaba desprendiéndose de una barba incipiente y todavía tenía el lado izquierdo de la cara embadurnado de espuma de afeitar cuando Andie entró en el cuarto de baño.

—Nuestra niñera se ha quedado dormida —le informó cuando su rostro apareció junto a él en el espejo.

Jack apartó la maquinilla de su barbilla y contestó mirando a la Andie del espejo.

—¿Tan pronto?

Ella dejó su móvil sobre el lavabo para mostrarle la prueba: una foto de la abuela de Jack en la butaca reclinable, con los ojos cerrados y la boca entreabierta. Riley estaba sentada en el suelo frente a ella, poniéndose pintalabios, y Max estaba tumbado a su lado con cara de estar preguntándose a qué sabría el rosa palo nº 23.

—Ese color le queda bien.

—¡No tiene gracia, Jack! Adoro a la abuela y sé lo mucho que ella quiere a Riley, me parece genial que sea independiente y que siga viviendo sola en su casa, pero es demasiado mayor para quedarse sola con una niña de dos años por mucho que ella insista en lo contrario. Tienes que ponerte firme.

La abuela se había perdido el poder ejercer como tal con Jack, ya que para cuando había encontrado la forma de salir de Cuba él ya era un hombre adulto. Se le rompería el corazón si le decían que era demasiado «mayor» para cuidar sola a su bisnieta, pero Jack sabía que Andie tenía razón.

—Se lo diré. ¿Puedes conseguir refuerzos para esta noche?

—Lo intentaré.

Jack terminó de afeitarse y fue al dormitorio para elegir una camisa. Una de las cosas que no iba a echar de menos de la vieja casa Mackle era el armario, ya que solo había espacio para las cosas de Andie y él tenía las suyas en un parabán que habían colocado a lo largo de la pared. Estaba decidiéndose entre una camisa de vestir y otra de manga corta cuando lo que estaban dando en la televisión le llamó la atención. En la pantalla había aparecido una imagen de Isa: el informativo local estaba dando una noticia sobre el caso Bornelli. Debajo de la imagen apareció un titular con el fondo de un vívido color rojo y grandes letras blancas: *La fiscalía afirma que fue un asesinato por venganza*.

Jack agarró el mando de la tele y subió el volumen. El presentador de *Action News* concluyó en ese momento la introducción inicial y dio paso a un vídeo pregrabado donde se veía a Sylvia Hunt en el podio de la sala de prensa del Edificio Graham, leyendo un anuncio que tenía preparado sobre la acusación del gran jurado.

—Es importante comprender lo que es este caso, y lo que no es. No se trata de un caso ambiguo en el que se le pedirá a un jurado que decida si la señora Bornelli actuó en defensa propia durante la confusión de la agresión; tampoco es un caso en el que la víctima de una agresión sexual, llevada por el miedo y la desesperación, atacó a su agresor porque este siguió acosándola y atormentándola. Este fue un acto de venganza planeado con esmero y sangre fría que ocurrió semanas después de la agresión sexual. La víctima en esta ocasión, el señor Sosa, recibió múltiples cuchilladas y una de las consecuencias fue la pérdida de tres dedos de la mano izquierda, heridas defensivas que sufriría una víctima desarmada al intentar defenderse de una agresión salvaje. Hay que decirlo alto y claro: esto fue un asesinato por venganza.

El presentador apareció de nuevo en la pantalla y dio por finalizado el segmento informativo. La foto de Isa desapareció y pasaron a informar sobre el incendio de una casa de Miami Shores, pero esas últimas palabras habían quedado grabadas a fuego en la mente de Jack: asesinato por venganza.

La fiscalía y el equipo de relaciones públicas habían ideado al fin una estrategia viable, una buena. Una que requería una respuesta por parte del equipo de la defensa.

Le gustara a Manny o no.

Keith e Isa salieron a correr por Brickell Avenue. La sillita de paseo no estaba pensada para una niña de cinco años, pero Melany era menudita para su edad y necesitaba salir del apartamento tanto como el que más.

Los sábados reinaba la calma en el distrito financiero, y aún no había empezado el bullicio de gente yendo a cenar a la cercana zona de restaurantes. El gran reclamo era poder comer al aire libre y, dado que la primavera empezaba a dar paso al verano, las cafeterías a pie de calle permanecían vacías hasta pasado el atardecer; de hecho, hacía casi demasiado calor para correr, y cuando todavía no llevaban recorrido ni un kilómetro Isa empezó a preocuparse al ver lo jadeante que estaba Keith. La vida profesional de un banquero era sedentaria (salvo cuando uno tenía que correr por un aeropuerto), y su marido ya no era el hombre que solía llevarla a hacer esquí de fondo en Zermatt o senderismo a la sombra del Matterhorn. Le relevó de la tarea de empujar la sillita cuando estaban llegando a la esquina oeste de Brickell Avenue, donde los rascacielos de todo tipo daban paso a bloques de apartamentos de uso estrictamente residencial. Para cuando llevaban recorrido kilómetro y medio, la camisa de Keith estaba empapada de sudor. Tenía que hacer una pausa.

—Vamos a la iglesia —propuso ella.

La iglesia greco-católica melquita de San Judas Tadeo, situada entre imponentes gigantes de acero y cristal en el lado de Brickell Avenue que daba al mar, era uno de los pocos edificios históricos que quedaban todavía. Era la única iglesia de Miami que había sido construida con piedra caliza de Bedford (la misma que adorna el exterior del Empire State Building y del Pentágono) y no solo había logrado mantenerse en pie bajo los envites de unos cuantos huracanes de gran magnitud, sino que (lo que resultaba más impresionante aún) había sobrevivido en varias ocasiones en las que el auge de la construcción había hecho que incontables joyas arquitectónicas fueran destruidas por la bola de demolición.

Se detuvieron a las puertas de la iglesia, bajo la sombra de unas palmeras.

—¿Estás bien, papi? —preguntó Melany con preocupación.

—Ajá —alcanzó a decir él, jadeante—, estoy… —Respiró dos veces más—… bien.

—¡Tengo pipí!

—Vale, tomaremos… un taxi… y…

—No lo dirás en serio, ¿verdad? —protestó Isa.

—Perdona…, es que… lo estoy pasando… fatal. —Todavía estaba sin aliento.

—¡Me lo voy a hacer encima! —exclamó la niña.

Isa subió corriendo los escalones de granito para ver si la iglesia estaba abierta. Empujó ligeramente las puertas dobles y, al ver que se abrían sin problema, se volvió hacia su marido.

—Ven, dentro tiene que haber un retrete.

Keith subió la sillita por la rampa para discapacitados. El retrete estaba detrás de la escalera y a duras penas había espacio suficiente para una persona, así que Isa puso a Melany en posición y, mientras ella esperaba junto a la puerta, él se entretuvo viendo la capilla. Arcos románicos rodeaban un precioso techo de un azul tan vívido como el del cielo del sur de Florida; iconos pintados a mano decoraban el altar y las paredes, y ventanas ojivales con cristaleras de colores conmemoraban a varios santos. Hileras de viejos bancos de madera se extendían ante él.

Le invadió una sensación de paz, más de la que había sentido desde que había pisado Miami. Necesitaba un toque de la gracia de Dios después de un día que se había iniciado con la acusación formal contra Isa. No le gustaba que se le excluyera de las reuniones que ella mantenía con los abogados. Según ella, no estaba ocultándole nada de lo que se hablaba en esas reuniones, pero, aunque a él le gustaría creer que realmente era así, no tenía forma de saberlo con certeza.

—Qué iglesia tan bonita —comentó ella antes de detenerse a su lado.

—Sí, es preciosa.

Estaban parados detrás de la última fila de bancos, el vestíbulo y el retrete estaban a unos pasos de distancia. Ella recorrió el techo con la mirada.

—Cuando me muera, me gustaría que mi funeral se celebrara en un sitio así.

Aquellas palabras lo inquietaron.

—¿A qué viene decir algo así?

—Todos vamos a morir, Keith.

—Ya, pero ¿por qué estás pensando en la muerte?

—Supongo que es porque has estado a punto de palmarla por correr un kilómetro —contestó ella, sonriente, antes de ponerse seria—. Y por todo lo que ha pasado en estos últimos días.

—Ay, cielo… —Le pasó un brazo por los hombros para reconfortarla.

Ella se puso a temblar de repente, como si la desazón no estuviera muy lejos de la superficie.

—Perdona. Es que es todo tan descabellado que no puedo quitármelo de la cabeza.

—Todo se arreglará —afirmó él.

—No, eso no es verdad. Nada volverá a ser como antes.

—No digas eso.

—Es la verdad.

Keith la abrazó con fuerza contra sí, y le dijo con voz más suave:

—¿Te han dicho algo Jack y Manny esta mañana?, ¿algo que se te haya olvidado decirme?

146

—No.

—¿Estás segura?

—No estoy así por nada que me haya dicho nadie, lo que pasa es que tengo mucho miedo.

—Pues claro, es normal. Yo también lo tengo.

—Pero no es lo mismo —alegó ella con voz trémula—. Me siento como si él hubiera vuelto, se ha colado en mi vida de nuevo después de tantos años.

Keith le puso las manos en los hombros y la miró a los ojos.

—A ver, escúchame bien: no tienes que preocuparte por eso. Gabriel Sosa no volverá a hacerte daño nunca más.

—Ya lo sé, no me refería a él.

Keith la miró desconcertado, pero entonces recordó la reunión en el despacho de Jack.

—¿Estás hablando de tu padre?

—No, no. De David Kaval.

—Está en la cárcel.

—¿Y si sale de allí? Tanto Jack como Manny creen que ha hecho un trato con la fiscalía.

A Keith le habría gustado poder aliviar sus temores, pero no pudo ocultar su propia sorpresa.

—Después de todo lo que ha pasado, y ¿es eso lo que más miedo te da? ¿David Kaval?

Ella bajó la mirada como si fuera incapaz de explicarse.

—¡Mamá, he terminado!

La puerta del retrete se abrió de golpe. Isa hizo ademán de ir hacia allí, pero Keith le dio un ligero apretón en la mano para detenerla.

—Quiero hablar más sobre esto.

Ella lo miró con una mezcla de dolor y de desesperación. Era como si estuviera suplicándole que dejara el tema, que se olvidara de que ella lo había mencionado siquiera.

—Tenemos que hablarlo, Isa. ¿De acuerdo?

—¡Mami!

147

—¡Ya voy! —contestó ella antes de soltarse la mano.

Keith no la detuvo y, mientras la veía dirigirse a toda prisa hacia el vestíbulo, se preguntó cuál sería la aterradora verdad acerca de David Kaval. No tenía nada claro que algún día llegara a saberla de boca de Isa.

Eran las siete menos cuarto de la tarde y Jack y Andie todavía estaban en casa. La abuela se había levantado de la butaca reclinable y se había ido a regañadientes al cuarto de invitados. Ya habían pasado cerca de noventa minutos y la niñera de repuesto todavía estaba «de camino».

—¿De dónde viene?, ¿de Bulgaria? —preguntó Jack.

Estaban de pie en la cocina. Andie se pasó a Riley del brazo izquierdo al derecho antes de contestar.

—Démosle quince minutos más. Pasado ese tiempo, yo preparo las palomitas y tú escoges la película.

—¡*Frozen*! —exclamó Riley.

—Me parece un buen plan.

Jack fue a la sala de estar, se sentó en el sofá y se puso a repasar las películas disponibles. Quedaba descartado ver *Frozen* por décima quinta vez, aunque tuviera que claudicar ante una doble sesión a la carta de *Sexo en Nueva York* y *El diablo viste de Prada*. Vio por el rabillo del ojo a la abuela dirigiéndose en silencio hacia la puerta principal. Se daba por hecho que se quedaba a dormir allí cuando iba a verlos, y en ese momento llevaba en la mano la bolsa que había traído consigo con sus enseres personales.

—¿A dónde vas, abuela?

Ella se detuvo y se volvió a mirarlo.

—A donde soy bien recibida.

Vaya por Dios. Jack se levantó del sofá, la detuvo en el recibidor y le quitó la bolsa de la mano.

—Abuela, por favor…, nadie ha dicho que no seas bien recibida aquí.

—A donde te quieren mucho no vengas a menudo.

Era una expresión cubana que su abuela usaba con frecuencia, quería decir algo así como «un huésped constante nunca es bien recibido».

—Abuela, no tienes que trabajar para ganarte el derecho a venir a vernos. Lo que queremos es tu compañía, no tus servicios. Deja que la niñera se encargue de la parte difícil, tú disfruta de Riley.

Se puso tensa y preguntó con marcado acento cubano:

—Y ¿quién es esa niñera?

—Se llama Catalina.

—¿Catalina? ¡Uf! Como la jinetera.

«Eso significaba "prostituta", ¿no?». Jack suspiró al deducir que debía de haber una Catalina de dudosa reputación en alguna de las telenovelas de la abuela.

—No, no es una prostituta. Es la hija mayor de una amiga del FBI de Andie.

En ese momento empezó a sonarle el móvil y vio en la pantalla que quien le llamaba era Michael Posten, un periodista especializado en sucesos que trabajaba para el *Miami Tribune*.

—Abuela, tengo que contestar. Quédate, por favor.

—No.

—Solo hasta que termine esta llamada.

—No.

—¿*Pérate un montico*?

Ella le sonrió con calidez.

—¡Buen intento! Muy bien, mi vida, me quedo.

Lo de «mi vida» resumía a la perfección lo que la abuela sentía por su nieto.

Ella se fue a llevar la bolsa de vuelta al cuarto de invitados y Jack respondió al teléfono, pero la llamada ya se había cortado. Un instante después sonó el tono del móvil que indicaba que tenía una notificación y recibió de inmediato un mensaje de texto de Posten: *Necesito unas declaraciones tuyas en dos horas o el titular y el primer párrafo del artículo de mañana serán los que incluyo a continuación.*

Jack bajó un poco más por la pantalla y leyó lo siguiente:

«Dejé que pasara lo que tenía que pasar». La acusada de asesinato por venganza confesó ante la policía.

El Miami Tribune *ha obtenido un informe policial fechado hace doce años donde se incluyen declaraciones de Isabelle Bornelli, supuesta víctima de una agresión sexual, en el que se revelan impactantes detalles hasta ahora desconocidos sobre la relación de la acusada con el brutal asesinato de su supuesto atacante, Gabriel Sosa.*

El mensaje terminaba ahí y Jack lo releyó con mayor detenimiento, intentando comprender aquello. ¿Informe policial?, ¿qué informe policial?

Llamó a Posten, pero le saltó el contestador automático y le dejó un mensaje después de oír la señal:

—Gracias por avisarme, Michael. Ten por seguro que voy a contestar, pero voy a necesitar las dos horas completas. Llámame si puedes darme más información o si cambia la hora límite para darte mi respuesta.

Tuvo la precaución de mandarle un mensaje de texto diciéndole lo mismo, por si acaso no oía el de voz, y entonces regresó a la sala de estar y llamó al móvil de su clienta.

Al cabo de un momento, cuando estaba con el móvil pegado al oído y rogando para que Isa respondiera mientras oía sonar el tono de llamada una y otra vez, Andie entró también en la sala de estar.

—¿Has escogido una película? —le preguntó ella.

Él la miró y asintió.

—Sí, ¿qué te parece *Crimen perfecto*?

20

A través de una bahía tan oscura y calma como la noche nublada, iluminados por una ristra de brillantes luces, los puentes interconectados de la calzada de Rickenbacker unían Cayo Vizcaíno al continente como si de una ristra de perlas flotantes se tratara. Brickell Avenue estaba a medio camino más o menos entre la casa de Jack y la de Manny (una estaba en el cayo, la otra en Miami Beach), así que quedaron en el apartamento del Four Seasons donde vivía Isa. El equipo legal se reunió en la terraza alrededor de una mesa con el tablero de cristal, y Keith fue a la habitación de Melany para leerle un cuento.

—¿Que dejé que pasara lo que tenía que pasar? ¡No me puedo creer que un periódico sea capaz de publicar algo así! —masculló Isa.

Era la primera vez que Jack detectaba enfado de verdad en su voz. Quizás fuera por el periodismo barato o por el efecto acumulado de cinco días infernales, pero, fuera como fuese, la Isa conmocionada y entumecida no estaba presente en la mesa.

—Me alegra verte más combativa, pero…, a ver, aclaremos esto: estás enfadada porque jamás le dijiste a la policía esas palabras, «que dejaste que pasara lo que tenía que pasar». ¿Correcto? —Al verla titubear, Jack lo intentó de nuevo—. Nos dijiste que no hablaste en ningún momento con la policía, ¿verdad?

—Bueno, lo que dije es que no denuncié la agresión sexual y es verdad, no lo hice. Pero...

—Pero ¿qué?

—Ya sé que esto va a sonar a mentira, pero estoy diciendo la verdad. Un mes y pico después de que me violaran vino a verme un inspector de la policía de Miami-Dade.

—¿Para hablar de la agresión sexual?

—No, no tenía nada que ver con eso. Ya os dije que Gabriel y yo tuvimos una cita, mi número estaba en el registro de su móvil. La policía estaba hablando con todas las personas a las que había llamado durante el mes anterior a su muerte, era una cuestión rutinaria.

—Entonces, el inspector que fue a verte pertenecía a la división de Homicidios, ¿no?

—Sí, supongo que sí.

—¿Te acuerdas de cómo se llamaba?

—No. Hasta que lo habéis mencionado, ni siquiera me acordaba de haber hablado con la policía. Hace tanto tiempo de eso... Había bloqueado en mi mente tanto la agresión como a Gabriel Sosa, estamos hablando de recuerdos inhibidos. No voy a ponerme en plan de psiquiatra con vosotros, pero se trata de algo que existe de verdad. Forma parte del trastorno de estrés postraumático, y es real.

—Eso no lo dudo —afirmó Jack a pesar de que empezaba a cuestionarse más cosas de las que le gustaría—, pero no nos desviemos del tema. ¿Le dijiste a la policía que dejaste que la agresión contra Gabriel Sosa se llevara a cabo? ¿Sí o no?

—¡No! Ese titular tergiversa mis palabras.

—¿Qué significa eso?, ¿estás diciendo que esas palabras sí que salieron de tu boca?

—Sí, pero no tenían nada que ver con la agresión contra Gabriel. ¡Me refería a su agresión contra mí!

Una cálida brisa jugueteó con las hojas de la libreta que Jack tenía sobre la mesa y las emociones de Isa fluctuaron con el viento. La furia estaba dando paso al dolor y a la ansiedad que la habían caracterizado en las reuniones anteriores que habían mantenido.

—¿Podrías contarme más detenidamente lo de la agresión? —le pidió Jack.

Ella asintió, pero no procedió a hacerlo de inmediato, así que él le dio el tiempo que necesitaba y mientras tanto dirigió la mirada hacia las luces de la ciudad, que se extendían por la costa como un manto a lo largo de kilómetros.

—Gabriel me acompañó a casa cuando salimos del Rathskeller. No estábamos cansados, era ameno charlar con él. Conocía el viejo vecindario donde yo había vivido en Venezuela, así que teníamos cosas en común. Le invité a subir a mi habitación.

—¿Qué hora era?

—Yo diría que serían las once más o menos. Así que subimos a mi habitación y charlamos un rato más.

—Perdona que te interrumpa —dijo Manny—. ¿Cerraste la puerta o la dejaste abierta?

—La cerré —afirmó ella con firmeza—. ¿Significa eso que yo tuve la culpa de lo que pasó?

—No, claro que no. Solo quiero tener claro cómo sucedieron los hechos. Sigue, por favor.

—Le enseñé algunas de mis viejas fotos de la infancia en los concursos de belleza, para echarnos unas risas. Y entonces se sentó en mi cama y dijo algo así como «Bueno, vamos a follar, ¿no?». Yo me eché a reír porque pensé que estaba bromeando, pero entonces me di cuenta de que estaba hablando en serio y le dije que quizás sería mejor que se fuera. Me contestó que estaba haciéndome la estrecha y yo le insistí en que se marchara, pero no se movió.

Manny la interrumpió en ese momento.

—Perdón de nuevo, ¿abriste la puerta?

—No, no lo hice. —Estaba claro que la pregunta la había molestado.

—¿Qué pasó entonces? —dijo Jack.

Ella tardó unos segundos en proseguir con el relato.

—Eh... Me pidió que me tumbara en la cama y lo hice. Pero no para mantener relaciones sexuales, nos limitamos a conversar. Intentó besarme, así que me levanté y volví a pedirle que se fuera.

Manny intervino de nuevo.

—Perdón, pero tengo que hacerte otra pregunta: ¿te levantaste y abriste la puerta?

Ella lo miró molesta, y Jack tuvo la impresión de que la estrategia de Manny de usar la teoría de que no había existido ninguna violación no la convencía ni mucho menos.

—No, la puerta siguió cerrada.

—Vale, ya me hago una idea —asintió Manny.

—¿Qué pasó después? —preguntó Jack.

Isa tragó con dificultad, daba la impresión de que cada vez le costaba más relatar lo sucedido. Apartó la mirada al admitir:

—Empezó a quitarme la ropa y terminé tirada en el suelo.

Jack le dio otro momento para que se recompusiera un poco antes de hacerle la siguiente pregunta.

—¿Dónde estaba él?

—Encima de mí, estábamos forcejeando y de verdad que no tengo ni idea de cómo terminé allí tirada, pero después de que me quitara los pantalones dejé de intentar luchar contra él. Pensé que sería mejor si fingía seguirle la corriente, fue como si mi mente se desconectara. Eso fue lo que le dije a la policía, que me limité a dejar que pasara. Yo tenía diecinueve años y apenas pesaba cuarenta y cinco kilos, Gabriel debía de pesar unos ochenta y era todo músculo. Estaba asustada, no podía creerme lo que estaba pasando, y me pareció que esa era la salida menos peligrosa para mí.

Pasaron unos segundos más y se secó una lágrima antes de añadir:

—Lo siento.

—No tienes por qué disculparte —le dijo Jack—. ¿Le contaste al inspector de Homicidios todo lo que acabas de decirnos a nosotros?

Ella se tomó un momento para intentar recordar.

—Es lo más probable, seguro que debí de contárselo casi todo. Tengo claro que le dije que había dejado que pasara… o algo parecido.

Jack miró a Manny y afirmó con rotundidad:

—Tenemos que aclarar este asunto con el *Tribune*.

—No. La fiscalía cambió su postura respecto a la libertad bajo fianza con una condición: que no habláramos con los medios.

—¡Eso es una solemne tontería! Los del *Tribune* no se habrían enterado de que existía el informe de ese inspector si no se lo hubiera dicho la policía o alguien de la fiscalía; quienquiera que sea el que ha filtrado la información está claro que ha tergiversado los hechos. Tenemos derecho a explicar lo que Isa quería decir cuando afirmó que dejó que pasara lo que tenía que pasar.

—No nos lancemos de cabeza al lodazal de un juicio mediático —contestó Manny.

—No tenemos más remedio que hacerlo —adujo Jack—. Posten me ha advertido de que publicará el artículo tal y como está si no hacemos ninguna declaración.

—Llama a Sylvia Hunt, dile que evite que lo publiquen.

—¿Por qué iba a acceder ella a hacer algo así? —preguntó Isa.

—Porque lo que se afirma en el artículo no es cierto —le contestó Manny—. Confío más en que ella haga lo correcto que en la posibilidad de que un periodista de pacotilla actúe de buena fe con nosotros. Si llamamos a Posten para intentar aclarar esto, el *Tribune* no se olvidará de la noticia, sino que el titular será incluso peor: «Los abogados lo confirman: la asesina por venganza le confesó a la policía que ella dejó que ocurriera el crimen». La oficina de la fiscal general ya tiene en sus manos un marrón ante la opinión pública en este caso, déjales este otro también y que lo solucionen como puedan.

Jack estaba en desacuerdo con Manny en varios aspectos, pero había que reconocer que sus argumentos tenían mucho sentido.

—Concuerdo contigo —admitió.

—¡¿Qué?! —Isa lo miró sorprendida.

—Estoy de acuerdo con él, es Sylvia quien debe aclarar este asunto.

Manny sonrió al oír aquello.

—No sé si estás siendo condescendiente conmigo, Rick, o si esto es el comienzo de una hermosa amistad.

—¿Quién es Rick? —preguntó Isa.

Ella no había entendido la referencia a *Casablanca*, pero puede que la afición al cine clásico resultara ser un punto más en común entre Jack y él.

—No perdamos el norte —dijo Jack mientras sacaba su móvil—. Voy a llamar a Sylvia.

21

Isa fue a la habitación de Melany para darle las buenas noches, en ese momento estaban las dos solas en el apartamento.

Había estado presente mientras Jack hablaba con Sylvia Hunt por teléfono, y la conversación había sido breve y concisa: la fiscal no había prometido nada, pero había confirmado al menos que el artículo no se ceñía a la realidad y que haría lo que estuviera en su mano para aclarar el asunto. Tan solo quedaba esperar, así que Isa había animado a Keith a bajar al bar del hotel para tomarse una cerveza con Jack. Lo había hecho en parte porque sabía que a él le vendría bien, pero el motivo principal era que no quería que la agobiara con preguntas sobre la reunión con los abogados.

—¿Cómo estás, mi cielo?

La niña alzó la mirada de su libro favorito de cuentos con hojas de cartón y sonrió. Estaba tumbada de espaldas, apoyada en dos almohadas.

—Bien.

Isa se sentó en el borde del colchón, tomó el libro (*Olivia salva el circo*) y lo dejó sobre la mesita de noche. Melany lo había leído muchísimas veces; seguramente no era una coincidencia que la atrajera el relato de un circo al que había que salvar porque todos los artistas tenían infección de oído y no podían actuar.

—Deja que mamá vea la pupita.

Melany giró la cabeza para que pudiera revisar el vendaje compresivo que cubría la incisión. Durante cinco días solo podía lavar a su hija con baños de esponja; aparte de los problemas obvios como la posibilidad de que el oído sangrara o supurara, era importante asegurarse de que la niña no se mojara.

—Todo está muy bien —le aseguró al fin.

Melany enderezó la cabeza lo justo para alzar de la almohada el oído por el que escuchaba.

—Mami…

—Dime, cielo.

—¿Cuándo sabremos si la operación ha funcionado esta vez?

—En doce días más. Te pondrán un procesador, uno igual al que tienes en el otro oído.

—¿Y si no funciona?

Isa había depositado su fe en los médicos de Miami, y procuraba limitarse a ver la situación desde un punto de vista positivo: si la operación funcionaba, un implante bilateral permitiría a Melany oír hablar a alguien incluso estando en un lugar bullicioso, sería capaz hasta de saber identificar la dirección de la que procedía un sonido.

—Al médico no le preocupa que eso pueda pasar, así que nosotras tampoco deberíamos preocuparnos.

Melany apartó la mirada, y al cabo de un momento la miró de nuevo.

—¿Tú te preocupabas cuando eras pequeña?

—Sí, claro que sí.

—¿De qué?

—De bobadas.

—¿Como qué?

De verdaderas bobadas, cosas que su madre le había metido en la cabeza: que si estaba lo bastante delgada, que si tenía las pestañas lo suficientemente gruesas, que si su nariz era muy «indígena»… Se trataba de cosas tan triviales que se preguntaba a veces si Dios le habría dado aquella carga a su preciosa hijita a modo de mensaje.

—Es normal preocuparse, cariño, pero no sirve de nada.

—¿A ti te preocupaba quedarte sorda?

—No, nunca. Y a ti tampoco debería preocuparte. —Se inclinó para besarla en la frente—. Es hora de dormir, ¿quieres quitarte el procesador esta noche?

—No, ¿puedo dormir hoy con él? Mañana por la noche me lo quito.

A Isa le había costado un tiempo quitarle esa costumbre después de la primera operación. La idea de regresar a un mundo de sordera profunda era aterradora y Melany seguía siendo reacia a dormir sin él fuera del familiar y reconfortante entorno de su dormitorio de la casa de Hong Kong.

—Claro que sí, ¿te duele?

—Un poco.

—Voy a traerte algo.

Se levantó y fue a por el paracetamol, que estaba en el estante superior de uno de los armarios de la cocina. Vertió el líquido con sabor a cereza en el vasito de plástico con cuidado de no pasarse de la marca para poner la dosis exacta, pero el móvil la sobresaltó al sonar en ese preciso momento y se le cayó un poco fuera.

—¡Mierda!

Limpió el desastre con una servilleta de papel mientras contestaba con la otra mano.

—Diga.

Hubo un momento de silencio seguido de la voz de una operadora.

—Llamada a cobro revertido para la señora Isabelle Bornelli de Y-tres-siete-nueve-ocho-cero. ¿La acepta?

Se le heló la sangre, se quedó paralizada.

—¿Señora, acepta la llamada?

No contestó, era incapaz de articular palabra. La mano le temblaba cuando bajó el móvil y apretó el botón para cortar la llamada. Sabía quién quería contactar con ella, sabía a qué preso le correspondía ese número. Pero hacía años que él no intentaba llamarla desde la cárcel.

«Por qué?, ¿por qué me estás haciendo esto?».

159

22

Jack y Keith tomaron el ascensor para bajar a la séptima planta junto con Manny, que había aceptado su invitación de ir a tomar algo al Edge Steak & Bar. El restaurante estaba lleno hasta los topes y solo te daban mesa si tenías reserva previa, pero encontraron tres taburetes libres en el extremo menos bullicioso de una de las cuatro barras del bar situado en el centro del cavernoso local. Tanto Jack como Keith pidieron una cerveza artesanal llamada Hop for Teacher por el mero hecho de que les gustó el nombre y no la habían probado nunca; Manny, por su parte, optó por uno de los cócteles especialidad de la casa, y le dijo a la camarera que le sirviera un Original Cin (vodka aromatizado con canela y un chorrito de licor de cereza) a la latina de largas piernas que estaba sentada al otro lado de la barra y le transmitiera sus saludos.

Fue Keith quien sugirió hablar unos minutos del caso, y ni el abogado que tenía a su izquierda ni el que tenía a su derecha se opusieron a ello.

—No soy abogado —las típicas palabras de alguien que está a punto de interpretar el papel de abogado a pesar de no serlo—, pero, aparte de la operación de Melany, apenas he pensado en otra cosa que no sea el caso de Isa desde que la arrestaron en el aeropuerto.

La camarera les puso delante una cesta de patatas fritas caseras, el olor era irresistible y el sabor incluso mejor.

—¿Puede traernos otra ración? —le preguntó Manny—. Perdona, Keith. Sigue.

—En mi opinión, el principal problema que le veo a todo esto es que Isa no denunció la agresión ante las autoridades cuando ocurrió.

—No es un problema, eso juega a nuestro favor —le corrigió Manny.

—Conocemos tu punto de vista, veamos lo que opina Keith —dijo Jack—. ¿Por qué crees que el hecho de no denunciar la agresión es el principal problema?

—Porque el jurado podría interpretarlo como una prueba de que Isa planeaba tomarse la justicia por su mano, que desde el principio tenía pensado asesinarlo para vengarse.

Manny tomó otra patata antes de contestar.

—Precisamente por eso tenemos que conseguir que a la fiscalía le resulte lo más difícil posible demostrar que la violación existió realmente.

—Dejemos eso aparcado de momento —propuso Jack—. Keith, sabes que Manny y yo no podemos hablar contigo como si fueras el cliente, porque no lo eres. Y eso no cambia por el hecho de que estemos tomando algo en un bar. Pero tengo la impresión de que hay algo que quieres decirnos al respecto.

—Sí, así es —asintió Keith—. Quiero asegurarme de que Isa os ha contado todo lo que me ha dicho a mí sobre este tema.

—¿Tienes algo concreto en mente? —le preguntó Jack.

—Básicamente, que llamó a su casa y habló con su padre justo después de sufrir la agresión; que él la culpó de la violación por haber invitado a un hombre a subir a su habitación en la primera cita; y que le hicieron sentir que mancharía el buen nombre de su familia si denunciaba la violación.

—Sí, nos ha contado todo eso —asintió Jack.

—Perfecto. Porque tengo entendido que tú eres un experto en este campo, Manny.

—¿En cuál?

161

—Como abogado defensor en casos de abusos sexuales. He estado informándome sobre algunos que llevaste en tus comienzos.

Manny no había dado sus primeros pasos en la abogacía con casos relacionados con las drogas. El más famoso en el que había participado siendo un joven abogado defensor de oficio había sido uno de los primeros donde se había usado con éxito en Florida la defensa basada en la noción del «cónyuge maltratado»: gracias a esa táctica, había logrado que absolvieran a una mujer que había matado a su marido después de sufrir sus maltratos durante años.

—Eso fue hace muchos años —adujo Manny—; aun así, no veo qué relación tiene eso con este caso. Isa y Gabriel Sosa habían tenido una única cita, ella no sufrió maltratos de forma continuada.

—No los sufrió a manos de Sosa —alegó Keith.

—¿Estás insinuando que el padre de Isa la maltrataba? —le preguntó Jack.

Keith se movió un poco hacia un lado y después hacia el otro, como si le incomodara la forma en que Jack había articulado lo que él estaba pensando.

—No sé si lo hacía o no, la única vez que coincidí con él fue cuando se presentó en tu despacho y dijo que a Isa no la habían violado. Solo puedo decirte que ella no le tiene ni el más mínimo afecto, la creo cuando dice que la abroncó cuando ella llamó a la casa y le contó lo de la agresión. Y también está lo que dijo según el informe policial: ella misma admitió que dejó que pasara lo que tenía que pasar.

—¿Qué relación tiene eso con su padre? —le preguntó Manny.

Jack vio a dónde quería ir a parar su amigo y se encargó de seguir el hilo de ese razonamiento.

—Cabría preguntarse si la reacción del padre durante la llamada es señal de que ahí existe un largo y oscuro pasado. En otras palabras: si la reacción de Isa ante la agresión sexual, el hecho de que pensara que sería mejor fingir que le seguía la corriente a su agresor, nos indica que se trata de alguien que sufrió abusos en su infancia.

Manny negó con la cabeza.

—Estáis complicando esto mucho más de lo necesario.

Fue Keith quien contestó.

—Lo único que digo es que el impacto que tuvo esa conversación telefónica con su padre fue enorme. Explica más que de sobra el que no denunciara la agresión.

—Una mujer puede ser reacia a denunciar una violación por un millón de razones distintas: porque no quiere estar cara a cara con su agresor en un juzgado, porque no quiere que nadie se entere de lo que pasó... En nuestro caso nos viene muy bien que el jurado se plantee si no presentó la denuncia porque en realidad no hubo violación, os lo aseguro. En algunos casos conviene utilizar la baza del abuso como eximente de culpa y en otros no, como en este.

—No estaba sugiriendo utilizar ninguna baza —le dijo Keith—, lo único que quiero es dejar claros los hechos.

—Los únicos hechos que existen son los que la fiscalía pueda demostrar —insistió Manny—. En este momento es un hecho que Isa no tenía motivo alguno para cometer un asesinato por venganza. La fiscalía no puede demostrar que fue violada.

—Pero ella misma le dijo a un inspector de Homicidios que la habían agredido.

—Eso fue un mes y pico después de los hechos, y ni siquiera tenemos todavía ese supuesto informe; suponiendo que realmente exista, puede que encontremos alguna forma de darle la vuelta.

—¿Por qué nos conviene darle la vuelta?

—Porque sería absurdo que demostráramos que la violación existió, con eso estaríamos ayudando a la fiscalía y dándole un móvil en bandeja de plata. Y más absurdo aún sería que nos echáramos piedras sobre nuestro propio tejado alegando que Isa sufrió abusos psicológicos o físicos a manos de su padre. La fiscalía le sacará provecho a esa información y le dirá al jurado que ella actuó impulsada por años y años de furia contenida cuando orquestó el asesinato de Gabriel Sosa.

Jack tuvo que darle la razón en ese aspecto.

—Sí, es verdad que existiría ese riesgo —asintió—. Pero es con nuestra clienta con quien tendríamos que hablar de riesgos y demás, no con Keith.

Su amigo no estaba dispuesto a dar por terminada la conversación.

—Espera un momento, ¡me parece que ya es hora de que dejemos de andarnos por las ramas! Manny, ¿has estado en contacto con Felipe Bornelli?

—¿Perdona?

—Responde a la pregunta —insistió Keith.

—No, no he hablado nunca con él.

Keith tomó un buen trago de cerveza y, a continuación, dejó la jarra sobre la barra con un poco más de fuerza de la necesaria.

—A ver, Felipe le dijo a Jack que a Isa no la habían violado y que no aprobaba al abogado que ella había elegido, y dos días después tú estás trabajando en el caso y defiendes la teoría de que la violación no existió. ¿Me estás diciendo que eso no es más que una casualidad?, ¿pura coincidencia?

Manny se encogió de hombros como restándole importancia al asunto, y se limitó a decir:

—Hay coincidencias y coincidencias.

—¿Qué cojones quiere decir eso? —le preguntó Keith.

—Que caiga un rayo dos veces en el mismo sitio es una coincidencia; que a un excursionista le ataquen un oso polar y otro pardo en el mismo día es una coincidencia muy grande; pero ¿que dos hombres examinen un mismo conjunto de circunstancias y lleguen a la misma conclusión en cuanto a la estrategia a seguir para que Isa pueda librarse de la cárcel? Para mí, eso no es una coincidencia, yo lo veo como dos hombres que han analizado la situación de forma independiente y que han llegado a la conclusión acertada.

Keith lo miró boquiabierto.

—¡Esto es increíble! ¿Estás insinuando que Felipe nos dijo a Jack y a mí que no había existido ninguna violación porque está intentando ayudar a su hija?

—No sé lo que está haciendo Felipe ni por qué, a ese hombre no le conozco de nada. Estoy trabajando en este caso porque Foneesha Johnson le dio mi número de teléfono a su compañera de celda, quien decidió llamarme. Isa me cae bien, quiero ayudarla. Quiero seguir formando parte de este equipo. Jack y yo no estamos de acuerdo en todo, pero la decisión final la tiene nuestra clienta. No soy yo quien decide, ni Jack. Tampoco el marido. Es bueno que a una clienta se le den distintas opciones, eso es algo que la beneficia.

Manny se bajó del taburete, abrió su cartera y dejó sobre la barra un billete de cincuenta dólares antes de añadir:

—Creo que ya hemos hablado bastante de trabajo por hoy. Si Isa quiere sacarme del caso, la decisión es suya. Pero dejemos las cosas claras: espero que hayáis leído mi hoja de encargo profesional, donde se estipula que me quedo con los cien mil dólares que se me pagaron como anticipo. Buenas noches, caballeros.

Se dirigió hacia el extremo de la barra y se paró a intercambiar unas palabras con la mujer a la que había invitado a un Original Cin.

Jack y Keith le observaron en silencio y, finalmente, este último tomó una patata frita y comentó:

—Es un tipo de armas tomar, ¿verdad?

—He trabajado con todo tipo de gente, y hay gente para todo. Abogados de éxito los hay de muchas clases.

—No voy a mantenerlo en el equipo por el mero hecho de haberle dado un cheque. Esos cien mil son un coste irrecuperable; si tú crees que debería largarse, se larga.

Jack apuró lo que quedaba de su cerveza antes de contestar.

—Yo diría que hasta el momento nos ha venido bien contar con él. Si Isa decide que se quede, puedo trabajar con él.

—Soy consciente de que es ella quien tiene la decisión en sus manos. Pero me escama que Manny y el padre de Isa acabaran compartiendo la misma opinión en lo referente a la agresión sexual. Como abogado de mi mujer y amigo mío, no puedes dejar que esa cuestión se quede sin aclarar.

—No te preocupes por eso, hablaré de nuevo con Felipe y seguro que se aclara todo.

—Pues a ver si consigues encontrarlo, no se ha puesto en contacto con Isa todavía. Desde que hablamos con él en tu despacho, es como si se hubiera esfumado de la faz de la tierra.

—¿Has estado buscándolo?

—No, pero no puede decirse que nos dejara con la impresión de que no íbamos a volver a saber de él, y resulta que ha desaparecido.

Jack sacó el móvil del bolsillo y buscó el número de Theo.

—Si aún está en Miami, conozco a alguien que puede seguirle la pista.

23

Sylvia estaba sentada frente al espejo del tocador, aplicándose maquillaje, cuando Swyteck la llamó por teléfono.

Después de dos meses recurriendo a una página web de contactos y llevándose un fiasco tras otro, iba a tener por fin una segunda cita con alguien. Había quedado en menos de una hora, pero el caso contra Isabelle Bornelli estaba resultando ser el más prominente que había tenido en los últimos años y por eso decidió contestar; aun así, quiso dejar claro que recibir llamadas en casa en fin de semana no iba a convertirse en algo habitual.

—Espero que se trate de algo importante, Swyteck.

Sí, sí que lo era. Así que le dio las gracias, no le prometió nada y llamó de inmediato a la fiscal general.

—Espero que se trate de algo importante, Sylvia.

La tomó desprevenida que Benítez la saludara con las mismas palabras de advertencia que ella misma había empleado con Swyteck. En cuestión de un minuto la puso al tanto de lo del artículo que pensaba publicar el *Tribune* y, como las dos convinieron en que era una cuestión tanto legal como de relaciones públicas, contactó con Alex Cruz, el director de relaciones públicas, y mantuvieron una conversación a tres.

—Si lo que dice el artículo no es verdad, tenéis que corregirlo —les advirtió él—. En este caso ya estamos perdiendo la batalla en las redes sociales.

—Explícate —le pidió Benítez.

—Los blogueros están empezando a meterse de lleno en el asunto, y están de parte de Bornelli de forma generalizada. He estado enviándote los enlaces a las páginas por correo electrónico.

La fiscal general apenas tenía tiempo de leer correos electrónicos, y mucho menos de ponerse a revisar los enlaces que estos contenían.

—Hazme un resumen, Alex.

—Pues hay exagerados que van por libre, claro..., los extremistas que no solo aplauden a Bornelli por asesinar a su agresor, sino que esperan que también lo castrara; pero también hay algunas discusiones serias. En la más fiable, una que tiene un montón de visitas y comentarios, se limitan a plantear una pregunta: «¿Qué responsabilidad tiene una víctima de violación en el asesinato de su violador?». La opinión generalizada parece ser que tiene «parte de responsabilidad», pero casi todos los que comentan coinciden en que la fiscalía se ha excedido al acusarla de homicidio en primer grado y solicitar una pena de cadena perpetua sin libertad condicional.

—Eso se debe a que no están al tanto de los hechos —alegó Sylvia.

—¡Exacto! —asintió Benítez—. Y precisamente por eso no podemos dejar que el *Tribune* publique mañana un artículo donde no se relatan bien esos hechos.

Acordaron que Sylvia se encargaría de llamar a Michael Posten. Él había informado a lo largo de los años sobre muchos de los casos en los que ella había trabajado, así que sabía cómo manejarle..., bueno, eso esperaba al menos.

Estaba llamándole al móvil cuando se sobresaltó al ver su propio reflejo en el espejo. La parte izquierda de su cara estaba lista para salir y pasar la velada fuera de casa, la parte derecha parecía una de esas fotos deprimentes del «antes» en la sección de cambios radicales de imagen de algún programa de tele.

Posten se mostró cordial, y ella fue directa al grano.

—He hablado por teléfono con Jack Swyteck, me ha dicho que tienes una copia del informe del inspector de Homicidios que entrevistó a Isa Bornelli.

—¿Y si así fuera?

—No debería tener que recordarte que la investigación de un homicidio permanece activa a lo largo de todo el juicio, hasta que se emite un veredicto. La información que aparece en ese informe no es pública.

—¡Vaya! Así que ahora no solo amenazas con encarcelar a víctimas de violación, también vas a por los periodistas. Qué cantidad de amigos vas a hacer como sigas así, ¿no?

—No te estoy amenazando. En este momento solo estoy intentando comprender cómo has podido interpretar tan mal el informe si realmente tienes una copia.

—Vale, voy a ser sincero contigo: le he echado un órdago a Swyteck. No es que tenga el informe, me han contado lo que pone en él.

—¿Quién?

—Sabes que no puedo revelarte mis fuentes.

—¿Es alguien del departamento de policía o alguien de fuera?

—No puedo decírtelo.

—Está bien. Swyteck me ha mandado el titular de tu artículo. Quienquiera que te haya dicho que Bornelli admitió ante la policía que se limitó a dejar que el asesinato de Gabriel Sosa se llevara a cabo se equivoca por completo.

—¿Puedo ver el informe policial y llegar a mis propias conclusiones?

—Se le entregará a la defensa este martes, junto con el resto de las pruebas que se presentaron ante el gran jurado. El juez decidirá cuál es la información que se hace pública. Si piensas publicar tu artículo antes, quiero que incluyas mi siguiente declaración: «La supuesta admisión es una distorsión absoluta de lo que se relata en el informe perteneciente a la investigación del Departamento de

Policía de Miami-Dade, así como de las pruebas que la fiscalía general presentó ante el gran jurado».

—Vale, un momento, no soy un completo idiota. Pero vas a tener que darme alguna alternativa si esa es tu postura, porque acabas de cargarte seis párrafos.

—Seguro que se te ocurre algo.

—Sí, hay un temita que me ha estado rondando la cabeza.

—Dime.

Él soltó una carcajada.

—¡No tengas tanta prisa! Veamos todo esto desde un enfoque un poco distinto: ¿qué pruebas tienes que demuestren que es cierto que Isa fue agredida sexualmente?

Sylvia guardó silencio mientras sopesaba cuánta información darle.

—Se lo confesó ella misma a un inspector de Homicidios, eso está en el informe sobre el que has estado a punto de dar información errónea.

—Lo confesó en la entrevista que tuvo lugar más de un mes después de la supuesta agresión.

—Sí, más o menos.

—¿Eso es todo lo que tienes como prueba?

—No voy a hacer ningún otro comentario al respecto.

—Vale, a lo mejor quieres hacer alguno respecto a esto: me han dicho que no es que la señora Bornelli dejara que la violación se perpetrara, sino que en realidad no fue una violación.

Sylvia se quedó helada, pero percibió el regocijo de Posten desde el otro lado de la línea mientras ella pensaba a toda velocidad en lo que esa versión de los hechos supondría para el caso: sin violación no había móvil.

—¿Sigues ahí? —le preguntó él.

—Sí. ¿Esa información la has sacado de alguna fuente?

Él se echó a reír.

—¿Tú qué crees? —El tono jocoso se esfumó cuando añadió con seriedad—: La he sacado de la fuente principal.

24

Cuando Jack llegó al trabajo el lunes por la mañana, su asistente le saludó diciendo:

—Nos ha llegado el material del gran jurado de parte de la fiscalía, lo he dejado sobre tu escritorio.

Bonnie siempre era la primera en llegar y nunca tenía pinta de acabar de levantarse de la cama, Jack se preguntaba a veces si los correcaminos dormían alguna vez.

—Gracias, Bonnie. Llama a Manny para ponerlo al tanto.

—Ya lo he hecho, tenía una vista programada para esta mañana y estará aquí a las once.

—Vale. Llama a Isa y dile que venga también.

—Eso también lo he hecho ya.

«Claro, cómo no», pensó él mientras entraba en su despacho. Las normas jurídicas exigían que, después de que un gran jurado emitiera una acusación formal, la fiscalía debía compartir todas las pruebas presentadas ante este, así que en ese momento tenía sobre su escritorio las pruebas presentadas en contra de Isabelle Bornelli. Bonnie llevaba tanto tiempo trabajando con él que sabía cómo organizar las cosas incluso antes de que él las revisara: a la izquierda de todo estaba el escrito de acusación, a continuación, la transcripción... y así sucesivamente, todo bien organizado en montoncitos debidamente etiquetados. Encendió la lamparita y, después de sentarse al escritorio, comenzó por la transcripción y fue tomando notas mientras la leía.

—¡Toc, toc!

Jack alzó la mirada y vio a Hannah Goldsmith, la directora del Freedom Institute, que además era hija y sucesora de Neil. Medía unos treinta centímetros menos que Jack, pero lo que le faltaba de altura lo compensaba con creces con su energía. Tras la muerte de Neil, su viuda le había pedido a Jack que fuera él quien asumiera el puesto de director alegando que Hannah era demasiado joven, pasando totalmente por alto el hecho de que su hija había sobrepasado ya la edad a la que su difunto esposo había fundado el instituto.

—¿Necesitas que te ayude en algo hoy, Jack? No tengo mucha faena.

Él sonrió y negó con la cabeza.

—Tengo una idea: aprovecha para ir a la playa.

Ella entró en el despacho, acercó una silla al escritorio y se sentó como solía hacerlo siempre: en el mismo borde y ligeramente inclinada hacia delante, como una colegiala que sabía las respuestas a todas las preguntas y estaba deseando alzar la mano.

—Eve, Brian y yo hemos estado hablando. El instituto se habría ido a pique si Jack Swyteck, abogado de profesión, no se hubiera instalado aquí como subarrendatario. No tenemos forma de pagarte todas las reparaciones y las mejoras que Andie y tú habéis hecho en este lugar, así que hemos pensado en turnarnos trabajando unas cuantas horas en tus casos. Como abogados contratados, solo que no tendrías que pagarnos.

Eve (la única fumadora de pipa que Jack había conocido en toda su vida) y Brian (que llevaba la misma chaqueta de pana desde que Reagan era presidente) habían entrado a trabajar en el instituto antes de que él ingresara a la Facultad de Derecho. Los dos eran unos abogados excelentes que trabajaban largas jornadas por un sueldo pequeño.

—No es necesario que lo hagáis —le dijo a Hannah.

—Sí, ya lo sabemos, pero queremos hacerlo. Así que ¿qué te tiene tan atareado?, ¿el caso Bornelli?

Hasta ese momento, sus conversaciones sobre el caso habían sido las típicas entre abogados: básicamente, habían charlado sobre el tema mientras comían en la «sala de reuniones». Jack valoraba la opinión de Hannah, que, a pesar de no tener la experiencia de su padre, había heredado sin duda su inteligencia.

—Tal y como sospechábamos, el principal testigo de la acusación es el exnovio de Isa, David Kaval. Está cumpliendo condena en la prisión estatal de Florida por robo a mano armada.

—¿Cómo le relacionaron con el crimen? Espera, déjame adivinar: se fue de la lengua con algún chivato en la cárcel.

—Buena teoría, pero no. Fue a través del ADN. Sosa tenía los ojos vendados cuando la policía recuperó su cuerpo, la prueba forense más sólida que tenían era una gota de sangre que encontraron en la venda y que no pertenecía a Sosa. Resulta que a Kaval le condenaron por robo a mano armada unos años después, introdujeron el perfil de su ADN en el CODIS y ¡bingo! Encontraron una coincidencia.

Hannah estaba más que familiarizada con el sistema combinado de indexación de ADN, la base de datos del FBI que vinculaba el ADN encontrado en las escenas de los crímenes con el de criminales convictos y otros sujetos que figuraran en ella. Era como una sopa de letras donde buscar deletreados los nombres de la mayoría de los clientes del Freedom Institute y, por regla general (aunque no siempre), el resultado solía ser la ejecución mediante inyección letal.

—Y entonces Kaval hizo un trato a cambio de testificar contra Isa, ¿no?

—Pues sí. Le condenan a diez años por su participación en el secuestro y el asesinato de Gabriel Sosa y cumple ambas penas, esta y la anterior por la que estaba encarcelado, de forma simultánea, así que en realidad el efecto es retroactivo.

—En otras palabras: no va a tener que pagar por el asesinato de Sosa.

—Exacto.

—¿Es un testigo creíble?

—No sabría decírtelo basándome solo en la transcripción del gran jurado, pero estamos de suerte. —Alargó la mano hacia el DVD que tenía sobre su escritorio—. La fiscalía general no tenía pensado en un principio presentar este caso ante un gran jurado, así que la fiscal fue a ver a Kaval a la cárcel y le tomó una declaración jurada antes de que se expidiera la orden de arresto contra Isa. ¿Quieres ver la grabación conmigo?

Ella alzó las manos y exclamó sonriente:

—¡Vaya, qué coincidencia! ¡Tenía pendiente verla en Netflix!

Bonnie golpeteó en ese momento en el marco de la puerta y asomó la cabeza.

—Ha llegado Isa Bornelli.

—Menos mal que no habíamos preparado aún las palomitas —comentó Hannah antes de levantarse de la silla.

—No, quédate —le pidió Jack—. Me gustaría contar con tu opinión, si a Isa le parece bien.

—¿El qué? —preguntó la aludida, que estaba entrando en el despacho justo en ese momento.

Él se encargó de presentarlas, y a Isa le pareció bien que Hannah se quedara a ver el vídeo de la grabación. Bonnie salió y cerró la puerta con tacto. Después de explicarle a Isa qué eran todos aquellos papeles que tenía sobre el escritorio, Jack condujo a ambas a la zona de estar. Hannah se encargó de poner las sillas de cara al televisor con pantalla LCD que había en la pared. Luego, Jack metió el DVD en el reproductor, y justo cuando estaba ocupando la silla situada entre Hannah y su clienta, apareció la primera imagen. No era más que el nombre del testigo y la fecha en que se le había tomado declaración, letras negras y números en una pantalla blanca, pero él tuvo la certeza de que había bastado para acelerarle el pulso a Isa.

—¿Estás bien? —le preguntó.

Ella asintió.

El nombre y la fecha desaparecieron de la pantalla y de repente tuvieron a David Kaval mirándolos cara a cara.

Isa se echó hacia atrás, sobresaltada, y apartó la mirada.

—Santo Dios... —alcanzó a decir con un hilo de voz.

—¿Seguro que te sientes capaz de ver esto? —le preguntó Jack.

Ella no contestó, pero dirigió de nuevo la mirada hacia la pantalla, lentamente.

Kaval estaba sentado a una mesa de madera. Tenía la cámara que le grababa justo enfrente, su cabeza y su torso aparecían centrados en la pantalla. En la prisión estatal de Florida, los presos que estaban en el corredor de la muerte vestían un uniforme naranja, así que él iba con la camiseta azul de cuello pico de los presos comunes. Saltaba a la vista que visitaba con frecuencia la sala de pesas de la prisión, ya que tenía un pecho y unos bíceps de boxeador, y sus abultados antebrazos estaban llenos de tatuajes de color morado. El propio Jack se había entrevistado con muchos presos en esas mismas mesas y, a juzgar por cómo se cernía el tipo sobre ella, debía de medir cerca de metro noventa. No tenía nada de raro que una mujer hermosa se enamorara de un chico malo, pero lo de Isa Bornelli con David Kaval le parecía un caso extremo.

—Qué diferente está, como si se hubiera endurecido —comentó ella.

—Sí, eso suele pasar en la cárcel —asintió él.

—No, no es eso... En la universidad le idealicé. La imagen mental que tenía de él era la de un chico guapo y fuerte, pero no era más que un matón.

La voz de Sylvia Hunt les interrumpió en ese momento. Se la oyó pedirle que dijera su nombre en voz alta, pero la cámara no dejó de enfocarle a él. A partir de ahí, Sylvia dedicó unos minutos a repasar con él alguna información personal sobre su pasado, sus antecedentes penales y el trato que había hecho con la fiscalía general, y después pasó a preguntarle sobre su «relación» con Isa Bornelli.

—*Estuvimos saliendo juntos cuando estábamos en la universidad, cortamos y retomamos la relación varias veces.*

—¿*Durante cuánto tiempo?*

—*Algo menos de un año. Nos conocimos cuando ella estaba en el primer año de carrera en la Universidad de Miami. Yo estaba en mi cuarto año en el Miami-Dade College, una universidad pública.*

—¿*Usted ya estaba en el último curso?*

—*No. Como le he dicho, era mi cuarto año allí, pero no estaba en el último curso.*

—*Ha comentado que cortaron y retomaron la relación varias veces. ¿Estaban saliendo juntos en marzo de ese mismo curso universitario?*

—*En teoría, no.*

—¿*Por qué en teoría?*

—*Tuvimos una bronca fuerte en San Valentín y ella dijo que lo nuestro había terminado.*

—¿*Terminó realmente?*

—*Puede que ella pensara que sí* —sonrió socarrón, muy seguro de sí mismo—, *pero yo supe siempre que volvería conmigo.*

—Menudo pirado —comentó Isa.

Jack puso el vídeo en pausa.

—Si hay algo que quieras corregir mientras vemos la grabación, dímelo y la pararé.

—Es que no quiero que creáis que estaba enamorada de ese hombre, el amor no tenía nada que ver con lo nuestro.

—Entendido —asintió él antes de darle al botón del mando para reanudar la reproducción.

—¿*Volvió a ver a la señora Bornelli después de esa ruptura?*

—*Sí, me llamó un par de semanas después y me pidió que pasara a verla.*

Isa agarró el mando y puso el vídeo en pausa.

—¡Eso es mentira! Me llamó unas cien veces al móvil, pero yo no contesté. Y una mañana se plantó sin más en la puerta de mi residencia de estudiantes y se quedó esperándome allí hasta que volví de clase.

Jack lo anotó en su bloc de notas de papel pautado de color amarillo.

—Vale, sigamos —dijo antes de reiniciar la reproducción.

—*¿Qué hicieron ese día?*

—*Nada especial. Fuimos a dar un paseo, comimos algo…, en fin, pasamos un rato juntos. Pero me di cuenta de que estaba intranquila y le pregunté si era por mí, si quería que me fuera. Me contestó que no, que quería que me quedara. Me dijo que es que quería tenerme a su lado apoyándola, que necesitaba a alguien con quien pudiera contar.*

—*¿Entendió a qué se refería ella con eso?*

—*En aquel momento no, lo entendí más adelante.*

—*¿Qué sucedió?*

—*Fuimos a cenar, a eso de las ocho de la tarde la llevé de vuelta a la residencia y aparqué el coche. Estábamos allí, sentados en la oscuridad, y se echó a llorar de buenas a primeras. Le pregunté qué le pasaba y fue entonces cuando me lo contó.*

—*¿Qué fue lo que le contó la señora Bornelli?*

—*Me dijo que había tenido una cita y yo le dije «No pasa nada por una cita, nena». Y entonces me miró y me dijo: «Me violó».*

—*¿Cómo reaccionó usted?*

—*No me lo podía creer, reaccioné en plan: «Pero ¿cómo pasó?, ¿quién fue?».*

—*¿Ella le reveló esa información?*

—*En un principio no. Me dijo que daba igual quién hubiera sido porque no le había denunciado. Yo contesté «¡Y una mierda…!». Perdón. Le contesté que tenía que decirme quién había sido, insistí en que me lo dijera.*

—*¿Ella le dio el nombre?*

—*No exactamente, digamos que tuve que sonsacárselo. Ella estaba llora que te llora, en plan que no había hablado con nadie del tema y estaba desconsolada. Menudos lagrimones.*

—*¿Qué hizo usted?*

—*Le dije que llorara todo lo que quisiera, pero que tenía que darme el nombre del tipo. Activé el cierre centralizado para que no pudiera abrir la puerta y le dije: «Isa, no nos vamos de aquí hasta que me des el nombre de ese cabrón cobarde».*

—¿Cuál fue la respuesta de la señora Bornelli?

—Siguió llorando, así que yo me tomé un minuto para calmarme y procurar disimular mi cabreo. Cuando vi que empezaba a controlar las lágrimas le pregunté si ya estaba lista para decírmelo y ella me contestó: «Se llama Gabriel Sosa».

—¿Qué le dijo usted?

—Le dije: «Buena chica, has hecho lo correcto. Gracias por decírmelo».

—¿Hablaron algo más al respecto?

—¿Mientras estábamos en el coche esa noche?

—Sí, señor Kaval. Mientras estaban en el coche esa noche.

—Le pedí que me diera más información sobre ese tal Sosa.

—¿Qué le dijo ella?

—Seguía lloriqueando un poco y no me miraba a la cara, miraba por la ventanilla. Así que insistí diciéndole: «Isa, ¿hay algo más que me quieras contar?».

—¿Qué contestó ella?

—Negó con la cabeza y entonces me dijo: «Ojalá estuviera muerto».

—«Ojalá estuviera muerto». ¿Esas fueron las palabras exactas de la señora Bornelli?

—Sí, tal cual.

Jack puso el vídeo en pausa y la sala quedó sumida en un profundo silencio. Le dio unos segundos a Isa para que asimilara lo que acababan de ver; de hecho, los tres estaban asimilándolo.

—¿Le dijiste eso? —le preguntó al fin.

Ella bajó la mirada y se llevó una mano a la frente.

—Pues… no me acuerdo.

—Isa, por favor. Intenta recordarlo, haz un esfuerzo. ¿Está mintiendo o está diciendo la verdad? Esto es importante.

—No… —Se interrumpió de golpe—. Es posible que se lo dijera.

—¿Es posible?

Ella asintió, atormentada. Seguía sin poder mirar a Jack, pero en su rostro se reflejaba la agonía que sentía.

—Es probable que lo hiciera.

—¿Probable?

—¡Vale, sí que lo hice! ¡Sí, se lo dije! ¡Pero eso no significa que lo dijera en serio!

Seguro que no había sido su intención gritar aquello con tanta vehemencia. Hubo un momento de silencio bastante incómodo y, de repente, agarró su bolso y se levantó de la silla.

—Disculpadme, no tengo cabeza para hacer esto.

Jack se levantó también.

—Sí, por supuesto. Podemos retomarlo cuando estés lista, le diré a Bonnie que te pida un taxi.

—No, tengo una aplicación en el móvil para eso. Gracias.

Sus tacones repiquetearon en el viejo suelo de madera cuando se marchó a toda prisa; de hecho, se apresuró tanto que a Jack no le dio ni tiempo de acompañarla hasta la puerta. Tras verla salir, Hannah y él intercambiaron una mirada.

—Todos le hemos deseado la muerte a alguien —comentó ella.

—Sí, puede ser —admitió él antes de dirigir la mirada hacia el matón que estaba inmóvil en la pantalla—. Pero no se lo decimos a un tipo como David Kaval.

25

Sylvia quedó para desayunar con su jefa en una cafetería situada al otro lado de la calle del campus de la Universidad de Miami. El comedor estaba prácticamente vacío (para el estudiante universitario medio, después de un fin de semana en South Beach el desayuno del lunes solía retrasarse hasta pasado el mediodía), y eligieron una mesa situada junto a la ventana donde podían hablar en privado mientras desayunaban salmón marinado con panecillos tostados.

Puede que las cifras y las estadísticas no fueran el fuerte de Sylvia, pero había visto los informes donde se estimaba que la fiscalía tenía pendientes unos trescientos casos de tráfico sexual, así que tenía claro que la fiscal general era la persona perfecta para presentar el foro anual sobre tráfico de personas organizado por la universidad. Estaba programado que Benítez estuviera a las diez en punto en el escenario para dar la bienvenida a los invitados y presentar a la primera oradora: una superviviente de veintidós años que a los dieciséis había recibido a manos de su proxeneta una paliza que había estado a punto de matarla. Sylvia había estado al mando del equipo de la acusación en aquel caso, y había logrado convencer a un juez de que condenara al tipo a quince años de cárcel.

—¿Tienes tu discurso bien ensayado y preparado?

Benítez dejó a un lado la hoja donde había esbozado las cuestiones que iba a tratar.

—¿Me has visto alguna vez ciñéndome a un discurso preparado?

Era una pregunta que no requería respuesta alguna. Sylvia le echó un vistazo al envoltorio de su quesito para ver cuántas calorías tenía y decidió que no merecía la pena; su jefa, que no tenía ese dilema, untó el suyo en su panecillo tostado y después se hizo también con el de Sylvia.

—¿Cómo va la investigación de Foneesha Johnson?

—Esta mañana he recibido un correo electrónico de la división de Miami —contestó Sylvia—. El informe del FBI y la recomendación llegarán a finales de semana.

—Qué prisa se han dado.

—Es que quieren quitarse de encima el marrón. Alguien del Departamento de Justicia quiere mantenerse lo más alejado posible de la acusación contra Bornelli.

—Tanto el agente especial que está a cargo de la división de Miami como su asistente van a estar hoy en el foro, hablaré con ellos para tantear un poco el terreno —afirmó Benítez mientras sacaba hasta la última pizca de quesito del envoltorio con el cuchillo—. ¿Qué ha pasado con lo de nuestro amigo Michael Posten y su artículo?

—Apuesto a que viste la edición de ayer del *Tribune*. Por suerte, no escribió lo que tenía pensado sobre lo que Isa le dijo en su día al inspector de Homicidios. Optó por un artículo más genérico sobre la epidemia creciente de agresiones sexuales en los campus universitarios.

—Sí, lo leí. Eso sí que es escribir algo que vale la pena.

—Pues mucho me temo que la mejora es temporal. Le he llamado esta mañana y resulta que todavía sigue trabajando en el artículo que tenía en mente el viernes por la noche, el que afirma que Isa no fue violada.

La camarera se acercó en ese momento para rellenarles las tazas, y Benítez esperó a que se fuera antes de contestar.

—¿Sabemos algo más acerca de quién puede estar pasándole información sobre ese tema?

—No hay nada que añadir a lo que me dijo el sábado por la noche. No es que tenga una fuente; según él, ha sacado la información de la fuente principal.

Benítez se echó una cucharadita de azúcar en el café y empezó a removerla.

—A ver, reflexionemos un poco. Si un periodista dice que su fuente es la principal, tiene que estar refiriéndose a alguien que tiene información de primera mano, ¿verdad?

—Esa sería la deducción lógica, pero Posten siempre está marcándose faroles. Es así como trabaja.

—Entendido, pero démosle el beneficio de la duda en lo que respecta a este asunto. Lo lógico sería que la fuente de la que habla fuera alguien que estuvo presente durante los hechos, ¿no?

—Bueno, en ese caso estaríamos hablando de Bornelli o de Sosa, y Sosa está muerto.

La fiscal general hizo un gesto, un simple movimiento de la mano con el que la invitó a seguir por ese camino, y Sylvia soltó una pequeña carcajada teñida de escepticismo.

—¿En serio?, ¿crees que la fuente es Bornelli?

—¿Por qué no? —preguntó a su vez Benítez—. Si no hubo violación no hubo agresor, y sin agresor tenemos mucho más difícil demostrar el móvil que la llevó a orquestar el asesinato de Gabriel Sosa. Estoy convencida de que tú ya has pensado en todas esas implicaciones.

Sí, por supuesto que había pensado en ellas; de hecho, le habían echado a perder la cita del sábado por la noche y la habían tenido en vela hasta el domingo por la mañana.

—Sí, eso sería un problema.

—Estoy segura de que ese «problema» también se les ha ocurrido a los abogados de la señora Bornelli, o por lo menos a uno de ellos.

—¿Estás cambiando de teoría?, ¿ahora dices que Swyteck o Espinosa podrían ser la fuente?

—Yo creo que, si la información de Posten procede del abogado, se justificaría el que diga que la saca de la fuente principal.

O puede que Bornelli esté hablando directamente con él por consejo del abogado.

—Sí, podría ser, pero ¿por qué no se reservan esa baza para cuando empiece el juicio?, ¿por qué querrían mostrar sus cartas ahora a través del periódico?

—Porque la defensa no quiere que este caso vaya a juicio. Isa Bornelli se fue a vivir a la otra punta del mundo para evitar precisamente eso. Tomarnos por sorpresa con esta jugada serviría para hacernos dudar de la solidez de nuestro caso; cuantas más dudas tengamos, más probabilidades hay de que estemos dispuestos a ofrecerles un buen trato.

—¿Deberíamos ofrecérselo?

—Todavía no, vamos a esperar.

—¿Hasta cuándo?

—Quiero ver lo que dice el informe del FBI. Hablaré hoy con el agente especial a cargo de la división de Miami, para ver si podemos conseguir un borrador antes de que emitan la versión completa.

—¿Qué esperas encontrar en él?

—Nada en concreto. Pero si la conclusión es que Bornelli mintió al afirmar que un agente del centro penitenciario planeaba agredirla sexualmente, y resulta que también mintió cuando le dijo a la policía que Gabriel Sosa la había violado, entonces tenemos en nuestras manos un caso totalmente distinto.

—Sí —asintió Sylvia pensativa—. Sería un caso muy pero que muy distinto.

26

El viernes, cuando Jack llegó al despacho de Manny bien entrada la tarde, Isa ya estaba allí y se la veía mucho más serena que cuando se había marchado a toda prisa del Freedom Institute el lunes anterior. Manny tenía su propia copia del material del gran jurado, pero en ese momento estaba abriendo otra caja: una donde ponía *Frágil* y tenía una etiqueta de envío del servicio de transporte de obras de arte de Christie's.

—¿Puedes echarme una mano?

Jack se acercó, le ayudó a apartar las virutas de papel que se habían usado como embalaje protector, y sacaron entre los dos una escultura de bronce de más de medio metro de altura que colocaron cuidadosamente encima del escritorio.

Era una antigüedad que no encajaba para nada con la decoración a base de cromo, cristal y cuero del ultramoderno despacho de Manny.

—El Bronco Buster —dijo Manny—. Es la primera de las veintidós esculturas de vaqueros esculpidas en bronce de Frederic Remington, y la más codiciada. Y no es una reproducción. Mirad, ¿veis la marca de fundición? —Señaló la marca de la empresa fundidora de bronce Henry-Bonnard, de la ciudad de Nueva York—. Data del siglo XIX, es una de las primeras hechas con el método del molde de arena. Cuando baja el precio del petróleo hay que aprovechar para comprar alguna obra de Remington. Todos los grandes ejecutivos de Houston están deshaciéndose de ellas, es como… como…

—¿Como cuando los votantes venezolanos se deshicieron de los chavistas? —sugirió Isa.

La mayoría de los historiadores relacionaban la caída del precio del petróleo con el declive del partido de Chávez tras la muerte de este, pero Jack tuvo la impresión de que, más que dar una opinión política, ella acababa de lanzar un dardo personal contra su propio padre.

—Sí, supongo que sí —asintió Manny—. En fin, hice lo mismo la última vez que el petróleo cayó en picado. Compro barato y conservo las piezas hasta que el precio del petróleo vuelve a subir y los paletos quieren recuperar sus obras de arte, y entonces… ¡Zas! ¡El gran Manuel Espinosa gana un pastón!

—Qué buen plan el tuyo, ¿qué te parece si hablamos del nuestro? —dijo Jack.

—Adelante, estoy listo —contestó Manny mientras recogía algunas virutas que habían quedado dispersas por la alfombra de seda.

—Ya he visto el resto de la declaración de Kaval, pero no estaría de más que le echáramos otro vistazo. Podemos empezar a partir de donde lo dejé con Isa.

—No hace falta, ella y yo la hemos visto entera antes de que llegaras.

—Tendrías que haberme llamado —protestó Jack algo molesto.

—Lo siento. Tú cubriste la primera parte sin mí, así que Isa y yo hemos visto la segunda. Al fin y al cabo, somos un equipo, ¿no? Pues los equipos se dividen las tareas.

Jack no habría sabido decir por qué, pero la idea de que Manny estuviera a solas con Isa le hacía sentirse como si él ocupara un puesto por debajo del de abogado codefensor.

—Vale, repasemos la grabación —se limitó a decir.

La segunda parte de la declaración de Kaval se centraba en las alegaciones de la acusación, algunas de las cuales ya habían sido confirmadas por la propia Isa: Kaval y ella fueron a un club de South Beach al que solía ir Gabriel Sosa; ella les indicó a Kaval y al amigo de este quién era Sosa; los tres, Isa incluida, siguieron a Gabriel en la furgoneta de Kaval; este golpeó el coche de Gabriel por detrás para que se detuviera a ver si el vehículo había sufrido algún daño, y su amigo y él bajaron de la furgoneta para hacerle frente.

Llegados a ese punto, las versiones divergían.

—Tú nos dijiste que volviste corriendo a tu residencia de estudiantes —le recordó Jack.

—Sí.

—Kaval afirma que aún seguías allí cuando su amigo y él redujeron a Sosa y lo metieron a la fuerza en la parte trasera de la furgoneta, que fuiste con ellos al taller mecánico.

—Sí, eso es lo que él dice.

—¿Está mintiendo?

Ella le lanzó una mirada a Manny antes de admitir:

—Eso es algo que hemos hablado antes de que llegaras.

—Vale, ¿a qué conclusión habéis llegado?

Manny intervino en ese momento.

—Isa no fue al taller mecánico, eso puedes darlo por seguro.

Jack no tardó nada en comprender dónde estaba el quid de la cuestión.

—Muy bien, entonces la pregunta es la siguiente: ¿cuándo te diste media vuelta y corriste de vuelta a la residencia de estudiantes?, ¿fue antes o después de que Kaval y su amiguete agarraran a Sosa y lo metieran en la furgoneta?

—Exacto —asintió Manny.

—Responde, Isa —insistió Jack, sin apartar la mirada de su clienta.

—De verdad que no recordaba haber visto cómo le metían en la furgoneta —admitió ella con voz queda—. Pero, al oír a David describiendo lo que pasó, la situación me resultó familiar. Al oírle hablar tuve la impresión de que a lo mejor presencié todo aquello.

186

—Los viste meter a Sosa en la furgoneta, ¿es eso lo que nos estás diciendo ahora?

—A ver, no hace falta que digas eso de «ahora». No es que esté cambiando mi versión de los hechos, lo que pasa es que voy recordándolo todo con mayor claridad. Asumir lo que me pasó es un proceso.

—Y no está segura al cien por cien de haberlo presenciado —alegó Manny—. Nos está advirtiendo de que es una de las cosas que no están claras en su memoria. Es algo que debes de haber visto tantas veces como yo, Jack: cuando un testigo de la acusación insiste en que estabas en un lugar, cuando asegura que dijiste esto o lo otro, es normal que dudes de tu propia memoria. Empiezas a decirte a ti mismo: «¡Vaya, puede que sí que estuviera allí! ¡A lo mejor es verdad que dije eso!».

Sí, Jack había visto casos así y se trataba de algo natural. La cuestión era que un abogado no lo tenía nada fácil a la hora de saber si un cliente estaba pasando por esa situación o si simplemente estaba inventándose un relato falso.

Isa intervino en ese momento.

—También es importante recalcar que yo nunca, jamás, pensé que fueran a hacerle daño a Gabriel. Como ya os dije, creía que David le daría un susto, que puede que le pegara un poco…, pero ni se me pasó por la cabeza que pudieran hacerle lo que le hicieron.

—Tal y como están las cosas, he llegado a varias conclusiones —afirmó Jack—. La primera es que, viendo la grabación, se comprende que el testimonio de Kaval bastara para convencer al gran jurado de emitir una acusación en tu contra; aun así, debemos dar por sentado que la fiscalía está guardándose algún as en la manga. Ningún fiscal presenta todas sus pruebas ante el gran jurado, seguro que Sylvia está reservándose algo para el juicio. De modo que, si hay una serie de desencadenantes que hacen resurgir recuerdos en tu mente, es importante descubrirlos todos antes del juicio. No podemos correr el riesgo de que recuerdes algo de improviso estando frente al jurado. ¿Entendido?

Esperó a verla asentir antes de continuar.

—Segunda conclusión: el hecho de que huyeras corriendo antes o después de que metieran a Sosa en la furgoneta es un detalle de vital importancia. Estás peligrosamente cerca de haber colaborado en un secuestro. Lo mínimo que puede pasar es que pierdas el beneplácito del jurado si te oyen admitir que viste a Kaval y a su amigo metiendo a Sosa a la fuerza en la furgoneta y que no llamaste a la policía. Son cuestiones que debemos tener en cuenta cuando decidamos si vas a testificar en tu propia defensa.

—Isa y yo estábamos hablando de eso justo antes de que llegaras —le dijo Manny.

—A riesgo de parecer quisquilloso, esa es una cuestión que debe hablarse conjuntamente con todo el «equipo».

—No te cabrees, Jack, no se ha tomado ninguna decisión sin ti. Pero ahora vamos a ser más abiertos de miras.

—¿Qué quiere decir eso?

Manny miró a Isa como invitándola a que tomara la palabra y ella evitó mirar a Jack a los ojos mientras procedía a explicárselo.

—En el caso de que yo no pueda testificar o decida no hacerlo, la estrategia que planteaba Manny podría ser la más acertada. A lo mejor no deberíamos apresurarnos a admitir que…, en fin, que me agredieron.

—Mucho me temo que ya es muy tarde para eso —afirmó Jack—, porque Kaval testificará que le dijiste que te habían violado. No estamos hablando de un testimonio de oídas, se trata de una admisión que hiciste tú misma. Se considerará una prueba.

—Kaval no es creíble —alegó Manny—. Es un matón de tres al cuarto y un criminal convicto, podemos hacerlo pedazos en el estrado.

—No nos olvidemos del inspector de Homicidios que escribió las propias palabras de Isa en el informe: «Dejé que pasara lo que tenía que pasar».

—Se me han ocurrido varias ideas para contrarrestar eso —le aseguró Manny.

—Vaya, estamos hablando de un cambio radical. Isa, ¿seguro que estás de acuerdo con todo esto?

—No sé, Manny cree que debería plantearme seguir esta estrategia.

—Lo que me preocupa es que, mientras tú estás planteándote lo que vas a hacer, las circunstancias lo conviertan en un hecho consumado.

—No lo entiendo.

Jack miró a Manny antes de contestar.

—¿Tiene algo que ver todo esto con la llamada que he recibido hoy al mediodía de Michael Posten, el periodista del *Tribune*? Está planteándose publicar un artículo que defiende que Isa no fue agredida sexualmente y, según él, tiene una fuente muy fiable.

—Pues no soy yo —dijo Manny—. Aún sigo respetando el trato que hice con la fiscalía general cuando accedieron a que Isa saliera en libertad bajo fianza: no hablar con los medios hasta que concluya la investigación en el centro penitenciario. Y tú también vas a respetarlo, Jack.

Por dentro, la reacción de Jack fue mandarlo a la mierda, pero se mordió la lengua porque estaba delante su clienta.

—Entonces ¿quién es la fuente?

—Me lo preguntas como si yo supiera la respuesta, y no me hace ni pizca de gracia —contestó Manny.

—¿Es posible que sea mi padre? —les preguntó Isa.

—No lo sé. ¿Podría ser él? —Jack no empleó un tono de voz amenazador, pero lo dijo con firmeza.

—Podría ser cualquiera —afirmó Manny—. O Posten está con sus triquiñuelas de siempre y la supuesta fuente no existe en realidad.

—No, sí que existe —dijo Jack—. Apostaría mi licencia de abogado a que alguien le ha dado esa información.

27

El carillón que Jack tenía colgado en la ventana de su despacho se agitó ligeramente. Para Miami era un regalo que soplara la brisa en las postrimerías de la primavera, ya que la inminente llegada del verano no solo traía consigo calor y humedad, sino también un aire cargado y calma chicha. Jack había visto el oleaje en la bahía aquella mañana cuando conducía rumbo al trabajo, y estaba seguro de que los aficionados al *windsurf* y al *kiteboard* debían de estar aprovechándolo al máximo; de hecho, Keith y él habían perdido una buena cantidad de jornadas de clase en su adolescencia cuando hacía viento, y para cuando llegó la hora de comer al mediodía no pudo seguir reprimiendo las ganas y le llamó al móvil.

—Oye, colega, desde tu despacho se ve la bahía. Mira esas olas, hay un viento para flipar en colores.

Su amigo se echó a reír.

—«¿Flipar en colores?», ¡no oía algo así desde la época en que los Miami Dolphins aún eran un equipo en condiciones!

—Vamos un rato.

—¿Lo dices en serio?

—En Hong Kong ya es pasada la medianoche, no finjas que estás ocupado. Podemos alquilar los trajes de neopreno y las tablas en la playa.

—¿Tienes idea de cuánto hace que no hago *windsurf*?

—Es como montar en bicicleta. Uno cree que nunca se le va a olvidar cómo hacerlo, pero al menos te caerás en el agua y no en el jodidamente duro pavimento.

—Vale, Swyteck, vamos allá.

—Te recojo en la entrada de tu edificio en quince minutos.

A la una de la tarde estaban metidos en el agua. Puede que ya no fueran los chavales de antaño, pero a la una y media estaban cortándose el paso y adelantándose para birlarse el viento el uno al otro (lo que en la jerga del *windsurf* se conocía como *gassing*). Jack todavía se consideraba un corredor pasable: le ponía la correa a Max y salían a hacer *footing*, y en ese momento esos largos paseos le sirvieron de mucho. Las piernas de Keith fueron las primeras en rendirse. Una ola espumosa lo derribó y al volver a subirse a la tabla se quedó sentado a horcajadas, descansando.

Jack se le acercó y se colocó paralelo a él.

—¿Te alegras de haber venido? —le preguntó.

—Sí.

Lo dijo sonriente, pero de repente se puso serio y Jack se dio cuenta de que desviaba la mirada hacia la orilla… Hacia el Four Seasons, para ser exactos.

—¿Estás pensando en Isa?

—No, en Melany. Es genial volver a estar aquí, en la playa, y me ha hecho pensar en lo fantástico que sería enseñarle a ella a hacer *windsurf*. Y lo haré, claro que sí. Pero, siendo como soy, he empezado a analizarlo meticulosamente todo desde un punto de vista práctico y me he dado cuenta de que habrá que quitarle los procesadores de audio. Y entonces he empezado a tomar conciencia realmente de todo lo que no va a oír cuando esté aquí. Los soplos del viento, el chapoteo de las olas, el susurro de la tabla cuando estás deslizándote por la ola como un cuchillo cortando mantequilla, esa zambullida en el agua cuando el viento te gana la partida. Melany no oirá jamás nada de eso.

—Lo siento, Keith.

—No lo sientas, da gracias. Siéntete agradecido por lo que tienes.

Jack supuso que ese no era un mantra que se usara demasiado en la sede de Zúrich del IBS ni en sus oficinas de Hong Kong, y se alegró de haberle dado a su amigo aquel ratito en el que habían revivido su vieja amistad. Siguieron así unos minutos más, flotando y dejándose llevar mientras el sol les secaba los trajes de neopreno; poco después estaban en aguas más calmas y someras, prácticamente a la sombra de los edificios de oficinas y de viviendas que se alineaban como enormes torres a lo largo de la costa, desde el centro de Miami hasta el extremo más al sur de la zona de Brickell.

—Como sigamos dejándonos llevar por la corriente, vamos a tener que hacer el paseo de la vergüenza —dijo Keith.

Con eso se refería a cuando uno no podía regresar al punto de partida y debía salir del agua y volver caminando con todo su equipo a cuestas. Si te pasaba eso, esa noche te tocaba pagar las cervezas.

—Si no se lo dices a nadie, yo tampoco —contestó Jack.

Su amigo sonrió, pero se puso serio de nuevo.

—¿Puedo hablar un minuto del caso?

—No. —Estaba tumbado boca arriba sobre la tabla, disfrutando del sol en la cara.

—Venga, hablo en serio. Esto es importante.

Jack se incorporó hasta sentarse.

—Tienes un minuto.

—Isa me ha comentado que Manny está crispándote los nervios.

—Venga ya, ¿estamos flotando en medio del paraíso y te pones a hablar de Manny?

—No se trata de él, sino de mi mujer.

—Déjame preguntarte algo: ¿Isa te cuenta todo lo que ha hablado con sus abogados cuando llega a casa?

—No, como mucho consigo una panorámica general a gran altitud, desde unos treinta y seis mil pies de altura. Pero hablamos de cómo está llevándose todo el mundo en general.

—Mira, Keith, es inevitable que alguien se mosquee cuando se pone a dos abogados en la misma habitación. Manny tiene su propio estilo.

—¿Seguro que solo es una cuestión de estilo?

—Sí. Ya te dije que puedo trabajar con él.

Keith observó en silencio a dos jóvenes que pasaron haciendo *windsurf*, dos universitarios que se abrían paso por el agua tal y como solían hacerlo Jack y él en su día, cuando tenían muchas menos cargas encima.

Cuando finalmente miró de nuevo a Jack, admitió:

—Solo quiero asegurarme de que seguirás con esto hasta el final.

—¿Por qué lo pones en duda?

—Después de la reunión que tuvisteis en el despacho de Manny, Isa estaba hecha un mar de nervios y apenas pudo pegar ojo en toda la noche. Le pregunté qué le pasaba y me costó un buen rato sonsacárselo, pero básicamente tiene miedo de que acabes dejando el caso.

—No entiendo por qué lo dice.

—Es una mujer bastante intuitiva, Jack. Y tiene estudios bastante avanzados en psicología. Solo quiero que sepas que ella te considera el abogado principal del caso y a Manny lo ve como el secundario.

—No me supone ningún problema ser codefensor.

—A ver, estoy explicándote esto porque quiero dejártelo muy claro. Para Isa sería un golpe devastador que decidieras no seguir formando parte de este equipo.

—No entiendo por qué querría tomar yo esa decisión.

—Estoy hablando de forma hipotética. Por la razón que fuera, por lo que sea que pueda pasar en el futuro. Antes de dejar tirada a Isa…, a ella, a Melany y a mí…, piensa en lo que te estoy diciendo ahora.

—Estás pasándote de dramático, no voy a dejar tirado a nadie. No saldré del caso a menos que Isa me pida que lo haga.

—¿Lo prometes?

A Jack le pareció un poco raro que le pidiera hacer esa promesa, lo vio como más dramatismo innecesario, pero estaba claro que se trataba de algo importante para su amigo y optó por seguirle la corriente.

—Sí, te lo prometo.

—Entonces ¿no hace falta que eche mano del favor que me debes?

Lo dijo sonriente, pero Jack tuvo la sensación de que no estaba hablando en broma del todo y sabía perfectamente bien a qué «favor» se refería.

—¡Eh!, ¡dijiste que no lo harías jamás!

Keith dirigió la mirada hacia la orilla. Dio la impresión de que sus ojos seguían el paso de la brisa marina por unos delgados cocoteros que había en la playa, y contestó al fin:

—Jamás pensé que estaría casado con una mujer acusada de asesinato.

28

Sylvia salió del juzgado y caminó a toda prisa hacia el Edificio Graham. La vista de esa mañana se había alargado hasta media tarde y estaba deseando devolver la llamada a la oficina del alcaide de la prisión estatal de Florida, desde donde habían intentado en vano contactar con ella por algo relacionado con su testigo estrella del caso Bornelli.

Huelga decir que se temía lo peor, y que estaba rezando para que no le dijeran que Kaval estaba muerto.

El ascensor la llevó a la séptima planta, fue directa a su despacho y la pasaron directamente con el propio alcaide. La conversación fue breve. Kaval estaba vivito y coleando, pero la información que le dio el alcaide fue lo bastante importante como para impulsarla a ir sin demora al despacho de la fiscal general para ponerla al tanto.

—Nuestro amiguito Kaval intentó llamar al móvil de Bornelli. A cobro revertido, claro —le dijo desde la puerta.

Benítez le hizo un gesto con la mano para indicarle que pasara antes de preguntar:

—¿Cuándo?

—El sábado por la noche —contestó mientras se sentaba en la butaca—. Me han dicho que Bornelli no aceptó la llamada, así que no hablaron.

Benítez, que estaba sentada a su escritorio, se reclinó un poco hacia atrás en su silla mientras se tomaba unos segundos para reflexionar.

—¿Cómo es posible que le permitieran llamar? —preguntó al fin—. En esa prisión tienen unas normas muy estrictas en lo que respecta a las llamadas a cobro revertido a móviles. Puedo dar fe de ello, formé parte del comité que las revisó. Los presos no pueden llamar a cobro revertido sin más, ya sea al papa o al camello que les pasaba la droga o a quienquiera que les apetezca. Tienen que entregarle a la dirección del centro una lista de números de móvil, y solo pueden hacer llamadas a cobro revertido a aquellos que hayan sido aprobados previamente.

—Le he preguntado al alcaide al respecto y ¿adivina qué? Resulta que el número de teléfono de Isa Bornelli está en la lista de los que han sido aprobados.

—Qué interesante, ¿qué opinan los abogados de Bornelli de todo esto?

—Aún no sé nada de ellos, yo misma acabo de enterarme hace diez minutos.

—A ver, espera un momento. ¿Estás diciendo que Kaval la llamó hace dos días y sus abogados no te han dicho nada?

—Exacto. Mi lado cínico me dice que pusieron el número de teléfono en la lista de aprobados, que querían que contactara con ella por si Kaval decía algo que pudiera servirles. Lo más probable es que estén aconsejándola sobre cómo contrarrestar lo que él testifique; de hecho, puede que incluso esperen conseguir que el testimonio de Kaval juegue a favor de la defensa.

Benítez sopesó la situación antes de contestar.

—No creo que este silencio sea por eso; si los abogados de Bornelli estuvieran detrás de lo de la llamada, ella habría accedido a hablar con él y no lo hizo.

—Sí, eso es verdad —admitió Sylvia.

Benítez se levantó de la silla y reflexionó sobre el tema mientras caminaba a paso lento hacia la ventana. Tenía la mirada puesta en el río cuando, de espaldas a Sylvia, habló al fin.

—Me inclino más a pensar que el motivo de que ni Swyteck ni Espinosa hayan contactado contigo es que la señora Bornelli no les ha contado que Kaval intentó llamarla.

—¿Por qué querría ocultarles esa información a sus abogados?

—Por la misma razón que hizo que no les contara que su número de móvil estaba en la lista aprobada de Kaval.

—Vale, pero sigo en las mismas. ¿Por qué querría ocultárselo?

Benítez se volvió a mirarla.

—Me encantaría averiguar la respuesta a esa pregunta.

—¿Quieres que hable con Kaval para que me aclare todo esto?

—No, tenemos que actuar con mucha más astucia.

—No te entiendo.

—El hecho de que el móvil de Bornelli esté en la lista aprobada previamente me indica que nuestro testigo estrella mintió al decirte que no habían tenido ningún tipo de contacto desde que ella se fue de Estados Unidos.

—Sí, eso parece.

—Está bien, entonces haremos lo siguiente: quiero que llames al alcaide para decirle que no haga nada.

—¿Nada?

—Nada de nada. Va a dejar el número de teléfono de Bornelli en la lista; si Kaval intenta llamarla de nuevo a cobro revertido, que no se lo impidan. Es posible que ella acepte la llamada la próxima vez y que diga algo que podamos usar en su contra. Todas las llamadas están monitorizadas, así que ni siquiera necesitamos una orden judicial.

—¿No te parece una jugada un poco arriesgada? También cabe la posibilidad de que Kaval diga alguna estupidez y el caso se nos venga abajo.

—Sí, es verdad, pero te preguntaré algo: en base a lo que tenemos ahora, ¿qué probabilidades crees que tienes de poder demostrar la culpabilidad de Bornelli más allá de toda duda razonable?

—Confío en poder lograrlo.

—Sylvia, para perder este caso bastará con que un solo miembro del jurado, una mujer, lo más probable, decida que a la víctima de una agresión sexual no se la debería procesar por el asesinato de su agresor. Eso lo sabes, ¿verdad?

—Sí.

—Habrá grupos de manifestantes a las puertas del juzgado durante el transcurso de todo este juicio, y los miembros de ese jurado pasarán por delante de sus pancartas y sus eslóganes cada día al ir y venir del juzgado. Eres consciente de ello, ¿verdad?

—Sí.

—Y ahora tenemos la oportunidad de obtener, de boca de la propia Bornelli, la admisión de que ella planeó y dirigió este asesinato, hasta de que participó en él. ¿Es o no es así?

—Sí, podría pasar.

—Yo voto por intentarlo. Dejemos que en la cárcel monitoricen esas llamadas, tal y como lo hacen con las de todos los presos, y lleguemos al fondo de este asunto. ¿Qué me dices?

La fiscal general llevaba años sin llevar la acusación de un caso en un juzgado, pero cualquiera de sus abogados podía dar fe de que seguía siendo un hacha con los contrainterrogatorios.

—De acuerdo —asintió Sylvia—, hagámoslo.

29

Jack esperó hasta bien entrada la noche, y entonces fue con Theo al barrio repleto de talleres de chapa y pintura situado al sur de la Universidad de Miami.

Había pasado más de una década desde el asesinato de Gabriel Sosa, pero el taller al que le habían llevado Kaval y su amigo seguía estando abierto. Se encontraba dos manzanas comerciales más al oeste de la estación del Metrorail (el tren elevado que recorre Miami de norte a sur), en la ajetreada zona llena de almacenes y talleres mecánicos.

No era una visita oficial a la escena del crimen, lo único que quería Jack era hacerse una idea aproximada de lo que debió de ocurrir aquella noche. Puede que algún vigilante de otro taller hubiera visto algo, o que alguien que estuviera esperando en el cercano andén del Metrorail hubiera oído gritar a Gabriel. ¿Creerían los miembros de un jurado al exnovio de Isa cuando este los mirara a los ojos y afirmara que ella había estado en ese lugar?

—Es ahí —dijo Theo, antes de aparcar.

Estaban al final de una callejuela, la versión de aquel barrio de un callejón sin salida. Todos los negocios de la zona habían dado por finalizada la jornada de trabajo y estaban cerrados, las ventanas y las puertas estaban protegidas con barrotes de hierro o persianas. En la calle no había ningún otro vehículo, pero al otro lado de una valla metálica de unos tres metros y medio de altura había aparcados unos doce; y sobre la valla, como uno de esos muelles de juguete, se extendía un alambre de púas que disuadía a los rateros que estuvieran husmeando por allí en busca de alguna ganancia fácil.

—Vamos a echar un vistazo —dijo al abrir la puerta del pasajero.

—¿Vas a salir del coche en esta zona, blanquito? —le preguntó Theo.

—No, vamos a salir los dos.

No estaban demasiado lejos del viejo vecindario de Theo, que tiempo atrás había estado bajo el dominio de los hermanos Knight y los Grove Lords. Al otro lado del intenso tráfico de la Ruta 1 se encontraba la intersección de Grand Avenue y Douglas Road, el centro del antiguo gueto del Grove. Theo le había relatado lo ocurrido a Jack. Había sido allí, en la calle repleta de bares decrépitos y licorerías, donde un Theo de quince años había visto a un grupo de curiosos alrededor del cuerpo de una mujer a la que alguien había dejado tirada como si fuera basura. Su tío Cy había intentado detenerle, pero era como si algo tirara de él y le urgiera a acercarse, como si necesitara ver con sus propios ojos lo que la adicción a las drogas y una serie de hombres violentos habían terminado por hacerle a su madre.

Jack cerró la puerta del coche, y bastó con que diera un solo paso hacia el taller para que un feroz dóberman se lanzara hacia él. Por poco se le salió el corazón del pecho del susto, pero por suerte el perro estaba al otro lado de la valla y se limitó a gruñir y a enseñar amenazante los dientes entre ladrido y ladrido.

—Si trajeron aquí a Sosa para asustarle, escogieron el lugar perfecto —comentó.

Se quedaron parados en medio de aquella callejuela de asfalto resquebrajado, y se dio unos segundos de calma para familiarizarse con el lugar y viajar con la imaginación a la noche del asesinato.

—¿Dónde estaba tu amigo Keith cuando pasó todo esto? —le preguntó Theo.

—En Zúrich. Se había marchado de Nueva York y acababa de empezar a trabajar para el IBS.

—Tiene gracia. La peña dice que es raro que tú y yo seamos amigos, lo raro para mí es que seas amigo de ese banquero sueco.

—Suizo. Las suecas son las albóndigas.

—No, son italianas. El porno es sueco.

Jack miró a su amigo y parpadeó varias veces antes de admitir:

—Tengo la sensación de que ya he tenido antes esta conversación.

—Costa de Marfil, en el 2008. Cuando encontraste a aquella médica sin fronteras que iba a arreglar tu vida amorosa y creíste que podrías seguirla a todas partes.

—Dicho así, suena patético.

—Es que lo fue.

—A ver, ¿de qué estamos hablando exactamente?

—Perdón. De tu amigo rico y tú.

—Agradece que sea rico.

—¿Por qué debería importarme una mierda eso?

Jack jamás le había contado cómo habían sucedido las cosas y decidió que quizás fuera hora de hacerlo, sobre todo teniendo en cuenta que Keith había mencionado «el favor» cuando estaban en la bahía.

—¿Tienes idea de cuánto costaba hacer una prueba de ADN cuando trabajaba en el Freedom Institute?

—Pues no me lo había planteado nunca, la verdad.

—Estamos hablando de una cantidad de seis cifras, ¿te has preguntado alguna vez quién pagó por la prueba que te sacó del corredor de la muerte?

En aquella época, por mucho que Jack creyera en la inocencia de Theo, el Freedom Institute generaba a duras penas beneficios suficientes para mantener encendidas las luces, y tanto el Proyecto Inocencia como otros similares que batallaban por costear pruebas de ADN estaban aún en una fase inicial. De modo que, a pesar de creer que no iba a lograr nada, había recurrido a aquel viejo amigo que antes de cumplir los treinta ya estaba ganando un montón de dinero.

—Así te lo pongo: le debes a Keith tanto como yo, puede que más.

Dio la impresión de que Theo entendía lo que le estaba diciendo, porque asintió pensativo.

—Vaya. Qué detallazo por su parte.

—Sí, Keith es muy buen tipo.

—¿Qué opina él de todo esto? —le preguntó Theo antes de dirigir la mirada hacia la entrada cerrada a cal y canto del taller.

—Esa es una pregunta peliaguda.

—Y esa es una respuesta de abogado. ¿Sabes lo que creo yo?

—No, pero estoy casi seguro de que me lo vas a decir.

—Creo que, pase lo que pase al final, a Keith le quedará la duda en plan «Joder, ¿con qué clase de gente se juntaba mi mujer en la universidad?».

—Sí, puede ser.

—Y va a poner en duda la sinceridad de ella.

—La gente supera este tipo de situaciones.

—¿En serio?

—Sí. No siempre, pero hay quien lo consigue.

El dóberman gruñó en ese momento. Estaba mirando a Jack como si fuera un filete para la cena... o una albóndiga sueca.

—Te pedí que encontraras al padre de Isa, ¿alguna novedad en eso?

—No —contestó Theo—. Ya casi he llegado al final de la lista de hoteles que me diste, he usado mis dotes de persuasión con un montón de recepcionistas y he conseguido unas seis o siete noches de hotel gratis, pero ni rastro de Felipe Bornelli. Puede que haya vuelto a Venezuela.

—No lo creo.

—¿Por qué?

Jack le contó lo del artículo que Mike Posten estaba planteándose publicar en el *Tribune*.

—He oído a dos personas afirmando tener pruebas de que Isa no fue violada: Posten es una de ellas, la otra es Felipe Bornelli.

—¿Crees que él es la fuente? —le preguntó Theo.

—Fue la primera persona con la que habló Isa después de la violación. No se me ocurre a quién más podría considerar creíble Posten, aparte de alguien que estuviera allí. Y Sosa está muerto.

—Bueno, pero ¿y si había alguien más?

—Sucedió en la habitación de Isa en la residencia de estudiantes, no hubo testigos.

—No me refiero a un testigo.

—¿Estás hablando de un segundo agresor?

—Estoy hablando de tres personas adultas. Una está muerta; una está viva y dice que Sosa la violó; la tercera también está viva, pero le cuenta al *Tribune* una versión distinta de los hechos.

Jack le miró pensativo antes de admitir:

—No se me había ocurrido esa posibilidad.

—Claro, porque ya eras un viejo pedorro casado antes de convertirte en un viejo pedorro casado.

—Pero la cuestión es por qué esa supuesta tercera persona habría decidido hablar con un reportero de buenas a primeras, después de guardar silencio durante tantos años.

—No lo sé, cosas más raras se han visto en Miami.

—Sí, es verdad —asintió Jack antes de dirigir la mirada hacia el taller—. Cosas mucho más raras.

30

Era pasada la medianoche, y la suave brisa que soplaba en el centro de Miami procedente de la bahía era todavía lo bastante cálida para permitir que Isa estuviera cómodamente sentada en la terraza. Llevaba puesto un albornoz encima del pijama, y la luz de la pantalla LCD de su tableta le iluminaba el rostro. El sonido de la puerta corredera abriéndose a su espalda la sobresaltó... Era Keith, que acababa de llegar del trabajo.

—¿Por qué sigues levantada tan tarde? —le preguntó antes de inclinarse a darle un beso.

—No tengo sueño.

Él se sentó en la silla que había junto a ella antes de contestar.

—Ojalá pudiera decir lo mismo. Tengo otra teleconferencia con las oficinas de Hong Kong en quince minutos, ellos creen que es mediodía.

—Lo siento, esta diferencia horaria debe de ser brutal.

—Es lo que hay. —Alargó el brazo para tomarle la mano—. Pero voy a tener que reservar un vuelo para ir este fin de semana.

—Ah. ¿Cuánto tiempo estarás allí?

—Una semana como mínimo, puede que diez días si me paro en Zúrich a la vuelta.

—¿No te habían dicho tus jefes que te tomaras todo el tiempo que necesitaras?

204

—Sí, y lo dijeron en serio… siempre y cuando mis necesidades no interfieran con mi trabajo.

Estaba sonriendo, pero Isa sabía perfectamente bien que no se trataba de una broma. Los viajes siempre habían formado parte del trabajo de Keith, y no hacía falta que él le dijera que vivir en Miami iba a empeorar aún más la situación. Ella lo entendía, de verdad que sí, pero es que no le gustaba saber que él iba a estar en la otra punta del mundo y que ella, pasara lo que pasase, no podía marcharse de allí.

—Melany y yo estaremos bien aquí —le aseguró.

—Sí, ya lo sé.

Isa lanzó una breve mirada hacia la pantalla de la tableta.

—Estaba buscando escuelas por Internet, Jack dice que casi seguro que seguimos aquí cuando Melany empiece preescolar en otoño.

—¿Has encontrado alguna?

—Hay unas cuantas que tienen buena pinta, he pensado en hacer unas llamadas mañana para ver cuándo podemos ir a hacer la entrevista previa.

—Suena bien.

Isa esperó a que añadiera algo más, pero se quedó callado.

—¿No quieres saber qué escuelas son?

Él no contestó, estaba revisando su correo electrónico.

—Keith…

—¿Mmm?

Estaba centrado en su trabajo, y ella no se lo tomó a mal.

—Nada, da igual.

Él se levantó y le dio otro beso.

—Perdona, tengo que conectarme a la teleconferencia.

—Vale.

Cuando Keith se marchó y la puerta corredera se cerró tras ella, Isa dejó a un lado la tableta, se acercó a la barandilla y alzó la mirada hacia el cielo. En algún punto entre el Four Seasons y mil millones de estrellas, un avión pasó en silencio y ella se preguntó de dónde procedería. Costaba creer que tan solo llevaran una semana en Miami, y

205

costaba más aún creer cómo había cambiado todo en ese corto espacio de tiempo.

Bajó la mirada desde el cielo hasta el horizonte y la mantuvo allí. Mirar arriba o al frente, esa era su norma: nunca hacia abajo. No se debía a ninguna fobia, había leído estudios en los que se relataban casos de personas que evitaban los balcones o subir a tejados porque sentían un impulso inexplicable de saltar. Era lo que los psiquiatras habían bautizado con el poco imaginativo nombre de «fenómeno del lugar alto». En esas personas, el impulso de saltar no se debía a que quisieran morir ni mucho menos: tan solo era su instinto de supervivencia activándose para decirles por qué estaban asustados. La norma de Isa de no mirar nunca hacia abajo, sin embargo, tenía un origen muy distinto: una vez, una única vez en toda su vida, se había subido a una barandilla a diez pisos de altura, había mirado hacia abajo y hasta había llegado a elegir el lugar donde iba a caer. No había sido por un problema psicológico ni por una compulsión, sino porque en ese momento creía que saltar era la única opción que tenía. Había sido antes de Melany, antes de Keith, cuando aún estaba soltera, justo después de decidir que no regresaría jamás a Venezuela ni a Estados Unidos.

Justo después de que David Kaval se enterara del motivo que la llevaba a dejar la Universidad de Miami y mudarse a Zúrich.

—¿Tienes miedo, Isa?

Sí, sí que lo tenía y David lo sabía, pero la cuestión no era esa. Él quería oírselo decir.

—Sí —admitió ella, pero con voz casi inaudible. Estaba tumbada boca abajo y con el peso del cuerpo de David aplastándola apenas podía respirar, y mucho menos hablar.

Él la agarró de la coleta y le alzó la cabeza del suelo de un tirón tan fuerte que a ella se le nubló la vista por las lágrimas, aunque de todos modos estaba tan oscuro que apenas veía nada.

—¿Sabes cuál es la situación más peligrosa para una mujer, Isa?

Ella tenía miedo de dar una respuesta equivocada, pero no entendía bien la pregunta.

—¿Qué?

Él le tiró del pelo con más fuerza, hasta que la tuvo con la barbilla apuntando prácticamente hacia el cielo nocturno.

—La situación en la que una mujer corre más peligro —susurró con tono amenazante—, ¿sabes cuál es?

—No. —Apenas alcanzó a decirlo, le temblaba la voz.

—Pues te lo diré yo. Y no me lo invento, son estadísticas del FBI. La situación más peligrosa para una mujer, adivina cuál es.

—No puedo.

Isa notó cómo deslizaba la mano desde su nuca hasta el cuello.

—¡Que intentes adivinarlo, joder!

—No lo sé... ¿Estar un aparcamiento?

Él le apretó el cuello antes de aflojar la mano.

—¡No! ¡Prueba otra vez!

—¿Estar en una estación de metro?

—¡No! ¡Eres tonta del culo, Isa!

Isa no respondió, notó el aliento de él en la nuca cuando se apretó aún más contra ella.

—La situación más peligrosa para una mujer es estar en una relación. Con un hombre.

Lo dijo en voz baja y amenazante y ella sintió que la recorría un escalofrío, pero no contestó y él le apretó de nuevo el cuello antes de preguntar:

—¿Crees que tienen razón?

Aflojó la mano con la que le sujetaba la coleta por un instante, lo justo para permitirle asentir una vez, y añadió en el mismo tono bajo y amenazante:

—Sí, grábatelo en la sesera. Porque vayas donde vayas, por mucho que te alejes; adondequiera que yo vaya a parar, pase el tiempo que pase... tú y yo estaremos siempre en una relación. Que no se te olvide.

Isa se quedó paralizada, era incapaz de articular palabra.

—¿Me has oído?

Ella asintió de nuevo.

—¡Pues dilo, zorra de mierda!

Isa se tragó el miedo y contestó con voz quebrada.

—Nunca se me olvidará.

Verano

31

Jack aparcó su coche alquilado, y al bajarse le golpeó de lleno un húmedo bofetón de calor implacable. Era una tarde típica de julio en el centro de Florida: 36 grados y un 97 por ciento de humedad.

Había empezado a lloviznar un poco, pero las esporádicas gotitas no daban alivio alguno y se vaporizaban en cuanto entraban en contacto con el abrasador asfalto. Tan solo tenía que recorrer un corto trayecto a pie hasta llegar a la entrada de la cárcel, pero, incluso llevando la chaqueta del traje colgada del brazo, para cuando llegó tenía la espalda de la camisa empapada formando una «V» de sudor. Un guardia le abrió la puerta, y él dio las gracias por la fresca ola de aire acondicionado.

Ningún hombre se había sentido jamás tan feliz de entrar en la prisión estatal de Florida.

Pasó primero por el puesto de control para identificarse como visitante. Iba solo, en esa ocasión no le acompañaban ni Manny ni Isa. Se acercó al grueso cristal de separación y le dijo al funcionario que estaba sentado al otro lado:

—Vengo para la declaración jurada de David Kaval.

En aquella cárcel había unos mil presos que no estaban en el corredor de la muerte y Kaval era uno de ellos; aun así, pasar ocho años entre la población carcelaria general no era un camino de rosas ni mucho menos, y en aquel lugar morían más reclusos por su propia mano que por la inyección letal.

Un guardia condujo a Jack por una serie de puertas de seguridad hasta la sala destinada a las visitas con los abogados. Estos y los clérigos estaban entre las limitadas excepciones a la norma que establecía que las visitas debían ser en locutorios, sin contacto directo, pero el preso no había llegado aún. Era una sala sin ventanas con una mesa en el centro. Sentada junto a la silla vacía del testigo se encontraba una taquígrafa con su estenógrafo lista para empezar. Sylvia Hunt, que estaba sentada a la mesa en el lado de la fiscalía, se levantó y le estrechó la mano antes de decir:

—Kaval está entrevistándose con su abogado.

Un testigo tenía derecho a ser representado por un abogado, y el trato tan favorable que Kaval había hecho a cambio de testificar contra Isa se reflejaba con claridad en el hecho de que su representante no era de segunda fila ni mucho menos. Maddie Vargas era una pitbull que había aprovechado sus años de experiencia como abogada de oficio para crear un prestigioso bufete propio, y Kaval era un ejemplo típico de su clientela: hombres que se enfrentaban a largas condenas de cárcel por crímenes violentos, pero que se las ingeniaban para conseguir fondos de procedencia misteriosa que les permitían costearse abogados que cobraban un pastón.

La puerta metálica situada al otro lado de la sala se abrió. Un funcionario de prisiones entró primero precediendo al recluso, que iba esposado y estaba acompañado de otro guardia. Kaval era un hombre que imponía incluso vestido con el uniforme carcelario: era de la misma altura que Jack, pero tenía la constitución física de Theo. Maddie Vargas fue la última en entrar. Era una mujer de mediana edad que iba demasiado maquillada y que, no contenta con llevar una sola gruesa pulsera de oro, llevaba dos en cada muñeca. Tenía el pelo de color caoba y había optado por un corte que resultaba un poco más severo de la cuenta, no lo llevaba mucho más largo que su cliente.

—Encantado de conocerla —la saludó Jack.

Las cadenas tintinearon mientras Kaval se sentaba en su silla al final de la mesa, junto a la taquígrafa. Vargas se sentó a su derecha y los guardias ocuparon sus puestos en extremos opuestos de la sala, uno en la puerta que daba al pabellón y dos en la que conducía a la libertad. La taquígrafa tomó juramento al testigo. Jack estaba listo para empezar…, pero una declaración jurada no era un musical. Eso de «Empecemos por el principio, es un buen punto de partida» podía estar muy bien para Julie Andrews y los cantantes de la familia Trapp, pero a él le gustaba mezclar un poco las cosas y pillar desprevenido a su testigo. Así que no empezó por el principio ni mucho menos.

—Señor Kaval, ¿cuándo fue la última vez que tuvo usted algún tipo de contacto con Isabelle Bornelli?

—Eh… ¿A qué se refiere exactamente con eso?

—A hablar, escribir, mensajes de texto, correos electrónicos, lenguaje de signos, señales de humo. Cualquier método de comunicación que haya conocido jamás la raza humana, creo que me explico con claridad.

—¡Protesto! —intervino Vargas—, su pregunta da por hecho que el señor Kaval conoce a Bornelli.

Jack hizo una mueca. Allí no había juez alguno que pudiera determinar si una protesta era válida o no, eso era lo habitual en todas las tomas de declaraciones. Lo único que quería Vargas era dejar constancia de su protesta, pero había ciertas cosas que no tenían objeción posible.

—El señor Kaval es el testigo principal de la acusación en contra de mi clienta. Estoy más que dispuesto a aceptar que no conoce de nada a la señora Bornelli, que no tiene ni idea de quién es y que no tiene ninguna información de primera mano sobre lo que él mismo testificó ante el gran jurado. ¿Es eso lo que está usted diciendo, letrada?

La fiscal intervino en ese momento.

—Creo que la señora Vargas querría retirar su protesta.

—Protesta retirada —afirmó la abogada.

Jack se centró de nuevo en Kaval.

—Puede usted contestar.

Kaval respiró hondo mientras pensaba a toda velocidad.

—La última vez que estuvimos en contacto...

—Sí, esa es la pregunta.

—¿Las mamadas también cuentan?

Su abogada se inclinó hacia delante.

—Limítese a contestar la pregunta, David. En la transcripción no se incluyen las bromas.

—Sobre todo las de mal gusto —afirmó Jack.

Kaval se cruzó de brazos antes de contestar.

—La verdad es que no me acuerdo.

—Vayamos por partes. ¿Ha tenido algún tipo de contacto con Isa Bornelli desde que lo encarcelaron?

—Sí, claro que sí.

La respuesta tomó desprevenido a Jack. Era la primera noticia que tenía de eso, pero intentó ocultar su sorpresa.

—¿Cuántas veces?

—No sé, puede que un par. Le escribí un par de cartas. Una cuando me metieron en este sitio, la otra unos seis meses después.

—¿Por qué le escribió?

—Para pedirle dinero. Había atrapado a un ricachón, podía permitírselo.

—¿Isa Bornelli tenía alguna deuda con usted?

—¿Por qué no se lo pregunta a ella?

—Estoy preguntándoselo a usted, señor Kaval.

—Sí, yo diría que tenía una deuda conmigo.

—¿Por qué?

Kaval se inclinó hacia delante y entornó los ojos. Daba la impresión de que el tema le escocía.

—Porque la traté bien, por eso. ¡Mejor de lo que se merecía! Lo mínimo que podría hacer es echarme una mano cuando estoy metido en problemas.

—¿Cuánto dinero le pidió?

—Me parece que no le di una cantidad concreta de dólares... o de euros, lo que sea que tenga en su jodida cuenta bancaria.

—Procure evitar las palabrotas —le aconsejó su abogada.

—Perdón. Le pedí que me mandara lo que pudiera.

«Extorsión». Jack tomó nota mental de ello antes de continuar.

—¿Respondió a sus cartas la señora Bornelli?

—No.

—¿Le mandó algún dinero?

—No.

—Entonces, en lo que respecta a esas cartas, la comunicación fue unidireccional. Usted intentó contactar con ella, pero no recibió respuesta alguna.

—Sí, supongo que podría verse así.

—¿Hubo otros contactos similares? Intentos de comunicarse con ella, por llamarlos de alguna forma.

—No.

—A ver, quiero intervenir en este punto —dijo la fiscal—, porque no tengo ningún interés en ponerme a discutir durante el juicio sobre la exactitud de las respuestas que el señor Swyteck está recibiendo en el transcurso de esta declaración jurada. Está claro que la llamada a cobro revertido que el señor Kaval le hizo a la señora Bornelli fue un «intento de comunicarse con ella».

Jack se quedó de piedra. No sabía nada acerca de ninguna llamada a cobro revertido, pero tácticamente no le beneficiaría en absoluto revelar ante la fiscal que su clienta no le había dado esa información. Optó por actuar como si estuviera al tanto de todo.

—Bueno, aclaremos bien el tema para que quede constancia. Cuénteme lo de esa llamada al detalle, señor Kaval.

Escuchó con atención y tomó algunas notas mientras el tipo relataba lo ocurrido, y después prosiguió como si no se hubiera enterado de nada nuevo.

—¿Por qué intentó llamar a la señora Bornelli?

—Quería que me dijera unas cuantas guarradas para ponerme cachondo.

Su abogada intervino de inmediato.

—Ya se lo he dicho, David, nada de bromas.

—Lo digo en serio, Isa puede hablar como una jodida ramera callejera. Y lo habría hecho si yo se lo hubiera pedido, por eso no quiso aceptar la llamada.

—Sí, claro, seguro que fue por eso —dijo Jack.

—No la conoce demasiado bien, ¿verdad? —le contestó Kaval con una sonrisita burlona.

—Soy yo quien hace las preguntas, señor Kaval. Así es como funciona esto.

—Vale, pues pregunte lo que quiera.

—He tenido muchos clientes que estaban recluidos aquí, la mayoría de ellos en el corredor de la muerte.

—Pues supongo que tendrían que haber contratado a un abogado mejor.

A la abogada se le escapó una carcajada y se apresuró a disculparse.

—¡Perdón! Es que eso sí que ha tenido algo de gracia.

—A lo que voy es que los presos no pueden hacer llamadas a cobro revertido sin más, hay una lista de personas que han sido aprobadas previamente a las que pueden llamar. ¿Estaba Isa Bornelli en la lista de personas a las que usted puede llamar?

—Sí.

Jack estaba adentrándose más y más en territorio desconocido, pero era en una declaración jurada de aquel tipo donde había que plantear las preguntas abiertas sobre los «porqués», los «cómos» y los «qués» que un abogado no le haría jamás a un testigo durante el juicio.

—¿Cómo entró ella a formar parte de esa lista?

—Yo la puse allí.

—Ya veo. Pero la lista debe ser aprobada por el alcaide, y él no daría el visto bueno por el mero hecho de que Isa fuera su exnovia. ¿Qué fue lo que hizo usted para lograr que la incorporaran a la lista?

Kaval miró a su abogada sin saber qué hacer, y Vargas contestó por él.

—El señor Kaval no contestará ninguna pregunta acerca de cómo entró la señora Bornelli en la lista de contactos aprobados.

—¿Cuáles son sus argumentos para no hacerlo? —le preguntó Jack.

Vargas se inclinó un poco hacia su cliente para susurrarle algo al oído, y este miró entonces a Jack y dijo con voz firme:

—Por consejo de mi abogada, me amparo en la Quinta Enmienda y no voy a responder debido a que podría incriminarme a mí mismo.

—¿Qué?

—Ya le ha oído —dijo la abogada.

La fiscal tomó entonces la palabra.

—Permítame explicárselo, señor Swyteck: nuestra investigación ha revelado que el señor Kaval le dio información falsa al alcaide para conseguir que la señora Bornelli entrara en su lista de contactos aprobados.

—¿Qué información fue esa?

Ella metió la mano en una carpeta que tenía a sus pies.

—De acuerdo con lo exigido por la ley, esta semana le entregaremos a la defensa una copia de todas las pruebas exculpatorias. Pero, como queremos ser ecuánimes, que quede constancia de que estoy entregándole al señor Swyteck una copia de un acta de matrimonio donde figuran David Kaval y la acusada, Isabelle Bornelli.

Jack revisó el acta y, tras confirmar que parecía auténtica, miró a Kaval.

—¿Es auténtica?

El tipo miró con ojos interrogantes a su abogada, que asintió.

—Puede responder la pregunta.

—Sí, sí que lo es.

—¿Está diciendo que estuvo casado con Isabelle Bornelli? —A Jack seguía sin cuadrarle todo aquello.

—Sí.

La fiscal intervino de nuevo.

—Quiero que quede claro que el estado de Florida no pone en duda la autenticidad del acta de matrimonio. El señor Kaval tergiversó los datos que le facilitó al alcaide porque no informó sobre el divorcio cuando puso el nombre de la señora Bornelli en la lista.

Comprobar un dato así era una tarea de lo más sencilla, pero, teniendo en cuenta que en el estado de Florida había más de cien mil presos, el departamento Penitenciario tenía mayores prioridades.

—¿Cuándo se casaron? —Jack apenas pudo ocultar su incredulidad.

—Lo pone en el acta —contestó Kaval.

Jack leyó de nuevo la fecha y asintió.

—Sí, aquí está. Fue justo antes de que Isa se fuera a vivir a Zúrich, unos dos meses después de la muerte de Gabriel Sosa.

—Sí, más o menos.

Jack seguía mirando el acta con incredulidad. No era algo que le sucediera a menudo, pero se había quedado sin palabras... El momento se alargó tanto, que Vargas dijo al fin:

—Estamos esperando. ¿Tiene más preguntas, letrado?

Él respiró hondo antes de contestar.

—Sí, tengo muchísimas.

32

La declaración jurada de David Kaval se alargó hasta tarde y Jack perdió el último vuelo a Miami. Todos los moteles cercanos al aeropuerto de Jacksonville estaban llenos, así que al final se quedó a pasar la noche en uno del centro situado cerca del río St. John. Bajó a la terraza de la cafetería para disfrutar de una cena tardía; eran ya las ocho de la tarde y para entonces se estaba bien sentado fuera, pero no hacía tanto fresco como para explicar por qué le apetecía de repente una taza de café caliente.

—Qué bien huele el café recién molido, ¿verdad? —le dijo la camarera.

—¿Usted también lo huele?

Ella señaló hacia un edificio bastante alto situado al otro lado del río, la planta de producción de Maxwell House.

—Están tostando los granos. Llevan más de cien años aquí... Casi tantos como yo, ¡ja, ja! Cerraron la planta de Hoboken, pero Max se ha quedado en Jax.

A juzgar por su sonrisa, estaba claro que aquello era motivo de orgullo en la zona. Procedió entonces a tomarle nota, y él le dio las gracias. Oírla mencionar a «Max» le había recordado que aún no había llamado a casa y, una vez que ella se fue, contactó a través de FaceTime con Andie, Riley y el único representante del género masculino que había en ese momento en el hogar de los Swyteck.

—¡Dale un beso de buenas noches a Max, papi!

La imagen de una húmeda y vigorosa lengua llenó de repente la pantalla de su iPhone.

—Buenas noches, Max. Riley, ¿cómo está mi niñita grande?

La carita de su hija apareció de nuevo en la pantalla, estaba haciendo un puchero.

—Triste.

—¿Por qué?

—Porque el tío Theo ha venido a casa y me ha contado un cuento triste.

—¿Cuál?

—Gordinflona y Delgaducho se fueron a dormir. Gordinflona se giró y a Delgaducho aplastó.

—Eso es una broma, cielo. No estés triste.

—¿Delgaducho no está aplastado?

—¡Qué va! Está bien, te lo prometo.

Ella soltó una risita.

—¡Qué tontito eres, papi! Ya lo sabía, estaba tomándote el pelo.

—Así que tomándome el pelo, ¿eh? ¿Quién te ha enseñado eso?, ¿el tío Theo?

—¡Sí! Dice que eres un blanco fácil. Y mamá también lo dice.

Andie apareció en ese momento en la pantalla detrás de Riley.

—Vale, ya es hora de que esta pequeña delatora se acueste.

Se dieron las buenas noches y Andie prometió llamarle cuando Riley se durmiera. Jack cortó la videollamada, y al dejar a un lado su móvil no pudo evitar pensar en lo extraña que podía llegar a ser la vida. Un hombre al que había salvado de la silla eléctrica se había convertido en su mejor amigo y estaba enseñándole a Riley a «tomarle el pelo»; su mejor amigo del instituto trabajaba en la otra punta del mundo y se enfrentaba a la posibilidad de que su mujer tuviera que pasar el resto de su vida en una cárcel de Florida. Se sentía mal por Keith, y en muchos sentidos. Él iba a pasar una sola noche lejos de casa y ya se sentía solo, su amigo había pasado cerca de un mes entero en Hong Kong alejado de su familia con FaceTime como única tabla de salvación.

En fin, podría decirse que trabajar sentado al viejo escritorio de Neil Goderich había tenido sus ventajas.

El ayudante de camarero le llenó el vaso de agua, y mientras esperaba a que llegara la cena aprovechó para repasar las notas que había tomado en la declaración jurada de Kaval. Tenía pensado reflexionar sobre el testimonio durante la noche, digerir las cosas y hablar con su clienta por la mañana…, pero empezó a sonarle el móvil y hubo cambio de planes. Isa no tenía tanta paciencia.

—¿Qué tal ha ido, Jack? —le preguntó ella en cuanto contestó.

Él respiró hondo, saboreó hasta la última gota del fragante olor a café que inundaba el aire y empezó por el acta de matrimonio. Le contó lo que Kaval le había dicho, y hubo un largo silencio al otro lado de la línea.

—Es falsa —afirmó ella al fin.

—No, no lo es. Eso me lo han dejado claro durante la declaración: se trata de un documento público válido. La propia fiscal lo ha confirmado. Estuviste casada casi cinco años, y existe una sentencia de disolución del matrimonio que lo demuestra.

—Sí, cinco años de felicidad conyugal —dijo ella con sarcasmo—, y me enteré cuando llevaba unos cuatro años y once meses de casada.

—¿Cómo puede ser eso?

—Ya te dije que ese hombre está loco. David quería que me casara con él…, bueno, eso suena demasiado romántico, lo que me dijo fue «Tú y yo nos vamos a casar, zorra, te guste o no». Yo le dije que no, que me iba de Miami. Y ahí fue cuando las cosas se pusieron feas de verdad.

—¿Qué pasó?

Ella le relató la última vez que había visto a Kaval: la noche en que la había tirado al suelo y la había agarrado de la garganta.

—David me dijo que, me fuera a donde me fuese, nuestra relación seguía existiendo. Supongo que no comprendí a qué se refería exactamente hasta cinco años después, cuando me mandó una carta desde la cárcel.

—Ese es el siguiente punto que quería comentarte. Me ha dicho que te mandó dos cartas estando preso, ¿las recibiste?

—Solo una, no sé nada sobre una segunda carta.

—Vale, con el correo de la cárcel nunca se sabe. Pero recibiste una carta suya, ¿no?

—Sí, ahí fue cuando me enteré de lo de esa acta de matrimonio totalmente falsa que había conseguido. No tengo ni idea de dónde la sacaría. Vete tú a saber. De Internet, probablemente.

—Entonces, ¿no hubo ceremonia ni intercambio de votos?

—¡No! Lo único que había era esa hoja de papel que él había creado. Me dijo que si le daba dinero se desharía de ella.

—Él no describió así el contenido de esa carta.

—¡Pues claro que no! ¡Es un mentiroso! ¿A quién crees?, ¿a él o a mí?

—Según él, se limitó a pedirte dinero.

—Sí, técnicamente, eso fue lo que hizo. Pero ¿te contó que adjuntó una copia del acta de matrimonio en la carta?

—No, esa parte la omitió.

—David no es estúpido, Jack. No mandaría desde la cárcel una carta con una extorsión flagrante, no escribiría algo así como «Págame cien mil dólares si quieres que este problema desaparezca». Él sabía que existía la posibilidad de que alguno de los funcionarios que revisan el correo la leyera y le acusara de estar cometiendo un delito.

—Eso sería poco probable. A las cárceles les gusta hacernos creer que se revisan todas las cartas que entran y salen, pero no es así. Lo único que se puede dar por seguro es que el correo que llega se abre para comprobar que no haya nada ilegal dentro.

—De acuerdo, pero aun así tenía que andarse con cuidado porque yo podría haber llevado la carta a la policía para acusarle de extorsión. Tienes que ver la situación en todo su contexto. Yo estaba prometida a Keith cuando recibí esa carta, David me pedía dinero y

222

había adjuntado una copia del acta de matrimonio. Alguien ajeno a la situación podría leer aquello y no interpretarlo como una extorsión obvia, pero el mensaje estaba más que claro para mí.

—¿Le mandaste dinero?

—¡No!

—¿Te limitaste a ignorar la carta?

—Fui a ver a un abogado de Zúrich. Me dijo que tenía dos opciones: la primera era tener un montón de quebraderos de cabeza y gastarme un montón de dinero para aclarar aquel asunto y echar a perder el momento más feliz de mi vida; la segunda era disfrutar de mi boda, planear ilusionada mi futuro con el hombre más maravilloso que había conocido jamás y seguir adelante con mi vida. Opté por la segunda.

—Si ignoraste a Kaval, ¿cómo se llevó a cabo la disolución del matrimonio?

—No lo sé, eso pregúntaselo a él.

Jack ya lo había hecho, pero quería saber la versión de Isa. Al ver que ella no parecía tener nada que añadir (o nada que quisiera compartir con él), optó por seguir avanzando.

—¿Qué hiciste con la carta de Kaval?

—La tiré.

—¿Se la enseñaste a Keith?

—No.

—Tú y él estabais a punto de casaros, ¿cómo es posible que no le contaras lo del acta de matrimonio?

—Sí que se lo conté, ¡me has preguntado si le enseñé la carta! Mira, todo eso era una patraña de pies a cabeza. La cuestión es que un exnovio estaba intentando sacarme dinero.

Jack contempló un yate que navegaba río arriba…, bueno, en realidad iba río abajo. El St. John era el único de los grandes ríos de Estados Unidos que fluía de sur a norte, lo que en ese momento resultaba tan raro como el flujo de información que estaba recibiendo de su clienta.

—Guardas muchos secretos, Isa.

—Se lo conté a Keith.

—No me refiero solo a la carta, también está lo de la llamada a cobro revertido procedente de la cárcel. Otro pequeño detalle que ha salido a colación durante la declaración jurada.

Ella tardó unos segundos en contestar.

—Me sorprende que David haya admitido eso.

—Y a mí me sorprende aún más que tú no me informaras al respecto.

—Eres mi abogado, Jack. No gestionas mi vida. Estás hablando de problemas que son míos, yo puedo encargarme de ellos.

—Si salen a colación durante el juicio, también son míos.

—Bueno, pues ahora ya estás enterado. Problema resuelto.

—¿Piensas contárselo a Keith?

—¿Estás hablándome como mi abogado o como amigo de mi marido?

—Le preguntaría lo mismo a cualquier cliente.

Ella soltó un bufido burlón, y alzó un poco más la voz al decir:

—¿Qué podría hacer él al respecto? Y, ya que estamos, ¿qué podrías hacer tú?

—Conseguir una orden judicial para que Kaval deje de llamarte.

—¿Qué conseguiríamos con eso?

—Daros algo de tranquilidad a tu familia y a ti, hacerle entender a Kaval que debe dejarte en paz.

—¡No, no y no! —exclamó ella con obvia exasperación—. ¡Estarías siguiéndole el juego!, ¡es justo lo que él quiere! David me dijo que siempre existiría una relación entre nosotros, ¿no lo ves? Si acudo a la policía o a un juez, si involucro a mi marido, si contrato a un abogado, si contesto a sus cartas o recibo sus llamadas, si dignifico sus actos con cualquier tipo de reacción por mi parte… ¡para él, eso es una relación! Es la supuesta relación que siempre habrá entre nosotros.

La camarera llegó en ese momento con la cena. Jack le dio las gracias con un gesto de asentimiento y esperó a que se fuera antes de concluir la conversación con Isa.

—¿Cuándo vuelve Keith a Miami?

—Este fin de semana.

—Tendríamos que reunirnos los tres, sentarnos a hablar. Tú, Keith y yo.

—¿Por qué tienes que hablar con él?, ¿no eres tú el que dice siempre que Keith no es tu cliente?

—Sí, pero se trata de un tema que no pertenece al caso propiamente dicho.

—¿De qué tema se trata?

Jack dirigió de nuevo la mirada hacia el río que fluía en dirección norte, y se limitó a contestar:

—Las relaciones.

33

El martes por la mañana, Isa llevó a su hija al Jackson Memorial Hospital para la revisión de control a las ocho semanas de la operación.

Melany había evolucionado increíblemente bien. Después de una intervención quirúrgica para colocar un implante se usaban antibióticos como norma, pero en ese caso no había habido ni rastro de infección y no había sido necesario seguir administrándoselos más allá de la primera semana. Para la tercera semana la incisión se había cerrado limpiamente y habían podido activar el implante. El que tenía en el oído sano había estado funcionando en todo momento, así que no había sido como aquella impactante primera vez, aquel primer instante en que se habían dado cuenta de que Melany podía «oír»; aun así, a Isa se le habían llenado los ojos de lágrimas por la emoción y había deseado que Keith hubiera podido estar presente.

La enfermera las condujo a la sala de reconocimiento. El doctor Balkany estaba en París para dar una conferencia sobre su pionero procedimiento quirúrgico y, en opinión de Isa, la operación de Melany iba a ser sin duda un logro más en su haber. El doctor Miles Vinas, un joven residente del departamento de otorrinolaringología, le indicó a la niña que subiera a la mesa de un saltito y empezó a revisarla.

—Vale, Melany, ahora vamos a asegurarnos de que tu corazón está bien. —La hizo reír al ponerle el estetoscopio en la rodilla—. Sí, parece que todo marcha bien.

Era la primera vez que Isa trataba con él, pero de momento le había causado buena impresión. Melany había visto a un montón de médicos en su corta vida, cada uno con su propio estilo de trato hacia el paciente; los había habido de todas las clases habidas y por haber: desde los que parecían haber nacido para tratar a niños hasta los que se parecían a Cruella de Vil.

—¿Podríamos dejar a Melany aquí con la enfermera un momento? —le preguntó él—. Me gustaría hablar con usted en privado.

A Isa le dio un vuelco el corazón. Aunque no le dio voz, tenía la pregunta en la punta de la lengua: «¿Hay algún problema?».

—Solo será un minuto —insistió el médico.

—Sí, por supuesto. —La preocupación que sentía se reflejó en su voz, no pudo evitarlo. Le dio un beso a su hija en la frente—. Mami vuelve enseguida.

El médico la hizo salir al pasillo y cerró la puerta de la sala.

—¿Hay algún problema? —le preguntó ella.

—No, Melany está evolucionando de maravilla.

Isa sintió que el alma le volvía al cuerpo.

—¡Qué alivio!

—Solo quería preguntarle si tenemos todos los registros médicos de Melany en nuestro archivo.

—Sí, claro que sí.

—¿Está segura?

—Sí. Mantengo un control riguroso del historial médico de mi hija. Ustedes lo tienen todo, desde el día en que nació.

—No me refiero únicamente a las visitas al médico, sino a todo en general. Clínicas, visitas a Urgencias o a traumatología...

Ella no comprendió a qué venía eso.

—¿Cree que falta algo en concreto?

Él tardó unos segundos en contestar, como si estuviera midiendo bien sus palabras.

—Lo que pasa es que no tengo claro que el médico de Hong Kong cometiera ningún error durante la primera operación.

—La verdad es que me da igual si lo hizo o no, lo único que importa es que Melany está bien ahora. Por eso la traje desde tan lejos para que la viera el doctor Balkany, quería que las cosas se hicieran bien. No tengo intención de presentar una demanda por negligencia médica contra el primer cirujano.

—No, no es ahí a donde quiero ir a parar.

—En ese caso, no le sigo.

—He consultado el informe de Melany, lo he leído con detenimiento. El doctor Balkany fue quien llevó a cabo la operación, así que él podría hablar con más conocimiento de causa, pero yo tengo algunas dudas en base a mis propias observaciones.

—¿Cuáles son?

—Como ya le he dicho, no tengo nada claro que la primera operación fuera un fracaso; de hecho, tengo la impresión de que fue un éxito.

Isa negó con la cabeza, no daba crédito a lo que estaba oyendo.

—¿Cómo puede decir eso? Melany no oía nada y, si hubiéramos dejado que esto se alargara, la osificación habría avanzado hasta tal punto que habría dejado de ser candidata para recibir un implante.

—Pero la operación no salió mal desde un primer momento, los informes audiológicos parecen indicar que había signos de recepción.

—No por mucho tiempo. Yo creo que esos informes iniciales fueron falsos positivos.

—Sí, es posible. Pero también cabe la posibilidad de que ocurriera algo después de la operación, algo que no tuviera nada que ver con la intervención quirúrgica en sí. Un suceso externo.

—¿Como cuál? Explíquemelo de forma llana, por favor. Sin tecnicismos.

—Se ha demostrado que una de las causas que pueden hacer que un implante coclear no funcione es el desplazamiento del imán que hay en el receptor estimulador del dispositivo. Los casos prácticos que he visto parecen indicar que dicho desplazamiento suele deberse a un trauma.

Otra vez esa palabrita.

—¿Un trauma?

—En la cabeza, para ser exactos.

A Isa no le hizo ni pizca de gracia lo que parecía estar insinuando.

—¿Está preguntándome si alguien golpeó a Melany en la cabeza?

—Soy médico, tengo la obligación legal de hacerlo.

—¿Cree que sería capaz de hacerle daño a mi propia hija? —le preguntó boquiabierta.

—Me limito a hacerle las preguntas pertinentes.

—¡Melany se está criando rodeada de amor!, ¡ella lo es todo para mí! Vinimos desde Hong Kong para solucionar este problema, lo hice por ella y terminé siendo acusa... —Se calló de golpe y sintió que la sangre le hervía en las venas—. Ha estado viendo demasiados informativos por la tele, doctor.

Luchó por recobrar la compostura mientras intentaba reprimir las lágrimas. Era un efecto acumulativo que llevaba sintiendo desde la imputación, lo que sentía cada vez que hablaba con sus propios abogados, y lo que sabía que tendría que aguantar durante el resto de su vida incluso en el caso de quedar absuelta de todos los cargos: las sospechas de la gente. Jack había tenido la osadía de acusarla de guardar secretos, ¿por qué creía él que lo había hecho? ¿Por qué creía que ella no le había contado a nadie, ni a él ni a su marido ni a ninguna otra persona, las cosas de las que, según opinaban todos *a posteriori*, debería haber hablado abiertamente, como si no hubiera consecuencias? Ella sabía perfectamente bien cómo funcionaba aquello, la agresión sexual estaba en una categoría aparte. A la víctima se la asociaba con el crimen y, en demasiadas ocasiones, terminaban por criminalizarla a ella. Cuanto más hablas, mayor es el precio que tienes que pagar. Se imaginaba lo que el doctor Vinas debía de estar anotando en el historial médico permanente de Melany: *Posible traumatismo en la cabeza. Madre potencialmente violenta.* Durante más de una década, se las había ingeniado para evitar que Gabriel Sosa la persiguiera a todas partes, pero en ese momento no había escapatoria. No, no la había. Ni para ella... ni para su hija.

Abrió la puerta, se acercó a toda prisa a la mesa de reconocimiento y abrazó a Melany.

—¿Estás bien, mami?

Se esforzó por contener las lágrimas y evitó que la niña le viera la cara hasta que volvió a tener sus emociones bajo control. Cuando lo logró, levantó a la pequeña de la mesa y la puso en el suelo.

—Sí, cielo, mami está bien. Vámonos a casa.

La tomó de la mano y la sacó con rapidez de la sala. La condujo por el pasillo rumbo a la salida, y no le dirigió la palabra al doctor Vinas cuando pasaron junto a él.

34

Jack pasó por el Cy's Place para recoger a Theo a eso de las nueve de la noche, ya era hora de que su investigador y él retomaran las pesquisas para ver a dónde les conducían las pistas que tenían.

De la declaración jurada de David Kaval había sacado mucho más que un acta de matrimonio; también había obtenido algunas pistas prometedoras. La primera tarea de su lista era identificar al «varón desconocido» que aparecía en el escrito de acusación. Según Kaval, su cómplice se llamaba John, pero no había aportado gran cosa aparte de: «No me dijo su apellido» y «No tengo ni idea de dónde estará ahora».

—Ese tipo está mintiendo —afirmó Theo. Estaba detrás de la barra del bar, comprobando el dinero que había en la caja registradora.

—Puede que no —contestó Jack—. Lo más probable es que el desconocido tampoco supiera cómo se apellida Kaval, así es como trabaja ese tipo de gente.

Su amigo cerró el cajón de la caja antes de responder.

—La fiscal lo sabe, pero no quiere compartir contigo esa información. Me apuesto tu coche a que es así.

—¿El mío?

—Pues claro. Vas a comprarte uno nuevo, ¿qué más te da? Riley dice que quiere que conduzcas un monovolumen. De color rosa, a poder ser, y asientos tapizados de tela vaquera.

—Vaya, me pregunto quién le habrá dado esa idea.

Theo se limitó a echarse a reír. Luego, Jack esperó mientras le daba unas rápidas instrucciones al encargado para que el local no quedara reducido a cenizas durante su ausencia. Entonces salieron a la calle por la puerta de la cocina, entraron en el coche de Jack y se pusieron en marcha.

—¿Vamos a volver al taller donde trabajaba ese tipo? —le preguntó Theo.

—No y no.

—Te he hecho una sola pregunta, ¿a qué viene la doble negación?

—No, no vamos al taller; y no, el desconocido no trabajaba allí. Por eso nos está costando tanto encontrarle.

—Entonces ¿cómo se las arreglaron Kaval y su amiguito para entrar en el taller?

—Forzaron la puerta y se colaron dentro. Llevaron a Sosa a un sitio que la policía no pudiera relacionar ni con ellos ni con nadie que los conociera.

—Qué listos. Entonces ¿a dónde vamos?

—Al Club Inversion, en South Beach. Kaval me lanzó un cabo del que tirar: resulta que es ahí donde nuestro desconocido se ganaba la vida como todo un honesto asalariado.

—¿Cómo que honesto?, ¿estás drogado?

—No, estoy siendo irónico.

—Si con eso te refieres a que estás diciendo gilipolleces, te doy toda la razón. El Club Inversion es como un grifo para el canal que trae droga procedente de China. Me refiero a la mierda sintética… Molly, hierba falsa, flakka, toda la mierda esa que los químicos preparan en sus laboratorios de Shanghái y los universitarios consumen como locos. Los tratos se hacen en el Club Inversion, lo sabe todo el mundo.

—Exacto, y por eso vas a acompañarme allí.

—Pues tendré que cambiarme de ropa si quiero dar el pego. Ah, y vamos a necesitar un plan.

—Podemos pasar por tu casa de camino hacia allí.

—Ni hablar, no trabajo tan barato. Vamos a pasar por un centro comercial.

—¡Vaya par de bomboncitos!

El comentario se lo hizo Theo a dos mujeres vestidas para matar que estaban intentando que uno de los porteros del club más de moda de South Beach, un tipo musculoso cuadrado como un armario, las dejara entrar.

—Tú tampoco estás nada mal —contestó la más alta de las dos mientras le miraba de arriba abajo.

Era la pura verdad. Jack y él habían parado en la tienda de Armani del Brickell City Centre, un centro comercial que les había pillado de camino. La camisa, solo la camisa, ya le había costado a Jack trescientos pavos, y los botones podían salir volando si Theo hacía algún movimiento de más, pero era cierto que debía dar la imagen adecuada para dar el pego.

La cola para entrar en el club se extendía por la acera, doblaba la esquina y seguía a lo largo de media calle más, pero la mayoría de toda aquella gente que esperaba ilusionada jamás llegaría a ver lo que había más allá de los porteros. El tipo que iba vestido de color caqui y tenía pinta de ser un vendedor de seguros de Pittsburgh recién salido de una convención no tenía ni la más remota posibilidad de entrar; a la latina sexi con taconazos la hicieron pasar de inmediato. La mayor parte de los descartados se resignarían y optarían por un plan B; otros rogarían y suplicarían en vano y tan solo conseguirían hacer el ridículo; unos cuantos insultarían a los porteros, puede que incluso intentaran agredirlos por estar bajo los efectos de una peligrosa combinación de drogas y testosterona, pero descubrirían de inmediato que aquellos gorilas no se andaban con miramientos y los músculos no eran una simple fachada.

Jack fue directo al principio de la cola como si tuviera toda la seguridad del mundo en sí mismo y le pasó con disimulo un billete de cincuenta a uno de los porteros.

—¡Hola, amigo, me alegro de verte! —le dijo sonriente.

El tipo era una columna de mármol brasileño con tatuajes, pero el dinero siempre es una buena táctica y se metió el billete en el bolsillo.

—La próxima vez no finjas que me conoces —lo dijo con semblante pétreo, pero sonrió al ver aparecer a Theo—. ¡Hombre, el señor Theo Knight! ¿Qué tal va todo, tío?

Jack esperó en silencio mientras los dos se estrechaban la mano de once formas distintas y terminaban con una sonrisa y fingiendo lanzarse puñetazos a aquellos bíceps duros como piedras que tenían; el saludo habitual de un patio de cárcel, en definitiva.

—Richie, este es mi mejor amigo —dijo Theo.

—Pues más bien tiene pinta de ser tu contable.

Jack esperaba que dijera «abogado», pero eso de «contable» le ofendió aún más.

—¡Qué va! —contestó Theo con una carcajada—. Es un tipo legal.

—Si tú lo dices, no hay problema. Ten, aquí tienes...

Se sacó del bolsillo el billete que Jack le había dado con intención de devolvérselo, pero Theo hizo que volviera a guardárselo.

—¡Ni hablar! Es el precio de admisión para un novato. Pero..., oye, a lo mejor puedes ayudarme con un negocio.

—¿Cuál?

—El que tú ya sabes.

Estaba claro que el tal Richie sabía a qué se refería. Se los llevó a un aparte para que la gente de la cola no pudiera oírlos.

—¿Qué pasa con eso, Theo?

—Tengo que hablar con alguien que lleve en esto desde hace tiempo, alguien que conozca a los que estaban antes en el cotarro.

—¿Desde hace cuánto?

—Diez años o más.

Richie pensó en ello antes de contestar.

—Te has equivocado de club, hermano. Los que llevan tanto tiempo en esto están en el Club Fed.

—Aún tiene que quedar alguno aquí —insistió Theo.

El tipo pensó un poco más en ello, y de repente dio la impresión de que se le había ocurrido algo.

—Sammy.

—¿Cómo puedo hablar con él?

—Está arriba, en su reservado.

—¿Puedes llevarnos hasta allí?

Richie se echó a reír.

—¡Ni hablar, tío! Puedo decirle que tiene visitas, si está interesado os hará subir. Quedaos un rato en la barra, veré lo que puedo hacer.

Theo le dio una amistosa palmadita en el brazo a modo de gesto de agradecimiento. El cordón de terciopelo rojo se abrió, el portero se hizo a un lado y, para envidia de toda aquella gente emperifollada que hacía cola a lo largo de la calle, Jack y Theo entraron en el local.

El Club Inversion había sido en otros tiempos el Club Vertigo, pero una operación encubierta de la policía contra el tráfico de drogas sintéticas había mandado a prisión a los dueños originales y la empresa había terminado en la quiebra. La DEA había relacionado al Vertigo con una red de puntos de entrega que abarcaba todo el condado de Miami-Dade; dicha red recibía trescientas variedades distintas procedentes de plantas químicas que se concentraban sobre todo en la región de Hebei, situada a las afueras de Pekín... así como toneladas de metilona, el ingrediente principal de una droga que Madonna había popularizado aún más al hacer referencia a ella al salir al escenario del *Ultra*, un festival anual de música electrónica que se organizaba en South Beach. El club tenía nuevo nombre y nuevo propietario, pero el aspecto y el ambiente seguían siendo los mismos: el amplio interior de un almacén de cuatro plantas había sido vaciado y reconfigurado por completo con una elevada y estrecha zona central. Tanto la barra de bar como la pista de baile principales estaban en la planta baja, y había grandes espejos suspendidos en distintos ángulos y a diferentes alturas que hacían que a veces a uno le costara saber si estaba mirando hacia arriba o hacia abajo. Bastaba con ir un poquito achispado para que la suma de la retumbante música, la vorágine de luces y la aglomeración de cuerpos sudorosos te hiciera sentir vértigo, y la sensación afectaba también al gentío que observaba desde arriba la pista de baile en balcones escalonados.

—Vamos a sentarnos allí.

Jack condujo a Theo a dos taburetes situados al final de la barra. Así estaban apartados del barullo, y al menos podían oírse al hablar.

—Esa tía me está comiendo con la mirada —dijo Theo.

Se refería a la mujer que estaba al otro extremo de la barra, una belleza de cabello oscuro que llevaba puestos un ceñido vestido blanco y un collar de oro que contrastaba de maravilla con su piel morena. Miraba por encima del borde bañado de azúcar de su copa de cóctel, y sus ojos estaban puestos en Theo.

—Nada de distracciones —le pidió Jack, que conocía a la perfección sus gustos.

Si aquella mujer seguía haciéndole ojitos a su amigo, este tardaría nada y menos en dejarse arrastrar por ella, por la música, por la energía, por la embriagadora mezcla de perfumes que emanaba del gentío…, en fin, por el ambiente en general. Y, por si no hubiera distracciones suficientes, en ese momento estaba la *Chica Albina* en el escenario situado al otro lado del club: una actuación al estilo de las de Las Vegas en la que una bailarina se las ingeniaba para seguir el ritmo de la música mientras una pitón albina amarilla de casi cuatro metros se enroscaba alrededor de su escultural cuerpo.

La mujer que estaba al otro extremo de la barra se echó el pelo hacia atrás, pero cuando volvió a mirar en dirección a Theo sus ojos se posaron en Jack.

—Mira por dónde, parece que le van los blancos —dijo Theo sonriente.

—Pues lo siento, pero mi contrato prenupcial con Andie establece que la única mujer con la que puedo mantener relaciones sexuales extramaritales es Eva Longoria. Ah, y solo si es ella la que da el primer paso.

—Ah. ¿A quién eligió Andie?

—A Brad Pitt. Pero solo si puede volver a la peli esa donde iba haciéndose más joven en vez de envejecer, *Benjamin Button*, y con las pintas que tenía en *Thelma y Louise*.

Theo enarcó una ceja y le lanzó una mirada de desaprobación muy exagerada.

—No te lo estás inventando, ¿verdad? Tu mujer y tú tuvisteis esa conversación tan jodidamente absurda, ¿no? No me mientas.

—Me amparo en la Quinta Enmienda.

—Lo que tendrías que hacer es declararte culpable, por locura marital.

Jack dirigió de nuevo la mirada hacia la mujer del vestido blanco, que estaba hablando por el móvil. Terminó la llamada al cabo de unos segundos y, después de guardarse el teléfono, bajó del taburete, se acercó a ellos y se detuvo a medio metro de distancia. Volvió a echarse hacia atrás la larga melena oscura, pero adoptando en esa ocasión una actitud altanera, y les habló en español.

—Sammy está dispuesto a hablar con vosotros.

Jack dedujo por su acento que debía de ser dominicana. Se le daba mejor entender el español que hablarlo, así que contestó en inglés.

—Debes de ser una de sus mensajeras.

—Y tú Einstein —dijo ella—. Venid.

Subieron por una escalera de caracol hasta la segunda planta, que básicamente consistía en un entresuelo desde donde se veía la pista de baile. Al llegar arriba se encontraron con otro cordón de terciopelo, pero gracias a la mensajera de Sammy pudieron pasar sin trabas. Algunos de los privilegiados que tenían acceso a aquella planta observaban desde la baranda a la gente que bailaba abajo. Había ropa de marcas exclusivas y joyas ostentosas por todas partes…; unos estaban vestidos para hacer alarde de riqueza, otros fardaban de

237

cuerpazo, de unos labios con colágeno o de una frente llena de bótox, y en muchos casos se veía una total falta de buen gusto. Ah, y había una moda que resaltaba especialmente: al parecer, a algunas mujeres les parecía de lo más moderno arrancarse de la parte trasera de los vaqueros la etiqueta de la marca..., pero no solo la etiqueta en sí, también la tela del pantalón, con lo que su piel desnuda terminaba por rozarse contra todo el que pasara por su lado. Jack pensó para sus adentros que para cuando saliera de allí sabría cómo decir «vaya culito» en cinco idiomas como mínimo.

Pero la acción de verdad estaba en las salas privadas. Había una docena como mínimo, y todas ellas estaban bien apartadas de la baranda y alineadas unas junto a otras, como las cabañas de un club de playa. Casi todas ellas tenían un acceso abierto a la zona central, y podía verse a los invitados que estaban divirtiéndose dentro.

La mujer dominicana los condujo hacia una donde la cortina estaba echada para dar mayor privacidad. Apartó a un lado la blanca tela de lino y les indicó que esperaran allí antes de entrar; seguramente quería avisar a Sammy de la llegada de los dos invitados.

—Déjame hablar a mí —dijo Theo en voz baja.

Jack asintió.

La dominicana apareció al cabo de un momento para hacerles pasar, y procedió a presentárselos a Sammy; junto a él, callado y quieto como una estatua de granito, estaba su guardaespaldas, un dominicano más grandote aún que Theo.

Era como una especie de club dentro de un club, pero no era la primera vez que Jack estaba en un sitio así y su reacción fue la misma: no le parecía nada del otro mundo. Estaban los típicos sofás modulares donde los invitados se sentaban bajo su propio riesgo (a poder ser, llevando un condón de cuerpo entero) y había un par de televisores de pantalla plana en la pared, uno con deportes y el otro con porno.

Sammy iba vestido con un brillante traje de seda, y llevaba puesto un conjunto de anillo y pendientes de diamantes que habría sido la envidia de cualquier Kardashian. Le bastó con hacer un gesto para que tanto la dominicana como las dos mujeres con falditas ajustadas que le acompañaban salieran de la sala.

Cuando Jack y Theo se sentaron frente al guardaespaldas y a él, de espaldas a la cortina, Sammy se dio cuenta de que al primero le llamaba la atención el gran hormiguero artificial de cristal que había sobre una mesa, y le preguntó como si tal cosa:

—¿Te gustan los bichos?

—Me resultan interesantes —admitió Jack.

—Esa urna es de cuando esto era el Club L'fant. El nombre era una abreviación de *leafcutter ant,* unas hormigas cortadoras de hojas procedentes de Sudamérica. El Martini con vodka y hormigas era una especialidad de la casa en aquellos tiempos, sabe un poco a nuez. Y estos bichos son afrodisíacos.

—¿Ya estabas aquí en aquella época? —le preguntó Theo—, ¿conoces este sitio desde que era el Club L'fant? Eso fue incluso antes de que se convirtiera en el Vertigo.

—Sí, podría decirse que soy el historiador de este lugar. Me aseguro de que no caigamos en los mismos errores, ya me entendéis.

Sí, Jack le entendió a la perfección, pero cumplió con lo de dejar que fuera Theo quien se encargara de hablar.

—Según Richie, queréis hablar de negocios. Adelante —añadió Sammy.

—Se trata de un asuntillo que tengo entre manos —le explicó Theo—. He estado buscando a alguien que me sirva de contacto y como distribuidor, he hecho bien los deberes y hay un nombre que sale una y otra vez. Un tal John, un tipo que trabajaba aquí hace mucho tiempo. Pensé que igual le conocías.

—Así que John, ¿eh?

—Sí.

—¿Sabes el apellido?

—No, ¿y tú?

Sammy miró a su guardaespaldas, que se levantó del sofá y rodeó la mesa coctelera. Theo, consciente de que permanecer sentado supondría quedar en desventaja, se levantó también y los dos hombres más grandotes de la sala quedaron de repente cara a cara. Sammy siguió hablando y ellos dos siguieron desafiándose con la mirada como un par de toros listos para embestir.

—Qué gracia, resulta que unos polis vinieron hace poco. También preguntaron por un tal John sin apellido.

Theo contestó, pero sin dejar de sostenerle la mirada al guardaespaldas.

—No somos polis, queremos proponerle un negocio.

—¿Ah, sí? Venga, cuéntame de qué va ese negocio.

Jack tragó con dificultad y rezó para que su amigo tuviera alguna trola preparada.

—De la Lister-agra.

A Jack se le cayó el alma a los pies; Sammy, por su parte, puso cara de no entender nada.

—¿Qué cojones es eso?

—Una pastilla, un bombazo de doble efecto que combina las fórmulas químicas del Listerine y la Viagra. Conseguí información confidencial sobre el único fármaco para la disfunción eréctil del mundo con sabor a menta. Es perfecto para tipos con mal aliento y una polla flácida, como el cabeza hueca este.

—Oye, capullo… —contestó el guardaespaldas, amenazante.

Theo le plantó cara, pero Sammy intervino.

—Calma. —Esperó a que su guardaespaldas retrocediera y le diera algo de espacio a Theo, y entonces miró a este con ojos penetrantes—. Espero que no me estés tomando el pelo, porque me gusta la idea.

—El mes que viene me llega un cargamento de prueba de una fábrica de Bangkok —afirmó Theo—. Estamos hablando de millones en el mercado que se mueve en los clubs. Estoy buscando a John para que sea mi contacto y mi distribuidor en Miami Beach.

—Si vas en serio, me encargo yo y me llevo su porcentaje. —Cada vez se le veía más interesado.

—No, quiero hablar con él.

—No va a poder ser, colega.

—¿Por qué no?

—John se estampó con su moto contra un camión, dejó medio cerebro esparcido por la carretera.

Theo debió de preguntarse si aquello era bueno o malo para Isa y le lanzó una breve mirada a Jack; al ver que este no mostraba reacción alguna, miró de nuevo a Sammy.

—¿Cuándo fue eso?

—Dos años atrás.

—¿Estamos hablando del mismo John? —insistió Theo.

—Búscalo en Google. Moto. Muerto en el acto. John Simpson.

«¡Bingo!», pensó Jack para sus adentros.

Sammy suspiró como si se dispusiera a dar por terminada la conversación.

—Por lo que parece, os he dado algo a cambio de nada. Así que, si encuentro una pastillita de esas en la playa, como vea una sola Lister-agra por South Beach y yo no esté metido en el negocio, dad por seguro que os encontraré, colegas. Y os diré algo: John Simpson no se andaba con miramientos, y yo tampoco. ¿Está claro?

—Clarísimo —contestó Jack antes de ponerse en pie—. Tendremos que hablar con nuestros contactos asiáticos.

—Sí, ya te diremos algo —dijo Theo.

Sammy asintió.

—Vale. Si a tu contable y a ti os apetece, podéis subir a… contactar con un par de asiáticas que tengo arriba.

Jack se preguntó qué cojones estaba pasando, era la segunda vez en lo que iba de noche que le tomaban por contable. Pero se mordió la lengua y se limitó a contestar:

—No, gracias. Puede que tengamos más tiempo la próxima vez.

No hubo apretones de manos, tan solo un último intercambio de miradas desafiantes entre Theo y el «cabeza hueca». Jack apartó a un lado la cortina y salió de la sala primero. Mientras Theo y él se dirigían hacia la escalera, dijo en voz baja:

—¿Lister-agra?, ¿no habrías podido inventarte otra cosa? ¡Tenemos suerte de poder salir vivos de este sitio!

—La noche no ha terminado aún, jefe —contestó su amigo sonriente.

242

35

Isa tomó el Metrorail con Melany para ir a Coral Gables y una vez allí fueron caminando hasta el Taller de Arte de Pee-Wee, que estaba a una manzana de la estación. A la niña le encantaba pintar, y había tres días a la semana en los que podía compartir su pasión con otros diecinueve preescolares más y dos valerosos profesores de arte.

En vez de volver a tomar el tren para volver a Brickell Avenue de inmediato se paró en una cafetería situada frente a University Station, justo al otro lado de la carretera. Hacía una mañana agradable, y encontró una mesa a la sombra donde poder disfrutar de algo de tiempo a solas. Estaba tomándose un café con leche y leyendo en la tableta un artículo sobre la crisis del mercado de valores en China (Keith era el experto en ese tema) cuando se le acercó una joven.

—Perdona que te moleste. Eres Isa Bornelli, ¿verdad?

Isa alzó la mirada. La joven iba vestida de pies a cabeza como la típica estudiante universitaria, llevaba hasta el típico calzado Ugg.

—Sí, soy yo.

—Emma Barrett. Soy estudiante de último curso en la universidad. He estado siguiendo tu caso desde que te imputaron, y..., bueno, solo quería decirte que estoy de tu parte.

—Gracias —le dijo con una sonrisa cortés.

Daba la impresión de que la joven quería añadir algo más, pero hizo ademán de marcharse…, aunque debió de pensárselo mejor, porque se volvió de nuevo hacia ella.

—Eh… ¿Podría sentarme un momento?

A Isa le apetecía estar sola, pero no le vio nada de malo a la petición.

—Adelante.

Emma se sentó rápidamente y dejó la mochila a sus pies.

—No me he acercado a tu mesa con la intención de contarte esto, y espero que no te sientas incómoda. Pero yo también he sido víctima de una violación en el campus.

Isa no supo qué contestar, aquello la había tomado totalmente desprevenida. Pero en ese momento se dio cuenta de algo: Emma era la primera persona que se dirigía a ella como alguien que también había sido víctima de una violación.

—Lo siento muchísimo.

—Me pasó en mi primer año de universidad, igual que a ti.

—Es un crimen horrible a cualquier edad, pero es especialmente duro en la adolescencia.

—Estuve a punto de perder el curso entero, me planteé irme a otra universidad. Pero decidí no hacerlo, no quería que mi agresor ganara. Así que me quedé aquí.

—Yo me fui a Europa.

—Sí, ya lo sé. —Emma la miró mortificada al pensar que había metido la pata—. No te juzgo, cada persona lo lleva a su manera. Yo no me quedé callada y alcé mi voz, pero no todo el mundo lo hace. Es una decisión personal. Ahora soy la presidenta de la SASA, una organización de estudiantes contra las agresiones sexuales.

—Bien hecho, supongo que yo no tenía ese empuje.

—¿Has oído hablar de la SASA?

—No, me parece que no existía cuando yo estudiaba en Miami.

—No, la fundé yo.

—¿Ah, sí?

—¡Es que tenía que hacer algo!, ¡lo que tuve que pasar fue una pesadilla! La rectoría creó una comisión universitaria de investigación que se suponía que iba a comprobar si mis acusaciones eran ciertas, pero huelga decir que absolvieron a mi agresor. Esos inútiles ni siquiera estaban cualificados para encargarse de algo así, ¡uno de los vejetes de la comisión me preguntó que cómo era posible violar a alguien analmente! ¿Qué se cree?, ¿que una mujer se humedece al pensar en una violación vaginal, con lo que es posible realizarla, pero la anal es imposible? ¿Cómo iba a responder yo a semejante idiotez?

—Increíble.

—En fin, ahora por lo menos contamos con la SASA. No nos ahorra del todo tener que aguantar idioteces, pero es un comienzo.

—Eres una mujer admirable.

La joven esbozó una pequeña sonrisa.

—Gracias, tú también.

Isa apartó la mirada y dijo con voz suave:

—No, la verdad es que no lo soy.

Al otro lado de la carretera, el ruidoso Metrorail se detuvo con un chirrido de frenos en la estación elevada antes de quedar en silencio.

—Oye, ¿puedo pedirte un favor? —le preguntó Emma.

—Dime.

—Estoy intentando crear una división de la SASA en el Miami-Dade College. La semana que viene habrá en el campus sur un acto para informar y sensibilizar sobre las violaciones en las universidades. ¿Estarías dispuesta a venir?

Isa se puso nerviosa, no supo qué contestar.

—Pues... no, no creo que pueda.

—Ya sé que es mucho pedir, pero sería tan significativo que tú estuvieras...

—No puedo.

—No haría falta que hablaras si no quieres. Yo podría señalar que estás allí, mencionar que has ido para mostrar tu apoyo y...

—No, de verdad que no puedo.

—Por favor, no digas que no.

—¡No! —No pretendía decirlo con tanta firmeza, pero le salió así—. Disculpa, pero tengo que irme. —Echó la silla un poco hacia atrás y recogió sus cosas.

—Vale.

Isa volcó sin querer lo que le quedaba del café con leche al levantarse y se puso a secarlo a toda prisa; estaba tan agitada que se guardó las empapadas servilletas en el bolso antes de colgárselo del hombro.

—Lamento no poder ayudar a tu organización.

—Perdón por habértelo pedido —contestó Emma con voz apagada.

Fue como un puñetazo en el pecho. Isa encajó el golpe, y entonces dio media vuelta y se dirigió hacia la estación del Metrorail.

36

El sol de media mañana brillaba con fuerza a través de la ventana de la sala de reuniones situada en el noveno piso del Edificio Graham. La fiscalía había convocado una reunión en su despacho a las diez de la mañana. Jack y Manny estaban sentados en el lado soleado de la mesa rectangular, Sylvia Hunt y un fiscal auxiliar estaban frente a ellos de espaldas a la ventana. Era una artimaña de litigante de tres al cuarto que Jack había visto antes en infinidad de reuniones y declaraciones juradas: la disposición de los asientos se organizaba de forma que el enemigo tuviera de cara la cegadora luz del sol.

Se protegió los ojos con una mano y buscó con la otra sus gafas de sol.

—Sylvia, por favor…, o ajusta las persianas o Manny y yo vamos a tener que estar sentados aquí con pinta de agentes secretos.

—Vaya, ¿les molesta la luz? —dijo ella con preocupación fingida.

Su asistente se apresuró a remediar la situación, Jack le dio las gracias y Sylvia procedió a dar comienzo a la reunión con el anuncio que les había prometido.

—El Departamento de Justicia ha completado su investigación sobre las acusaciones contra el guardia del centro penitenciario. El informe oficial se publicará mañana, pero voy a darles un avance por cortesía profesional. La conclusión formal es la siguiente: no existen pruebas que demuestren que el guardia estuviera planeando agredir sexualmente a la señora Bornelli, ni que solicitara la ayuda de la compañera de celda de esta para llevar a cabo dicho plan.

—En ese caso, la investigación es un fraude —afirmó Jack—. No se puede afirmar que no existen pruebas. Está la declaración que hizo Foneesha Johnson, la compañera de celda.

—La señora Johnson se ha retractado de su anterior declaración.

—¡Vaya, menuda sorpresa! —comentó Manny con ironía.

—Comprendo su escepticismo, caballeros. Pero la señora Johnson no solo se retractó, también esclareció el asunto. Una abogada del Departamento de Justicia le tomó declaración bajo juramento, y ella testificó que se le pagaron diez mil dólares a cambio de lanzar una acusación falsa.

El fiscal auxiliar le pasó una copia de la transcripción a Jack por encima de la mesa y este le echó un somero vistazo, pero como no había tiempo para leerla con detenimiento comentó con sequedad:

—La intriga me está matando. ¿Quién pagó los diez mil dólares según la señora Johnson?, ¿mi clienta?

—No. De hecho, ese es el principal motivo por el que he convocado esta reunión. Quería que supieran que la señora Johnson no relaciona en absoluto a su clienta con esta trama; según testificó, la señora Bornelli y ella no hablaron en ningún momento de la acusación ni del soborno.

—¿Cómo sucedió entonces? —preguntó Jack—. Supuestamente.

—El novio de la señora Johnson fue el intermediario. Alguien contactó con él y le pagó diez mil dólares a cambio de que ella acusara al guardia de estar planeando agredir sexualmente a la señora Bornelli.

—¿Qué dice el novio?

—Lo niega, por supuesto.

—¿Tienen alguna prueba de que se le pagaron los diez mil dólares? —insistió Jack.

—No, pero tenemos motivos para creer que su nueva novia y él tienen diez mil dólares más que antes.

—¿Tiene novia nueva?

—Sí. A la señora Johnson se la jugaron, por eso confesó la verdad. Está totalmente documentado que el supuesto novio la visitó en tres ocasiones después de que la señora Bornelli se convirtiera en su compañera de celda. En los seis meses anteriores no había ido a verla ni una sola vez.

—¿Hay grabaciones de las conversaciones que mantuvieron la señora Johnson y él?

—No.

—Entonces ¿qué pruebas tienen de que él le dijo que lanzara acusaciones falsas?

—Como ya he dicho, tenemos la declaración jurada de la señora Johnson.

—Que ha demostrado ser una mentirosa.

—Yo no lo veo así.

—Ella lanzó las acusaciones, acusaciones lo bastante creíbles para hacer que la fiscalía accediera a que mi clienta quedara libre bajo fianza antes del juicio; ahora se retracta y afirma que la sobornaron. En algo tiene que estar mintiendo.

—Esto no es un debate sobre la calidad de las pruebas, la cuestión es que el guardia del centro penitenciario ha sido absuelto.

—¿Piensan presentar cargos contra alguien? —le preguntó Jack.

—En este momento no.

—Pero ¿no descartan esa posibilidad?

Sylvia se tomó unos segundos para formular bien su respuesta.

—La investigación del FBI se ha dado por concluida, la del Departamento de Policía de Miami-Dade todavía está abierta. Reevaluaremos la situación si sale a la luz alguna prueba nueva.

—Permítame ir directo a mi preocupación más inmediata: ¿afectará esto a la libertad bajo fianza de mi clienta?

—No —contestó ella.

—¿Isa seguirá estando en libertad?

—Sí... hasta que se la condene, por supuesto.

—Eso ya lo veremos.

Llegados a ese punto, la reunión se dio por terminada. El fiscal auxiliar acompañó a Jack y a Manny hasta el ascensor, y luego bajaron los dos solos.

—A ver, para que quede claro… No creerás que puse en peligro mi licencia de abogado y le pagué diez mil dólares al novio, ¿verdad? —dijo Manny.

—No —contestó Jack sin apartar la mirada de los números que iban parpadeando sobre la puerta—. No, no lo creo.

—¿Quién crees que lo hizo? Si es que la historia es cierta, claro.

—No lo sé. Pero te aseguro algo: cuando mi viejo amigo Keith regrese este sábado de Hong Kong, pienso tener una conversación muy seria con él.

—Yo estaba pensando lo mismo —admitió Manny.

Las puertas del ascensor se abrieron. Los dos salieron al vestíbulo, y entonces añadió:

—¿Te sorprende que la fiscalía deje a Isa en libertad bajo fianza?

—No —admitió Jack—. ¿Y a ti?

—En absoluto; de hecho, es una estrategia hábil.

—Sí, así es. La dejan en libertad bajo fianza y la vigilan para ver con quién habla. —Jack le dejó salir primero a la calle por la puerta giratoria y después salió tras él.

—Dejan que ella misma se eche la soga al cuello, por así decirlo.

—Exacto.

—Vale. Entonces ¿cuál es el siguiente paso?

Iban hablando mientras caminaban, pero Jack se detuvo para ponerse las gafas de sol cuando salieron de la sombra del edificio que albergaba las oficinas de la fiscalía.

—Nos aseguramos de que nadie le dé una soga a nuestra clienta —contestó antes de echar a andar hacia su coche.

37

Isa fue al taller de arte a recoger a Melany al mediodía y después de comer hicieron una parada en el Alice C. Wainwright Park (un parque situado al sur de la zona de Brickell que tenía una zona verde relativamente pequeña, pero que estaba justo en la bahía). Valía la pena ir solo por las vistas de lujo de la ciudad que podían contemplarse bajo las palmeras desde un afloramiento de piedra caliza, aunque a Isa no estaba impactándole demasiado la experiencia después de despertar día tras día en el Four Seasons teniendo a sus pies la belleza de Miami en pleno, tanto la natural como la artificial. Cada pocos minutos pasaba un ciclista o un corredor por la pista de asfalto que se extendía por la costa y se adentraba en Cayo Vizcaíno, pero podía decirse que madre e hija tenían prácticamente el parque para ellas solas. La niña fue directa a los columpios, y ella la observó desde un banco a la sombra de un gran roble.

—¡Ten cuidado! —le advirtió al ver que se columpiaba con fuerza y subía muy alto.

Ya habían pasado las cuatro semanas posteriores a la operación en las que la niña tenía prohibido hacer esfuerzos, pero a Isa le costaba mucho dejar el papel de mamá osa.

—¡Mírame, mami!

Tenía la barbilla bajada y los pies apuntando hacia el cielo, su hermoso cabello volaba al viento, los eslabones de las cadenas del columpio chirriaban al ritmo del vaivén. Isa contuvo el impulso de advertirle de nuevo que aflojara un poco. Bastaba con haberlo hecho una sola vez, el mundo estaba lleno de gente dispuesta a decirle a su hija lo que no podía hacer.

La niña saltó de repente del columpio, se lanzó al aire...

—¡Melany!

Se levantó como un resorte del banco, pero era imposible llegar a tiempo. Melany aterrizó sobre la hierba de golpe, e Isa no llegó a amortiguar la caída por un segundo. Se arrodilló junto a ella y preguntó, frenética:

—¿Estás bien?, ¿te has hecho daño?

Melany no rompió a llorar..., bueno, al menos no en un primer momento. Se la veía como perpleja, pero en cuanto se sentó y tomó plena conciencia de lo que acababa de suceder las lágrimas brotaron con ganas.

—¡Dime dónde te duele!

La niña no contestó, así que Isa se apresuró a revisar los procesadores auditivos. Primero el izquierdo, después el derecho... Todo parecía estar bien, al menos por fuera.

—¿Me oyes hablar?

Melany seguía llorando sin parar, pero contestó asintiendo antes de cobijar la cara en su hombro.

—Me has dado un susto de muerte, mi cielo.

Los sollozos seguían y seguían, pero daba la impresión de que la niña iba recobrando la calma. Se la veía más asustada que herida.

—¿Por qué has hecho eso, cielo?

Melany se sorbió las lágrimas antes de contestar.

—¡Es que he visto otra vez a ese hombre!

—¿A cuál?

—Al hombre aquel, lo he visto allí.

Señaló hacia el edificio de cemento donde estaban los servicios públicos, pero Isa no vio nada.

—¿A qué hombre te refieres?

—Al que da miedo.

Isa enmarcó su cabeza entre las manos y la obligó a mirarla a los ojos.

—Melany, dime cómo era ese hombre.

Su hija había dejado de llorar, pero seguía teniendo los ojos nublados.

—Daba miedo.

—Melany, escúchame bien. ¿Era más alto o más bajo que papi?

—Más bajo.

Eso descartaba a David Kaval; por muy irracional que fuera la idea, era la primera posibilidad que se le había pasado por la cabeza.

—¿Más joven o más viejo?

—Más viejo.

—¿Blanco o negro?

—Mitad y mitad, un poco más oscuro que tú.

Isa sintió un escalofrío. No eran muchos datos, pero la forma en que lo había descrito Melany, ese «un poco más oscuro que tú», hizo que sus agitados pensamientos tomaran una dirección muy familiar.

—Has dicho «otra vez».

—¿Qué? —Melany la miró confundida.

—Has dicho que habías visto otra vez a ese hombre, ¿le habías visto antes? —Al verla asentir insistió—: ¿Dónde?

—En el parque.

—¿Cuál?

—El que está al lado del centro comercial de Harbor City.

Isa tardó un momento en procesar lo que estaba oyendo.

—¿El parque de Kowloon?, ¿el que está en Hong Kong?

—Sí, cuando Soo Hong me llevó allí.

Soo Hong era la niñera. A Melany le encantaba ir a ver las pajareras que había en Kowloon.

—¿Estás segura de que era el mismo hombre?

—Sí, estaba mirándome.

—¿Se...? ¿Se te acercó?

—Más o menos.

Isa tenía la respiración cada vez más agitada.

—¿Cuánto?

Melany no contestó. A Isa se le vino a la mente de repente una visita al parque en cuestión, un mes más o menos después del primer implante, y recordó que la niña había vuelto con un moratón en la pierna. Soo Hong le había explicado con un inglés chapurreado que se había caído.

—¿Cuánto, Melany? ¿Cuánto se te acercó ese hombre?

—¡Deja de gritarme! —Los ojos se le llenaron de lágrimas.

Isa no estaba gritando, pero Melany dependía más de las ayudas visuales que la mayoría de los niños para procesar lo que oía, y seguro que había tenido esa impresión al ver su actitud.

—Lo siento, cielo —le dijo mientras se esforzaba por adoptar una expresión más relajada y serena—. Solo quiero que me cuentes todo lo que puedas recordar, ¿vale? A ver, dime, ¿cuánto se te acercó el hombre?

—Bastante.

Isa tuvo que tragarse el nudo que se le formó en la garganta.

—¿Lo bastante como para poder hablar contigo? —La vio asentir y apenas pudo articular la siguiente pregunta—. ¿Lo hizo?, ¿te dijo algo?

Una lágrima bajó por la mejilla de su hija, y eso fue respuesta suficiente para Isa. Se dispuso a sacar el móvil para llamar a la policía de inmediato, tenía que denunciar aquello y… ¿y qué?, ¿qué iba a decirles? ¿Que Isabelle Bornelli, una mujer que no había denunciado su propia violación, quería denunciar que su hija había visto en el parque a un hombre que la había asustado?

De repente, antes de que pudiera reaccionar, Melany se levantó del suelo y echó a correr.

—¡Melany!

Se levantó a toda prisa y echó a correr tras ella, pero la niña le llevaba bastante ventaja y corría a una velocidad que no había visto jamás en ella. Melany pasó junto a las mesas del merendero y fue pendiente abajo hacia el afloramiento de piedra caliza con ella corriendo detrás, llamándola y ordenándole que se detuviera, hasta que al final llegó a unas matas bajas de uva de mar y se adentró en ellas sin pensárselo dos veces.

Isa llegó un par de segundos después y la encontró sentada de piernas cruzadas en medio de la vegetación, oculta entre la maraña de finas ramas y raíces expuestas que actuaban de soporte para el dosel superior. Ambas tenían la respiración acelerada después de aquella carrera de más de cuarenta metros. Hincó una rodilla en el suelo y miró a su hija a los ojos.

—¡No vuelvas a huir de mí nunca más!

Melany no contestó y ella no tuvo corazón para seguir regañándola. Su tono de voz se suavizó.

—No tienes que huir, cielo. No hiciste nada malo.

Melany negó firmemente con la cabeza. Puede que fuera un gesto de desacuerdo o quizás era su forma de decir que no podía oírla a pesar de verla mover los labios, porque se había quitado los procesadores de audio y aferraba uno en cada puño.

Isa todavía tenía su móvil en la mano, pero se lo guardó en el bolsillo. No iba a llamar a nadie. Se levantó poco a poco, su cabeza y sus hombros se alzaron por encima del dosel creado por las hojas de las uvas de mar, su mirada se dirigió hacia la bahía.

«Te mataré», se oyó decir a sí misma para sus adentros. «Te mataré si has echado a perder mi relación con mi hija».

38

Jack y Theo fueron a desayunar al Billfish, un restaurante de los cayos que estaba abierto las veinticuatro horas del día. Era temprano, muy temprano. Tenían que llegar antes de las seis, la hora en que la viuda de John Simpson terminaba su turno de noche.

La información que les había dado Sammy en el Club Inversion había resultado ser cierta. La Kawasaki Ninja ZX-14R era una máquina de precisión que para la mayoría de los conductores no era más que un borrón que pasaba volando por la autopista. Según el atestado policial que se mencionaba en un artículo del *Miami Tribune* de dos años atrás, Simpson iba a más de 160 kilómetros por hora cuando, a eso de las tres de la madrugada, su moto colisionó contra la parte trasera de un camión de la empresa U-Haul que se había quedado sin gasolina y estaba parado en la vía rápida de la Interestatal 95. A semejante velocidad, un casco servía como mucho para contener un poco las salpicaduras. Su mujer, Ilene, había enviudado con treinta y tres años.

Había bastado con buscar unos minutos en las redes sociales para averiguar que Ilene Simpson vivía en Cayo Largo y trabajaba de noche en el restaurante Billfish.

El establecimiento gozaba de buena clientela durante todo el año, pero había empezado la minitemporada veraniega de la langosta de Florida y estaba lleno hasta los topes de submarinistas: algunos habían pasado la noche buceando hasta decir basta, y otros querían

256

estar en el agua antes del amanecer. En la barra no quedaban taburetes libres y todas las mesas del pequeño comedor estaban ocupadas; las camareras apenas tenían espacio para pasar. Una mesa lateral con banco situada en la parte de delante quedó libre justo cuando entraron ellos dos, así que se apresuraron a sentarse y sintieron de repente que el viajecito de dos horas en medio de la noche había valido la pena. Sentarse en aquellos asientos de cuero sintético recubiertos de cinta adhesiva formaba parte de la experiencia auténtica de comer en el Billfish; además, ellos estaban sentados a la luz del legendario letrero de neón de la ventana al que le faltaba una letra, donde el viejo restaurante pasaba a llamarse *illfish* (apropiado, quizás, teniendo en cuenta que podría interpretarse como «pescado malo»).

—Esa de ahí es Ilene, la camarera que está parada al lado de la vitrina con los postres —indicó Theo.

—¿Estás seguro?

Su amigo sacó su móvil para volver a ver la foto que la mujer tenía en su perfil de Facebook.

—Sí, es ella.

Jack procuró mirarla con disimulo. Ilene era una mujer delgada, su melena de color rubio oscuro le llegaba a la altura de los hombros y tenía un mosaico de coloridos tatuajes que le subían por el brazo derecho desde la muñeca hasta el hombro. Daba la impresión de que no sonreía demasiado, y si Jack no hubiera leído en el *Tribune* que tenía treinta y tantos años le habría puesto más edad.

Otra camarera se les acercó en ese momento y dejó sobre la mesa dos tazas y una jarra de café.

—¿Estáis listos para pedir, chicos?

Theo dejó el menú sobre la mesa antes de contestar.

—Yo quiero el especial de Ilene.

—Eso no existe.

—Claro que sí. —Lanzó una mirada hacia la aludida, que estaba tras el mostrador—. Pídele a Ilene que venga un momento. Dile que nos envía Sammy, de South Beach.

—Vale. Pero estáis en mi mesa, así que tenéis que pedir algo.

Theo se decidió por el filete y los huevos acompañados de unas rosquillas de naranja sanguina con un cremoso glaseado de coco; Jack, por su parte, se conformó con un café y un bollito. La camarera recogió los menús y se fue a la cocina.

Jack dirigió la mirada hacia el reloj que había en la pared y vio que faltaban dos minutos para las seis.

—Termina de trabajar en dos minutos, igual decide largarse por la puerta de atrás.

—Te preocupas demasiado. Vendrá a sentarse con nosotros, ya lo verás.

Las palabras de Theo se confirmaron dos minutos después. Ilene dejó su delantal en la barra, cruzó el comedor y se detuvo junto a ellos. En el banco de Theo no quedaba sitio, así que Jack le hizo algo de espacio en el suyo y la invitó a sentarse.

—¿De qué conocen a Sammy? —les preguntó ella una vez que estuvo sentada.

—Fue él quien nos habló de su difunto marido —dijo Jack antes de entregarle su tarjeta de visita—. Soy el abogado de Isabelle Bornelli, la antigua estudiante de la Universidad de Miami que ha sido acusada de asesinar al hombre que la violó. Supongo que habrá visto algo sobre el tema en las noticias.

—No las veo.

—Bueno, da igual. Hemos venido a hablar de lo que sucedió en el pasado. Sabemos de buena tinta que John Simpson y David Kaval secuestraron al hombre que violó a Isa y le torturaron hasta matarlo. El tipo se llamaba Gabriel Sosa.

—Ese nombre no me suena de nada.

—Esfuércese por recordar. El señor Kaval es el testigo principal contra mi clienta. No sé si esto tendrá alguna importancia para usted o no, pero, por lo que me han dicho, Kaval piensa poner a su difunto marido como el matón que se cargó literalmente a Gabriel Sosa.

Ella tardó unos segundos en contestar, daba la impresión de que estaba considerando lo que él estaba contándole.

—Mire, señor Swyteck, estoy cansada y lo único que quiero ahora es irme a casa y acostarme.

—Solo tengo unas cuantas preguntas.

—No sé nada sobre su caso, pero por lo que dice me da la impresión de que ese violador tuvo lo que se merecía. Si John estuvo involucrado, no quiero saberlo.

—Mi clienta vio a David Kaval y a otro hombre plantándole cara a Sosa la noche del asesinato; Kaval testificó que el hombre se llamaba John y que trabajaba en el Club Vertigo, que ahora se llama Inversion. Sammy dice que se trata de John Simpson.

—Sí, él sabe mucho —admitió ella con cansancio.

—¿Sobre el asesinato?

—No, sobre John.

—¿Cree usted que él conoce a David Kaval?

—No tengo ni idea. John y él conocían a todo el mundo. Eso era lo que me gustaba de mi marido, pero había otras cosas que no me gustaban tanto.

—¿Como qué?

—Da igual. John ya no está aquí, y yo estoy ahora con alguien muy especial y quiero dejar el pasado atrás. Así que les diré lo mismo que le dije al último tipo que vino a hacer preguntas: dejen que John descanse en paz.

—¿A qué tipo se refiere? ¿Era alguien de la policía?, ¿un inspector?

—No, esto ha sido más reciente. El inspector de policía vino hace tiempo.

—¡Mierda! —exclamó Theo—. ¡Te lo dije, tío! ¡Te dije que sabían el apellido del supuesto John sin identificar! ¡Qué cabrones!

Jack sabía que era un dato que la fiscalía tendría que haber compartido con él, pero dejó el tema para más tarde y preguntó:

—¿Puede decirnos quién era ese hombre? El que vino a preguntarle acerca de John.

—No me acuerdo de su nombre, la verdad es que ni siquiera sé si llegó a decírmelo.

—¿Cuándo vino?

—El mes pasado.

Ella les dio una descripción básica (el tipo era bajito, hispano, de unos sesenta y pico años…), pero a Jack le bastó con eso. Buscó en la biblioteca de su iPhone una foto del padre de Isa que había descargado de Internet, había sido tomada cuando Felipe Bornelli estaba trabajando para el consulado venezolano en Miami.

—Esta foto tiene más de diez años, pero ¿podría ser este hombre? —le dijo a Ilene antes de mostrársela.

Ella la observó con detenimiento antes de contestar.

—Sí. Tiene el pelo más canoso, pero yo creo que es él.

Jack no le dijo de quién se trataba, y se limitó a preguntar:

—¿Qué estaba interesado en saber?

—No me acuerdo. No fue una conversación demasiado larga, me dio la impresión de que se dio por satisfecho al saber que yo no sabía nada acerca de este caso.

Jack sacudió la cabeza, había algo que no acababa de entender.

—Tuve que interrogar a David Kaval en la cárcel y localizar a Sammy en el Club Inversion para averiguar que el varón desconocido al que se hace referencia en la declaración jurada era su marido, ¿cómo supo ese hombre que usted podría tener información sobre el caso?

—Ni idea, eso tendrán que preguntárselo ustedes.

Jack intercambió una mirada con Theo y asintió.

—Sí, me parece que vamos a tener que hacerlo.

39

A las diez de la mañana, Jack ya estaba de vuelta en Miami y sentado a su escritorio; media hora después recibió un correo electrónico que cambió sus planes para la jornada. Aunque no reconoció ni la dirección ni el servidor de origen, como asunto habían puesto *De parte de Felipe Bornelli*, y eso bastó para que le picara la curiosidad y decidiera abrirlo.

El mensaje decía lo siguiente: *Quiero verme con mi hija, que ella y yo hablemos a solas. ¿Puede encargarse usted de organizarlo todo?*

No contestó, le mandó el mensaje a su gurú tecnológico para ver si había forma de verificar de dónde procedía. La comprobación iba a durar unas horas, así que tenía tiempo para reunirse con su clienta y el abogado codefensor.

La reunión se llevó a cabo en su despacho. Isa estaba sentada en la silla Windsor, de espaldas a la ventana; Manny al otro lado de la mesita auxiliar, y él, por su parte, paseaba de acá para allá delante de la vacía chimenea mientras hablaba.

—Tengo una teoría que explicaría por qué me ha enviado este mensaje.

Les contó entonces el principal dato que había obtenido de la conversación con Ilene Simpson en el Billfish: que Felipe estaba metido de alguna forma en todo aquello.

—Sí, pienso igual que tú —asintió Manny—. El hecho de que John Simpson fuera el varón sin identificar de la declaración jurada no se ha hecho público, así que cabe preguntarse qué fue lo que condujo a Felipe hasta Ilene antes de que la encontraras tú.

—Y ahora que he hablado con ella me pregunto si realmente se trata de una coincidencia el que él quiera verse de repente con su hija, con la que lleva sin hablarse cerca de una década. —Le sorprendió ver que Isa guardaba silencio—. ¿En qué estás pensando?

—Hay algo más en todo esto —afirmó ella.

Jack dejó de pasearse de un lado a otro, apoyó el codo en la repisa de la chimenea y la escuchó atentamente. Ella se tomó su tiempo, y procuró no dejarse ningún detalle importante al relatarles que Melany había visto a Felipe la tarde anterior en el parque… Y no solo eso, sino que era más que probable que también le hubiera visto en Hong Kong.

—En el fondo me esperaba tener noticias suyas después de lo de ayer —admitió—. Puede que su propuesta de vernos tenga algo que ver con lo que ocurrió.

—¿Estás segura de que él era el hombre al que vio Melany? —le preguntó Jack.

—Sí. Le enseñé una fotografía cuando llegamos a casa y afirmó sin ninguna duda que era él, tanto en Miami como en Hong Kong.

—Al mostrarle su foto pudiste influenciarla sin querer, habría sido mejor si le hubieras enseñado cuatro o cinco de hombres distintos y que ella hubiera identificado a tu padre.

—Vale, admito que esto no serviría como prueba ante un juez, pero estoy segura de que era él.

Jack se sentó antes de hacerle la siguiente pregunta.

—Empecemos por el principio: ¿estás interesada en verte con tu padre?

Ella apartó la mirada por unos segundos, pero le miró de nuevo al contestar.

—Estoy interesada en saber qué era lo que estaba intentando decirle a mi hija.

—Supongo que no estará dispuesto a sentarse a hablar con tus abogados para contárnoslo todo, así que ¿estarías dispuesta a hablar con él a solas?

—¿A solas?

—Eso es lo que él ha solicitado.

—No sé cómo responder a eso. Podría decirte que sí ahora mismo, pero cambiar de opinión cinco minutos antes de verle. Han pasado muchas cosas.

Manny se inclinó hacia delante en la silla, como anunciando que se disponía a hablar.

—¿Te refieres a que han pasado muchas cosas entre vosotros dos, o existe algo entre abuelo y nieta que te tiene preocupada?

—Melany y mi padre nunca han tenido relación alguna.

Manny insistió en el tema.

—Exacto. ¿Quién nos dice que todo esto no es más que el intento de un abuelo de contactar con la nieta a la que le han impedido conocer?

—Esa es la excusa que pondría él —afirmó Isa con sequedad.

—¿Estás diciendo que tu padre viajó desde Caracas a Hong Kong para…? ¿Para qué?, ¿para abusar sexualmente de tu hija?

—¡Claro que no! ¿A qué viene eso?

—¿Cometió abusos sexuales contra alguna menor en el pasado?, ¿hay algún antecedente? —le preguntó Manny.

—¡No! Os dije que fue un marido violento, le vi golpear a mi madre.

—¿Abusó de ti física o sexualmente? —insistió él.

—¡No! ¿A qué vienen estas preguntas?

—¿Le acusaste alguna vez de haberlo hecho?

Isa le fulminó con una mirada que, de haber sido un poquitín más intensa, habría bastado para derribarlo de la silla.

—Ya veo a dónde quieres ir a parar con todo esto. Soy yo la que tiene antecedentes, ¿no? ¡Lanzo acusaciones falsas!, ¡no me violaron!

—No te enfades.

—¡Pues no me insultes!

—Me limito a prepararte. Todas las mujeres que han sido violadas y que lo han hecho público han tenido que batallar contra la acusación de estar inventándoselo. Tú cuentas con un lujo que no tienen la mayoría de las víctimas: tu agresor está muerto. No tienes que subir al estrado e identificarlo en la sala de un juzgado, no tienes que testificar ni someterte al interrogatorio de la parte contraria.

—No creo que eso sea un lujo.

—Porque nunca has estado en un juicio por violación.

Ella apartó la mirada y el despacho quedó sumido en el silencio. El estilo de Manny era distinto al de Jack, pero no había duda de que sabía cómo sustentar un argumento. Y al menos sabía también cuándo dar un respiro.

—¿Hacemos un pequeño descanso? —les propuso Jack.

Ella le miró y contestó con voz cortante.

—No. —Miró a Manny antes de volverse de nuevo hacia Jack—. Lo que no entendéis es lo malo que puede llegar a ser mi padre, hasta qué punto puede manipular la mente de una niña. Cuando yo tenía la edad de Melany, me decía ciertas cosas...

—¿De carácter sexual? —le preguntó Manny.

—¿Podrías dejar de insistir en eso, doctor Freud?

—Manny, déjala que se explique —intervino Jack.

Isa respiró hondo antes de seguir hablando.

—Cuando mi padre quería herir de verdad a mi madre no la golpeaba, ni siquiera alzaba la voz. Me llevaba a mí aparte y me contaba cuentos sobre ella.

—¿Qué clase de cuentos?

—Uy, era un cuentista de primera, de lo más convincente. Nada de lo que me contaba era cierto, pero llenaba sus relatos de detalles tan elaborados que yo me los creía de pe a pa. Me dijo que mi madre tenía otra familia; que tenía otra hija, una niñita perfecta de mi misma edad que era más bonita y lista que yo; me dijo que mi madre quería más a esa otra familia que a nosotros, que por eso se veía obligado a golpearla, que si no lo hacía ella se iría y yo no volvería a verla.

Al ver que se quedaba callada y con la mirada perdida, Jack se encargó de dar voz a la conclusión que se extraía del relato de Felipe.

—La culpa de todo la tenía ella.

Isa asintió, y de repente la tristeza que había en sus ojos dio paso a una firme determinación.

—He tomado una decisión. Dile a mi padre que estoy dispuesta a verme con él.

—¿Estás segura?

—Sí. Y acepto sus condiciones. Nos reuniremos él y yo a solas, sin nadie más presente.

40

Isa deseó con todas sus fuerzas que Keith estuviera en casa..., aunque Miami no era su casa, no era su verdadero hogar. Deseó que su familia pudiera estar en otro sitio. No tenía por qué ser Hong Kong necesariamente; le daba igual el lugar, con tal de que no fuera Miami.

Arrepentimiento. Tenía una larga lista de cosas de las que se arrepentía, empezando por su decisión de quedarse en Miami para cursar sus estudios universitarios. No había sido porque no tuviera otras opciones, ni mucho menos. En el instituto había sido una estudiante de sobresalientes y, dado que había cursado seis años de estudios dentro del Programa Magnet de Estudios Internacionales de Miami (desde el sexto grado hasta el décimo segundo), hablaba inglés y alemán además de su lengua materna, el español. En aquella época quería estudiar en una universidad de prestigio que estuviera en una gran ciudad. Había recibido cartas de admisión de la Universidad de Nueva York, de Northwestern y del Boston College, pero había optado por inviernos cálidos. Ojalá hubiera preferido jerséis y botas a un bañador y sandalias; de haberlo hecho no habría conocido a Gabriel Sosa ni a David Kaval, ni estaría metida en aquella pesadilla.

Pero, por otra parte, tampoco habría huido a Zúrich, no habría conocido a Keith, no habría tenido a Melany.

266

—¿A dónde la llevo? —le preguntó el taxista.

—Al Cy's Place, en Coconut Grove.

—Vale.

Era el lugar acordado donde se reuniría con su padre a las ocho de la tarde. Jack se había encargado de organizarlo todo y había sido él quien había pensado en el Cy's Place, pero porque había que satisfacer una condición concreta que se les había puesto: según le había explicado él después de intercambiar varios correos electrónicos con su padre, este insistía en que la reunión se llevara a cabo en un sitio público.

¿Qué creía el viejo tonto?, ¿que Isa iba a sacarse una pistola del bolsillo para acribillarlo a tiros? A lo mejor pensaba que ella le vaciaría un cargador entero en el pecho si no estaban rodeados de un montón de testigos, que apretaría el gatillo una y otra vez a quemarropa, que le destrozaría las costillas y el esternón con una docena de proyectiles revestidos de cobre, que entonces dejaría caer la pistola justo en el centro de la húmeda mancha rosácea que estaría extendiéndose por la hasta entonces prístina camisa blanca, y le diría al girarse «Muérete, rastrero hijo de puta».

Y no es que ella no hubiera fantaseado con algo así, la verdad.

—Ese sitio está muy bien —comentó el taxista, mientras se alejaban del Four Seasons.

—¿Perdón?

—El Cy's Place. He estado allí, es un buen sitio. Seguro que se lo pasa bien.

Ella cruzó las piernas y se puso el bolso sobre el regazo antes de contestar:

—Sí, seguro que sí.

Jack y Manny esperaron en el despacho de Theo. Era una pequeña sala sin ventanas poco más grande que una celda que se usaba también para almacenar productos no perecederos, así que los

267

estantes que se extendían desde el suelo hasta el techo estaban llenos de cajas de servilletas, papel higiénico y alimentos secos. Jack estaba sentado a la tosca mesa metálica en una silla que crujía cada vez que se movía y Manny estaba al otro lado en un taburete. Apenas quedaba espacio libre, pero los dos habían prometido permanecer fuera de la vista y a mano al mismo tiempo durante el encuentro de Isa con su padre.

—¿Crees que Isa nos ha dicho la verdad? —preguntó Manny.

—¿Sobre qué?

—Sobre lo que le pasó con su padre en el pasado..., sobre si abusó sexualmente de ella.

—Sí, yo creo que ha sido sincera. Me parece que tiene miedo de que él ponga a Melany en su contra, igual que la envenenó a ella contándole mentiras sobre su madre.

—Puede ser, pero he estado dándole vueltas a esto desde aquella noche en que fuimos al bar del Four Seasons y Keith me preguntó sobre la baza del abuso como eximente de culpa.

—Sí, recuerdo la conversación.

—¿Qué mejor explicación que esa para el hecho de que Felipe no quiera que su hija diga que fue violada? Sería racional por su parte temer que ella se vea obligada a explicar por qué no denunció la agresión de Sosa, el haber sufrido abusos en el pasado sería una explicación muy convincente.

Jack agarró un clip metálico que había sobre la mesa y se dispuso a desdoblarlo.

—Tiene que haber una mejor que esa.

—Estás volviendo al que fue mi punto de partida: no fue violada.

—Seguro que Bornelli quería hablar con su hija precisamente de eso, de las pruebas que tiene.

—¿Tiene pruebas?

—Eso fue lo que nos dijo a Keith y a mí en mi despacho; según él, tiene unas supuestas pruebas que demuestran que Isa no fue violada.

—¿Tú le crees?

Jack dejó sobre la mesa el clip, que estaba más o menos enderezado, y alargó la mano para tomar otro antes de contestar.

—No lo tengo nada claro, pero hay algo que me dice que el tipo no está mintiendo del todo.

41

Por primera vez desde el funeral de su madre, Isa se sentó frente a su padre y le miró a los ojos.

Él había cambiado en diez años, aunque seguramente ella percibía un cambio mayor del que existía en realidad. La imagen mental que tenía de su padre era la de la vieja fotografía que estaba colgada en el despacho del cónsul cuando era una colegiala; en aquella época él era atractivo a su manera, estaba mucho más en forma y hasta era más alto (bueno, al menos que ella recordara). Iba vestido con ropa informal, se había puesto unos chinos y una guayabera azul de manga corta que nada tenía que ver con la prístina camisa blanca que ella había imaginado.

—¿Por dónde empezamos? —le preguntó sin andarse por las ramas.

Estaban solos en una mesa para dos. El pequeño escenario estaba vacío (siguiendo la tradición de Uncle Cy y del viejo Overtown Village, el *jazz* en vivo no empezaba hasta mucho más tarde en el Cy's Place), pero las mesas empezaban a llenarse: había una variopinta mezcla de parejas bien vestidas que iban de camino a cenar o al teatro, y quienes habían salido a tomar una copa y no tenían otro lugar mejor donde pasar el rato.

Su padre se inclinó ligeramente hacia delante y apoyó las manos sobre la mesa, como intentando transmitir sinceridad y que no tenía nada que ocultar.

—Isa, lo primero que quiero que sepas es que el objetivo de todo esto es ayudarte.

—Estás de broma, ¿no? ¿Que tú me vas a ayudar a mí? Si el tema es ese, esta reunión va a ser muy corta.

—Muestra algo de respeto, jovencita. ¿Cómo crees que saliste de la cárcel?

—Tú no tuviste nada que ver en eso.

—Le pagué diez mil dólares al novio de tu compañera de celda y él se encargó de todo a partir de ahí. Me pareció bastante ingenioso el plan que ideó, Foneesha Johnson y él estuvieron a punto de meter a ese guardia en una celda y a ti te sacaron de la tuya.

Isa se quedó mirándolo con incredulidad.

—¿Estás diciendo que ese guardia no pensaba violarme?

—Tengo entendido que le gustabas.

Ella recordó la vulgar advertencia de Foneesha: «Todo el mundo sabe que le gustan los coñitos latinos».

—Da igual si ese tipo pensaba hacerte algo o no —añadió Felipe—, no sería la primera vez que acusas falsamente a alguien.

Aquellas palabras avivaron su enfado. Menos mal que lo de la pistola en el bolso y la mancha rosácea en la prístina camisa blanca no era más que una fantasía.

—¿Para esto me querías fuera de la cárcel?, ¿crees que puedes controlarme?

—Claro que no, gordita —contestó él con una sonrisita forzada.

Lo de «gordita» era el apelativo irónico y supuestamente afectuoso que él solía emplear al contarle a su pequeña y delgaducha hija aquellas viles mentiras sobre su madre.

—¡No te atrevas a llamarme así!

—Solo quiero ayudar.

—¡No quiero tu ayuda!

—La necesitas.

—¿En qué me ayuda que vayas a ver a mi marido y a mi abogado y les digas que no me violaron, que tienes pruebas que lo demuestran? ¿En qué me ayuda que le filtres al *Tribune* el cuento de que no fui violada? Porque supongo que fuiste tú quien les dio esa información, ¿verdad?

Él no lo negó y se limitó a contestar:

—Ese artículo no llegó a publicarse.

—Porque era mentira, ¡sí que me violaron!

—Siempre se te olvida que puedo demostrar que mientes.

—¿Cómo?

—Alicia Morales.

Fue oír ese nombre y sentir como si acabaran de asestarle una puñalada. Alicia había sido su mejor amiga en el instituto, era la hija mayor de la auxiliar administrativa de Felipe Bornelli en el consulado y una noche le había contado en confidencia que este le había hecho insinuaciones. Ella, convencida de que «el jefe» le había hecho mucho más que eso a su amiga (había visto la verdad de lo ocurrido en sus ojos, lo había oído en su voz), la había apoyado y había acudido directamente al cónsul. La acusación había hecho peligrar el puesto de su padre... hasta que él pulverizó a Alicia y su credibilidad: en cuestión de días, la madre de su amiga fue despedida de su puesto en el consulado y la familia Morales al completo tuvo que marcharse del país. Alicia no llegó a terminar la secundaria y al final acabó junto a su madre viviendo de un trabajucho en una fábrica de ropa de Caracas.

Jamás se lo perdonaron a Isa.

—No puedo oír esto. —Echó la silla hacia atrás, dispuesta a marcharse de allí.

—¡Siéntate! —masculló él—. Deja que te ayude, Isa. Si no lo haces, te destruiré.

Ella se detuvo y evaluó la situación. Jack le había aconsejado que controlara sus emociones, que no se levantara y se marchara sin más si se enfadaba, que se limitara a escuchar lo que Felipe quería decirle. «La información es poder, Isa. Consigue toda la que puedas».

De modo que optó por volver a acercar la silla a la mesa.

—Buena decisión, eres una chica lista. Mira, quiero que comprendas por qué es mejor para todos que no testifiques en este caso ni le digas a nadie que Gabriel Sosa te agredió sexualmente.

—Jamás podrás hacerme comprender eso.

—Pero esto sí —afirmó él antes de dejar un sobre sellado encima de la mesa.

—¿Qué es eso?

—Es para ti, Isa. Es lo que intenté darle a Melany cuando su niñera y ella fueron al parque de Kowloon.

Aunque confirmar que él era el hombre al que había visto la niña era uno de los objetivos principales de aquel encuentro, parecía una auténtica locura.

—Si querías darme esto, no entiendo por qué te tomaste la molestia de viajar hasta Hong Kong y quisiste entregárselo a mi hija.

—¿Lo habrías aceptado si te lo hubiera enviado a tu casa por mensajería?

—Solo en caso de no saber que procedía de ti.

—¿Qué hubiera pasado si lo hubieras aceptado sin conocer su procedencia y hubieras visto después que te lo había enviado yo?, ¿habrías leído lo que ponía dentro?

Ella le dio una respuesta sincera.

—No, lo habría tirado a la basura.

—Pero ¿qué habría pasado si Melany hubiera llegado del parque con este sobre y te hubiera dicho que se lo había dado su abuelo?, ¿no lo habrías abierto para ver lo que contiene?

—Supongo que sí…, pero solo por precaución, para salvaguardar la seguridad de mi hija.

—Y ¿no lo habrías leído?

—Solo para ver qué clase de veneno estabas intentando meterle en la cabeza a mi hija.

—Sí, claro, tu adorada hijita. Es tu deber protegerla. Habrías leído lo que pone dentro, ¿verdad?

Isa no respondió de inmediato, pero cuando lo hizo optó de nuevo por ser sincera.

—Sí, es lo más probable.

—Pues ahí lo tienes. —El gesto que hizo con la mano fue el de un hombre que siempre tiene razón en todo—. Solo por eso ya merecía la pena viajar hasta Hong Kong; lamentablemente, Melany se asustó y echó a correr antes de que pudiera decirle quién soy y darle el sobre.

A Isa le pareció muy raro todo, pero Felipe Bornelli era un ser humano raro de por sí.

—¿Qué es lo que hay dentro? —le preguntó.

—La verdad.

—¿Sobre qué?

—Sobre Gabriel Sosa.

Ella sintió que le recorría un escalofrío. Bajó la mirada hacia el sobre que descansaba sobre la mesa antes de alzarla de nuevo hacia su padre.

—No compartas con nadie el contenido de ese sobre —le advirtió él en voz baja, casi amenazante—, pero léelo. Léelo tantas veces como te haga falta, con detenimiento, y entonces verás las cosas desde el mismo punto de vista que yo.

42

El vuelo directo de Swissair procedente de Zúrich aterrizó en el Aeropuerto Internacional de Miami a las seis menos cuarto de la mañana del sábado. Keith había optado por viajar en clase *business* en vez de en primera, era alucinante la diferencia de precio que había y digamos que se había sentido en la obligación de ahorrar dinero después de pasar el viernes entero en la sede del IBS, intentando defender el peor rendimiento del segundo trimestre de año que las oficinas de Hong Kong habían tenido desde la crisis financiera asiática de 1997.

Le mandó a Isa un mensaje de texto para avisarle de que ya estaba en Miami.

El jueves por la tarde había aterrizado en Zúrich cargado de datos para las reuniones que tenía por delante. El mercado asiático todavía sufría las repercusiones del Lunes Negro (el día en que la bolsa principal, la de Shanghái, había sufrido una caída del 8,49% de su valor); la producción industrial china había ido contrayéndose durante diez meses consecutivos; las negociaciones en el mercado de valores de Shanghái y Shenzhen quedaban detenidas debido a unas normas nuevas que «interrumpían el circuito», por así decirlo, para evitar un hundimiento masivo... Sí, todo eso era cierto. Pero no era menos cierto que él llevaba alejado de su familia cuarenta y siete de los últimos sesenta días, aunque el comité de evaluación solo parecía estar interesado en una única cosa: en que había en su vida un «asunto de índole personal que suponía una enorme distracción para él».

Isa le contestó a su vez con otro mensaje de texto: *¡Genial! ¡Te amo!*

Pasó por la aduana (el proceso requirió unos cuarenta minutos más), y después se sumó al constante flujo de pasajeros que se encaminaban hacia la terminal principal. Era el mismo corredor por el que había entrado al llegar en abril procedente de Hong Kong, y aquello había terminado con Isa esposada. De alguna forma, el hecho de ir a trabajar y de pasar noches solo en el piso que tenían en Hong Kong había hecho que el arresto y los acontecimientos posteriores le parecieran algo lejano, algo que había ocurrido en otra vida, pero al regresar al aeropuerto y avanzar por el mismo suelo negro de terrazo le hizo revivir hasta el último detalle con dolorosa nitidez. Le parecía estar viendo el sonriente rostro de Riley al conocer a su nueva amiga de Hong Kong, y a una pareja de agentes de la policía de Miami-Dade esperando al final del pasillo... No, no es que le pareciera verlos, es que estaba viéndolos. Estaban allí de verdad.

Se preguntó qué cojones querrían.

El más musculoso de los dos se le acercó.

—¿Keith Ingraham?

Él se detuvo y asintió.

—Sí, soy yo. ¿Ocurre algo?

—Está usted arrestado.

—Será coña, ¿no? —les dijo, atónito, mientras el otro agente le esposaba las manos a la espalda.

Jack estaba cenando con Andie en el restaurante Hillstone, en Miracle Mile, cuando su móvil empezó a vibrar y vio en la pantalla que estaba llamándole Keith. No responder a llamadas de clientes los sábados por la noche, cuando su mujer y él estaban disfrutando de una velada en pareja, era un voto matrimonial que estaba implícito, pero podría decirse que, técnicamente, Keith no era un cliente.

—Me alegra tenerte de vuelta —le dijo a su amigo.

—Me han arrestado.

Estuvo a punto de caérsele el móvil en el plato de atún rojo a la brasa, y escuchó atentamente mientras su amigo le explicaba que estaba en la comisaría de Miami-Dade y le daba toda la información de la que disponía.

—Ahora mismo voy.

Le advirtió rápidamente sobre todo lo que no podía decir ni hacer antes de que llegara su abogado, y cuando colgaron tuvo que darle a Andie las malas noticias.

—¿Quieres que te acompañe? —le preguntó ella.

—Creo que alguien debería hacerle compañía a Isa.

Andie le dio la razón y le dijo que pediría que le pusieran la cena para llevar y se iría en taxi al Four Seasons. Él se despidió con un beso, pero ella le agarró la mano antes de que pudiera alejarse a toda prisa de la mesa y le preguntó:

—¿De qué se le acusa?

—De un delito de segundo grado: encubrimiento de un delito de homicidio.

43

Jack llamó por teléfono a Sylvia Hunt mientras iba de camino a comisaría; de tratarse de cualquier otro sábado por la noche, habría pensado que lo más probable era que no le contestara, pero ella tenía que estar involucrada de alguna forma en el arresto de Keith.

—Hola, Jack. Estaba a punto de llamarle para asegurarme de que está al tanto de los últimos acontecimientos.

Dos camiones de bomberos y una ambulancia pasaron en ese momento por la Ruta 1 con las sirenas a todo trapo, y él ajustó el volumen de la conexión Bluetooth antes de volver a sujetar el volante con ambas manos.

—Esto es inaceptable, no había necesidad de arrestar así a Keith —dijo con firmeza—. Usted podría haberme llamado para avisarme, y él se habría entregado voluntariamente.

—Le entiendo, pero le aseguro que esto no ha sido un golpe de efecto. El señor Ingraham viaja al extranjero más a menudo que la mayoría de los pilotos comerciales. Nos preocupaba que no regresara a Florida si le avisábamos por adelantado.

—¿Lo dice en serio? ¿Cree de verdad que huiría lejos de su mujer y de su hija?

—Debatir esto no va a llevarnos a ninguna parte, Jack. Vamos a avanzar. Soy una persona razonable, y la buena noticia para usted es que no va a tener ningún problema con la libertad bajo fianza.

Accederemos a que el señor Ingraham sea puesto en libertad bajo palabra, tan solo tiene que entregar su pasaporte.

—Tiene que viajar para desempeñar su trabajo.

—No puedo permitirle salir del condado de Miami-Dade. Encárguese de entregar el pasaporte del señor Ingraham de inmediato para que no tenga que pasar la noche en prisión, y preséntese el lunes ante el juez para intentar recuperarlo. Ese es mi consejo.

—De acuerdo, eso haré. —No veía qué otra opción le quedaba.

—Y yo le mandaré una copia del escrito de acusación.

—¿Puede hacerlo ahora mismo por correo electrónico, por favor?

—Sí, por supuesto. Enseguida se lo envío.

Jack colgó de inmediato mientras seguía conduciendo y llamó a Manny, que estuvo encantado de dejar que fuera él quien se encargara del asunto y trabajara un sábado por la noche; en cualquier caso, se trataba de una situación delicada. Iba a sacar de la cárcel a su amigo, pero no estaba claro si este necesitaría a partir de ahí el asesoramiento de un equipo de defensa al margen del de su mujer. Era una cuestión que sacó a colación en su siguiente llamada, la que le hizo a Isa, cuando le contó que había llegado a la comisaría y estaba esperando a que la policía le llevara a Keith, y aún estaba pensando en lo que había hablado con ella cuando la puerta se abrió y Keith entró en la sala.

—¡Esto es una jodida locura! ¿Te lo puedes creer? —exclamó su amigo nada más sentarse a la mesa.

Él le indicó con un gesto que se quedara callado hasta que se marcharan los guardias y no le contestó hasta que se cerró la puerta y se quedaron a solas.

—Pues sí, la verdad es que sí que me lo puedo creer.

Le contó la buena noticia en lo que a la libertad bajo fianza se refería, pero no pudo prometerle nada en cuanto a si el juez le permitiría salir del país.

—Eres consciente de que voy a tener que buscar otro trabajo si se quedan con mi pasaporte, ¿no?

—Sí, y Sylvia Hunt también. A decir verdad, yo creo que por eso ha presentado cargos contra ti.

—¿Para arruinarme?, ¿acaso es una psicópata?

—Es un movimiento estratégico. Isa es el objetivo principal, por supuesto, y presentar cargos contra un familiar es un método muy eficaz para conseguir que el principal acusado se declare culpable. Lo he visto cientos de veces. Lo más habitual es ir a por la madre que escondió a su hijo, el «buen chico» que se dio a la fuga.

—¿Me estás diciendo que la fiscalía ha presentado cargos contra mí para que Isa se declare culpable?

—No es la explicación que me ha dado ella, me limito a darte mi primera impresión. Lo más probable es que nos ofrezcan algún trato en los próximos días.

—Espera un segundo, ¡la fiscal no puede presentar cargos en mi contra sin más!

—Ha acudido al gran jurado para obtener un escrito de acusación, eso la protege en cierta forma si se la acusa de haberse inventado todo esto.

—¿Cómo voy a ser encubridor del asesinato de Gabriel Sosa? ¡No conocía a Isa cuando ocurrieron los hechos!, ¡yo ni siquiera vivía en Miami!

—Que fueras encubridor con posterioridad a la comisión del delito no significa que condujeras el vehículo de la huida. La fiscalía debe probar tres cosas. Una: que Isa es culpable del delito del que se la acusa; dos: que tú sabías que ella era culpable, y tres: que cometiste algún acto para ocultar su participación en los hechos, o para que a la policía le resultara más difícil arrestarla.

—No pueden probar ninguna de esas cosas —afirmó Keith.

—Vas a tener que hacer memoria, tienes que recordar momentos pasados de tu relación.

—¡Ya basta de hablar en abstracto! En primer lugar, Isa no es culpable, pero ¿qué fue lo que hice para protegerla según la fiscal?, ¿mudarme a Hong Kong? ¡Vaya chorrada!

—No, a un marido no se le puede acusar de encubrir un crimen que ha cometido su esposa, y viceversa. Así lo estipula la ley en Florida. De modo que tiene que tratarse de algo que hiciste antes de casarte con ella.

—No hay nada.

—Pues en el escrito de acusación aparece algo.

—¿El qué?

Jack entrecerró los ojos para dejarle claro que quería la verdad.

—Según alegan ellos, le pagaste a David Kaval veinte mil dólares para que cerrara la boca y no revelara que Isa estaba involucrada en el crimen.

Keith se quedó como petrificado, y al cabo de un momento se reclinó en la silla y pensó en ello con detenimiento.

—Antes de casarnos… —dijo al fin con voz apagada.

—Sí. Justo antes. ¿Quieres contarme lo que pasó?

—No es lo que parece, Jack.

—Soy todo oídos.

Su amigo echó la cabeza hacia atrás, soltó una fuerte exhalación con la mirada fija en el techo… Y entonces bajó de nuevo la mirada hacia él y se lo contó.

44

Jack llevó a Keith al Four Seasons en el coche y subió con él al apartamento. Melany estaba durmiendo, su amigo tenía *jet lag* e Isa estaba bien despierta y le abrazó como una mujer cuyo marido acaba de regresar del campo de batalla.

—¡Lo siento, mi vida, lo siento! ¡Yo tengo la culpa de todo esto!

Jack les dejó a solas unos minutos, pero esos minutos se alargaron cuando Keith se alejó por el pasillo para ir a ver a Melany a pesar de que Isa le advirtió de que por favor no la despertara. Andie estaba en la sala de estar, pero tenía que marcharse para que la niñera de Riley pudiera irse a su casa, así que Jack bajó con ella a la entrada del hotel para que regresara en taxi a Cayo Vizcaíno.

Para cuando subió de nuevo al apartamento encontró a Manny sentado en el sofá rinconero de la sala de estar junto con Isa y Keith.

—Le llamé hace una hora, quería que él también estuviera presente en esta conversación —le explicó ella.

—Perfecto, estamos todos aquí —asintió él.

—No quiero ser aguafiestas —intervino Keith—, pero yo aún estoy con la hora de Zúrich. Para mí son cerca de las cuatro de la madrugada.

—Prepararé café —dijo ella.

—No, no quiero más cafeína. Propongo que todos disfrutemos de una buena noche de sueño y retomemos la reunión por la mañana.

—¿Cómo esperas que duerma? —le preguntó ella—, ¡ni siquiera sé lo que está pasando!

—Yo tampoco tengo ni idea de lo que pasa, la verdad —admitió Jack—. Keith y yo hemos estado hablando en la comisaría y ahora tengo tres versiones distintas sobre las cartas que David Kaval envió a Zúrich desde la cárcel antes de que vosotros os casarais. A las versiones de Kaval y de Isa se les suma ahora la de Keith.

—¿Cómo que «cartas»? ¡Solo hubo una! —dijo ella.

Keith la miró sorprendido.

—No, Isa, fueron dos.

—Qué va, lo tengo muy claro. Jack, te dije que me envió una sola carta. Recibí una carta suya, solo una. ¡Es la pura verdad!

—Sí, es verdad —asintió Keith—, porque fui yo quien abrió el buzón el día en que llegó la segunda. Tú no te enteraste de su existencia.

—¡Keith! Pero… ¿qué estás diciendo? —le preguntó ella, boquiabierta.

—Esa segunda carta contenía el número de una cuenta bancaria. Hice una transferencia de veinte mil dólares para que Kaval nos dejara en paz.

—No lo entiendo… —dijo ella.

Fue Jack quien procedió a explicárselo.

—Keith ha sido acusado de pagar veinte mil dólares a David Kaval para comprar su silencio; básicamente, la fiscalía alega que Keith sobornó a un testigo para evitar que este te implicara en el asesinato de Gabriel Sosa.

—¿Se mencionaba a Sosa en la segunda carta? —preguntó Manny.

—No —le contestó Keith de forma categórica—. Las cosas fueron tal y como ya se las he explicado a Jack: esto ocurrió unos dos meses antes de la boda; Isa me contó que un exnovio chiflado había conseguido un acta de matrimonio falsa y estaba dándole problemas, que había acudido a un abogado y este le había aconsejado que ignorara el asunto; a mí no me pareció un buen consejo, y entonces llegó esa segunda carta. Como comprenderéis, no solemos recibir cartas de cárceles de máxima seguridad, así que supe que la había enviado el mismo tipo; la abrí y la leí, y llegados a ese punto me convencí de que el abogado se había equivocado por completo al aconsejarle que ignorara el asunto.

—¿No lo hablaste con ella? —le preguntó Manny.

—No.

—No.

Keith y la propia Isa habían contestado prácticamente al unísono, y él añadió:

—Isa estaba organizando una boda, y yo estaba de acuerdo con su abogado en una cosa: en que no podíamos dejar que todo aquello echara a perder esa ocasión tan especial. De modo que decidí ocuparme yo mismo del asunto. Hice que mi abogado redactara un documento para disolver el matrimonio y se lo enviamos a Kaval para que lo firmara. Le pagué veinte mil dólares a ese tipo para que estampara su firma, yo firmé por Isa y presenté el documento en el juzgado... Asunto resuelto.

—¿Le pagaste veinte mil dólares a David Kaval y no se lo habías contado a tu mujer en todo este tiempo? —le preguntó Jack con incredulidad—. ¡Venga ya, Keith, eso no hay quien se lo trague!

—¡Es la pura verdad!, ¡yo no tenía ni idea! —afirmó ella.

—Vale, no fue solo por el hecho de que Isa estuviera organizando la boda —admitió Keith—. Para ella no fue nada fácil contarme a mí, su prometido, lo de aquella primera carta de Kaval. Y que quede muy claro que jamás se mencionó en ningún momento a Gabriel Sosa. La primera vez que oí el nombre de ese tipo fue cuando arrestaron a Isa en el aeropuerto. Pero mucho antes de eso, volviendo a la noche en que me contó lo de la carta, me pareció que Isa le tenía un miedo enorme al tal Kaval.

—Sí, él me aterraba —admitió ella con voz queda.

Keith la tomó de la mano antes de continuar.

—No quería que ella supiera que yo estaba tratando con ese tipo, lo único que me importaba era resolver el problema y mantenerla al margen. Hice lo que muchos maridos o futuros maridos harían: encargarme del asunto por ella.

Mientras Jack estaba sopesando aún todas aquellas novedades (la versión nueva y mejorada de Keith en lo que a la carta se refería, lo de los veinte mil dólares…) Manny comentó:

—Os felicito, ha sido espectacular de verdad.

—¿El qué? —le preguntó Keith, desconcertado.

—O todo lo que Isa y tú nos habéis contado es verdad o sois unos actores natos, ¡ha sido una actuación digna de los Oscar! La mejor actriz y el mejor actor están aquí mismo, en esta sala de estar.

—¡No tiene gracia! —protestó Keith.

—Hay otra cosa más que tampoco la tiene —apostilló Jack—. Según tú, el dinero que le mandaste a Kaval no tenía nada que ver con Gabriel Sosa ni con los cargos presentados contra Isa.

—¡Es la pura verdad! Incluso el propio Kaval se lo calló cuando fuiste a interrogarlo.

—Claro, seguro que no quería que también le acusaran de extorsión —afirmó Manny.

—Keith, vamos a centrarnos en ti —dijo Jack—. Prácticamente desde el principio de este caso, sabías que Kaval era el principal testigo en contra de Isa, y a pesar de eso te callaste el hecho de que habías tratado con él. No me lo contaste a mí, y parece ser que tampoco a ella. Es inexcusable.

—¿Por qué? Joder, Jack, somos amigos, pero eres un poco especial en lo que se refiere a la forma de trabajar de los abogados criminalistas. Yo creía que no queríais saber nada de nada a menos que preguntarais al respecto.

—Ese es un debate muy distinto —alegó Manny.

—Sí, uno que no vamos a mantener esta noche —afirmó Jack.

—¡Y que lo digas! —Keith se frotó los ojos con la base de la mano, como intentando revivirse—. Tienes razón, Jack, tendría que habértelo contado. Lo siento. La cagué y lo guardé en secreto, ¿vale? Pero eso no tenía nada que ver con Gabriel Sosa, y si vuelvo a oír una vez más su nombre esta noche me va a explotar la cabeza. No he parado desde el jueves por la noche. Tomé un vuelo en Hong Kong con destino a Zúrich, después me abroncaron un banquero suizo tras otro, hoy subí a bordo de otro avión para venir a Miami y terminé bajo arresto en una comisaría. Desde la detención de Isa, la verdad es que no puede decirse que haya habido ningún día menos caótico o más divertido que las últimas cuarenta y ocho horas. ¿Podemos dejar esta conversación para mañana? Necesito dormir.

Se levantó del sofá y, al ver que Jack se quedaba sentado, insistió:

—Lo digo en serio, necesito dormir.

—Claro.

Una vez que todos se pusieron en pie, la pareja acompañó a Jack y a Manny hasta la puerta. Keith se despidió de ellos con un apretón de manos, pero Isa le dio un abrazo a Jack. Era el primero que le daba, quizás intuía la conclusión a la que él estaba llegando.

Cuando los cuatro terminaron de darse las buenas noches, Manny y Jack se dirigieron hacia el ascensor y el segundo le dio al botón. La puerta se abrió de inmediato, el ascensor estaba vacío y no subió nadie más mientras bajaban.

—Puede que me salga —dijo Jack en un momento dado.

—¿De dónde?

—Del caso. Keith y yo somos viejos amigos, lo que ya hace que esto sea bastante duro de por sí. Pero el hecho de que me ocultara cosas sobre David Kaval puede ser la gota que colme el vaso.

—¡Venga ya!, ¡no me digas que es la primera vez que un cliente te oculta información!

—Es distinto cuando hay una amistad de por medio.

La puerta del ascensor se abrió y salieron al vestíbulo.

—De acuerdo, representa tú a Isa y yo me encargo de Keith —le propuso Manny.

—¿Lo dices en serio?

—¿Por qué no? Isa es la acusada que acapara la atención

mediática, eso está claro, pero esto podría ser divertido para ti y para mí. No me supone ningún problema.

—Pues la cosa podría funcionar, si los clientes aceptan. Todo un detalle de tu parte, Manny. Un detalle sorprendente.

Jack iba a tener que esperar a que le llevaran su coche, pero el Aston Martin de Manny estaba aparcado en primera fila junto con el Bentley Continental GT, el Ferrari 458 rojo, el Lamborghini Gallardo amarillo y media docena de vehículos más cuyo precio estaba por encima del cuarto de millón de dólares. El aparcacoches abrió la puerta y le entregó las llaves a Manny, pero este se detuvo y se volvió a mirar a Jack antes de entrar.

—Tiene gracia, Jack. La gente dice que lo único que me importa es alimentar mi ego, pero no es verdad ni mucho menos. —Esbozó una sonrisita matadora antes de sentarse tras el volante—. Básicamente, lo que me importa es el dinero.

El aparcacoches le cerró la puerta, el motor rugió y Manny se fue cual corredor de Fórmula 1 en pos de la bandera a cuadros.

—¿El señor Espinosa es amigo suyo? —le preguntó el aparcacoches a Jack, que seguía parado en la acera.

—La verdad es que no lo tengo muy claro —contestó antes de entregarle su tique del aparcamiento.

45

Isa no quería dar por terminada la conversación. Entró tras Keith en el cuarto de baño principal y, mientras él se cepillaba los dientes en su lavabo (había dos, así que cada uno tenía el suyo), ella se miró en el espejo para ver cómo tenía las zonas de piel seca que se le habían formado bajo los ojos.

—Me reuní con mi padre —admitió al fin.

Él dejó de cepillarse al oír aquello.

—¿Cuándo?

—El jueves por la tarde. Jack y Manny convinieron en que era recomendable que lo hiciera. Iba a decírtelo, pero en estos últimos días ha sido más difícil que de costumbre contactar contigo.

Él enjuagó el cepillo de dientes y lo colocó en el soporte.

—¿Te sirvió de algo?

Ella le contó lo del sobre que, según su padre, contenía algo relacionado con Gabriel Sosa.

—Me dijo que si leía lo que contenía vería las cosas desde el mismo punto de vista que él.

—¿Qué era lo que contenía?

—No lo sé, no lo he abierto todavía.

—¿Jack no te ha aconsejado que lo hagas?

—Él ni siquiera sabe que existe, no se lo he mencionado.

—¿Por qué no?

Isa apartó la mirada del espejo y se volvió a mirarlo a los ojos antes de contestar.

—Quería que tú y yo lo habláramos antes.

—¿Quieres que lo leamos juntos?

Ella dio un paso hacia él y le tocó la mano.

—Sí. Juntos.

Al verle asentir, abrió el sobre y sacó de dentro una carta manuscrita. Estaba en español, y él aguardó en silencio mientras ella la leía para sí.

Una vez que terminó, lo miró y tragó saliva con dificultad.

—¿Quieres que te la traduzca?

Estaba dándole a su marido una última oportunidad para no enterarse de todo y dio la impresión de que él tomaba conciencia de la gravedad de la situación, porque titubeó un momento antes de contestar:

—Sí, adelante.

Ella le tradujo lo que ponía.

Keith yacía despierto en la oscuridad. Isa estaba profundamente dormida a su lado. Él apenas había dormido en los dos días anteriores, pero daba la impresión de que ella había dormido incluso menos por culpa de la carta de su padre. Había estado viviendo una agonía intentando decidir si debía informar a su abogado de su existencia, si debía leerla antes de que el propio Keith regresara del viaje, si debía leerla ella misma. Había admitido que la había sacado de la basura en dos ocasiones: estaba convencida de que aquella hoja de papel estaría plagada de mentiras. Finalmente había llegado a la conclusión de que leerla juntos, con su marido, sería catártico para ella. Se quitaría una carga de encima… o sería él quien pasara a tener ese peso sobre los hombros.

«Tengo que dormirme».

Estaba exhausto, pero no lograba conciliar el sueño.

Salió de la cama con sigilo y cruzó el dormitorio procurando no hacer ruido. La puerta estaba abierta, así que salió al pasillo sin despertar a Isa. Avanzó hasta la habitación de Melany, que también tenía la puerta abierta. La luz nocturna de Winnie-the-Pooh proyectaba un suave resplandor de un tono naranja amarillento sobre la alfombra. Entró de puntillas (la niña podía detectar movimiento incluso sin tener puestos los procesadores de audio), se detuvo junto a la cama y se quedó allí de pie, observándola mientras dormía. Se la veía tan serena... Se inclinó hacia delante, depositó un beso en su frente y susurró:

—Mi ángel.

Retrocedió poco a poco y salió de la habitación. Ver a Melany había sido justo lo que necesitaba, el empujón perfecto para recordar que todo aquello iba a merecer la pena, que el pasado no tenía importancia alguna...

Porque no la tenía, ¿verdad?

Fue a la cocina, se sirvió un vaso de leche y se acercó a la ventana. Las luces de la ciudad seguían iluminando la oscuridad, aunque el brillo no era tan intenso como cuando Isa y él se habían sentado a la mesa de la cocina varias horas atrás, habían abierto el sobre de Felipe Bornelli y habían leído la carta tal y como ella quería: los dos juntos.

Gabriel Sosa había sido una entidad abstracta para Keith hasta ese momento, pero el padre de Isa (seguía sin pensar en él como un «suegro») lo había cambiado todo. Puede que la carta no fuera más que un montón de mentiras, tal y como había dicho Isa, pero, fuera como fuese, el efecto que había tenido sobre él había sido el mismo: nunca antes había tenido la sensación de que Gabriel Sosa formara parte de la vida que Isa y él habían construido juntos, pero la carta había sido como una vía de entrada que había permitido que ese tipo irrumpiera en su matrimonio; de hecho, había tenido incluso más impacto en ese sentido que la mismísima acusación de asesinato. Eso era en parte por lo que ponía en ella, pero sobre todo porque le había hecho darse cuenta de que cabía la posibilidad de que le hubiera mentido a Jack.

Le había jurado a su amigo que en su vida había oído hablar de Gabriel Sosa hasta que habían arrestado a Isa, pero... puede que eso no fuera cierto.

Había sido en los inicios de su relación con ella, años atrás. Debía de ser la cuarta o quinta vez que se acostaban juntos. Habían salido hasta tarde y los dos se habían pasado con las copas. Se habían desnudado mutuamente y habían caído desmadejados sobre la cama, había sido un sexo descontrolado y torpe; de hecho, estaban tan borrachos que se habían tomado a risa una metedura de pata que podría haber echado al traste otra relación y que, en ese momento, al cabo de tantos años, no parecía nada graciosa.

No estaba seguro, no lo recordaba con claridad y habían pasado tantos años..., pero había algo de lo que no tenía ninguna duda: cuando había rodado hasta colocarse encima de ella y la había penetrado, Isa le había llamado por otro nombre.

Hacía mucho que él había olvidado ese nombre, pero la carta, esa carta escrita por un hombre que había viajado desde Venezuela para decirles a Jack y a él que podía demostrar que Isa no había sido violada, se lo había recordado. Se preguntó si el pasado estaría jugándole una mala pasada, pero estaba casi convencido de que ese no era el caso. En el fondo de la mente, en las profundidades de su memoria, alcanzaba a oír la voz de Isa procedente de aquella noche del pasado. Estaba casi seguro de que en el calor de la pasión ella había acercado los labios a su oído y había susurrado un nombre que, en aquel momento, no había significado nada para él: «Gabriel».

46

El lunes por la mañana, el alguacil del juzgado anunció dos casos para una misma vista.

—¡El estado de Florida contra Keith Ingraham y el estado de Florida contra Isabelle Bornelli! —dijo antes de añadir el número de uno y otro caso.

Desde su elevado asiento en el estrado, el juez González dio la bienvenida a los letrados, que estaban sentados en sus respectivas mesas y se pusieron en pie para anunciar su presencia: primero la fiscalía, después la defensa… Y ahí fue cuando quedó oficializado que el arreglo propuesto por Manny se había llevado a cabo.

—Jack Swyteck, en representación de la acusada Isabelle Bornelli.

—Manuel Espinosa, en representación del acusado Keith Ingraham.

De acuerdo con lo planeado, el equipo de defensa había retomado la reunión el domingo por la mañana y ambos abogados habían expuesto las numerosas buenas razones que aconsejaban que marido y mujer tuvieran una defensa por separado. Isa no había querido elegir y para ella había sido un alivio que Jack y Manny se encargaran de tomar la decisión; Keith, por su parte, se había alegrado al saber que no iba a tener que pagar otro anticipo de cien mil dólares a un tercer abogado.

La vista del lunes era la primera ocasión en que los cuatro se sentaban juntos en la mesa de la defensa.

—Denme un segundo —les pidió el juez antes de iniciar una búsqueda frenética de sus gafas de lectura entre los pliegues de la toga.

En la sala reinaba el silencio, pero no estaba vacía, ni mucho menos. El interés mediático en el caso había ido apagándose a lo largo del verano, pero la imputación de Keith lo había reavivado. Prácticamente todas y cada una de las agencias informativas del sur de Florida estaban representadas en la zona de prensa, y la mitad de los asientos destinados al público estaban ocupados. Jack no vio a ninguna de las manifestantes que se habían presentado en la vista incoatoria de Isa, pero eso no quería decir que no fueran a aparecer.

El juez se puso las gafas, le echó un vistazo a la libreta que tenía ante sí y carraspeó.

—Según tengo entendido, las partes han estipulado que el señor Ingraham quede en libertad bajo palabra.

Sylvia Hunt se puso en pie, pero permaneció en la mesa de la acusación, junto al vacío estrado del jurado.

—Sí, siempre y cuando el tribunal siga en posesión de su pasaporte.

El juez frunció ligeramente el ceño.

—¿No le parece una medida muy extrema, señorita Hunt?

—El acusado se enfrenta a un cargo por el que puede ser condenado a un máximo de quince años de prisión. No me parece mucho pedir que permanezca en el condado de Miami-Dade y que no viaje a un país comunista donde la extradición sería prácticamente imposible.

El argumento del comunismo. Jack suspiró para sus adentros al ver que recurrían a lo mismo de siempre, pero era Manny a quien le tocaba intervenir.

—Señoría, mi cliente es un banquero internacional que dirige las oficinas del IBS en Hong Kong, no viaja hasta allí para jurar lealtad al Partido Comunista. También me gustaría añadir que su mujer entregó su pasaporte en abril a la espera del juicio, y que no ha intentado huir en ningún momento. Si al tribunal le preocupa realmente que el señor Ingraham no regrese para el juicio, estamos dispuestos a pagar una fianza.

—Hecho —decretó el juez—. La fianza se establece en cincuenta mil dólares. Al señor Ingraham se le devolverá su pasaporte de inmediato. Puede viajar a Hong Kong para desempeñar su trabajo, pero se le prohíbe entrar en la China continental.

Keith se inclinó hacia Jack y susurró:

—Me parece bien.

Manny le dio las gracias al juez y ocupó su asiento tras la mesa, junto a su cliente. Jack se puso en pie, listo para lidiar con el plato fuerte de la jornada.

—Pasemos al siguiente asunto que nos ocupa —dijo el juez—. Tengo una solicitud de la fiscalía para consolidar estos dos casos a todos los efectos, incluyendo la realización de un único juicio en el que marido y mujer serán coacusados.

La fiscal asintió.

—Sí, así es. Creemos que es tanto eficiente como justo para ambos acusados.

—Nosotros no estamos de acuerdo con esa solicitud —intervino Jack—. Señoría, la fiscalía quiere influenciar negativamente al jurado en contra de Isa Bornelli inyectando en su juicio la duda de si su marido le hizo un pago ilegal a David Kaval, el testigo principal de la fiscalía en contra de mi clienta. Eso es inapropiado.

—No entiendo qué tiene de inapropiado un juicio conjunto, todo esto parece estar interrelacionado —adujo el juez.

—Es una mera cuestión de ley y lógica.

Fue Manny quien alegó aquello mientras se ponía en pie. Estaba entrometiéndose en cierto modo en la labor de Jack, ya que antes de la vista habían acordado que sería este quien se encargara del asunto del juicio conjunto.

—¿Quién argumenta esta moción para la defensa? —preguntó el juez.

—Yo, si mi codefensor me cede la palabra —contestó Manny—. Es mi cliente quien se vería influenciado negativamente por un juicio conjunto, ya que se enfrenta a unos cargos relativamente menores y se vería obligado a someterse a juicio junto con una acusada de homicidio.

Jack no quería ceder la palabra, pero tampoco quería que la fiscal se diera cuenta de que el plan tan obvio que había tramado estaba saliendo bien, que ya se estaba cociendo cierta división en el campo de la defensa.

El juez picó el anzuelo de Manny.

—Prosiga usted, señor Espinosa.

Jack retomó su asiento. Manny se abotonó la chaqueta, y entonces se dirigió al frente con un pavoneo que dejaba muy en entredicho su afirmación del sábado por la noche de que lo principal para él no era su ego, sino el dinero.

—La situación es la siguiente, señoría: el señor Ingraham no puede ser encubridor con posterioridad al hecho del homicidio de Gabriel Sosa a menos que su esposa sea culpable de homicidio. Lo lógico sería dejar que se la juzgue a ella primero. Si es declarada inocente, los cargos presentados en contra de mi cliente deben ser retirados; en caso de que sea declarada culpable, el tribunal puede proceder a iniciar un juicio por la acusación de encubrimiento.

A juzgar por la cara que puso el juez, la idea no terminaba de convencerle.

—¿Dos juicios en vez de uno?, ¡no tendría sentido! Esto se asemeja mucho a los casos donde hay conspiración para delinquir, los cómplices se someten juntos a juicio a diario en los tribunales.

—A mi cliente no se le acusa de conspiración para delinquir —alegó Manny—. En todo caso, David Kaval y la señora Bornelli son los presuntos cómplices.

—Pero se aplica la misma lógica. La solicitud de consolidar ambos casos queda aprobada. El señor Ingraham y la señora Bornelli se someterán juntos a juicio. ¿Algo más?

Jack se puso en pie.

—Señoría, me gustaría que se oyesen mis argumentos en lo que a esta cuestión se refiere.

—No voy a darle a la defensa dos turnos de palabra en cada cuestión que vaya surgiendo. Los casos quedan consolidados, coordinen sus estrategias en consecuencia. Se levanta la sesión. —Golpeó con la maza para zanjar el asunto.

Todos los presentes se levantaron por orden del alguacil, y el juez González bajó del estrado y salió por la puerta lateral rumbo a su despacho.

Jack se acercó un poco más a Manny y le habló en voz baja para que sus clientes no los oyeran.

—¡No vuelvas a hacerme una jugadita así en tu vida!

—Tenía al juez comiendo de la palma de mi mano con lo de la fianza. No era el momento de entregar las riendas, así que he ido a por todas. Tú habrías hecho lo mismo.

La sala abarrotada de un tribunal no era lugar para ponerse a debatir esa cuestión. Tanto Isa como Keith tenían dudas, pero los medios de comunicación estaban justo detrás, al otro lado de la barandilla, así que Jack le dijo a ella que se guardara las preguntas hasta estar de vuelta en el despacho.

Se puso a recoger sus papeles y ya se disponía a marcharse cuando la fiscal le interceptó.

—¿Puede acompañarme a mi despacho, Jack?

—¿Perdón?

Sylvia no sonreía, pero estaba claro que se sentía complacida por la decisión del juez de consolidar los dos casos.

—Ningún fiscal querría hacer pasar a la víctima de una agresión sexual por el calvario añadido de un juicio por homicidio, si puede hacerse justicia sin necesidad de que se celebre uno. Tengo una oferta para su clienta, y es la mejor que va a recibir.

47

Veinte minutos después de que Manny y los dos acusados que iban a ser sometidos a juicio conjuntamente llegaran al Freedom Institute, Jack se sumó a ellos. La conversación que había mantenido con Sylvia Hunt había sido breve; de hecho, ni siquiera había tenido que acompañarla a su despacho, porque para cuando habían salido de la sala del juzgado ella ya le había dado toda la información necesaria.

—No es una mala oferta —admitió.

Los cuatro estaban en su despacho, aunque la distribución de los asientos era un poco distinta a la de las ocasiones anteriores. Nadie la había organizado (abiertamente, al menos), pero marido y mujer estaban sentados en extremos opuestos de la mesa; Isa estaba junto a Jack, Keith junto a Manny.

—Si Isa se declara culpable de homicidio voluntario y acepta una pena de cárcel de cuarenta y dos meses, la acusación retirará todos los cargos en contra de Keith.

—¡No voy a hacerlo!, ¡ni hablar! —dijo ella.

—Claro que no —intervino Keith—. Esta fiscal ha construido un caso de homicidio en primer grado basándose en el testimonio de David Kaval, que es un canalla y un mentiroso. Ni siquiera con las mentiras que él ha dicho pueden situarla en la escena del crimen.

—No les hace falta demostrar que ella estuvo allí —alegó Jack—, les bastaría con demostrar que ella planeó el asesinato y lo dirigió.

—Pero no pueden hacerlo —contestó Keith—. Esa ha sido la estrategia de la fiscalía desde el principio: presentar unos cargos extremadamente graves contra Isa con la esperanza de que ella ceda y acepte declararse culpable de un delito de menor importancia.

—Sí, esa es la estrategia, y al imputarte a ti la presionan más a ella y la empujan a querer llegar a un acuerdo. Para una madre debe de ser muy duro enfrentarse a la posibilidad de que su hija pueda tener tanto a su mamá como a su papá en la cárcel. Puede que no nos guste el juego que se traen entre manos, pero tenemos que sopesar el trato que nos ofrecen.

—¿Cuánto tiempo pasaría realmente en la cárcel si me condenaran a cuarenta y dos meses? —le preguntó Isa.

—Según las leyes de Florida, tendrías que cumplir el ochenta y cinco por ciento de tu condena como mínimo. Tres años, menos algunos días.

—Demasiado tiempo.

—Si te declaran culpable en el juicio, serás condenada a cadena perpetua. Y en Florida eso significa quedarse en la cárcel de por vida, nada de libertad condicional.

La sala quedó sumida en el silencio. Llegados a ese punto, Jack esperaba que Isa reaccionara instintivamente de nuevo negándose a hacer un trato, pero tuvo la impresión de que estaba planteándose la oferta de la fiscalía, aunque fuera por el momento. Y Keith también parecía estar dejando a un lado sus emociones. Quizás habían empezado a ver aquello desde un punto de vista práctico.

—Puedo llegar a entender que alguien que esté en la situación de Isa no quiera arriesgarse a ir a juicio —dijo al fin Keith, a todos en general, antes de mirar a su mujer—. Cielo, no voy a presionarte en un sentido ni en el otro, pero quiero que sepas que estaré apoyándote en todo momento. Tres años son...

—Tres de los años más formativos de la vida de Melany —le espetó ella con sequedad—. En el jardín de infancia se asientan las bases de su educación, Keith. Estos tres próximos años…, bueno, en realidad podría decirse que este año que viene muy en concreto… definirán qué tipo de persona será nuestra hija durante el resto de su vida, ¡no puedo pasar ese tiempo en la cárcel!

—Sí, ya lo sé, pero…

—¡Pero nada! Y no es solo por lo de cumplir condena en la cárcel, ¡estaría mintiendo si me declarara culpable! ¿Cómo podría explicarle algo así a nuestra hija?

Keith guardó silencio. Al final asintió y les dijo a los abogados:

—Creo que la decisión es unánime, no aceptaremos ningún acuerdo. Bueno, ninguno que conlleve tiempo de cárcel.

Jack se sintió en la obligación de dar voz a lo que nadie quería admitir.

—Todos sabemos hacia dónde se encamina esto si Isa rechaza este acuerdo.

—Yo no —dijo ella.

Manny sí que lo sabía y se encargó de explicarlo.

—Sylvia Hunt le ofrecerá un acuerdo a Keith.

—¿De qué clase? —le preguntó el aludido.

Manny se acercó un poco más a él antes de contestar como su abogado que era.

—Yo creo que ofrecerá retirar los cargos a cambio de que testifiques en contra de Isa.

—Eso no va a suceder.

—Pero la fiscalía lo intentará de todas formas.

—No sé qué podría decir yo que perjudicara a mi mujer.

—La fiscal estaría muy interesada en cualquier cosa que Isa te haya dicho que pueda considerarse una admisión de culpabilidad.

—No existe nada de eso —afirmó Keith.

—O en algún dato que pueda haberte revelado, y que pudiera usarse como una prueba en su contra —le dijo Jack.

—No tengo ningún dato.

En esa ocasión, Keith había titubeado ligeramente antes de contestar. Solo fue por un momento, pero bastó para que Jack se diera cuenta.

—No acabo de entender todo esto —admitió Isa—. Creía que todos estábamos de acuerdo en que no puedo testificar en contra de Keith y viceversa, que nuestras conversaciones como marido y mujer están protegidas por la confidencialidad conyugal.

—Eso solo vale para las conversaciones que habéis mantenido después de casaros —le explicó Manny—. No se aplica a nada de lo que hablarais antes del matrimonio, ni aunque os confiarais vuestros más profundos y oscuros secretos el uno al otro.

—Esa normativa se estableció para proteger la institución del matrimonio —apostilló Jack—; si algo no se dijo en el contexto de un matrimonio válido, entonces no existe esa confidencialidad.

Keith quiso dejarlo claro.

—¿Significa eso que yo podría testificar sobre cosas de las que Isa y yo hablamos antes de casarnos?

—Sí —asintió Manny.

—Lo mismo se aplica en el caso de Isa —afirmó Jack—. Ella podría testificar en tu contra si quisiera. No podrías hacer nada para impedírselo.

Marido y mujer intercambiaron una mirada.

—Eso no pasará jamás —dijo Keith.

—No, nunca —afirmó ella.

—A ver —añadió Keith—, para que quede claro: jamás accederé a hacer ningún trato que mande a mi mujer a la cárcel. Igual que ella en lo que a mí se refiere.

Jack asintió, pero había visto de todo: cónyuges poniéndose el uno en contra del otro, madres dándoles la espalda a sus propios hijos... Era imposible predecir los tratos que un cliente podría llegar a sopesar, o incluso a aceptar, conforme se iba acercando el juicio y la posibilidad de pasar un largo tiempo en la cárcel se transformaba en una realidad que se cernía amenazante.

Y además estaba el pequeño detalle de que él no confiaba en Manny.

—Le diré a Sylvia Hunt que no hay trato —afirmó—. ¿Es esa la decisión?

—Sí —contestó Isa.

—La decisión definitiva —afirmó Keith.

48

David Kaval ya casi saboreaba la libertad. Estaba allí, al otro lado de la puerta, a punto de dar el último paso en un viaje que había empezado 3104 días atrás.

¡Ocho jodidos años y medio!

Su último día en la prisión estatal de Florida había empezado a las dos de la madrugada, cuando un guardia había entrado en su celda y le había ordenado que «empacara sus bártulos». Hacía algún tiempo ya que sabía que ese día estaba por llegar, pero no había preparado sus cosas con antelación. No le había contado a ninguno de los otros presos que iba a quedar libre, ni siquiera a su compañero de celda, desde que le habían dado la noticia, y se había limitado a seguir con su rutina diaria al pie de la letra: la misma clase de orientación profesional, el ejercicio físico a la misma hora, el mismo paseo por el patio de la cárcel. No había hecho absolutamente nada fuera de lo normal, nada que pudiera hacer que los otros presos se olieran que iba a ser puesto en libertad de forma inminente. No era estúpido, no tenía sentido alertar al mundo carcelario de que aquellos que planearan cobrarle alguna cuenta pendiente al preso Y-37890 tenían poco tiempo para actuar.

Al igual que todo lo demás en la vida carcelaria, el proceso de salida era increíblemente lento, pero para las tres de la madrugada había llegado por fin a una sala de contención junto con otros presos. Otro tipo y él, sin embargo, eran los únicos que se sentían como si les hubiera tocado la lotería: para los demás ese no era un día feliz, ya que la mayoría de ellos tan solo estaban siendo trasladados a otro centro siguiendo el proceso rutinario de control de población carcelaria. Los guardias habían conducido a todo el grupo a la cafetería a las cinco de la mañana, y esa había sido la última vez que él había comido en la cárcel. Después los habían llevado a otra sala de contención donde les habían tenido esperando de nuevo, pero él estaba con tal subidón de adrenalina que no se había aburrido. Algunos de los guardias que había conocido a lo largo de los años pasaron por allí y se despidieron con frases como «No te metas en líos, Kaval» y «No vuelvas por aquí», pero uno en concreto había mantenido las distancias y él seguía mirándole cada dos por tres porque estaba decidido a mirarlo a los ojos como mínimo una vez más antes de marcharse.

Era el capullo que había estado a punto de truncar su excarcelación anticipada.

En aquella prisión, los reclusos podían ganarse un «tiempo de adelanto» para deducir hasta un máximo de un quince por ciento de la condena que se les había impuesto. Era una herramienta que el Departamento Penitenciario de Florida empleaba para fomentar el buen comportamiento de los reclusos y la participación en los programas organizados por la cárcel, y estaba basada en un sistema de puntos: sesenta días por conseguir un GED (un Diploma de Educación General), otros sesenta por realizar una acción meritoria… Kaval había ganado tiempo de adelanto suficiente para restarle dieciocho meses a su condena de diez años, pero un único informe disciplinario por pelearse o por cualquier otro tipo de mal comportamiento podía costarle a un recluso todo el tiempo obtenido. ¿Quién podía pasar ocho años metido en una caja sin perder los nervios alguna que otra vez? Pues él había descargado su ira contra un pedófilo puertorriqueño que no había dejado de cantar «besé a una niña y me arrestaron» al ritmo de la canción *I Kissed a Girl* de Katy Perry durante dos horas seguidas. Le había estampado esa cabeza de mierda contra el orinal, pero le había costado caro. Nunca se había sabido de ningún recluso al que se le restableciera su tiempo de adelanto tras haberlo perdido, pero siempre había una primera vez para todo y él lo había logrado.

Pero no sin algo de ayuda.

La puerta se abrió a las seis de la mañana, y los reclusos que iban a ser transferidos fueron saliendo formando una fila de perdedores que iban unidos unos a otros con esposas metálicas. Él no sentía ni la más mínima camaradería hacia ellos, allí dentro cada cual se las apañaba como podía y había seguido esa filosofía durante más de ocho años. Tenía muy claro que la mayoría de aquellos tipos, sobre todo los condenados a cadena perpetua, le habrían cortado el cuello sin pensárselo dos veces si eso les hubiera permitido ponerse en su lugar.

—Vamos —le dijo el guardia.

Kaval agarró la bolsa que contenía sus pertenencias personales y lo siguió hasta un despacho donde una funcionaria sentada a un escritorio le hizo una serie de preguntas básicas (nombre, edad, fecha de nacimiento, número de recluso...) y fue apuntando las respuestas en el registro. El guardia le condujo entonces a una sala contigua para tomarle las huellas y una fotografía; una vez completado ese paso, llegó la hora del último cacheo. Cada mes había algún idiota al que se le olvidaba deshacerse de lo que tenía de contrabando, pero, por supuesto, ese no fue su caso.

—Estás limpio —le dijo el guardia.

Kaval dejó su uniforme en el suelo y se puso con rapidez la ropa de calle que le entregó el guardia. No es que fueran unas prendas muy a la moda, pero al menos eran adecuadas. Una vez que terminó de vestirse, el guardia le llevó de vuelta al despacho de la funcionaria, que empujó ligeramente hacia él el teléfono que tenía encima del escritorio. El botón de llamada en espera estaba parpadeando.

—Sylvia Hunt quiere hablar contigo —le dijo la mujer antes de entregarle el teléfono y abrir la línea presionando el botón.

—Aquí Kaval.

—Comprende los términos de su puesta en libertad, ¿verdad? —le preguntó ella sin andarse por las ramas.

—Sí, señorita.

—Si sale del estado de Florida antes del juicio de Isa Bornelli, va directo a prisión otra vez.

—No se preocupe, voy a dedicarme a tomar el sol en la playa.

—Si lo que usted testifica en el juicio se desvía, aunque sea una sola palabra de lo que le dijo al gran jurado, irá directo a prisión.

—Entendido.

—Y permítame que se lo repita: usted va a estar cerca de Isabelle Bornelli única y exclusivamente cuando la vea en la sala del juzgado. Tiene prohibido acercarse a ella a menos de quinientos metros fuera del juzgado, si lo hace le encerramos de nuevo. ¿Está claro?

—Clarísimo —afirmó él con una sonrisita de lo más falsa.

—¿Está claro, señor Kaval?

—Que sí, no se preocupe.

—Perfecto. No se meta en líos.

La llamada terminó. Kaval colgó el teléfono y el guardia salió con él del despacho y le deseó que le fuera bien. Otro guardia que estaba en la salida realizó un último control para asegurarse de que tenían al preso que correspondía, y entonces se abrió la puerta. Kaval salió a la calle bañada por el sol de la mañana y oyó el sonido de la puerta cerrándose a su espalda. Se detuvo, dio media vuelta, alzó las manos al cielo y gritó a pleno pulmón:

—¡Adiós, hijos de puta!

Se dirigió entonces con paso rápido al Chevy azul que esperaba en la esquina con el motor en marcha, abrió la puerta y se sentó en el asiento del pasajero.

—Hola, nena. Vamos a follar.

Ilene Simpson sonrió.

—Hay un motel a unos tres kilómetros de aquí.

Él le devolvió la sonrisa.

—Esto va a ser espectacular, joder.

Ella alargó la mano por encima del compartimento del coche y la deslizó entre sus piernas. Kaval estaba más que listo.

—Eres un chico malo, muy malo.

La sonrisa de él se esfumó.

—Y a ti te encanta, zorra.

Otoño

49

El otoño trajo consigo mariposas. Isa las sentía en el estómago, ya que el final del verano marcaba el comienzo del largamente esperado juicio.

Habían pasado diecinueve semanas (de abril hasta octubre) desde que había sido acusada de homicidio, un tiempo que probablemente debería haberle bastado para prepararse tanto mental como emocionalmente. Pero era casi como si aquello no fuera real, y esa sensación de irrealidad la embargaba incluso cuando Keith y ella ocuparon sus asientos junto a sus abogados tras la mesa de caoba.

La selección del jurado les había llevado todo el lunes y medio martes. La defensa y la acusación habían empleado una mezcla de vudú y psicología moderna para elegir al grupo de desconocidos perfecto para decidir si marido y mujer deberían vivir el resto de su vida juntos, ejerciendo su papel de padres, o separados y ejerciendo el papel de presidiarios. El juez González (el mismo que le había denegado la libertad bajo fianza a Isa) presidía el juicio. Para cuando dieron las tres de la tarde, el proceso de selección del jurado se había completado.

—¡Tenemos jurado! —anunció el juez.

Isa observó con detenimiento a los elegidos. Seis adultos que jamás habían sido condenados por crimen alguno, eso era todo lo que se requería según las leyes de Florida en un caso donde no se solicitaba la pena capital. Cuatro mujeres y dos hombres: una profesora de primaria, un bedel, una enfermera, una conductora de autobús, una estudiante de posgrado de la Universidad Internacional de Florida y un aspirante a músico. La fiscalía quería hombres, la defensa prefería mujeres; pero, más allá de eso, ¿quiénes eran aquellas personas?, ¿qué bagaje personal acarreaba cada una al sentarse en el estrado del jurado? Tenían en sus manos el futuro de Isa y Keith y, aunque eso era algo con lo que ella no se sentía terriblemente cómoda, tanto Jack como Manny parecían sentirse complacidos con la selección efectuada…, aunque, a decir verdad, a Sylvia Hunt también se la veía satisfecha.

Se hizo un receso para comer y después regresaron a la sala para los alegatos iniciales. Los padres de Keith estaban sentados en primera fila en los asientos para el público general. La sección reservada a la prensa estaba llena hasta los topes (nada que ver con el puñado de periodistas que habían estado presentes durante la selección del jurado) y, de igual manera, había casi el doble de público que antes. Era como si los que habían hecho de avanzadilla hubieran llamado a sus amigos para avisarles de que la cosa estaba a punto de ponerse interesante. Isa tenía la desagradable impresión de que estaban en lo cierto.

—Señorita Hunt —dijo el juez—. Proceda, por favor.

La fiscal se puso en pie y se dirigió al centro de la sala…, ese espacio situado delante del banquillo que se convertía en una especie de escenario, uno donde daba la impresión de que los letrados podían aislarse de la acción y hablarle directamente al jurado cual actores declamando un soliloquio de Shakespeare. Hunt se abrochó la americana, le dio las buenas tardes al jurado y fue directa a la base de su argumentación.

—Gabriel Sosa no merecía morir.

Hizo una pausa y dejó que el momento de silencio se alargara más y más, como si quisiera asegurarse de que su mensaje había calado bien, y entonces se acercó un poco más al jurado y prosiguió.

—El señor Sosa tenía veinte años cuando encontraron su cuerpo ensangrentado, despojado de su camisa y tirado en una zanja junto a una carretera. Le habían torturado hasta matarlo. La acusada, Isabelle Bornelli, era una estudiante universitaria de diecinueve años. Un mes antes del asesinato del señor Sosa tuvieron una cita y ella le invitó a subir a su habitación de la residencia de estudiantes. Una de dos: o el señor Sosa y la señora Bornelli mantuvieron allí relaciones sexuales consentidas o el señor Sosa la agredió sexualmente.

Tomó aire antes de continuar.

—En este juicio no verán ningún informe policial sobre una agresión sexual, la señora Bornelli no rellenó ninguno. Pero sí que oirán el testimonio de otro hombre que salió con ella en la universidad, David Kaval. El señor Kaval no es ningún santo, eso es cierto; de hecho, ha pasado casi toda su vida adulta en una prisión de máxima seguridad. La señora Bornelli decidió contarle a él, precisamente a él, que el señor Sosa la había violado. El señor Kaval explicará qué fue lo que sucedió después, admitirá el papel que jugó en el asesinato de Gabriel Sosa y les relatará cómo la señora Bornelli planeó y orquestó este brutal asesinato por venganza, cómo participó en él.

Hizo una pequeña pausa y prosiguió.

—Les animo a que escuchen con atención el testimonio del señor Kaval. Escuchen todos y cada uno de los testimonios que van a presentarse en este caso. Pero, sea lo que sea lo que escuchen en esta sala en el transcurso de los próximos días, recuerden lo primero que les he dicho: Gabriel Sosa no merecía una pena de muerte. Isabelle no tenía derecho a decidir quién vive y quién muere.

Isa se encogió por dentro mientras la fiscal le daba las gracias al jurado y regresaba a su asiento.

—Su alegato inicial, señor Swyteck —dijo el juez.

Isa era plenamente consciente de la estrategia que el equipo de defensa conjunto había diseñado por adelantado en lo referente a los alegatos iniciales, pero, después de sentir el peso de las palabras de la fiscal y de ver el impacto que habían tenido sobre el jurado, no las tenía todas consigo mientras Jack se ponía en pie.

—La acusada aplazará su alegato inicial hasta el inicio del caso —dijo él ciñéndose al plan.

—De acuerdo. Damas y caballeros del jurado, la acusada Isabelle Bornelli ha decidido aplazar su alegato inicial hasta después de que el estado de Florida haya presentado las pruebas que obran en su poder. Está en su derecho hacerlo, y su abogado intervendrá en su defensa cuando sea necesario. Señor Espinosa, puede proceder usted en nombre del acusado Keith Ingraham.

Manny se levantó de la silla y rodeó la mesa. Isa oyó tras de sí un ligero revuelo de periodistas intentando obtener la mejor ubicación posible, y al cabo de unos segundos volvió a hacerse el silencio. Manny procedió entonces a exponer su alegato con actitud seria pero cordial.

—¿Un asesinato por venganza? Por favor, seamos serios. ¡Si las cosas estuvieran tan claras, este jurado tendría el trabajo más fácil del mundo!

Se acercó al estrado y prosiguió.

—La labor que se les ha encomendado no es tan fácil como limitarse a ponerle la etiqueta de «asesina por venganza» a Isa Bornelli y a mandarla junto con su marido a prisión: su labor consiste en hacer que la fiscalía demuestre más allá de toda duda razonable las acusaciones que ha presentado contra Isa Bornelli y Keith Ingraham. Ese es un rasero que se aplica tanto al uno como al otro; están casados, pero los cargos presentados en contra de ellos son muy distintos. A la señora Bornelli se la acusa de homicidio, al señor Ingraham de encubrimiento con posterioridad a la ejecución de los hechos. La fiscalía querría que ustedes englobaran todo esto bajo una única etiqueta de «asesinato por venganza» y llegaran a la conclusión de que ambos son criminales…, que son criminales en plural. —Negó con la cabeza—. La señorita Hunt se equivoca de cabo a rabo, amigos. Aquí no se puede hablar en plural, no existe conspiración alguna. No hubo ningún asesinato por venganza.

Hizo una pausa. Isa pensó por un momento que iba a añadir que tampoco había habido ninguna violación.

—Y está más que claro que no existe ni la más mínima prueba que demuestre que mi cliente, Keith Ingraham, haya hecho algo indebido. No es el encubridor de un homicidio con posterioridad a los hechos. No, mi cliente es una idea que se le ocurrió a última hora a una fiscal con exceso de celo.

Manny regresó a su asiento. Isa intentó disimular, pero estaba exprimiendo hasta la última gota de su experiencia y sus estudios en el campo de la psicología para medir la reacción del jurado. O es que eran unas personas bastante estoicas... o es que ya la habían condenado.

El juez González rompió el silencio.

—Son cerca de las cinco de la tarde, así que proseguiremos mañana a las nueve. Les recuerdo a los miembros del jurado que han prestado juramento. Se levanta la sesión.

Golpeó con su maza, y todos se pusieron en pie mientras él salía de la sala. Isa intentó establecer contacto visual con Keith, pero él había girado la cabeza para tranquilizar a sus padres y eso la hizo sentirse más sola aún. En ese momento a ella también le habrían ido bien unas palabras tranquilizadoras.

Eso de la duda razonable que se había mencionado estaba bien, y Manny había estado muy convincente al afirmar que no existían pruebas en contra de Keith..., pero se habría sentido reconfortada si le hubiera oído decir a alguien que ella también era inocente.

50

Jack salió de la sala del juez González y se dirigió hacia la salida. Isa y Keith le seguían tomados de la mano, y Manny cerraba la marcha. La aglomeración de medios de comunicación que les rodeaba formaba una masa de humanidad que avanzaba poco a poco hacia las puertas giratorias, que actuaban como un embudo por el que había que pasar para salir a los escalones de entrada del edificio judicial. Había unidades móviles de distintos medios de comunicación justo a las puertas del edificio En un abrir y cerrar de ojos, Jack tuvo delante de las narices un montón de micrófonos negros que, cual barrera de estacas *punji*, lograron detenerles en seco. Él se había preparado de antemano unas breves declaraciones para los noticieros vespertinos, y ese era el momento de soltarlas.

—La víctima en este caso es Isa Bornelli. Su marido y ella son inocentes de los cargos que se les imputan, y estamos convencidos de que este jurado emitirá un veredicto de no culpabilidad.

Intentó abrirse paso entre los periodistas, pero «intentar» podría considerarse aquí la palabra clave. Los reporteros querían más, iban lanzándole preguntas a Isa uno tras otro. Algunas de esas preguntas eran rutinarias, otras estaban hechas con muy mala baba.

—¿Son ciertas las acusaciones, Isa?

—¿Te agredió sexualmente Gabriel Sosa?

—¡Eh, Isa! ¿Merece morir un violador?

Jack le había advertido que no respondiera y ella se ciñó al plan mientras bajaban el último tramo de escalones de granito y se acercaban al grupo de manifestantes que se había congregado en la acera. Era obvio que aquella gente tenía buenas intenciones, sus gritos en defensa de los derechos de las víctimas de violación eran una muestra de apoyo muy de agradecer, pero Jack estaba preocupado por ella. No sabía cómo iba a aguantar el verse sometida a semejante presión todos los días.

—¡No hiciste nada malo, chica!

—¡Te queremos, Isa!

Keith lo tenía todo arreglado para que fueran a recogerlos, y el grupo subió a la limusina que estaba esperándoles en la esquina. Jack y Manny ocuparon el asiento que miraba hacia el sentido de la marcha, Isa y Keith se sentaron frente a ellos de espaldas al conductor.

Manny cerró la puerta con rapidez, y una vez que emprendieron la marcha Isa soltó un sonoro suspiro y preguntó:

—¿No se puede salir del edificio por otra puerta?

—No, me temo que no —contestó Jack.

—Bueno, no la hay… a menos que te lleven a prisión.

Fue Manny quien hizo esa puntualización. Jack habría preferido que se quedara calladito.

—¿Qué es eso que tienes pegado en el maletín del portátil? —le preguntó Manny.

—¿El qué? —Bajó la mirada y vio un pósit amarillo que tenía algo escrito en una letra que no le resultaba familiar. Lo despegó y lo leyó para sí: *Ella no va a testificar.*

Isa debió de darse cuenta por su semblante de que pasaba algo, porque le preguntó con preocupación:

—¿Qué es lo que pone?

—¡Detenga el coche!

El conductor pisó el freno de golpe.

—¡Jack! ¿Qué pasa? —insistió Isa con apremio.

Él bajó de la limusina sin pensárselo dos veces y echó a correr por la acera, estaba a media manzana del juzgado. Las unidades móviles estaban concluyendo las conexiones en directo, el gentío estaba dispersándose. Pero en esos mismos escalones, escasos minutos atrás, alguien había aprovechado el caos de la salida para acercarse a él entre el barullo de gente y pegarle ese pósit en el maletín del portátil. Estaba corriendo como loco, a la desesperada, pero esa era su única oportunidad de alcanzar a ver a quienquiera que lo hubiera hecho.

Subió a toda velocidad los escalones del edificio judicial mirando a derecha e izquierda, se detuvo ante las puertas giratorias, se volvió a mirar hacia el otro lado de la calle, dirigió la mirada hacia la estación de metro... No vio nada sospechoso, pero, por otra parte, no tenía ni idea de lo que estaba buscando ni a quién. Se sacó el iPhone del bolsillo y grabó un breve vídeo de toda la zona; por muy remota que fuera la posibilidad, puede que descubrieran alguna prueba al examinarlo después detenidamente.

Estuvo grabando durante un minuto, y entonces llamó a la fiscal.

—Sylvia, estoy a las puertas del juzgado —le dijo antes de proceder a relatarle rápidamente lo ocurrido.

—¿Qué quiere que haga yo al respecto?

—Interpreto ese mensaje como una amenaza contra mi clienta.

—¿Por qué?

—Porque implica que habrá consecuencias si ella testifica.

—Es una constatación de los hechos: «Ella no va a testificar». Significa que su clienta le teme a la verdad y no tiene agallas para testificar en el juicio.

Jack titubeó, esa posible interpretación no se le había pasado por la cabeza.

—Creo que es una amenaza —afirmó.

—Yo no. Pero, en caso de que lo fuera, ¿de dónde procede?

—No lo sé, esa es la cuestión. Quiero que se analice la nota para buscar huellas dactilares.

—Está bien. Espéreme ahí, haré que la policía vaya a recogerla debidamente.

Jack le dio las gracias y colgó.

Después de contactar con el Departamento de Policía, Sylvia fue a por su coche y tomó la autopista en dirección sur para ir a Eden Park, una comunidad de casas rodantes que se encontraba en Homestead.

Eden Park consistía en unas once hectáreas de terreno ocupado por viviendas prefabricadas. Era una extensión llana y sin árboles de suelo agrícola que Miami-Dade había recalificado para uso residencial, con el objetivo de albergar a los miles de jornaleros inmigrantes que trabajaban cada invierno en los cultivos de guisantes y tomates. Había parques de casas rodantes preciosos que aguantaban de una temporada de huracanes a otra sin apenas daños visibles por el viento y la lluvia, pero Eden Park no entraba en esa categoría. Tratándose de tormentas tropicales, aquel lugar era como ese niño que se pasa el día entero caminando por el colegio sin saber que lleva en la espalda un papel donde pone *Pégame*. Todas las tormentas fuertes que habían pasado por allí a lo largo de aquella década habían dejado cicatrices visibles: había un montón de parcelas vacías porque las viviendas que las ocupaban habían quedado hechas pedazos y se las habían llevado de allí; algunos de los propietarios compraban a buen precio viviendas dañadas por las tormentas, y las reparaban hasta dejarlas como nuevas; otros adquirían esas gangas, pero después no tenían dinero para las reparaciones necesarias y entonces las tablas de madera contrachapada permanecían todo el año en las ventanas, el tejado quedaba cubierto perpetuamente con lonas de plástico azul y los arreglos que se suponía que eran temporales pasaban a ser permanentes.

La caravana de David Kaval se encontraba al final del polvoriento camino de grava que dividía en dos el parque. Sylvia aparcó y salió del coche. Era una de esas cálidas tardes otoñales que parecían más propias del verano, y la sensación se veía amplificada por los enjambres de mosquitos a los que no parecía importarles que fuera octubre. Era consciente de que estaba a menos de kilómetro y medio de los Everglades, y más cerca aún de la carretera poco transitada donde, diez años atrás, había sido hallado el cuerpo de Gabriel Sosa... Ensangrentado, despojado de la camisa y tirado en una zanja, tal y como ella misma le había dicho al jurado.

David Kaval no llevaba camisa cuando le abrió la puerta de la caravana y la saludó desde el otro lado de la mosquitera.

—Hola, ricura, ¿qué tal?

—Déjese de chorradas, tengo que hablar con usted.

—Tendrá que ser fuera, estoy ocupándome de un asuntillo aquí dentro.

Ella podía imaginarse lo que se traía entre manos, pero la credibilidad de Kaval ante el jurado pendía ya de un hilo. Su testigo estrella no podía permitirse sumar un arresto por posesión de narcóticos a una lista de antecedentes que ya era impresionante de por sí. De modo que retrocedió un poco y Kaval salió de la caravana.

—Jack Swyteck ha recibido una nota hoy, después del juicio. ¿Se la ha dado usted?

—No.

—¿Le ha encargado a alguien que lo haga?

—Qué va, no sé nada de ninguna nota.

Ella le observó con detenimiento.

—¿Ha tenido algún contacto con Isa Bornelli?

Kaval suspiró con teatral exasperación.

—¡Tenemos esta conversación todas las semanas! ¡No, no y no! No me he acercado a ella desde el día en que salí de chirona.

—Estamos en la recta final, David. Faltan pocos días para que le haga subir al estrado a declarar. Manténgase lejos de ella.

—Sin problema.

Sylvia se dispuso a marcharse, pero se detuvo y añadió:

—Por cierto, yo no creo que Isa Bornelli vaya a testificar en su propia defensa..., aunque esto no es más que mi opinión, por supuesto.

—¡Uy!, yo estoy seguro de que no lo va a hacer.

Sus miradas se encontraron. Sylvia no era de las que parpadeaban en un duelo de miradas, pero lo hizo en esa ocasión.

Los labios de Kaval esbozaron una sonrisita gélida.

—Tengo que seguir con mis asuntos.

—No se meta en líos.

—Lo mismo le digo, ricura —contestó él con voz fría y carente de inflexión, antes de abrir la puerta y volver a entrar en la caravana.

El equipo de la defensa se reunió en el despacho de Jack. Manny llamó al restaurante Tropical Chinese para pedir comida porque, según él, allí se preparaba el mejor *dim sum* de Miami; Jack tenía otras preferencias, pero se mordió la lengua y dejó las discusiones para cuando discreparan en temas más relevantes.

—¿Estás bien? —le preguntó a Isa al ver que no estaba probando bocado.

—No sé lo que me descoloca más: la nota en sí o la reacción de Sylvia Hunt al enterarse de su existencia.

Jack les había contado que Sylvia pensaba que lo de *Ella no va a testificar* no significaba nada más allá de que Isa le tenía miedo a la verdad, y se arrepentía de haberlo hecho.

Se sentó en una silla y se volvió a mirarla.

—Déjame preguntarte una cosa, y necesito una respuesta completamente sincera: ¿ha intentado contactar contigo David Kaval desde que salió de la cárcel?

—No.

—Entonces, la última vez que lo hizo fue con aquella llamada a cobro revertido desde prisión. ¿Correcto?

—Sí, al menos que yo sepa.

—¿Qué quieres decir con eso?

Keith intervino en ese momento.

—No quiere decir nada. Ha vivido poco menos que como una prisionera desde que Kaval quedó libre, ¿cómo podría contactar con ella sin que nosotros nos enteráramos? Esto no es sano, Jack. ¡Isa se pasa las veinticuatro horas del día en la planta sesenta y uno del Four Seasons!

—¿Qué vas a saber tú? —le espetó ella—. ¡Pasas veinticinco días al mes en Hong Kong!

Manny alzó los brazos como un árbitro de boxeo.

—¡Vale, vale! ¡Que todo el mundo respire hondo!

—Manny tiene razón —afirmó Jack—. Esto es justo lo que quería conseguir Sylvia Hunt al llevar a Keith a juicio, quiere que os enfrentéis.

Keith se acercó a su mujer y la tomó de la mano.

—Lo siento, cariño. Ha sido un día infernal.

—Tranquilo, no pasa nada.

Hannah Goldsmith tocó a la puerta y entró en el despacho. Jack había aceptado su ofrecimiento de echar una mano con algunas tareas puntuales.

—Aquí tienes un primer borrador —le dijo ella antes de dejar sobre la mesa una carta de una página.

—¿Qué es eso? —preguntó Isa.

—El vídeo que tomé desde los escalones de entrada del edificio judicial no sirve de nada —le explicó él—, pero espero que alguno de los medios de comunicación captara el momento en que me pusieron el pósit en el maletín del portátil. Voy a solicitarles a todas las cadenas que nos manden las imágenes sin editar de nuestra salida del edificio.

—Es una buena idea —asintió Manny.

Jack leyó la carta y se limitó a hacer unos pequeños cambios. Hannah se marchó con instrucciones de firmar por él y enviarla lo antes posible.

—No creo que fuera Kaval —dijo Keith—. Suponiendo que ese mensaje signifique algo de verdad, yo creo que es el padre de Isa quien está detrás de él.

—¿Por qué lo dices? —le preguntó Manny.

—Por todos los motivos que hemos hablado desde que ese hombre entró por esa puerta y nos dijo a Jack y a mí que a su hija no la habían violado.

—Isa, ¿tienes algún motivo para creer que tu padre está en Miami? —le preguntó Jack.

—No.

—No se atrevería a venir ahora —alegó Manny—. ¿Por qué iba a correr el riesgo de que Sylvia Hunt o nosotros mismos consigamos una citación judicial para que se vea obligado a declarar? Está a salvo en Venezuela.

—¿Es eso cierto? —le preguntó Isa a Jack.

—Sí. A menos que sea tan estúpido como para venir a Miami y que lo atrape una citación judicial, Felipe Bornelli no acabará siendo un testigo en este juicio.

—A menos que lo haga de forma voluntaria —apostilló Manny—. Pero eso no sucederá jamás de los jamases.

—No..., aunque puede que se lo planteara si Isa se comprometiese a no testificar —dijo Jack pensando en voz alta.

—¿Qué quieres decir? —le preguntó ella.

—Es posible que la nota sea de su parte. A lo mejor está dispuesto a decir algo que pueda ayudarte, pero solo si tú no subes al estrado a testificar ante el mundo entero lo capullo que fue cuando llamaste a tu casa y le contaste que te habían violado.

—No, la cosa no va por ahí. Ni hablar —dijo ella de forma categórica.

—¿Cómo puedes estar tan segura?

—Estás equivocado y punto, Jack. Hazme caso. Tú no conoces a mi padre.

Jack notó la vehemencia excesiva con la que ella había reaccionado.

—O puede que aún no esté enterado de todo lo que tu padre y tú hablasteis cuando os visteis en el Cy's Place.

—¿Cuántas veces debo disculparme por no mostrarte de inmediato su carta? Quería verla antes con Keith, lo hicimos y entonces te la dimos a ti. Lo que él me dijo en la mesa, lo que escribió en esa carta... El mensaje es el mismo: «Esto es problema tuyo, Isa. No soy uno de esos padres dispuestos a cometer perjurio por proteger a un hijo, no voy a mentir para proteger a nadie». Pura basura que destila egoísmo, lo típico en él; y, como siempre, sus palabras no tienen nada que ver con la realidad y carecen de propósito alguno más allá de herirme.

Era un buen resumen de lo que ponía en la carta; aun así, Jack todavía no estaba convencido de que en esa carta apareciera todo lo que Isa y su padre habían hablado cara a cara. Era propio de la naturaleza humana evitar poner en escrito aquello que podía ser más incriminatorio y, a pesar de todos los defectos que pudiera tener, Felipe Bornelli seguía siendo humano.

Su móvil empezó a sonar y respondió a la llamada sin salir del despacho. La conversación duró apenas un minuto, y procedió a compartir la información con los demás.

—El laboratorio no ha encontrado nada útil, las únicas huellas que hay en el pósit son las mías.

—Vale. ¿Qué hacemos ahora? —le preguntó Keith.

—Dejamos a un lado ese tema y nos centramos de nuevo en lo realmente importante. El primer testigo de la acusación subirá al estrado mañana a las nueve de la mañana.

51

La jornada de Jack dio comienzo tal y como esperaba. Había predicho que habría una clase de ciencia y Sylvia Hunt la sirvió en bandeja: el primer testigo de la acusación era el doctor Herbert Macklemore, uno de los siete especialistas en patología forense que trabajaban a tiempo completo en el Departamento de Medicina Forense de Miami-Dade.

La fiscal llevaba veinte minutos de interrogatorio, y el testigo había explicado sus impresionantes credenciales y su papel al mando del equipo forense que había trabajado en la investigación del homicidio de Sosa. El equipo de la defensa estaba sentado a su mesa correspondiente a la derecha del juez; en la pared, a la izquierda de donde estaban ellos, había una pantalla de proyección puesta de cara al jurado, que se encontraba al otro lado de la sala. La primera imagen que apareció en ella fue un primer plano del rostro de Gabriel Sosa.

Era la foto de su pasaporte, una imagen que hacía que la víctima cobrara vida, y Jack observó con atención la reacción del jurado. Para ellos, Sosa debía de tener pinta de ser un tipo de lo más normal, no había nada en aquellos sinceros ojos marrones que dijera «soy un violador». No costaba esfuerzo alguno imaginárselo como un joven agradable con el que Isa había tenido una cita antes de invitarlo a subir a su habitación. Era el tipo de chico que uno esperaba que Isa les presentara a sus padres.

No se parecía en nada a David Kaval.

—Pasemos a la siguiente imagen —dijo la fiscal.

Los miembros del jurado reaccionaron visiblemente, y exclamaciones ahogadas recorrieron la sala. Jack procuró permanecer impasible, pero Isa no fue tan diestra para ocultar su reacción.

—¿Qué es lo que estamos viendo ahora, doctor? —preguntó Sylvia.

Macklemore se enderezó las gafas empujando con precisión quirúrgica la montura de carey con sus dedos largos y finos. No se percibía nerviosismo alguno en él y, de hecho, tampoco mostraba apenas rasgos de su personalidad. A Jack le recordaba al profesor de antropología que había tenido en la universidad.

—Aquí tenemos una herida abierta en la cabeza, situada por encima de las zonas frontal izquierda y central del cuero cabelludo. —Macklemore empleó un puntero láser para ayudar al jurado a seguir la explicación—. Vemos una fractura craneal conminuta y la ruptura de las meninges, lo que deja al descubierto el lóbulo frontal del hemisferio cerebral izquierdo.

Dos de los jurados apartaron la mirada.

—¿Qué es una fractura conminuta? —preguntó la fiscal.

—Una en la que un hueso queda dividido en varios fragmentos al romperse, astillarse o aplastarse.

—Una fractura de ese tipo indicaría un trauma grave, ¿verdad?

—En el caso del señor Sosa, no hay duda de ello.

—¿Midió usted la herida?

—La laceración era de unos quince centímetros desde el arco superciliar hasta la parte superior de la cabeza. La fractura medía nueve centímetros de largo, y el punto más profundo de penetración estaba en los tres centímetros.

Era una fractura grande.

—Doctor, ya sé que puede que esté pidiéndole que diga una obviedad, pero, basándose en su autopsia, ¿pudieron determinar la causa de la muerte?

—Sí. Heridas incisivas y traumatismo por golpe contundente en la cabeza.

—¿Fueron varios golpes?

—No, uno solo. Provocado por algún objeto pesado y afilado, como podría ser un cuchillo de carnicero o un machete.

—Gracias. Hablemos ahora de la forma en que murió. Siguiente diapositiva.

Aparecieron en la pantalla dos fotografías.

—Están viendo imágenes de la izquierda y la derecha de los hombros y la parte superior del torso, centradas especialmente en la zona que se extiende desde la axila hasta la clavícula. ¿Qué es lo que muestran estas imágenes, doctor?

—Un patrón idéntico de heridas a derecha e izquierda, incluyendo graves abrasiones y desgarros en la epidermis.

—Dice que hay un patrón. ¿Qué es lo que sugiere ese patrón?

—Es muy significativo el hecho de que las heridas no sean horizontales. A ambos lados, las contusiones y las abrasiones son verticales, van de arriba abajo desde la axila hacia el hombro.

—¿Qué le indica eso, doctor?

—Esta es una cuestión que encontramos en los casos de estrangulación. Hay que ver si las heridas del cuello son horizontales, lo que indicaría estrangulación con ligaduras, o si son más verticales o en forma de V invertida, lo que indicaría ahorcamiento. Aquí vemos que son verticales.

—En términos forenses, ¿qué información nos da eso sobre la forma en que ocurrió la muerte?

—Bueno, existen cinco posibles causas: natural, accidental, por homicidio, por suicidio o sin determinar. Estas heridas indican que, en algún momento dado antes de morir, el señor Sosa fue suspendido en el aire con una cuerda o una cadena.

—¿Pudo haber sido con las cadenas de acero de uno de esos sistemas de elevación que hay en los talleres mecánicos?

Jack podría haber presentado una objeción, pero ¿para qué? El asesinato de Gabriel Sosa había sido despiadado, eso era innegable. La cuestión era si Isa había participado de alguna forma en él.

—Sí, es posible —asintió Macklemore—. Puedo afirmar que las heridas indican que fue torturado de alguna forma, lo que indica a su vez que fue un homicidio.

La fiscal procedió a mostrar más fotografías. Cortes y contusiones en la espalda indicaban que a Sosa lo habían azotado y golpeado con una manguera o un cable eléctrico; las marcas rojas que tenía en el abdomen eran quemaduras que le habían hecho con cigarrillos; la hinchazón y las magulladuras de los testículos indicaban que Sosa había sido un saco de boxeo humano con el que su agresor se había estado divirtiendo.

La sala quedó sumida en un profundo silencio. Los jurados luchaban contra el peso de la fatiga; eran como combatientes en un campo de batalla, pero en versión judicial. Estaba claro que necesitaban un descanso.

—Solo quedan dos diapositivas más —afirmó la fiscal antes de proyectar la imagen de las rodillas de la víctima.

—Múltiples abrasiones y contusiones en la epidermis —dijo Macklemore.

—Dicho llanamente: tenía las rodillas desolladas. ¿Correcto?

—Sí, así es.

Finalmente apareció la terrible imagen de la mano derecha de Sosa, a la que le faltaban tres dedos.

—Aquí vemos lo que se conoce comúnmente como «heridas defensivas» —explicó Macklemore—. Las que uno recibiría, por ejemplo, al defenderse cuando le atacan con un cuchillo.

—Doctor, ¿puede resumirnos entonces qué es lo que nos dicen todas estas pruebas sobre la causa de la muerte?

«Espantosa, horrible, inimaginable crueldad...». Esas tan solo fueron algunas de las palabras que se le pasaron a Jack por la mente.

—El señor Sosa fue suspendido en el aire y torturado; en algún momento dado, estuvo hincado de rodillas. —Macklemore hizo una pausa para dejar que los miembros del jurado llegaran por sí mismos a la conclusión obvia: Sosa estaba arrodillado mientras suplicaba que no le mataran—. Lo más probable es que al señor Sosa le arrancaran los dedos cuando estaba intentando defenderse de una agresión, agresión que culminó con un golpe catastrófico en la cabeza y un traumatismo cerebral. En resumen, la causa de la muerte...

Le interrumpió una fuerte exclamación ahogada procedente de la zona donde estaba sentado el público seguida del sonido de pasos apresurados. Jack se volvió y vio que una mujer se alejaba corriendo por el pasillo central y abría de un empujón las puertas dobles del fondo de la sala. Las pesadas puertas se cerraron segundos después, pero eso no bastó para evitar que la oyeran llorar desconsolada en el pasillo.

El juez tenía la maza en la mano, pero aún no la había usado. Sabía perfectamente bien lo que había ocurrido, igual que el resto de los presentes.

—La madre de Gabriel —susurró Manny, por si Jack no lo hubiera deducido ya.

—Fue un homicidio —concluyó Macklemore.

Jack dirigió la mirada hacia los miembros del jurado. Todos ellos estaban pendientes de la reacción de Isa... Estaban observándola, juzgándola.

El juez comprobó la hora en el reloj que había en la pared.

—Me parece que a todos nos vendrá bien un receso. Proseguiremos dentro de quince minutos. —Golpeó con la maza.

Sylvia Hunt no tuvo ningún problema en dejar la impactante fotografía en la pantalla de proyección. Jack esperó a que el juez saliera, y entonces hizo lo único que estaba en su poder: se acercó al proyector y lo apagó.

El equipo de la defensa encontró una sala de reuniones vacía al fondo del pasillo. Jack cerró la puerta, y tanto Manny como él se sentaron a la mesa redonda, pero Isa y Keith se quedaron de pie abrazándose. Jack les dio algo de tiempo; se limitó a esperar hasta que la pareja también se sentó.

—¡No lo soporto más! —exclamó Isa—. Me siento tan... ¡tan culpable!

Dio la impresión de que la palabra quedaba suspendida en el aire.

—¿Por qué? —le preguntó Jack.

—Porque durante meses he estado centrándome únicamente en el hecho de que no tuve nada que ver con el asesinato de Gabriel Sosa, pero ahora veo esas fotos, veo cómo su madre sale corriendo de la sala, y me horroriza lo que le pasó. Sí, me hizo algo terrible, terrible de verdad, pero esto es un verdadero horror que jamás podría desearle a nadie.

—Entonces no te referías a sentirte culpable en el sentido de...

—¡No, claro que no! Vale, «culpable» no es la palabra más apropiada... puede que «egoísta» sea más acertada.

—Comprendo lo que quieres decir —afirmó Manny—. Se trata de un crimen horrible y este jurado querrá que alguien pague por él, al margen de que fueras violada o no.

—¿Otra vez volvemos a lo mismo? —protestó ella—, ¿a si me violaron o no?

Jack intervino entonces.

—No. Creo que Manny se refiere a que, aunque Sosa te violó, Sylvia Hunt ha establecido una estrategia efectiva en su alegato inicial. Él no merecía morir, y por supuesto que no de esa forma.

—¿Qué hacemos al respecto? —preguntó Keith.

—A mí se me ha ocurrido una idea —contestó Manny—. Aunque no sé si exponerla justo ahora, después de lo que se ha dicho sobre sentirse egoísta.

—Adelante, esto es una defensa conjunta —le dijo Jack.

—Pues precisamente esa es la cuestión. Mi cliente se ha visto atrapado en un juicio conjunto, lo que en mi opinión no es lo más conveniente para alguien que ha sido acusado de encubrimiento con posterioridad a los hechos. Por muy truculento que fuera este asesinato, eso es irrelevante en lo que respecta a lo que Keith hizo según la acusación. Si Isa es declarada culpable, este jurado también le declarará culpable a él. No sé si sucedería igual en caso de tener un juicio por separado.

—Ese argumento ya se presentó y fue desestimado, el juez González ha dejado claro que no va a haber un juicio separado —le dijo Jack.

—De acuerdo, pero quiero plantear una posibilidad. Isa rechazó el trato que le ofreció Sylvia Hunt, pero puede que sea el momento de que Keith se plantee hacer uno. Con Isa o sin ella.

—No —dijo Keith. Miró sorprendido a Jack al ver que tanto Isa como él se habían quedado callados—. ¿No opinas lo mismo?

Ofrecer consejo al cliente de otro abogado era un asunto peliagudo en cualquier caso donde había un juicio conjunto, pero era especialmente complicado tratándose de uno de sus más viejos amigos. Para Keith, lo principal era su matrimonio, pero si Jack fuera su abogado estaría diciéndole en ese momento que tenía una hija que le necesitaba y que lo principal era quedar libre.

—Cuando Sylvia Hunt propuso el trato, dijo que era la mejor oferta que Isa iba a recibir; en mi opinión, eso significa que la puerta todavía sigue abierta para Keith.

Su amigo se disponía a contestar cuando Manny le interrumpió.

—No tenemos que tomar una decisión ahora mismo, Keith.

A Jack empezó a sonarle el móvil. Era Hannah Goldsmith, que se había pasado toda la mañana en el Freedom Institute revisando las imágenes sin editar de las cadenas de televisión, en busca de alguna pista que pudiera ayudarles a descubrir quién se había acercado a Jack entre el gentío y le había pegado en el maletín del portátil el pósit donde ponía *Ella no va a testificar*.

Jack puso el altavoz para que los demás la oyeran también.

—¿Qué has encontrado, Hannah?

—La grabación de *Action News* ha resultado ser la ganadora. La he revisado una docena de veces, he ido fotograma a fotograma.

—¿Qué se ve?

—Ni la cara ni el cuerpo, tan solo una mano que se acerca al maletín con el pósit.

—Algo es algo.

—Pues sí, es algo, pero algo que puede que no te esperes: es una mano de mujer.

—¿Estás segura de eso?

—Apostaría dinero a que tengo razón. Puedo pedir la opinión de un experto en análisis de vídeo, si quieres.

—Sí, habrá que hacerlo.

53

«Relajado». Esa fue la palabra que le vino a la mente a Jack cuando el segundo testigo de la acusación prestó el familiar juramento. Testificar en un juicio y enfrentarse a las preguntas en ocasiones brutales de un abogado criminalista no solía estar en la lista de pasatiempos favoritos de la mayoría de los agentes de la ley, pero daba la impresión de que Victor Meza, inspector retirado del Departamento de Policía de Miami-Dade, era la excepción a la regla. Aquel hombre había dirigido durante tres años la investigación departamental del asesinato de Gabriel Sosa. Para cuando se había quitado la placa, había solicitado la pensión por jubilación y se había ido a vivir a Naples, el caso ya estaba archivado oficialmente.

Parecía estar complacido al ver que el caso había quedado resuelto por fin (al menos desde el punto de vista de la policía)… O puede que, simple y llanamente, se sintiera aliviado por pasar un rato fuera de una pista de tejo.

—Inspector Meza, ¿qué fue lo que le condujo finalmente hasta la acusada Bornelli?

Meza había iniciado su testimonio hablando de cómo se había hallado el cuerpo de Sosa, de las pistas que se habían seguido, de la investigación complementaria y de una serie de callejones sin salida a los que habían llegado. La fiscal pasó entonces al meollo de su interrogatorio y se centró en algo ocurrido cuando llevaban un mes más o menos con la investigación: la entrevista que el inspector le había hecho a Isa.

—Examinamos los registros del móvil del señor Sosa, entrevistamos a todas las personas con las que había hablado o intercambiado mensajes en los noventa días anteriores a su muerte.

El registro de la víctima se había presentado como prueba y, a petición de la fiscal, el inspector Meza señaló dos conversaciones entre Isa y Sosa.

—¿Cuándo entrevistó usted a la señora Bornelli?

—Mi compañera y yo nos coordinamos con la policía de la universidad. Esperamos fuera de la clase donde ella se encontraba esa mañana, y nos acercamos a hablar con ella cuando salió. Se identificó como Isabelle Bornelli, y yo le pregunté si conocía a Gabriel Sosa.

—¿Qué contestó ella?

—Preguntó de inmediato: «¿Ha muerto?».

—¿«Ha muerto»? ¿Eso fue lo primero que dijo ella?

—Sí.

—¿No preguntó si él había matado a alguien?

—No.

—¿No preguntó si él había violado a alguien?

—No.

—¿La señora Bornelli les preguntó si él había muerto?

—Exacto.

La fiscal hizo una pequeña pausa para asegurarse de que el jurado captaba bien a dónde quería llegar.

—¿Qué pasó entonces?

—La señora Bornelli accedió a hablar con nosotros, así que fuimos a la comisaría del campus, que estaba a unos dos minutos a pie, para poder hacerlo en privado. Mi compañera y yo le hicimos unas preguntas en una sala de reuniones.

Se indicó una segunda prueba: el informe del inspector donde este relataba la entrevista, que la fiscal empleó entonces como punto de referencia para las siguientes preguntas.

—En la segunda página de su informe dice que «La entrevistada afirmó que fue víctima de una violación durante una cita». ¿Le preguntó usted si había sido agredida sexualmente?

—No, ella facilitó esa información.

—Después de que usted le dijera que el señor Sosa había sido asesinado, ¿verdad?

—Sí, así es.

La fiscal recurrió de nuevo al informe.

—En la siguiente línea pone lo siguiente: «La entrevistada afirmó que le contó lo de la violación a su novio esporádico, David Kaval». ¿Fue esa la primera vez que oyó usted ese nombre?

—Sí. La verdad es que llegados a ese punto nos habíamos quedado sin pistas, así que la afirmación de la señora Bornelli despertó nuestro interés.

—¿Por qué?

—Bueno, es que le pregunté si su novio estaba enfadado con el señor Sosa por lo que este le había hecho, y ella confirmó que estaba «muy enfadado». Le pregunté entonces si su novio había hecho algo que indicara que podría tener intenciones de vengarse.

—¿Qué contestó ella?

—Que no. Tal y como escribí en el informe, dijo «David se limitó a apoyarme».

—¿Qué hizo usted entonces?

Meza cambió ligeramente de postura, se sentó más erguido…, como si estuviera llegando a la parte buena.

—Debe tener en cuenta que buena parte de la tarea de un inspector es instintiva, uno se deja guiar por su olfato. Lo del tal Kaval me dio mala espina, así que llegados a ese punto le dejé las riendas de la entrevista a mi compañera, que hizo de «poli buena». Yo me excusé y llamé a comisaría para que revisaran los antecedentes de Kaval. Y resulta que mis instintos tenían razón. Kaval no tenía ninguna condena en su haber, pero había sido arrestado una buena cantidad de veces.

—¿Qué hizo usted con esa información?

—Me la callé. Pero cuando regresé al interrogatorio..., bueno, todos sabemos cómo va esto, hice de «poli malo». —Simuló unas comillas en el aire.

—¿Qué quiere decir con eso, inspector?

—Que fui más... severo, por decirlo de alguna forma. Le dije: «Mire, señorita, si sabe quién mató a Gabriel Sosa, ahora es el momento de que hablemos de ello, porque no queremos que se meta en algo de lo que después no pueda salir».

—¿Cómo respondió ella?

—Yo la vi asustada, nerviosa. Se quedó allí sentada, mirándome fijamente.

—¿Siguió usted entrevistándola?

—Sí. Le hablé de las heridas de Sosa, del golpe en la cabeza, de los signos de tortura. Le dije que eran el tipo de cosas que se ven cuando el agresor está muy enfadado. Le pregunté si alguna vez había visto a su novio tan enfadado.

Empezaba a divagar y Jack se sintió tentado a objetar, pero sus instintos le dijeron que Meza era uno de esos policías que acababan por echarse la soga al cuello ellos mismos si uno les daba cuerda suficiente. Y así fue.

—Le dije: «No intente proteger a nadie, señorita. Alguien con un buen físico como usted sufre una violación a manos de ese tipo, se encuentra entre la espada y la pared...».

Jack dibujó una soga en su libreta mientras Meza seguía hablando.

—«¿Está intentando proteger a alguien? Si es así no lo haga», le dije yo. «Usted fue la víctima, y quiero que la cosa siga siendo así».

—¿Le dio ella algún dato más? —le preguntó la fiscal.

—No, me preguntó si tenía libertad para marcharse.

—¿Cómo quedó la cosa entre ustedes?

—Le dije que no podía obligarla a quedarse, pero antes de que se marchara planté una semillita. Le dije: «Espero que haya sido completamente sincera con nosotros, porque un asesinato es un crimen que no se esfuma sin más. La investigación no se detiene nunca».

—Gracias, inspector. No hay más preguntas. —Sylvia se apartó del estrado y regresó a su asiento.

El juez le dio el turno a la defensa, y Jack se puso en pie con la promesa de ser breve. Se plantó delante del testigo, lo bastante como para ejercer cierto grado de control, pero no tanto como para ganarse una protesta por coaccionarlo. Llevaba consigo sus notas, pero por puro teatrillo, ya que tenía intención de devolverle al inspector las palabras que él mismo había dicho.

—«Alguien con un buen físico como usted» —le dijo con voz lo bastante fuerte como para ponerle nervioso—, ¿fue eso lo que le dijo a Isabelle Bornelli?

—Sí.

—¿Usted era un hombre de cincuenta años?

—Cincuenta y dos.

—Mide metro noventa aproximadamente y pesará más de cien kilos, ¿verdad?

—Sí, más o menos.

—¿Es usted un inspector de policía?

—Lo era.

—¿Estaba hablando con una universitaria de diecinueve años que le dijo que había sido agredida sexualmente?

—Eso fue lo que me dijo ella.

—Y usted sabía que por los motivos que fueran…, puede que estuviera asustada, quizás se sentía avergonzada o estaba demasiado traumatizada…, ella había decidido no presentar una denuncia ante la policía. Usted era consciente de eso, ¿verdad?

—Yo sabía que ella no había denunciado nada.

—Y aun así le sorprendió muchísimo que ella no se abriera de buenas a primeras y se lo contara todo, ¿verdad? Interpretó el papel de «poli malo» y tranquilizó a la adolescente con el «buen físico», pero resulta que era ella la que estaba ocultando algo. Era ella la que tenía la culpa.

335

—¡Protesto! —intervino la fiscal.

—Se acepta.

A Jack no le importó porque, a juzgar por la reacción del jurado, el mensaje había llegado a buen puerto.

—Una última pregunta —dijo antes de consultar de nuevo sus notas—. Inspector Meza, ha mencionado usted que un asesinato es un crimen que no se esfuma sin más, que la investigación no se detiene nunca.

—Sí, así es. Lo he dicho y lo mantengo.

—¿Qué me dice de una violación?, ¿también se trata de un crimen que nunca se esfuma?

El inspector se movió con nerviosismo.

—No sé cómo contestar a eso.

—Lo suponía. No hay más preguntas, señoría.

Jack regresó a su silla, pero Manny le sorprendió al levantarse a su vez y acercarse al estrado.

—Me gustaría hacer unas breves preguntas en representación del acusado Ingraham.

Al juez no le hizo gracia que intervinieran los dos abogados de la defensa, y Jack no tenía ni idea de lo que Manny querría preguntarle a aquel testigo.

—Asegúrese de ser breve.

—Inspector Meza... ha dicho usted que, en un caso de asesinato, la investigación no se detiene nunca. ¿Podría afirmarse que, en este caso, la investigación de la violación de Isa Bornelli ni siquiera llegó a iniciarse?

—¡Protesto! —dijo la fiscal.

—Reformularé la pregunta —dijo Manny—. ¿Abrió la policía de Miami-Dade una investigación por la violación de Isabelle Bornelli?

—No hizo falta, su agresor estaba muerto.

—Usted era un inspector de Homicidios, ¿verdad?

—Creo que eso ha quedado bastante claro.

—¿La policía de Miami-Dade mandó a algún investigador especializado en violaciones a hablar con la señora Bornelli?

El inspector hizo una pausa, al menos dio la impresión de estar haciendo memoria.

—No.

—Verdad o mentira, inspector Meza: la policía de Miami-Dade no hizo que interviniera un investigador de agresiones sexuales porque usted no creía que la señora Bornelli hubiera sido violada. —Se quedó callado, como si estuviera preparándose para la protesta de la fiscal.

Jack, por su parte, también creía que esa protesta iba a producirse; de hecho, esperaba que así fuera. Le habría gustado poder protestar en nombre de Isa, pero no tenía esa opción.

La fiscal lo dejó pasar, y dio la impresión de que Meza no sabía cómo contestar.

—No me acuerdo, la verdad —dijo al fin.

—Lo dejaremos aquí. No hay más preguntas, señoría —dijo Manny antes de regresar a su asiento.

Jack no le dijo nada porque era consciente de que el jurado y la prensa estaban observando con atención, pero estaba enfadado.

Tomando las palabras de Meza, estaba «muy enfadado».

54

—¿Qué cojones acabas de hacer en esa sala, Manny?

La jornada había terminado y el juicio se retomaría al día siguiente, pero Jack había llevado al equipo en pleno a la sala de reuniones del fondo del pasillo. Lo que tenía que decirle a Manny no podía esperar a que regresaran al despacho para repasar lo ocurrido.

—Me he limitado a continuar con el tema que tú has sacado —alegó Manny.

—¡Y una mierda!

Estaba paseando de un lado a otro para intentar calmarse. Manny también estaba de pie, los clientes estaban sentados a la mesa.

—Yo creía que los miembros del jurado no iban a poder quitarse de la cabeza esas imágenes de Gabriel Sosa después de que Macklemore testificara —le dijo Jack—, pero he aprovechado las propias palabras del inspector Meza para recordarles que Isa también es una víctima. En diez segundos has acabado con cualquier posible compasión que estuvieran sintiendo por ella: la has convertido en una mujer que lanza acusaciones falsas y que se lo inventó todo.

—A diferencia de lo que tú crees, no es un error.

—¡No es la estrategia que acordamos! Desechamos lo de «sin violación no hay móvil; sin móvil no hay condena», pero tú estás incorporándolo al caso de todas formas.

—Las dos tácticas no son incompatibles.

Jack se paró en seco y lo miró con incredulidad.

—Pero ¿qué estás diciendo? ¡Isa no puede ser una víctima y al mismo tiempo haber mentido al hacer la acusación!

—La táctica de la víctima te resulta efectiva a ti como abogado de Isa, pero lo de «sin violación no hay móvil» también es efectivo… si soy yo quien lo empleo como abogado defensor de Keith.

—Me he perdido completamente —dijo Isa.

Manny se sentó junto a ella para intentar convencerla.

—Lo principal aquí es la duda razonable: si esta existe en la mente del jurado, la defensa gana. Si desarrollo esta teoría como parte de la defensa de Keith, tú no tienes que aceptarla como válida directamente, pero a pesar de eso sales beneficiada. Cuando este juicio llegue a su fin, este jurado no podrá saber de ninguna de las maneras, más allá de ninguna duda razonable, si eres una víctima o no; si Sosa era un violador o no; si tenías motivos para hacerle daño o si no tenías motivo alguno. Es como un rompecabezas: si las piezas no encajan, entonces el jurado debe declararte no culpable.

Jack observó con atención la reacción de Isa. Era obvio que el corazón le decía que no aceptara aquella estrategia, y menos mal que así era. Él estaba en total desacuerdo con Manny y, a riesgo de desencadenar una guerra nuclear, ese era el momento de dejar las cosas bien claras.

—Isa le dijo a David Kaval que la habían violado, y él consiguió al matón que asesinó a Gabriel Sosa. El hecho de no haber sido violada no la absolvería de nada: si David Kaval se creyó lo que Isa le dijo, y si ella sostuvo la mentira durante el secuestro y el asesinato, el resultado es que pasará el resto de su vida encarcelada; de hecho, si Sylvia Hunt es espabilada, volverá en nuestra contra tu argumento de que no hubo violación y convencerá al jurado de que fueron las mentiras de Isa y no su agresión sexual las que desencadenaron el asesinato de Gabriel Sosa. Para la acusación es la forma perfecta de despertar la animadversión del jurado hacia Isa, de lograr que no sientan compasión alguna hacia ella y la condenen. De ser así, las opciones de Isa y de Keith de quedar absueltos serán nulas.

Nadie habló por un largo momento. Era obvio que Manny quería llevarle la contraria, pero que no podía hacerlo porque sabía que tenía razón.

—¡Fui violada! —exclamó Isa con la voz temblándole de rabia—. Manny, si pronuncias una sola palabra más en la sala para ponerlo en duda, Keith te despedirá. Jack puede defendernos a los dos. ¿Verdad que sí, Keith? —Al ver que este no contestaba, insistió—: ¿Verdad que sí?

La mirada de Jack se cruzó con la de su amigo en ese momento, y lo que vio en sus ojos le sorprendió. Por un segundo, tuvo la impresión de que Manny había hablado de antemano con su cliente de todo aquello, de la resurrección de la estrategia de «sin violación no hay móvil», antes de emplearla por sorpresa. Él conocía a su viejo amigo, y no había duda de que por un instante había visto el remordimiento en sus ojos.

—Sí, por supuesto —contestó Keith al fin con voz apagada.

55

Sylvia Hunt salió de la sala del tribunal con la cabeza bien alta. Había sido un buen día de trabajo. No hizo declaraciones para la prensa que esperaba a las puertas del edificio judicial, sino que continuó andando sin detenerse, y al ver que no la seguían supuso que preferían esperar a que saliera Isabelle Bornelli, que era quien más les interesaba. Pasó junto a los manifestantes que estaban en la acera; en esa ocasión eran menos, pero seguía estando presente el ruidoso grupo principal.

—¡Las mujeres violadas también tienen derechos!

¿Creía realmente esa gente que ella no estaba de acuerdo en eso? Tenía la sensación de que el grupo seguiría yendo a menos conforme fuera avanzando el juicio. Sí, las cosas estaban yendo bien para la acusación, pero lo mejor estaba aún por llegar.

Al llegar al Edificio Graham subió directa a su despacho. El personal auxiliar ya había dado por terminada la jornada y se había marchado, así que iba a tener que encargarse sola de los cambios de última hora que quisiera hacer en las muestras y las diapositivas que iba a emplear al día siguiente. Estuvo trabajando en su escritorio hasta las siete de la tarde y compró la cena de camino a casa. El testimonio de David Kaval ante el gran jurado le hizo compañía mientras comía: lo repasó una última vez mientras daba buena cuenta de su ensalada fría de pollo *thai*.

La llamó una amiga para preguntarle si quería tomarse un descanso de la preparación para el juicio y salir a tomar un café rapidito.

—No, tengo una reunión.

—Eres una fiscal de altos vuelos, Sylvia. Retrásala media hora. Tienes que salir, te irá bien para mantener la cordura.

Eran las 20:30 en punto, y en ese preciso momento llamaron a la puerta. La reunión era con Manny Espinosa; al parecer, no todos los latinos se regían por la hora en Cuba.

—Tengo que dejarte —le dijo a su amiga antes de colgar.

Fue a abrir, y después de hacer pasar a Manny fueron a sentarse a la sala de estar. Habría preferido mantener aquella conversación en su despacho, pero había olvidado solicitar que le dejaran encendido el aire acondicionado en el Edificio Graham después del horario de oficina, con lo que el calor sería tal que cualquiera se sentiría allí como una chuleta a la brasa o unas costillas cocinándose a fuego lento. Pero el lugar era lo de menos. Le había dicho a Manny que tenía una oferta para su cliente, y tenía impresión de que él habría estado dispuesto a viajar a Marte o a Venus si ella hubiera decidido que la reunión se llevara a cabo allí.

—¿Cuál es su oferta? —le preguntó él.

Ella dejó sus notas sobre la mesa antes de contestar.

—El cargo de encubrimiento se reduce a facilitación delictiva, que es un delito menor de primer grado. La condena es una multa de mil dólares, sin pena de cárcel.

«Delito menor» eran las palabras mágicas, la guinda la ponía el hecho de que no hubiera pena de cárcel. Saltaba a la vista que Manny estaba interesado en la oferta.

—¿Qué quiere usted de mi cliente?

—Un testimonio veraz.

—Eso no puede ser. Las conversaciones que mantiene con su mujer están protegidas por la confidencialidad conyugal; incluso suponiendo que quisiera testificar, Isa podría impedirle hacerlo.

—Las conversaciones que mantuvieron antes de casarse no son confidenciales.

—Ya le informé de eso, no sabe nada relevante.

Sylvia se inclinó hacia delante y le dijo con semblante muy serio:

—Transmítale mi oferta, puede que recuerde algo.

Keith respondió en la terraza a la llamada de Manny. Isa estaba en el dormitorio de Melany, leyéndole en voz alta, y él estaba solo apoyado en la baranda y contemplando las luces de la ciudad mientras su abogado le explicaba lo del acuerdo.

—No tengo nada que pensar, Manny. Yo nunca testificaría contra Isa.

Manny subrayó de nuevo lo insignificante que sería la condena por un delito menor, y lo devastador que podría ser para su carrera laboral que lo condenaran por un delito mayor, incluso en el caso de que no le impusieran pena de cárcel.

—Este delito mayor no tiene nada que ver con el sector de la banca y el mercado de valores —alegó Keith—, eso ya lo he consultado con los abogados del IBS. Ni la Comisión de Bolsas de Valores ni ninguna otra agencia me inhabilitaría de forma automática para impedirme seguir desempeñando mi labor como de costumbre.

—Tú no eres el Citibank, Keith, no eres tan grande que estás a salvo de caer en picado. Puede que a los de la Comisión de Bolsas de Valores les traiga sin cuidado, pero ¿crees que el IBS quiere que un criminal convicto maneje sus oficinas de Hong Kong? Te despedirán.

—No lo harán si no hay pena de cárcel.

—No puedo garantizarte que no la haya si te declaran culpable.

—¿No habías dicho que obtendría la condicional?

—Lo que te dije es que no existe un tiempo mínimo de cárcel obligatorio tratándose de un delito grave de segundo grado. No tienes antecedentes, así que lo más probable es que te concedan la condicional. Pero mientras estás en libertad condicional no podrás ir a Hong Kong.

Keith oyó que la puerta de cristal se abría a su espalda. Era Isa, que salió a la terraza y preguntó:

—¿Con quién hablas?

—Tengo que colgar, Manny.

Su abogado le dijo que seguirían hablando en otro momento y luego colgaron.

—¿Qué quería Manny?

Se volvió hacia su mujer y notó que parecía estar nerviosa a pesar del efecto calmante que ejercía sobre ella el hecho de pasar algo de tiempo a solas con Melany. No quiso alterarla aún más contándole que le habían pedido que testificara contra ella, ya que eso era algo que no sucedería jamás.

—Está intentando conseguir que me rebajen los cargos a un delito menor.

—¡Qué bien!

—Sí, sería genial.

—Si lo logra estarás fuera del caso, ¿verdad?

—Sí.

Ella se acercó a la baranda, se detuvo junto a él y ambos se quedaron allí, mirando hacia los Everglades, cuya oscuridad se extendía más allá del manto de luces de la ciudad.

—Deberíamos hacer todo lo posible por lograr que te rebajen los cargos —afirmó ella al fin.

—No sé si se podrá.

Ella se volvió a mirarle.

—¡Tienes que lograrlo, Keith! No podemos permitirnos correr el riesgo de acabar los dos en prisión, eso no es justo para Melany.

—Ese es el argumento que está empleando Manny, pero yo creo que en realidad es muy improbable que me impongan una condena de cárcel. Quiero hablar con Jack para ver lo que opina al respecto.

Ella volvió a dirigir la mirada hacia la ciudad y asintió.

—Está bien. Pero, dejando ese tema al margen, empiezo a pensar que me convendría sacar a Manny del caso.

—Jack se encargará de tenerlo controlado.

Ella respiró hondo, y Keith lo interpretó como un signo más de lo estresada que estaba.

—Pero es que temo que su estrategia ya me haya perjudicado. ¿Y si Jack tiene razón?, ¿y si el jurado cree que lo de la violación fue una mentira que le dije a David?

—No van a llegar a esa conclusión, Isa. Es una teoría que no tiene sentido.

—¡Sí que lo tiene! Mira, esto es lo que podría haber pasado: Kaval viene a verme porque quiere que nos reconciliemos, es algo que ya hemos hecho no sé cuántas veces… Ruptura, reconciliación, ruptura, reconciliación. Le digo que esa vez lo nuestro se ha acabado definitivamente, él no lo acepta y yo le digo que será mejor que lo haga, que tuve relaciones sexuales con Gabriel. Él se pone como loco, no puede creerse que me acostara con un chico al que apenas conozco y se dispone a… a pegarme, me asusto, no sé qué hacer, le digo que fue una violación. «¡Gabriel me violó!», le digo y, entonces…, en fin, entonces sucede todo lo demás.

Lo había expuesto tan rápidamente que Keith también sentía que le faltaba el aliento. Le descolocaba un poco la forma en que ella acababa de construir un escenario tan plausible para explicar una falsa acusación. Si la fiscalía era capaz de presentar esa teoría de forma convincente, Isa estaba perdida.

—Pero no fue eso lo que pasó, ¿verdad?

—¡Claro que no! ¡Por Dios, Keith! ¿Cómo se te ocurre siquiera preguntar algo así? Ya te conté lo que pasó, conoces la verdad. —Posó la mano sobre la que él tenía apoyada en la baranda.

—Sí —Keith asintió, pero en realidad no lo tenía tan claro.

345

56

El primer testigo que subió al estrado el jueves por la mañana le revolvió un poco el estómago a Jack, metafóricamente hablando. Qué irónico que fuera alguien que practicaba la medicina quien le causara ese malestar: Cassandra Campos, la doctora que había atendido a Isa cuando esta había acudido al centro de salud para estudiantes un sábado por la mañana.

—¿Le dijo la señora Bornelli que había sido agredida sexualmente? —preguntó la fiscal.

—No, tan solo me dijo que había tenido actividad sexual sin protección la noche anterior.

—¿Para qué acudió ella al centro de salud?

—No recuerdo ningún propósito concreto, más allá de informar sobre el hecho de que había tenido actividad sexual sin protección.

—¿Esas fueron las palabras que empleó la señora Bornelli? ¿Dijo que había tenido «actividad sexual sin protección»?

—Eso fue lo que anoté en mi informe: «Tuvo actividad sexual sin protección».

Si la frase «actividad sexual sin protección» entraba una vez más en aquella ronda de preguntas y respuestas, Jack iba a nominar a la fiscal para que le dieran un premio por su maestría a la hora de preparar de antemano a un testigo.

—¿Prescribió usted algún tratamiento para evitar que la actividad sexual que la señora Bornelli había tenido sin protección tuviera consecuencias?

—Vi en el historial médico de la paciente que se expidió una receta para la píldora del día después.

—¿Algo más?

—Estoy segura de que debí de advertirle que esa píldora no sirve para prevenir enfermedades de transmisión sexual; aparte de eso, no, nada más.

—No hay más preguntas.

La fiscal había terminado en diez minutos, y Jack tenía más que claro a dónde quería ir a parar: a la teoría de que no había habido violación, de que la falsa acusación de Isa le había costado la vida a Gabriel Sosa y de que, en ese caso, había una única víctima.

Estaba claro que la estrategia de Manny de «sin violación no hay móvil» se les había puesto en contra, y Jack se acercó a la testigo y procedió a hacer lo que buenamente pudo.

—Doctora Campos, usted ha testificado que le dio a Isabelle Bornelli una receta para la píldora del día después. ¿Es así?

—Sí, así es.

—¿Atendió usted a la señora Bornelli antes del 24 de agosto de 2006 o fue después de esa fecha?

Dio la impresión de que ella se daba cuenta de que esa fecha era significativa por algún motivo; o eso, o al menos era vagamente consciente de que Jack estaba tendiéndole una trampa.

—Después, por supuesto.

Jack se acercó al estrado y entregó la correspondiente normativa de la Agencia de Alimentos y Medicamentos.

—Señoría, solicito que la sala tome conocimiento de que, a partir del 24 de agosto de 2006, la píldora del día después estaba disponible sin receta médica para todas las mujeres de dieciocho años en adelante.

El juez admitió la solicitud y así lo hizo constar en el acta. Jack siguió interrogando a la testigo.

—¿Desea replantearse su testimonio, doctora?

—Eh… sí… —contestó ella, aturullada—. Parece ser que me equivoqué al afirmar que expedí una receta para las pastillas del día después, lo más probable es que le dijera que fuera a comprarlas directamente a la farmacia.

—Isabelle Bornelli no necesitaba una receta, ¿verdad?

—No, en ese momento no.

—Ella podría haber entrado en cualquier farmacia y haber comprado la píldora del día después por unos veinticinco pavos.

—En teoría.

—No, en realidad no le hacía falta acudir a un médico para conseguir la píldora del día después, ¿verdad?

—No, no le hacía falta.

—Entonces, permítame formularle unas cuantas preguntas más sobre este tema, porque estoy muy interesado en que nos ayude al jurado y a mí a comprender por qué la señora Bornelli fue al centro médico. Ella concertó una cita para que la viera un médico, ¿verdad?

—Sí. Sin cita te atiende la enfermera.

—Y ella acudió a la cita.

—Obviamente.

—La señora Bornelli le dijo que había tenido actividad sexual sin protección.

—Eso lo recuerdo con claridad.

—Y lo que usted hizo fue limitarse a decirle lo que todos los universitarios de Estados Unidos sabían ya: que podía obtener la píldora del día después en la farmacia sin receta.

Hunt intervino de inmediato.

—¡Protesto! ¡La pregunta es contenciosa!

—Denegada. Doctora Campos, responda a la pregunta, por favor.

—Bueno, como ya he dicho, también le advertí acerca de las enfermedades de transmisión sexual.

—¡Genial!, ¡buen trabajo!

—¡Protesto!

—Se acepta. Afloje un poco, señor Swyteck.

—Doctora, ¿se le ocurrió pensar en algún momento que esa joven no había ido al médico para que le dijeran que podía comprar una píldora en la farmacia, sino por algún otro motivo?

El silencio, tal y como suele decirse, fue ensordecedor. Era como si en ese preciso momento, sentada en el estrado de la abarrotada sala de un juzgado, mientras respondía a las preguntas del abogado defensor, acabara de ocurrírsele por fin aquella posibilidad.

—La verdad es que no me acuerdo bien —admitió con un hilo de voz.

Jack no le dio ni un respiro.

—No le preguntó si la habían agredido sexualmente, ¿verdad?

—No.

—¿No le hizo una revisión para ver si tenía cortes o arañazos?

—No.

—¿No la examinó para ver si había signos de penetración forzada?

—No. Ella me dijo que había tenido actividad sexual sin protección.

—Sí, ya la hemos oído afirmar eso las primeras quince veces.

—¡Protesto!

—Se acepta. Señor Swyteck, creo que ya basta.

—Solo un par de preguntas más, señoría —le aseguró Jack. Las preguntas en cuestión procedían de la propia Isa—. Doctora Campos, ¿cuánto tiempo le dedicó usted a la paciente? ¿Cinco minutos?

—No me acuerdo.

—¿Es posible que fueran menos de cinco minutos? —insistió él con mayor firmeza.

—Los sábados por la mañana tenemos mucho trabajo y vamos cortos de personal. Es muy posible que fuera una visita rápida, entrar y salir.

—¿Menos de dos minutos?

—No me acuerdo.

—¿Cabe esa posibilidad?

—Sí.

Jack no habría obtenido esa admisión al inicio de la ronda de preguntas, pero se la veía derrotada.

—Gracias, doctora.

Regresó a la mesa y ocupó su silla junto a Isa, que le dijo en voz baja:

—¡Lo has hecho genial!

Jack contestó con un pequeño gesto de agradecimiento. No era una de esas veces en las que interrogabas a un testigo y conseguías abrir de par en par un caso, pero sí que había logrado crear una primera grieta de lo más útil en la nueva teoría de la fiscalía de que la violación era un invento. Las grietas podían llevar a la victoria a la defensa en un juicio…, pero también podían provocar que la acusación trajera refuerzos.

Fuera como fuese, él sabía que la batalla no había terminado, ni mucho menos.

57

—¡El estado de Florida llama a declarar a David Kaval! —anunció Sylvia Hunt.

Jack no mostró reacción alguna, pero vio que Isa alargaba la mano por debajo de la mesa para aferrarse con fuerza a la de su marido. Todos sabían que ese día se avecinaba, y él le había dicho a Isa de camino al juzgado que lo más probable era que Kaval testificara antes del receso para comer.

Kaval se aproximó por el pasillo central como cualquier otro testigo, ya no era un reo y por lo tanto no tenía que entrar por una puerta lateral escoltado por un agente de la ley. Pasó por la puerta batiente de camino al estrado; se había puesto una camisa de vestir de manga larga y una corbata… Jack dedujo que iba vestido así por insistencia de la fiscal, para ocultar los tatuajes. Sus zapatos negros estaban relucientes, sus pantalones bien planchados, iba afeitado a la perfección y se había peinado con esmero. No estaba lo bastante cerca para verle las uñas, pero no le habría sorprendido que Sylvia Hunt también le hubiera mandado hacerse la manicura. La transformación era notable, y el contraste entre Gabriel Sosa y David Kaval (entre el chico formal de tu mismo barrio y el hombre que había deseado su muerte) se había evaporado. Si Jack le hubiera pedido a algún desconocido que dijera cuál de los dos era el chico malo con el que Isa había salido en la universidad, lo más probable era que eligiera a Keith.

Qué engañosas podían llegar a ser las apariencias.

Kaval prestó juramento, se sentó y miró a los jurados con semblante cordial. Estaba claro que él también había recibido una buena preparación por parte de la fiscalía.

—Buenos días, señor Kaval. ¿Podría usted presentarse ante el jurado?

Durante unos minutos vivieron algo parecido a una entrevista de trabajo: Kaval le dijo al jurado dónde vivía, dónde se había criado, el instituto en el que había estudiado.

—Señor Kaval, usted ha cometido algunos errores a lo largo de su vida, ¿verdad?

Él admitió ante el jurado que sí, que los había cometido, pero que gracias a su buen comportamiento en la cárcel le habían rebajado quince meses de condena y que estaba decidido a encauzar su vida. Pensaba matricularse en el Miami-Dade College y estaba buscando trabajo; desde que había salido de la cárcel no había tomado drogas ni se había metido en líos, ni siquiera le habían puesto una multa de tráfico. El trato que había hecho con la fiscalía en aquel caso (que no le mandaran a la cárcel por el papel que había jugado en el asesinato de Sosa) era tan solo un paso más para dejar atrás los errores del pasado.

—Háblenos de su relación con la acusada, Isabelle Bornelli —le pidió la fiscal.

—Era una relación especial.

Por primera vez desde que Kaval había entrado en la sala, dirigió la mirada hacia la mesa de la defensa. Sus ojos se centraron directamente en Isa y afirmó:

—Isa y yo teníamos una relación muy especial.

Ella reaccionó de forma tan visceral que Jack lo notó. Daba la impresión de que el mero hecho de que Kaval empleara la palabra «relación» la había desestabilizado por completo.

Kaval le contó a un jurado de lo más atento que había conocido a Isa cuando esta no llevaba aún ni una semana en el campus, relató lo inseparables que habían sido durante el otoño y que a él se le había roto el corazón cuando ella le había dicho que deberían «verse con otras personas».

—¿Cuándo se enteró usted de que ella había tenido una cita con Gabriel Sosa?

Las preguntas fueron sucediéndose, y las respuestas de Kaval fluyeron como si formaran parte de un guion bien aprendido. Jack había leído muchas veces lo que había testificado ante el gran jurado, pero leerlo en una hoja impresa era muy distinto. Las palabras que parecían muertas sobre el papel cobraban un efecto distinto en la abarrotada sala de un juzgado. Su relato sobre la conversación en la que Isa le había revelado lo de la agresión fue especialmente convincente... y útil para la defensa. La imagen de Isa que se extraía a partir del testimonio de Kaval no era la de una mujer que había lanzado una acusación falsa, ni que tuviera intenciones de vengarse.

Las cosas siguieron así hasta que llegó la última pregunta antes del receso para comer, una que sacó a la luz las últimas palabras que Isa le había dicho a Kaval el día en que le había contado que la habían violado.

—Me dijo: «Ojalá estuviera muerto» —afirmó él.

—«Ojalá estuviera muerto». ¿Esas fueron las palabras exactas de la señora Bornelli? —La fiscal estaba repitiendo a su vez palabra por palabra la pregunta que le había hecho ante el gran jurado.

—Sí, eso fue lo que me dijo.

Sylvia Hunt hizo una pausa..., bueno, fue más que eso. La interrupción se alargó lo suficiente para que los seis jurados apartaran la mirada del testigo y la dirigieran hacia la acusada.

—Ya es casi mediodía, hagamos un receso y prosigamos a la una.

Las palabras del juez fueron como el aplazamiento a última hora de una ejecución, llegaron como un bienvenido soplo de aire fresco que quebró el incómodo silencio.

Golpeó con la maza, todos se pusieron en pie por orden del alguacil, y salió de la sala. Jack había solicitado en administración que al equipo de la defensa se le permitiera usar la sala de reuniones del final del pasillo para no tener que batallar con la prensa al ir y venir de un restaurante, y les habían concedido el permiso. Salieron al pasillo por la puerta lateral y una joven se acercó a Isa cuando estaban doblando la esquina. A Jack le resultó familiar. Tuvo la impresión de haberla visto en una o dos ocasiones a las puertas del edificio judicial, junto con el resto de los manifestantes que abogaban por los derechos de las mujeres violadas.

La joven le dijo a Isa que se había organizado otro acto de concienciación, le entregó un panfleto y, tras agregar que esperaba que asistiera, procedió a marcharse.

—¿Quién era esa chica? —le preguntó él mientras proseguían por el pasillo.

—Se llama Emma, organiza actividades para informar y sensibilizar sobre el problema de las agresiones sexuales en los campus universitarios.

Jack tomó de su mano el panfleto y lo leyó.

—El acto es este mismo sábado, en pleno juicio. Sabes que no vas a ir, ¿verdad?

—No tengo intención de hacerlo.

Él se detuvo y la miró a los ojos, quería asegurarse de dejárselo muy claro.

—No vas a ir, Isa.

—Te he dicho que no tengo intención de hacerlo.

Esa respuesta le habría bastado si se tratara de casi cualquier otro cliente, pero con Isa la cosa era distinta.

—Lo más probable es que la fiscalía concluya su caso mañana mismo; puede que incluso lo haga al final de la jornada de hoy, dependiendo de cómo se porte Kaval. Y entonces pasaremos a tener nosotros la iniciativa. Este fin de semana es clave, Isa. Es ahora cuando vamos a decidir si subes al estrado a declarar en tu propia defensa. No estoy preguntándote si tienes intención de ir a ese acto, lo que quiero es que esto te quede muy claro: no vas a ir. ¿Entendido?

Ella asintió, pero fue como si las palabras de Jack acabaran de hacerle tomar conciencia de la realidad de golpe, como si hubiera quedado impactada al darse cuenta de que estaban llegando a los últimos estadios de todo aquel proceso.

—Sí, entendido.

58

Jack regresó a la sala del juez González sabiendo que tenía por delante una tarde dura.

«Ojalá estuviera muerto». El juez le había dado al jurado una hora entera para mascar y digerir esas palabras, pero Jack llevaba semanas dándoles vueltas y más vueltas en la cabeza. Conocía la versión de los hechos de Isa (según ella había sido una forma de expresarse, nada más), pero esperaba que Kaval dijera algo muy distinto y eso le había tenido preocupado, se había preguntado cómo reaccionaría Keith y, de hecho, incluso había soñado con la posible versión de los hechos de Kaval:—¿Lo dices en serio, Isa? ¿Querrías que ese tipo estuviera muerto?

—*Sí.*

—*¿Estás segura de lo que dices?, ¿segura de verdad?*

—*¡Sí! ¡Quiero que muera!*

—*De acuerdo.*

—*¿Vas a hacerlo, David?*

—*No, nena, lo haremos los dos.*

Pero ya no era tiempo de especulaciones ni pesadillas, el jurado estaba sentado y el juez le recordó al testigo que seguía estando bajo juramento. Sylvia Hunt retomó el interrogatorio desde el punto exacto donde lo había dejado: con las palabras de la propia Isa.

—Señor Kaval, ¿cómo interpretó usted las palabras de la señora Bornelli? ¿A qué creyó que se refería ella?

Jack se tensó a la espera de la respuesta. Isa tenía la mirada gacha, su propio reflejo difuso la miraba desde la abrillantada superficie de la mesa de caoba.

Kaval se inclinó un poco más hacia el micrófono.

—No me lo tomé de forma literal, no interpreté que quisiera que yo matara a Sosa.

Jack se preguntó si todavía estaría soñando.

—¿Qué fue lo que interpretó usted?

—Que quería que le diera un susto.

Manny escribió algo a toda prisa y le pasó el papel a Jack, que lo leyó en silencio: *No entiendo nada.*

—¿Qué hizo usted? —preguntó la fiscal.

—Llamé a un colega mío, John Simpson, y juntos ideamos un plan.

—¿En qué consistía ese plan?

A esa pregunta le siguieron varias más. Kaval describió lo ocurrido en el club cuando Isa identificó a Sosa como su atacante y le siguieron hasta su coche; relató que fueron tras él en la furgoneta y golpearon su coche desde atrás deliberadamente, que cuando Sosa se bajó para ver si el coche había sufrido algún daño le plantaron cara y le atraparon entre los dos vehículos.

—¿Qué hicieron ustedes entonces?

—Simpson y yo lo metimos a la fuerza en la parte trasera de la furgoneta y lo llevamos al taller mecánico.

—¿Iba la señora Bornelli con ustedes?

Jack pensó para sus adentros que habían llegado al punto de inflexión, el punto en el que la versión de Kaval divergía de la de Isa y quedaba claro que el tipo era el testigo estrella de la defensa.

—No. Que yo recuerde, Simpson y yo estábamos asustando a Sosa, Isa bajó de la furgoneta y empezó a montarnos un drama, así que le dije que se largara. Ella salió huyendo de allí, y entonces fue cuando nosotros metimos a Sosa en la furgoneta.

357

Jack tuvo que echar mano de toda su fuerza de voluntad para evitar que se le abriera la boca de par en par delante del jurado. No entendía qué demonios estaba pasando allí.

—¿A dónde llevaron al señor Sosa? —preguntó la fiscal.

—Simpson tenía un colega que trabajaba en un taller mecánico del sur de Miami, el tipo robó un juego de llaves y se lo dio a Simpson. Llevamos allí a Sosa.

—¿Qué pasó entonces?

—Sacamos a Sosa de la furgoneta.

—¿Él opuso resistencia?

—Lo intentó, pero para entonces tenía las manos atadas a la espalda y cinta adhesiva tapándole la boca. Uno de nosotros le puso una venda sobre los ojos.

—¿A dónde lo llevaron?

—Entramos por la puerta del despacho, y entonces fuimos directos a la zona principal del taller y le quitamos la venda.

—¿Por qué se la quitaron?

—Es un sitio que da miedo cuando está cerrado, con esas cadenas tan gruesas que cuelgan del techo y que se usan para alzar los motores de los coches… Queríamos que viera todo eso. Como ya le he dicho, la idea era darle un susto.

—¿Utilizaron esas cadenas?

—Antes de nada, John le desgarró la camisa y se la quitó.

—¿Y después?

—Lo sujetamos con las cadenas. Una a cada lado, se las pasamos por debajo de los brazos y alrededor de los hombros.

Jack anotó aquel detalle, ya que concordaba con las marcas que había descrito el forense.

—¿Oponía alguna resistencia el señor Sosa llegados a ese punto?

—La verdad es que no. Seguía suplicando…, bueno, gimiendo, porque seguía teniendo la boca tapada con cinta adhesiva.

—¿Le alzaron con las cadenas?

—Aún no. Simpson empezó a poner un montón de herramientas en el suelo del taller, delante de Sosa. Es que John era un tipo que a veces daba miedo de verdad.

—¿Qué clase de herramientas?

—Alicates, destornilladores, tenazas.

—¿Cosas que podrían usarse como instrumentos de tortura?

—Sí, cosas que le meterían el miedo en el cuerpo a Sosa.

—¿Qué hizo usted?

—Me acerqué a Sosa. No era tan alto como yo, pero me agaché un poco y le miré cara a cara. Y me puse a gritarle.

—¿Qué fue lo que le gritó?

—¿Quiere que lo grite tal y como lo hice?, ¿palabra por palabra?

—Sí, haga memoria y recréelo lo mejor que pueda.

—Le grité…, y lo hice en voz bien alta, a pleno pulmón: «¿Violaste a mi novia, hijo de puta? ¡Contesta, cabrón! ¿Violaste a Isa Bornelli?».

Aquellas palabras hicieron que un escalofrío colectivo recorriera la sala y provocaron otra reacción visceral en Isa, una reacción que para Jack fue muy reveladora: estaba claro que no era la primera vez que su clienta oía gritar así a aquel hombre.

—¿El señor Sosa le respondió?

—Movió la cabeza, y oí que intentaba decir algo así como «¡No!, ¡no!, ¡no!» a través de la cinta adhesiva.

—¿Qué hizo usted?

—John le alzó con las cadenas. No mucho, lo bastante para levantarle los pies del suelo.

—Entonces ¿estaba colgando de las cadenas?

—Exacto.

—¿Qué hicieron a continuación?

Kaval se encogió de hombros y afirmó:

—Nos marchamos.

—¿Dejaron a Sosa colgando de las cadenas?

—Sí, sabíamos que alguien le encontraría por la mañana.

—¿No le torturaron?

—No.

—¿Estaba vivo cuando ustedes dos se marcharon?

—Sí, estaba pateando.

—¿Por qué se marcharon?

—El plan era asustarle para que no le hiciera a otra chica lo que le había hecho a Isa. Eso fue lo que hicimos.

Sylvia Hunt se dirigió a su mesa, habló en voz baja con el fiscal adjunto y dio la impresión de que ambos se dieron por satisfechos.

—No hay más preguntas, señoría.

El juez se reclinó en su silla de cuero y se dirigió a la defensa.

—¿Tienen alguna pregunta para el testigo?

Jack solicitó un momento, el juez se lo concedió y los dos abogados de la defensa deliberaron a toda prisa entre susurros. Manny compartía la opinión de Jack: no les habían causado ningún daño…, bueno, ninguno que pudiera repararse contrainterrogando a aquel testigo. El peor error que podía cometer un abogado criminalista era contrainterrogar cuando no hacía falta hacer ninguna pregunta. De modo que fue a lo seguro y se limitó a hacer referencia al único punto que merecía ser subrayado.

Se acercó al testigo y empleó un tono mucho menos agresivo del que tenía planeado en un principio.

—Señor Kaval, usted ya no está encarcelado, ¿verdad?

—No.

—No va a regresar a la cárcel por meter a la fuerza al señor Sosa en el maletero de una furgoneta, ¿verdad?

—No.

—No va a regresar a la cárcel por llevar al señor Sosa a ese taller mecánico y levantarlo del suelo con las cadenas.

—No.

—No va a regresar a la cárcel por dejarlo allí, colgado en el aire.

—No.

—De hecho, la fiscalía general le prometió que no regresaría a la cárcel. Ese es el trato que hicieron, ¿verdad?

—Sí, así es.

Jack le dio las gracias y regresó a su mesa. La fiscalía no tuvo más preguntas para el testigo.

—Puede usted retirarse, señor Kaval —le indicó el juez.

Kaval bajó del estrado y se dirigió hacia la baranda. Lanzó una mirada hacia Isa al pasar entre las mesas de la acusación y la defensa, pero ella no estaba mirándole. La puerta batiente chirrió un poco cuando el testigo la cruzó para pasar a la zona donde se sentaba el público, y sus pisadas resonaron en la silenciosa sala mientras se alejaba por el pasillo central.

Y Jack tuvo más que claro que allí estaba pasando algo que a él se le escapaba.

59

Era hora de tomar una cervecita.

—Pero solo una —dijo Jack.

Isa había vuelto directamente al apartamento al salir del juicio, pero Keith, Manny y él pasaron por el Cy's Place de camino a casa. Se sentaron en la barra y Theo les puso delante unas botellas bien frías de IPA. Manny tenía ganas de celebración, Jack prefería ser cauto y no alegrarse antes de tiempo, y Keith parecía estar en un punto intermedio.

—Sigo creyendo que se nos escapa algo —insistió Jack.

Kaval podría haberles causado muchísimo daño. Podría haber testificado que Isa había planeado el asesinato, haber afirmado que le había dejado muy claro a ella que su amigo y él pensaban torturar y asesinar a Sosa. Y en vez de eso había testificado que, que ella supiera, lo único que pretendían Simpson y él era darle un susto a Sosa.

—No pueden declarar culpable a Isa en base a esas pruebas, ¿verdad? —preguntó Keith—. ¿Quién culparía a la víctima de una agresión sexual por querer que un par de grandullones le den un susto a su violador? Es comprensible que quisiera asegurarse de que el tipo no violaba a nadie más.

Fue Jack quien le contestó.

—Ya, pero la fiscalía argumentará ante el jurado que, si lo único que quería Isa era asegurarse de que no volviera a hacerlo, lo que tendría que haber hecho era denunciarlo ante la policía y meterlo en la cárcel.

—Vale, eso habría sido lo correcto, pero hay un montón de violaciones que no se denuncian. Eso no significa que ella quisiera que Sosa fuera asesinado, ni mucho menos que planeara el asesinato.

—Siempre has sido un aguafiestas, Jack —afirmó Manny—. Sí, está claro que Sylvia Hunt lo tergiversará todo para que encaje en la teoría que sustenta su caso. Insistirá machacona ante el jurado en el hecho de que Sosa negó con la cabeza, e incluso con la boca tapada intentó negar haber violado a Isa. Pero incluso suponiendo que ella le hubiera mentido a su novio sobre lo de la violación, eso no la convertiría en una asesina. Llevo diciéndolo desde el principio: sin violación no hay móvil, sin móvil no hay condena. Tal y como están las cosas, tenemos una duda razonable, y eso es todo cuanto necesitamos.

Se excusó y fue al baño. Jack y Keith se quedaron en la barra, dándole vueltas a lo que Manny acababa de decir, pero el primero se dio cuenta de que su amigo estaba muy callado y jugueteaba con nerviosismo con la etiqueta de su botella de cerveza.

—¿Estás bien? —le preguntó.

—No, la verdad es que no —admitió Keith.

—Puede que Manny tenga razón, tengo tendencia a preocuparme de más.

—No es eso.

Jack tomó un trago de cerveza antes de preguntar:

—¿Te preocupa algo?, ¿necesitas desahogarte?

—Seis meses atrás, cualquiera habría dicho que yo era un tipo que lo tenía todo, ¿verdad? Sí, vale, la vida nos dio un revés con lo de los oídos de Melany, pero con las cantidades de dinero tan jodidamente grandes que gano podía permitirme decir: «¡Que te jodan, mundo, esto puedo solucionarlo!».

Jack guardó silencio porque tuvo la impresión de que su amigo aún tenía más cosas que decir.

—Pero la verdad es que vivimos dentro de una burbuja. Y me refiero a todo el mundo. Durante gran parte de mi vida conseguí esquivar los típicos errores graves que impiden progresar a los tipos como yo. Le hice caso a mi madre y no tomé drogas; le hice caso a mi padre y nunca hice ninguna apuesta que estuviera por encima de mis posibilidades; no le hice ni caso al lema ese de Nike de *Just do it*; fui cauto y trabajé duro y me casé con una mujer increíblemente inteligente y bella; y de repente, en un nanosegundo, en menos tiempo del que tarda una burbuja en explotar, todo cambió.

—Oye, no te me vengas abajo. Con esto también vas a poder. Manny tiene razón, lo único que necesitamos es una duda razonable.

—Sí, ya sé que eso es lo único que necesitamos en la sala del tribunal, pero…, a ver, supongo que lo que intento decir es que, en algún momento dado, voy a tener que decidir por mí mismo si mi mujer fue la responsable de la muerte de otro ser humano. En algún momento dado, yo querré algo más que una duda razonable. No sé si me explico.

Jack observó con detenimiento a su amigo y vio en su semblante dolor, incertidumbre.

—Sí, te explicas con claridad.

Theo se acercó a ellos en ese momento.

—¿Otra ronda? —les preguntó desde el otro lado de la barra.

—No, gracias —le contestó Jack.

Keith dejó un billete de diez sobre la barra para pagar por las cervezas y miró a Jack.

—¿Puedes dejarme en el Four Seasons de camino a Cayo Vizcaíno?

—Lo siento, amigo mío, pero nosotros vamos en dirección contraria.

Theo se dio cuenta de que había empleado el plural.

—¿Te refieres a ti y a mí?

—Sí, necesito que me acompañes a un sitio.

—¿A dónde?

—Nos vamos al sur, hay que volver al 'illfish Diner —afirmó Jack antes de apurar su cerveza—. Me parece que ya sé qué es lo que se nos escapa.

60

Era viernes. Jack dio gracias al cielo por ello, aunque Sylvia Hunt estuviera empeñada en fastidiarle el día

—¡El estado de Florida llama a declarar a Ilene Simpson! —anunció ella.

La corazonada de Jack había resultado ser cierta, pero la segunda visita al Billfish Diner con Theo había sido una pérdida de tiempo. Ilene seguía trabajando allí de camarera, pero el propietario estaba a punto de despedirla porque su asistencia al trabajo era un desastre desde agosto: o llegaba tarde o ni siquiera llegaba a presentarse. El problema era que se había ido a vivir demasiado lejos. Cuando el propietario le había dicho que Ilene estaba viviendo en Homestead con su novio, Jack le había hecho caso a su intuición y le había preguntado si el novio en cuestión se llamaba David, y había obtenido la siguiente respuesta: «Sí, David. Un verdadero capullo, le dije que no volviera a aparecer por aquí. Ese tipo solo da problemas».

El propietario del Billfish Diner se equivocaba por completo, la que daba problemas era Ilene.

La testigo prestó juramento y tomó asiento. Se había puesto unos zapatos planos, unos pantalones de vestir azul marino y una blusa color melocotón. Llevaba unas cuantas joyas muy sencillas y apenas se había aplicado maquillaje. «Nada sexi», ese debía de ser el edicto de la fiscal en cuanto a moda y complementos. Estaba sentada con las

365

manos en el regazo, y la forma en que apretaba con fuerza los puños parecía indicar que estaba menos cómoda que Kaval en el papel de testigo. Pero su aparente nerviosismo hacía que el jurado estuviera más atento aún a todas y cada una de sus palabras.

—Señora Simpson, usted es la viuda de John Simpson. ¿Correcto? —le preguntó Sylvia.

Los miembros del jurado captaron de inmediato la conexión, y algunos de ellos tomaron notas mientras Ilene describía cómo había sido su vida junto a John Simpson.

—Era un hombre extraño —concluyó a modo de resumen.

—¿En qué sentido?

Ilene tardó unos segundos en contestar, como si le diera vergüenza hacerlo.

—Sexualmente hablando.

—¿Sería acertado decir que a él le excitaban ciertas cosas que a usted no le gustaban?

—A ver, que conste que no soy ninguna mojigata, ¿eh? Pero sí, John llevaba las cosas demasiado lejos.

La fiscal lanzó una mirada a los miembros del jurado. Dio la impresión de que quería comprobar si mostraban interés por aquel tipo de testimonio.

—Señora Simpson, este juicio no se centra en lo que sucedía en su dormitorio. No nos interesa tener otra entrega más de *Cincuenta sombras de Grey*.

—Y que lo diga —asintió el juez.

—Pero, hablando en serio..., es importante que el jurado comprenda cómo era John Simpson. ¿Él le hizo daño alguna vez?

—Sí.

—¿La quemó con un cigarrillo en alguna ocasión?

La fiscal miró a Jack como creyendo que él iba a objetar, pero la pregunta se relacionaba con lo que había testificado el forense en cuanto a las heridas halladas en el cuerpo de Sosa y, por tanto, sí que era relevante; además, Jack no quería de ninguna de las maneras darle al jurado la impresión de que el abogado de Isa defendía a John Simpson. De modo que permaneció callado.

—Sí —contestó Ilene.

—¿La azotó alguna vez con un cable eléctrico?

Ilene tragó con dificultad, como si responder en público a aquellas preguntas tan íntimas estuviera resultando ser más difícil de lo que esperaba.

—Sí.

—¿La suspendió alguna vez del techo?

—Sí.

—¿Con cadenas?

—Sí.

La fiscal volvió a lanzarle una mirada al jurado para hacerse una idea del sentir general.

—¿Diría usted que a John Simpson le daba placer infligirle daño a los demás?

—Sin lugar a duda.

La fiscal se volvió hacia el atril donde tenía el cuaderno con sus notas y pasó a la siguiente página. Dio la impresión de que algunos de los miembros del jurado se sentían aliviados al verla pasar a otro tema.

—Señora Simpson, quiero que recuerde la noche en concreto que nos atañe en este caso. ¿Dónde se encontraba usted en aquella fecha, a eso de medianoche?

—Estaba trabajando. Servía cócteles en el Club Vertigo, ahora es el Inversion. John era un cliente asiduo, fue allí donde nos conocimos.

—Aclaremos una cosa: la noche en que murió Gabriel Sosa, usted ya conocía a John Simpson. ¿Cierto?

—Sí. No puede decirse que estuviéramos viviendo juntos, pero me quedaba a pasar la noche en su casa cuatro o cinco veces por semana.

—¿Se quedó a dormir con él la noche que nos ocupa?

—Se suponía que iba a hacerlo.

—¿Qué sucedió?

—Salí del trabajo a eso de la una y llegué a su apartamento a la una y media más o menos.

—¿Estaba acostado?

—No, John estaba en la ducha.

—¿Era habitual en él ducharse a la una y media de la mañana?

—Yo diría que no.

—¿Qué sucedió entonces?

—Yo no tenía sueño, así que estuve viendo la tele hasta que él terminó de ducharse. Salió con una toalla alrededor de la cintura y se acercó para sentarse en el sofá junto a mí, pero empezó a sonarle el móvil. Lo había dejado sobre la encimera de la cocina, solía tener allí su cargador. Así que fue a contestar.

—¿Sabe usted quién le llamó?

—No.

—¿Oyó lo que él decía?

—No, la verdad. No estaba prestándole atención. Me dio la impresión de que discutía con alguien, incluso se puso a gritar en un momento dado.

—¿Qué pasó cuando terminó la llamada?

—John se vistió a toda prisa y le pregunté a dónde iba.

—¿Se lo dijo?

—Me dijo que nos veríamos en un taller mecánico en una hora y me dio la dirección del sitio.

—¿Le preguntó usted qué estaba pasando?

—No, saltaba a la vista que aún estaba que echaba chispas por la llamada. Cuando John se ponía así, no había que preguntarle nada. Tenías que hacer lo que él te decía y punto.

—¿Le dijo él alguna otra cosa?

—Sí. —Dirigió la mirada hacia el otro lado de la sala, hacia la defensa—. Me dijo que llevara allí a Isa Bornelli.

Los miembros del jurado miraron también a Isa. Jack ignoró el impulso de girar la cabeza, actuó como si no pasara nada y siguió con la atención puesta en la testigo.

368

—¿Usted la conocía? —preguntó la fiscal.

—No éramos amigas ni nada, pero la había visto alguna que otra vez en el club. Con David Kaval.

—Ayúdeme a entender algo, por favor. Eran entre las dos y las tres de la mañana, ¿cómo iba usted a pasar a recoger a la señora Bornelli a aquellas horas y a llevarla al taller?

—Yo pregunté lo mismo, pero John me dijo: «Tú dile que se trata de Gabriel Sosa y que es importante. Se irá contigo».

—¿Fue usted a recoger a la señora Bornelli?

—Sí. La llamé y ella bajó de su habitación de la residencia de estudiantes.

—¿Ella le hizo preguntas?

—Sí, pero yo hice tal y como me había indicado John: me limité a contestar que se trataba de algo relacionado con Gabriel Sosa. Ella quiso saber de qué se trataba y le dije que no lo sabía. Pero que era algo importante.

—¿Qué pasó entonces?

—Como ya he dicho, Isa bajó y subió a mi coche. Yo puse rumbo al taller… a la dirección que me había dado John.

—¿Qué hizo usted cuando llegaron al taller?

—Aparqué fuera y llamé al móvil de John. Él salió del taller.

—¿Cómo describiría su aspecto?

Ilene bajó la mirada y le tembló la voz al contestar.

—Tenía sangre en la camisa.

—¿Qué fue lo que hizo él?

—Se acercó al lado del pasajero y abrió la puerta. Isa intentó gritar, pero él le cubrió la boca con la mano y le dijo que se callara.

—¿Ella obedeció?

—Sí. Entonces la agarró del brazo y la hizo entrar en el taller.

—¿Qué hizo usted?

—¡Estaba asustada!, ¡no sabía qué hacer! No era la primera vez que veía a John en ese… en ese estado, por decirlo de alguna forma. Pero toda esa sangre en la camisa… No, nunca había visto nada parecido. Tuve miedo por Isa, la verdad. Así que fui tras ellos y entré en el taller.

—¿Qué fue lo que vio?

Ilene respiró hondo antes de contestar.

—Había un hombre en el suelo.

La fiscal le mostró una fotografía que había sido presentada previamente como prueba.

—¿Este?

—Sí —asintió Ilene.

—Que conste en acta que la testigo ha confirmado que el hombre del suelo es Gabriel Sosa.

—La confirmación constará en acta —indicó el juez.

Hunt dejó a un lado la fotografía antes de proseguir.

—¿Está usted segura de que el señor Sosa estaba en el suelo?

—Sí, arrodillado. No llevaba camisa, tenía un montón de cortes y de contusiones.

—¿Estaba sangrando?

—Sí, estaba molido a palos y sangraba.

—¿Qué sucedió entonces?

—Isa se puso a gritarle a John, él la agarró de la mandíbula y la obligó a callarse; entonces la acercó hasta el hombre, hasta el señor Sosa, y le gritó: «¡Mírale! ¡Mírale!».

—¿Qué pasó después?

—El señor Sosa le dijo algo a Isa.

—¿El qué?

—No lo sé, algo en español.

—¿Qué pasó a continuación?

—Isa estaba llorando, le gritó a John «¡No fue él! ¡Deja que se vaya! ¡Él no hizo nada!»; John volvió a agarrarla de la mandíbula y le dijo que ya era demasiado tarde para eso.

—¿Qué hizo usted en ese momento?

—Lo que John me ordenó: me llevé a Isa de allí, la llevé de vuelta a la residencia en mi coche.

—¿Cuánto duró el trayecto?

—No sé, puede que unos cinco minutos.

—¿La señora Bornelli llamó a la policía mientras la llevaba de vuelta a la residencia de estudiantes?

—No, no llamó a nadie.

La fiscal recogió sus notas, se alejó unos pasos del estrado, y dijo con toda la naturalidad del mundo:

—Gracias, señora Simpson. No hay más preguntas.

El juez miró a Jack con el semblante tan estoico como de costumbre, pero enarcó ligeramente la ceja y Jack interpretó el mensaje: «Suerte con lo que le espera, abogado. No va a tenerlo nada fácil».

—¿Quiere contrainterrogar a la testigo, abogado?

—Me gustaría acercarme al estrado, señoría.

El juez hizo un gesto para que se acercaran tanto la acusación como la defensa, y conversaron junto al banco que quedaba más alejado del jurado y de la testigo.

—Solicito permiso para llevar a cabo un procedimiento de *voir dire* con la testigo —dijo Jack. Era el término que se empleaba para el proceso de interrogar a un testigo sin estar presente el jurado.

—¿En qué se basa?

—En la posibilidad de que la fiscalía haya llegado a un acuerdo a tres bandas con esta testigo y no haya informado al respecto.

—¡¿Qué?! —protestó Sylvia, indignadísima.

—Esa es una acusación muy grave —afirmó el juez—. Si la señorita Hunt no le ha informado de que le prometió algo a la señora Simpson a cambio de su testimonio, me vería en la obligación de declarar nulo el juicio.

—¡Es una acusación completamente infundada! —exclamó Sylvia.

—De eso nada —dijo Jack—. La señora Simpson vive en la actualidad con David Kaval, y eso resulta muy interesante teniendo en cuenta que ella sitúa a todo el mundo menos a él en el taller mecánico cuando el señor Sosa estaba siendo torturado.

—Señoría, es completamente falso que la fiscalía del estado le haya prometido en algún momento a Ilene Simpson que no enfrentará cargos.

—Por eso he dicho que era un trato a tres bandas —afirmó Jack—. Quiero saber si David Kaval salió de la cárcel porque Ilene Simpson, su nueva noviecita, accedió a ser la testigo estrella contra mi clienta.

—¡Eso es completamente absurdo!

—Vaya, es la tercera vez que oigo a la señorita Hunt emplear la palabra «completamente», lo que suele ser una señal bastante fiable de que un letrado está intentando crear una cortina de humo completamente ficticia.

—Bueno, ya está bien —intervino el juez—. Voy a denegar la solicitud del *voir dire* por el momento, señor Swyteck. Pero presente usted una moción y, si consigue establecer una base sólida para su teoría sobre la posible existencia de un pacto secreto entre esta testigo y el Estado, me replantearé la cuestión. Señorita Hunt, déjeme preguntarle algo: ¿cuántos testigos más le quedan?

—Ninguno, la señora Simpson es la última.

—¿El Estado concluirá su intervención después del contrainterrogatorio?

—Así es, señoría.

—Perfecto, mi objetivo era dar por concluida la intervención de la fiscalía antes de que este jurado se retirara de cara al fin de semana. Señor Swyteck, proceda usted con su contrainterrogatorio.

—Para serle sincero, señoría, gran parte del testimonio de esta testigo me ha tomado por sorpresa. Me encantaría tener la oportunidad de reevaluar la situación durante el fin de semana.

—Señor Swyteck, usted ha participado en muchísimos juicios y sabe bien lo que sucederá si la señorita Hunt no concluye su intervención antes de que nos vayamos hoy de aquí: el lunes se presentará con cinco testigos más. Este juicio no terminará jamás.

Jack no pudo por menos que darle la razón en eso; de hecho, le gustaba la idea de obligar al Estado a concluir su intervención, pero tenía una mejor idea sobre cómo llegar a ese punto.

—Señoría, estoy dispuesto a proceder hoy con un contrainterrogatorio limitado. Pero solicitaría permiso para volver a llamar al estrado a la señora Simpson como testigo hostil, si la defensa optara por seguir presentando su caso la semana que viene.

El juez se tomó un momento para sopesar la solicitud. Dio la impresión de que estaba impresionado por lo inteligente que era la estrategia de Jack: obligaba a la fiscalía a dar por concluido su caso ese mismo viernes y, por otra parte, se aseguraba a sí mismo la posibilidad de prepararse al máximo durante el fin de semana y poder interrogar en condiciones a Ilene Simpson al retomar el juicio el lunes.

—¡Venga ya, señoría! —protestó la fiscal—, ¡el señor Swyteck lo quiere todo! ¡No tiene término medio!

—Sí, eso parece, pero en este caso le doy la razón. Se concede la solicitud del señor Swyteck de poder llamar a declarar a Ilene Simpson la semana que viene como testigo hostil. Proceda ahora con su contrainterrogatorio.

La fiscal y Manny regresaron a sus respectivas mesas, Jack ocupó su puesto frente a la testigo. Podía volver a llamarla a declarar la semana próxima, así que iba a hacerle un interrogatorio breve. Su único objetivo era paliar un poco el daño que aquella mujer había hecho con su testimonio antes de que el jurado se retirara con todo un fin de semana por delante. Para él ya sería una victoria poder apuntarse un puntito a su favor.

Fue directamente a matar.

—Señora Simpson, usted ha testificado que, cuando llegó al taller en su coche, John agarró a Isa Bornelli del brazo y la obligó a salir del vehículo. ¿Es correcto?

Ella tardó unos segundos en contestar. Era obvio que no se fiaba de nada de lo que Jack pudiera decir y que era reacia a darle la razón, pero tan solo había una respuesta posible.

—Sí, eso es lo que he dicho.

—Y, una vez dentro del taller, John Simpson agarró de nuevo del brazo a Isabelle Bornelli y la condujo hacia donde estaba arrodillado el señor Sosa.

Ilene tardó de nuevo en contestar, prácticamente se podían ver los engranajes de su cabeza funcionando a toda velocidad mientras intentaba comprender a dónde quería ir a parar él con todo aquello.

—Sí —contestó al fin.

Jack se dirigió a la mesa de la defensa y repasó sus notas.

—Y John Simpson le gritó algo a la señora Bornelli cuando la puso justo delante del señor Sosa.

—Sí.

—«¡Mírale! ¡Mírale!». —Jack lo gritó con fuerza y subrayó cada palabra dando un golpecito en su cuaderno.

—Sí, eso fue lo que él dijo —asintió ella con voz un poco trémula.

Jack volvió a dejar su cuaderno sobre la mesa.

—Señora Simpson, usted sabe por qué John Simpson le dijo que llevara a la señora Bornelli al taller mecánico a las tres de la mañana, ¿verdad?

—No... no estoy segura.

—Usted sabe perfectamente bien que John Simpson quería que Isa Bornelli viera el cuerpo ensangrentado y golpeado de Gabriel Sosa, que le mirara; al fin y al cabo, eso fue lo que él dijo, ¿verdad? «¡Mírale!».

—Sí.

—Usted es consciente de que John Simpson estaba transmitiéndole un mensaje a la señora Bornelli, ¿verdad?

—Eh...

—¡Protesto!

Jack no esperó a la decisión del juez, y prosiguió imprimiendo a sus palabras una cadencia más rápida.

—¡Usted sabía perfectamente bien que él estaba advirtiéndole a la señora Bornelli que, si alguna vez le contaba a alguien lo que había ocurrido esa noche, a ella le pasaría lo mismo que a Sosa!

—¡Protesto, señoría!

—¿Verdad que sí, señora Simpson?

—Ya está bien, señor Swyteck. Se acepta la protesta.

Jack se dio la vuelta y echó un rápido vistazo a la sala para ver cómo iba la cosa. El juez estaba mirándolo ceñudo; Sylvia Hunt estaba furiosa; el jurado parecía haberse quedado boquiabierto; los medios de comunicación estaban encantados con lo que estaba pasando.

Y en la mesa de la defensa, sentada junto a la silla vacía del propio Jack, Isabelle había roto a llorar desconsolada. Se cubría el rostro con las manos y el brazo de su marido rodeaba sus hombros, que se sacudían con sus sollozos.

—No tengo más preguntas para la testigo, señoría... por ahora.

Después de añadir lo último para dejar claro que aquello no había terminado allí, Jack regresó a su silla.

61

—El estado de Florida da por concluida su intervención.

Jack creía que esas iban a ser las últimas palabras que se oirían antes de que se levantara la sesión, pero Manny tenía otras ideas en mente: esperó a que el juez señalara que el jurado podía marcharse, y entonces llevó a cabo su jugada.

—Señoría, no hemos oído nada en esta sala que sustente el cargo presentado contra Keith Ingraham. Incluso suponiendo que el tribunal dé por hecho que existen pruebas suficientes que demuestran que Isa Bornelli tuvo algo que ver en el asesinato de Gabriel Sosa, no se ha presentado ni el más mínimo indicio para demostrar que el señor Ingraham sabía algo al respecto. Como bien sabe el tribunal, bajo las leyes de Florida, una persona no puede ser encubridora con posterioridad a los hechos de un delito cometido por su cónyuge, así que la única época relevante para este caso es la anterior al matrimonio. Y no existe ninguna prueba, señoría. Ni anterior al matrimonio... ni posterior. Keith Ingraham no es un encubridor con posterioridad al hecho de un homicidio. Solicito que el tribunal absuelva a mi cliente.

—¿Tiene algo que decir al respecto, señorita Hunt?

Ella se puso en pie.

—Señoría, el estado de Florida retira en este momento el cargo presentado en contra de Keith Ingraham.

El juez González sacudió la cabeza (a Jack le recordó al loco de su perro, Max, sacudiéndose la lluvia del pelaje), como diciendo: «¿No hemos tenido ya suficientes sorpresas por hoy?».

—Hecho. Señor Ingraham, puede marcharse con total libertad. Señora Bornelli, señor Swyteck, les veo el lunes a las nueve de la mañana en punto. Se levanta la sesión.

—¡Todos en pie!

Un murmullo recorrió la sala mientras todos los presentes se levantaban y el juez bajaba del estrado. La puerta que daba a su despacho se cerró con un sonoro chasquido que fue como el pistoletazo de salida para que los periodistas se dirigieran hacia la baranda cual velocistas en una carrera. Manny se acercó a ellos; Isa y su marido se quedaron sentados, fundidos en un fuerte abrazo; Jack, por su parte, fue directo a Sylvia Hunt.

—Lo que le ha hecho a Keith Ingraham no tiene nombre.

—Lo mismo le digo a usted en lo que a Ilene Simpson se refiere.

—No. Ella forma parte de este proceso, usted imputó a Keith para poder utilizarlo como un peón. Él no era más que un instrumento de presión que poder usar para que Isa hiciera un trato, para que aceptara su oferta de declararse culpable de homicidio voluntario.

Sylvia terminó de guardar sus cosas en su maletín y lo cerró antes de contestar.

—Tal y como están las cosas, el juicio va bastante bien. No necesito ningún instrumento de presión, ya no vamos a ofrecer ningún posible trato. Keith Ingraham no me hace falta, así que le dejo tranquilo.

—¿Lo dice en serio?

—No hace falta que me dé las gracias; de hecho, no querrá hacerlo cuando el jurado condene a su clienta y sea sentenciada a pasar el resto de su vida en la cárcel. Nos vemos el lunes, Jack. —Dio media vuelta sin más y se encaminó hacia la puerta.

Jack permaneció allí plantado mientras veía cómo los reporteros que revoloteaban como un enjambre alrededor de Manny se dirigían de repente hacia el otro lado de la sala, deseosos de conseguir alguna declaración de la fiscal. Oyó que uno de ellos se dirigía a él por su nombre intentando captar su atención, pero hizo oídos sordos y regresó a la mesa de la defensa. Isa y Keith todavía estaban sentados allí, seguían compartiendo un momento íntimo en un lugar público. Ellos ocupaban dos de las cuatro sillas, así que la mesa de la defensa estaba medio llena… o medio vacía. Lo averiguarían en breve.

«Sí, Sylvia. Nos vemos el lunes».

62

Jack vio los primeros signos de discordia en la limusina, tras salir del edificio de justicia.

Manny y él ocupaban el asiento que miraba al frente, como de costumbre, y sus clientes iban de espaldas al conductor, pero en ese trayecto el haz de luz que separaba a Keith y a Isa medía varios centímetros de más. Daba la impresión de que estaban más interesados en lo que se veía al otro lado de sus respectivas ventanillas que en la persona que tenían al lado. Jack pensó al principio que podía tratarse de mera fatiga, o que Keith podría estar experimentando en cierta medida ese sentimiento de culpa típico de un superviviente, pero para cuando llegaron al Freedom Institute estaba bien claro: las cosas no andaban demasiado bien entre ellos.

Eran alrededor de las tres de la tarde cuando los cuatro se sentaron en el despacho de Jack para analizar la situación. Manny llevaba hablando por el móvil desde que habían salido del juzgado. La cuestión de si iba a permanecer en el equipo para ayudar a Isa era uno más de los temas a tratar, pero Keith quiso hablar antes de otra cosa.

—¿Tenía razón Jack?

—¿A qué te refieres? —le preguntó Isa.

—A lo que ha dicho cuando estaba contrainterrogando a Ilene. ¿Por eso no acudiste a la policía, Isa? ¿Porque John amenazó con hacerte lo mismo que a Sosa?

Era una pregunta que podría haberle hecho en privado, que podría haber quedado estrictamente entre marido y mujer, pero era como si Keith hubiera decidido que no era el único de los presentes que merecía recibir una respuesta sincera por parte de Isa.

—Sí —admitió ella con voz un poco cortante—. Sí, te lo he dicho tres veces en la sala del juzgado. Era una chica de diecinueve años, estaba muerta de miedo. Admito que quizás tendría que haber acudido a la policía, pero te juro que yo creía que ya habían terminado de castigar a Gabriel por lo que había hecho. Les supliqué que no le mataran; de pie frente al hombre que me había violado le dije a John que Gabriel era inocente... ¡Estaba dispuesta a decir lo que fuera con tal de que le soltara!

Al ver que su marido permanecía callado, insistió:

—¡Te lo juro por mi vida, Keith! ¡Por la vida de nuestra hija! Simpson me dijo que el castigo había llegado a su fin. Cuando salí de aquel taller, Gabriel estaba vivo.

—No por mucho tiempo.

—¡Yo no tuve la culpa de eso!

—Eso habría que debatirlo.

—¡Por el amor de Dios, Keith! ¿A qué viene esto?, ¿por qué me tratas así? ¡Tú no conocías a Gabriel Sosa! ¿Tienes idea del tipo de persona que era?

—No sé nada acerca de él.

—¡Es el hombre que violó a tu mujer!, ¡ese es Gabriel Sosa! Me violó a punta de cuchillo durante dos horas en todas las partes de mi cuerpo, ¡hizo conmigo lo que le dio la gana! ¿Quieres que te dé más detalles?, ¿es esto lo que tiene que decir una mujer para que la crean?

Se detuvo apenas unos segundos para tomar aire antes de seguir.

—¡Y la cosa no terminó ahí!, ¡Gabriel no me dejó en paz! Empezó a aparecerse por el gimnasio cuando yo iba a hacer algo de ejercicio, se presentaba en el Starbucks cuando iba a tomarme un café. Conocía mi rutina y se presentaba allí con el único propósito de que le viera, de que me sintiera observada por él. Y resulta que entonces, después de que le defendiera en ese taller y le dijera a John Simpson «¡No fue él!, ¡te has equivocado de persona! ¡No le hagas daño, por favor!»... ¿A que no sabes lo que hizo Gabriel?

Nadie le preguntó nada, se limitaron a darle tiempo para que se sosegara un poco y continuara.

—Habéis oído el testimonio de Ilene, ella ha admitido que Gabriel dijo algo en español que ella no logró entender. Es cierto. Gabriel alzó la mirada hacia mí y dijo: «Valió la pena».

Lo había repetido tal cual, en español, y las palabras quedaron suspendidas en el aire.

—¿Qué quiere decir eso? —le preguntó Keith.

Isa tragó con dificultad, fue incapaz de contestar y Jack se valió de su pasable manejo del idioma para traducir la frase en voz alta. Ella se puso en pie como un resorte y se apresuró a salir del despacho.

Ellos tres se quedaron allí, inmersos en un pétreo silencio, incapaces de cruzar la mirada, y fue Keith quien finalmente tomó la palabra.

—No tenía ni idea de lo del cuchillo.

—No había ningún cuchillo —contestó Jack.

—¿Crees que Isa ha mentido?

—No, creo que todo lo que ha dicho es cierto, excepto lo del cuchillo. Me parece que su intención ahí era subrayar algo.

—¿El qué?

—Diez años atrás, tenía que haber habido un cuchillo. O una pistola. Algo. Algo más que la palabra de una mujer de diecinueve años que decía haber invitado a un hombre a subir a su habitación y no había accedido a tener relaciones sexuales con él. Sin un arma, el médico de la clínica del campus no la creería. La policía tampoco. Ni siquiera su propio padre se creyó que realmente la hubieran violado.

—Ahora la entiendo —afirmó Manny.

—Pero...

Al ver que Keith no terminaba la frase, Jack le miró con ojos interrogantes.

—¿Pero qué?

—Si Felipe Bornelli no creyó a Isa cuando ella llamó a casa y dijo que la habían violado, no fue por una mera cuestión de actitud ni de machismo.

—¿Sabes algo que yo ignoro?

—Isa me contó lo que habló con su padre cuando se vieron en el Cy's Place. La carta que él le entregó, la que te mostró, no lo incluía todo.

—¿Qué fue lo que omitió decirme?

—Según el padre de Isa, ella ya había lanzado otra acusación falsa anteriormente, una relacionada con él y con una de las amigas del instituto de Isa.

—¿Sabes cómo se llamaba esa amiga? —le preguntó Jack.

—Alicia Morales.

Jack acercó la silla a la de su amigo y le miró a los ojos.

—Cuéntame todo lo que sepas al respecto, Keith. Por favor. Aunque sea por una vez, necesito que alguien me dé un relato completo sin omitir detalles.

63

La llamada que Jack recibió de Sylvia Hunt ese viernes a las 16:59 le tomó por sorpresa, y más aún lo que ella tenía que decirle.

—Es su día de suerte, Swyteck.

—¿Perdón?

—Le he dicho en la sala que nos veríamos el lunes en el juicio, que no habría más ofertas de posibles tratos para la señora Bornelli. En mi opinión, lo más sensato sería mantener esa postura, pero en la fiscalía general hay una persona que opina otra cosa.

A Jack no le hicieron falta más explicaciones: Carmen Benítez, la fiscal general, siempre había sido una persona razonable.

—¿Qué es lo que nos ofrecen?

—No voy a hablar de esto por teléfono. Hable con su clienta, obtenga una autorización previa en cuanto a lo que es aceptable para ella. Le espero en mi despacho a las seis y le plantearé mi oferta, tendrá que aceptarla o rechazarla al momento. Esas son las reglas. Tómelo o déjelo.

Jack lo tomó. Llegó al Edificio Graham antes de las seis, un joven abogado salió a recibirle a la entrada y después de pasar por el control de seguridad subieron en el ascensor y lo condujo hasta el despacho de Sylvia Hunt.

Ella cerró la puerta después de darle la bienvenida, iba a ser una reunión a dos.

—Bueno, adelante. ¿Cuál es su oferta? —le dijo él.

Ella se inclinó hacia delante en la silla y entrelazó las manos sobre el escritorio.

—Antes de entrar en eso quiero aclarar un par de cosas. En primer lugar: no existe un trato a tres bandas en los términos que usted describió ante el juez González. No prometí tratar a David Kaval con guantes de seda a cambio de que Ilene Simpson testificara.

—En ese caso no tiene nada de lo que preocuparse; aun así, voy a preguntarle a ella al respecto.

—Haga lo que considere oportuno. En segundo lugar: hoy estaba enfadada después del juicio, lo admito, y dije cosas acerca de su amigo que estuvieron fuera de lugar. Quiero asegurarle que esta oficina no imputó a Keith para poder utilizarlo como un peón, tal y como usted ha dicho. Presentamos una serie de pruebas ante un gran jurado, y existía causa probable para creer que pagó veinte mil dólares a David Kaval a cambio de que este guardara silencio sobre la participación de su mujer en el asesinato de Gabriel Sosa. En el transcurso de este juicio, descubrí que Kaval ni siquiera estaba presente en el taller cuando Gabriel fue asesinado, así que me quedó claro que el señor Ingraham no le había entregado ese dinero para pagar por su silencio. Lo hizo para solucionar lo del acta de matrimonio. Por eso he accedido a que se le absuelva.

—La cosa ha terminado bien, supongo que eso es lo que cuenta. Espero que también haya una resolución feliz para Isa.

—Sí. He recibido autorización para volver a poner sobre la mesa la oferta que les hice. Homicidio voluntario, cuatro años de cárcel.

—Va a tener que ofrecerme algo mejor.

—No estoy en la obligación de hacer nada.

—Podría ser justa.

—Este trato es más que justo.

—Usted no ve a Isabelle Bornelli como una víctima en absoluto, ¿verdad?

Ella le fulminó con la mirada y sus ojos empezaron a nublarse con la misma furia que Jack había visto en la sala del juzgado. De buenas a primeras, ella sacó una caja de zapatos y vació el contenido sobre el escritorio.

Eran cartas, un montón de cartas. Algunas de ellas estaban metidas aún en sobres sellados, otras estaban abiertas.

—¿Qué es todo esto? —le preguntó Jack.

—Eche un vistazo, fíjese en quién las firmó.

Jack tomó una, estaba escrita a mano y constaba de dos páginas. Le dio la vuelta a la segunda de ellas y vio la firma: *Fátima Sosa*.

—La madre de Gabriel —le dijo Sylvia—. Tómese su tiempo, léala.

—No me hace falta hacerlo.

—Y a mí no me hace falta que usted me diga quién es la víctima en este caso —afirmó ella. Le quitó la carta de la mano, las recogió todas y volvió a meterlas en la caja—. Bueno, ¿acepta o no mi oferta?

Jack ya tenía clara su decisión, Isa había sido categórica: cuatro años en prisión era una opción inaceptable. Se levantó de la silla antes de contestar.

—Nos vemos el lunes.

Jack salió del Edificio Graham y fue a por su coche. Isa esperaba noticias suyas, pero ella no era la primera persona a la que tenía que llamar. Había algo que le rondaba por la mente, una pregunta que no podía quitarse de la cabeza desde que había visto esas cartas de Fátima Sosa.

Necesitaba obtener una respuesta lo antes posible, así que llamó a Michael Posten, el periodista del *Miami Tribune*. La relación entre ambos había ido fluctuando a lo largo de los años entre la confianza y la desconfianza; habían sido tanto amigos como adversarios y habían mantenido esa misma dinámica en lo relativo al caso de Isa. Pero cabía la posibilidad de que Posten estuviera dispuesto a esclarecer aquella nueva incógnita, sobre todo, si no sabía que estaba ayudándole.

—¡Hola, Mike! Soy Jack Swyteck.

—¡Vaya, hola! ¡Qué coincidencia!, ¡justo la persona con la que quería hablar! Estoy preparando un artículo para el domingo, y me vendrían bien unas declaraciones tuyas.

—Vale, pero podrías hacerme un pequeño favor.

—¿Cómo de pequeño?

—Publicaste un artículo justo antes de que comenzara el juicio. Si mal no recuerdo, incluiste unas breves declaraciones de Fátima Sosa, la madre de Gabriel.

—Sí, la entrevisté.

—¿En Miami?

—Sí, vive aquí.

—¿Fátima Sosa vive en Miami?

—Sí, en Bird Road con la 97.

—¿Qué tal es su nivel de inglés?

—Inexistente, hablamos en español. ¿Por qué lo preguntas?

Sobra decir que Jack no iba a revelarle a Posten el porqué de su interés.

—Eh… por nada importante.

Pero eso era mentira. Jack sabía que se trataba de algo importante, tenía que serlo. Fátima Sosa vivía en Miami y solo hablaba español, pero las cartas que Sylvia Hunt había esparcido sobre la mesa estaban escritas en inglés y llevaban matasellos de Caracas.

—Vale, respecto a esas declaraciones que ibas a darme…

—Lo siento, Mike. Habrá que dejarlo para otra ocasión, ahora tengo que colgar.

386

64

Isa quería estar a solas. Las noticias que había recibido de Jack no eran buenas, pero eso había sido de esperar. Necesitaba unos minutos para recobrarse, solo eso.

Puso una bandeja con bolitas de patata en el horno para Melany (el trato era que solo podría comérselas si antes daba buena cuenta de la ensalada de espinacas que llegaría en breve de la cocina del hotel) y fue al dormitorio principal. Keith estaba fuera con el móvil, iba de un lado a otro de la terraza mientras se dedicaba a despertar a conocidos de todas partes del mundo, desde Hong Kong hasta Zúrich, para compartir la buena noticia de su absolución.

Isa intentó no acostarse; si lo hacía, seguro que se quedaba roque por el agotamiento y las bolitas de patata terminaban estallando en llamas. Se sentó en el borde del colchón, y su mirada cayó en la fotografía enmarcada que tenían en la mesita de noche: Keith y ella, el día de su boda en Zúrich. Tiempos felices, sin preocupaciones. Cómo había cambiado todo.

En ese momento tenía un montón de preocupaciones, y el hecho de tener que enfrentarse sola al jurado el lunes por la mañana tan solo era una de ellas. También le preocupaba que Melany perdiera a su madre si la condenaban, le preocupaba cuál sería su futuro junto a Keith incluso en el caso de que la absolvieran.

Ella le había ocultado información a su marido, eso era algo incuestionable; sí, sabía que sus actos habían generado dudas en él.

Keith se las había ingeniado para convencerse a sí mismo de que su vida en común habría sido mucho mejor si ella se lo hubiera contado todo desde el principio, él creía que las cosas estarían mucho mejor entre ellos en ese momento.

Qué equivocado estaba.

Había una noche que databa de los comienzos de su relación, una noche de la que nunca hablaban. Los dos se habían emborrachado, se habían desnudado y se habían metido en la cama. No había sido la mejor experiencia sexual del mundo, ni siquiera había sido su mejor experiencia sexual con Keith; de hecho, había sido horrible. Había sido la peor de largo, y no solo debido a un momento en concreto al que Keith había intentado restarle importancia después bromeando con ella, catalogándolo como un «momento incómodo». Él creía que Isa había susurrado el nombre de otro hombre en el calor de la pasión, lo que por supuesto que habría sido un «momento incómodo».

Pero lo de «incómodo» no describía ni de lejos lo que ella había sentido ni lo que había sucedido en realidad.

Amaba a Keith, no quería que él viera el sexo sino como lo que era: un punto fuerte de la relación de ambos. Por nada del mundo quería que él tuviera el temor de estar forzándola a hacer algo que no quería en el dormitorio, pero lo cierto era que en aquella noche en concreto ella no quería tener relaciones sexuales. Keith estaba borracho, y el empuje que le había dado el alcohol le había llevado a pasarse de insistente. La situación había sido tan confusa, tan turbia y negativa que había sacado a la superficie un recuerdo que ella había logrado mantener reprimido durante años. Apenas había sido consciente de haberlo verbalizado, de que en un momento de transferencia psicológica había visto a su amante bajo esa perspectiva. Por un horrible instante (que no había sido un «momento de pasión» ni mucho menos) se había sentido tan indefensa y asqueada por el hombre al que amaba que no había podido evitar que las palabras salieran de su boca, aunque no lo hubieran hecho en voz tan alta ni con tanta claridad como ella recordaba: «¡Quítate de encima, Gabriel!».

—Ey, cielo.

El inesperado sonido de una voz la sobresaltó y la arrancó de sus pensamientos. Era Keith, que acababa de entrar en el dormitorio y fue a sentarse junto a ella en el borde del colchón.

—Ey —contestó, con un hilo de voz.

—¿Estás bien?

—Sí, supongo que estaba quedándome dormida.

—Solo quería decirte que lo siento. Siento lo que te pasó, lo que has tenido que soportar. Pero quiero que sepas que voy a estar aquí, a tu lado, apoyándote en todo. Te apoyaré en lo que queda de juicio, y cuando termine te ayudaré a superar todo esto.

La abrazó, pero Isa no sintió el impulso de devolverle el gesto. Era normal que él no lo comprendiera, pero ese, justo ese era el motivo que la había llevado a no contárselo en un principio. Keith era una de esas personas dadas a solucionar las cosas, a resolver los problemas. Pero ella no quería su ayuda, no quería un salvador. Lo que quería era recuperar a su marido, a su hombre.

Keith se limitó a seguir abrazándola sin soltarla.

Ese sí que fue un momento incómodo.

65

Jack pasó a recoger a su abuela y condujo en dirección oeste por Bird Road, rumbo a la casa de Fátima Sosa.

—¿Es una comunista? —le preguntó su abuela en español.

—No. Según tengo entendido, es antichavista.

—Bueno, entonces seremos grandes amigas.

Para su abuela, lo único mejor que un enemigo de Castro era un enemigo de los protegidos de este, incluso los que ya estaban muertos. Jack le explicó la misión que tenía para ella: averiguar quién le había escrito en realidad aquellas cartas a la fiscal general y las había enviado desde Venezuela.

Sabía por Michael Posten en qué zona vivía Fátima. Había intentado encontrar la dirección exacta en Internet, pero la búsqueda había sido infructuosa y había recurrido a Bonnie la Correcaminos, con quien siempre se podía contar. Ella había obtenido la dirección en cuestión de treinta segundos y le había recordado que existía una cosa llamada listín telefónico que seguía editándose y donde figuraban el nombre, la dirección y el número de todos los teléfonos fijos del condado de Miami-Dade.

El sol empezaba a ocultarse tras el horizonte cuando Jack y su abuela aparcaron frente a la casa de Fátima, una vivienda de una sola planta tipo rancho situada en el número 40 de Southwest Terrace. Jack repasó la misión una vez más, su abuela le dijo que lo tenía todo claro.

Como lo más probable era que Fátima le cerrara la puerta en la cara solo con verle, él se quedó en el coche mientras su abuela cruzaba la calle, caminaba sola hasta la puerta de la casa y llamaba al timbre.

Nadie salió a abrir. Ella se volvió hacia él, le miró y se encogió de hombros... y la puerta se abrió en ese momento.

Jack no sabía lo que iba a decir su abuela; a decir verdad, nunca tenía ni idea de lo que ella iba a soltar por la boca. Pero le había dejado claro que ese era un asunto importante, así que sabía que ella se esforzaría por hacerlo lo mejor posible. Daba la impresión de que las dos estaban hablando y lo interpretó como una buena señal. Pasó un minuto y seguían hablando... Una muy buena señal. Vale, no habían dejado de hablar. Le echó un vistazo a su reloj y vio que llevaban cinco minutos de conversación.

¿De qué podrían estar hablando durante tanto tiempo aquellas dos mujeres mayores? Ambas habían perdido un hijo de veintitantos años, puede que eso hubiera creado entre ellas un nexo de unión.

La puerta se cerró al fin y entonces la abuela dio media vuelta, regresó al coche, se sentó de nuevo en el asiento del pasajero y afirmó:

—Debería ponerme a trabajar para la CIA.

—¿Has conseguido la información?

—Sí.

—¿Quién escribió las cartas?

—La prometida de Gabriel.

—¿Su prometida?

—Sí. Alicia Morales.

Jack respiró hondo, le dio las gracias a su abuela y llamó a Theo al móvil.

—Empaca lo que necesites para un viaje relámpago. Ten listo el pasaporte.

—¿A dónde vamos?

Al lugar que figuraba en el matasellos de los sobres. Sí, ese era el lugar al que iban a viajar.

—A Caracas —contestó Jack.

66

A las 01:40 del sábado, el vuelo número 1560 de Santa Barbara Airlines inició el descenso hacia el Aeropuerto Internacional Simón Bolívar. Era el último vuelo directo con destino a Caracas procedente de Miami, y Jack y Theo iban a bordo.

El primero tenía un asiento con ventanilla y, de las tres horas y media que duraba el vuelo, solo había estado despierto durante los últimos treinta minutos. Había despertado a tiempo de ver la infinidad de luces tintineantes que se extendían por los cerros cercanos al aeropuerto. Los ranchitos (las chozas de barro y las barracas con tejados de planchas de zinc) parecían apacibles y bonitos de noche desde un avión, pero ningún visitante en su sano juicio osaría adentrarse en aquella zona ni de día ni de noche, ni siquiera con un guardaespaldas.

Faltaba poco para aterrizar, así que la auxiliar de vuelo se llevó las botellitas vacías que Theo tenía en su bandeja. El ron con cola no le había faltado en todo el vuelo y había hecho amistad rápidamente con las señoritas sentadas al otro lado del pasillo, Mercedes y su hermana. Las dos eran atractivas, pero la segunda se llevaba la palma; les había asegurado que se llamaba Benz.

—Sí, claro —había dicho Jack, más para sí mismo que para Theo—. Y sus padres son ingenieros alemanes, ¿no?

El avión aterrizó minutos después de las dos de la madrugada. Pasaron por la aduana y tomaron un taxi que los llevó al VIP Caracas, un hotel boutique que tenía unos precios razonables y estaba situado en el distrito comercial, una zona relativamente segura. Sus habitaciones no tenían aire acondicionado, pero estaban en la segunda planta y el recepcionista les aseguró que era seguro dejar abierta la ventana. El colchón de Jack era bastante cómodo, logró dormir un par de horas más y se reunió con Theo en el comedor para desayunar a las ocho de la mañana.

—¿Has dormido algo? —le preguntó su amigo.

—Sí, gracias a Dios. —Durante el juicio llevaba una media de cuatro horas de sueño diarias.

—¿No has oído los disparos a eso de las cinco?

Estaba claro que Theo le había hecho caso al recepcionista y había dejado la ventana abierta, pero Jack había optado por ser cauto. Caracas siempre ocupaba el segundo o tercer puesto en cualquier lista de grandes ciudades del mundo (descartando las que estaban en zonas de guerra) con mayor índice de crímenes violentos. Allí no era nada fuera de lo común que se cometieran cuarenta asesinatos en cualquier fin de semana dado. Las leyes venezolanas dictaban que solo podían tener armas el ejército, la policía y la floreciente industria de la seguridad privada, con lo que eran millones de ellas las que se adquirían de forma ilegal.

—No, no he oído nada —le contestó a Theo antes de que este se dirigiera al bufé para la primera ronda.

Aprovechó para revisar su correo electrónico en el móvil y se alegró al ver que tenía un mensaje de un amigo de Andie. Él jamás le pediría a su mujer que echara mano directamente a los recursos que tenía a su disposición como agente del FBI, pero ella conocía a un montón de agentes que se habían convertido en investigadores privados tras dejar de trabajar para el Gobierno, y cualquiera de ellos podría averiguar la dirección actual de la Alicia Morales que estaba buscando (por lo que había visto, en Caracas había cientos de mujeres con ese nombre).

—Alicia vive en el barrio de Catia.

Theo le dio un enorme mordisco a un trozo de piña recién cortada antes de contestar.

—¿Dónde está eso?

—Al oeste de aquí; de hecho, no está lejos del palacio presidencial.

—¿Es una zona segura?

—No.

—¿Vamos a ir?

—Por eso estás tú aquí, amigo mío.

Después de desayunar se dirigieron a la parada de taxis que había frente al hotel, y el quinto taxista al que le pidieron que los llevara al barrio en cuestión fue lo bastante valiente (o insensato) para decirles que sí. A los diez minutos de iniciar el trayecto Jack empezó a recelar de la ruta que estaban siguiendo. No podía decirse que su nivel de español fuera excelente, estaba en un proceso de aprendizaje constante, pero estaba decidido a que Riley se criara siendo bilingüe y eso le había llevado a mejorar su propio manejo de la lengua desde que ella había nacido. La cuestión era que tenía nivel suficiente para preguntarle al taxista si estaba llevándolos por la ruta correcta, y este le dio una acalorada explicación que no terminó de ser demasiado convincente.

—¿Qué te ha dicho? —le preguntó Theo.

—Que ya no toma la autopista que pasa por las chabolas. Se ve que las bandas tiran piedras desde los puentes, y cuando el conductor se baja para inspeccionar los daños los otros miembros de la banda salen de entre la maleza y le roban. A uno de sus amigos le pegaron un tiro en la cabeza hace dos semanas.

—Qué bonito todo.

Caracas se asienta en un valle al pie del cerro El Ávila, un pico de unos 2700 metros de altura que separa la ciudad del mar Caribe y domina buena parte del paisaje urbano. Los ricos vivían al este del distrito comercial situado en el centro; en los cerros de la zona oeste estaban los barrios, que albergaban aproximadamente a la mitad de los cinco millones de habitantes de la ciudad. El taxista condujo a Jack y a Theo por la Avenida Sucre, situada en la zona oeste de Caracas, y al pasar por delante del supermercado Mikro les explicó que varios cientos de personas de todas las edades habían hecho cola allí bajo el sol matinal con la esperanza de llegar a la puerta antes de que se agotaran el azúcar y la harina. Conforme iban ascendiendo por los cerros, la carretera cada vez estaba en peores condiciones y más llena de baches; igual que a muchos otros venezolanos, al taxista le encantaba charlar, y estuvo hablándoles de todo: desde el proyecto del inodoro seco en el barrio La Vega (donde no se tenía acceso a la red municipal de abastecimiento de agua) hasta las letras del difunto activista político Alí Primera, que había hablado con pasión en sus canciones sobre la verdad acerca de Venezuela. Según el taxista, la verdad de la que hablaba Primera estaba en aquellas colinas, en la gente, en la agitación de las calles... y Jack pensó para sus adentros que, en ese caso, él estaba viendo «la verdad» justo al otro lado de la ventanilla.

El taxi se detuvo. El taxista señaló hacia una casa que había al otro lado de la calle y les dio unos últimos consejos hablando despacio, para que Jack entendiera su español: «Ándense con cuidado. No saquen dinero. Y recuerden que, en los barrios, como en muchos otros sitios con muy mala reputación, la mayoría de la gente es buena. Solo tienen que estar alerta por si aparece alguien con malas intenciones».

Jack le dio las gracias y después de pagarle le dio cincuenta pavos extra para que les esperara, ya que así tendrían la seguridad de contar con un transporte que los llevara de vuelta al hotel. El taxista accedió de buena gana y aceptó el dinero.

En cuanto Jack y Theo bajaron del vehículo y cerraron la puerta, el tipo se largó de allí tan rápido que las ruedas chirriaron.

—Supongo que los cincuenta pavos le han parecido poco —comentó Jack mientras lo veían alejarse a toda velocidad.

—Espero que tengas un plan B, colega.

—Estoy en ello.

Cruzaron la calle hacia la casa que les había indicado el taxista. No estaban en uno de esos barrios con chabolas de barro y tejados de planchas de zinc en los que los turistas estadounidenses sin dos dedos de frente se aventuraban a entrar (los muy tontos tenían la esperanza de conseguir material que diera algo de vidilla a sus publicaciones de las vacaciones en Instagram, pero al final terminaban tirados en alguna zanja, desnudos, sin dinero y preguntándose cómo iban a regresar a casa sin teléfono ni pasaporte); aun así, seguía siendo un barrio pobre, y Jack agradeció tener junto a él los músculos de Theo.

—¿Felipe Bornelli también vive por aquí? —le preguntó su amigo.

—Ya no. Según Isa, sus padres se criaron en esta zona, pero a Felipe le fueron bien las cosas bajo el régimen de Chávez. Ahora vive en la zona este, dudo mucho que Isa llegara a poner un pie aquí.

—Pero Alicia Morales era amiga suya, ¿verdad?

—Eran amigas en Miami, la madre de Alicia trabajaba allí para Felipe.

—Entonces, ¿aquí es donde termina uno después de trabajar en el consulado venezolano?

La verdad era que resultaba extraño, y la pregunta de Theo había dado de lleno en el quid de la cuestión.

La vivienda de los Morales era una casa de dos plantas con ladrillos desnudos y una construcción chapucera: el tejado estaba un poco hundido en la parte central y los cimientos estaban inclinados hacia la izquierda, siguiendo la pendiente de la colina. Unas prendas de ropa tendidas ondeaban bajo la brisa en una cuerda que colgaba como una sonrisa triste entre la casa de Alicia y la de los vecinos de al lado.

Jack se acercó a la puerta principal y llamó. No contestó nadie. Recorrió el lugar con la mirada mientras esperaba, y vio el sistema de seguridad casero: botellas rotas y otros trozos dentados de cristal pegados con cemento en la repisa de la ventana, para disuadir al que se planteara colarse en la casa o castigar al que intentara hacerlo.

—¡Eh, Jack, sonríe! —le pidió Theo antes de hacerle una foto desde la calle.

—¿Estás chalado?

—¡Te la envío!

A Jack le sonó el móvil en el bolsillo al recibir el mensaje.

—¡Joder, Theo! ¡Guárdate ese móvil, vas a conseguir que nos roben!

El vecino de al lado se acercó a la cerca y los miró con desconfianza.

—¿Quiénes sois?

Jack respondió, y el resto de la conversación fue en español. El hombre no había oído hablar en su vida de Isabelle Bornelli, pero sí que sabía quién era Felipe Bornelli.

—Alicia no está aquí —le dijo a Jack.

—¿Dónde puedo encontrarla?

—No te lo diría ni aunque lo supiera. Ella no tiene ningún interés en ayudar a ninguno de los Bornelli.

—¿Por qué?

—¿Cómo que por qué? —El hombre le miró con incredulidad—. ¡Felipe Bornelli mandó a su prometido a Vista Hermosa!

—¿A dónde?

—Una cárcel que hay en Ciudad Bolívar.

—Ese lugar es un infierno —le dijo Theo a Jack en voz baja—. He visto a hombres llorar ante la mera posibilidad de que les deportaran y les mandaran allí. Comparada con ese sitio, la prisión estatal de Florida es un hotel de cinco estrellas.

—¿Qué crimen cometió? —le preguntó Jack al vecino.

—Era un preso político. La acusación era falsa, era chavista. Como toda la gente de los cerros.

Jack no se lo discutió, pero tenía claro que ese no era el caso de la madre de Gabriel. Su abuela no habría pasado ni quince segundos en el porche de una chavista.

—Jack, tenemos visita. A tus tres en punto —le advirtió Theo.

Jack dirigió la mirada hacia la calle lateral y vio que se aproximaba un grupo de ocho jóvenes. A lo mejor estaban buscando a un noveno jugador para formar un equipo de béisbol, pero confiaba en los instintos de su amigo; además, había leído suficientes recomendaciones para viajeros para saber de la existencia de patrullas de barrio que reemplazaban a la presencia policial en aquellas zonas; en otras palabras: matones que imponían a la fuerza sus propias reglas.

—Aquí no estáis a salvo, será mejor que os vayáis —les aconsejó el vecino.

Se oyó el claxon de un coche y un taxi se detuvo frente a la casa... ¡El mismo de antes! Su taxista había vuelto.

«Gracias a Dios», pensó Jack para sus adentros antes de darle las gracias al vecino y dirigirse a toda prisa hacia el taxi junto con Theo.

Se metieron apresuradamente en el vehículo y, una vez que se pusieron en marcha, le dijo en español al taxista:

—¡Creía que nos había dejado aquí tirados!

—¡No, qué va! No puedo quedarme quieto en un sitio, esos chicos me rebanarían la garganta por el dinero que usted me ha dado.

Jack se recostó en el asiento.

—¿Qué te ha dicho? —le preguntó Theo.

Jack miró hacia fuera por la luna trasera del coche. Un perro atravesó corriendo la calle, una joven descalza fue tras él. El grupo de ocho chicos estaba observándola.

—Que yo ya no estoy para hacer estas cosas, que tengo una hija de dos años —contestó.

67

Isa había sentido la necesidad de ir al campus universitario.

Era sábado, y Keith y otro padre de la clase del jardín de infancia de Melany habían llevado a las niñas a jugar a los bolos. Isa había tomado el Metrorail con destino a University Station y llevaba en el regazo su bolso junto con el panfleto que le había dado Emma del acto que se celebraba en el campus de la Universidad de Miami.

No le había dicho a nadie que iba a ir; de hecho, no había tomado la decisión hasta esa misma mañana, cuando estaba mirándose en el espejo intentando averiguar quién era ella en realidad.

¿Víctima? ¿Asesina?

¿Víctima? ¿Alguien que lanzaba acusaciones falsas?

¿Víctima? ¿Mentirosa?

El encuentro con su padre en el Cy's Place había sido el momento en el que había tocado fondo... hasta que Ilene Simpson había testificado y la cosa había ido aún a peor; pero después había llegado el peor momento de todos, aquel en el que había acabado de tocar fondo: la reunión en el despacho de Jack, cuando le había quedado dolorosamente claro que todos los hombres, incluso los buenos, tenían un defecto congénito en su sistema de procesamiento, un defecto que hacía que les resultara casi imposible comprender el concepto de «violación durante una cita».

En la plaza del campus se había congregado un grupito de

gente; algunos estaban de pie, y unas doce personas más o menos estaban sentadas en sillas plegables frente a una tarima. Ella optó por quedarse de pie al fondo. El que un acto para informar y sensibilizar sobre las violaciones en los campus universitarios se realizara cerca de las residencias de estudiantes no era casual, y ella era más que consciente de que se encontraba a dos edificios de distancia de su antigua habitación. Una pancarta de la SASA (la organización de estudiantes contra las agresiones sexuales que organizaba el acto) se extendía entre los troncos de dos palmeras. La televisión del campus cubría el acto.

Isa se acercó a una silla vacía de la última fila mientras la presidenta del cuerpo estudiantil le daba la palabra a Emma Barrett, la presidenta de la SASA, que empezó a hablar tras ser recibida por el público con un breve aplauso.

—¿Os habéis dado cuenta de que no hay casas de hermandades en este campus? Tenemos hermandades y un montón de casas de fraternidades, pero ni una sola casa de hermandad. ¿Alguna vez os habéis preguntado por qué? Según un rumor bastante curioso, se ve que era ilegal que más de cinco mujeres vivieran juntas en la misma casa porque se consideraba un burdel, lo que encajaría con la leyenda que dice que Al Capone solía alojarse en el Hotel Biltmore. Pero eso no son hechos, sino un mero rumor. Resulta que la realidad es más rocambolesca aún.

Emma hizo una pequeña pausa antes de continuar.

—A principios de los años sesenta, cuando las casas griegas estaban apareciendo en este campus, la Universidad de Miami se consideraba un centro donde las jóvenes señoritas completaban sus estudios. A las mujeres se nos exigía que viviéramos en residencias de estudiantes situadas en el campus, teníamos que firmar al entrar y al salir y cada planta tenía asignada una «madre» que se aseguraba de que las «señoritas» respetaran las normas detalladas en el «librito verde» que publicaba la decana.

Otra breve pausa.

—Ese librito ya no existe, las normas han cambiado y las actitudes también, aunque más lentamente. Hoy estamos aquí para decir lo siguiente: no se consigue que los campus universitarios sean un lugar seguro para las mujeres, un lugar donde se las respete, reglamentando la forma de vestir, ni controlando la hora de llegada, ni publicando libritos verdes. Se consigue cambiando una cultura en la que el sesenta por ciento de las víctimas de violaciones y de agresiones sexuales siguen guardando silencio.

Isa se sumó a los aplausos, y a ella misma le sorprendió su propio entusiasmo. Era la primera vez desde su llegada a Miami que estaba en público y no la hacían sentirse como si fuera una criminal. Miró a su izquierda, después a su derecha. Vio a otras mujeres. Sabía que no era la única de las presentes que había sentido la compulsión de asistir a aquel acto, que no era la única que no había denunciado, que algunas de aquellas mujeres y ella misma formaban parte de ese sesenta por ciento que guardaba silencio.

—¿Isa…?

Se giró al oír su nombre y contuvo el aliento, enmudeció de golpe. Reconoció el rostro de inmediato a pesar de todos los años que habían pasado, pero la mujer se presentó de todas formas.

—Soy yo, Alicia.

68

El vuelo de regreso de Jack aterrizó en Miami el sábado a última hora de la tarde. Aún se encontraba en Caracas cuando Isa le había llamado después del acto de la SASA en la universidad. Antes de que tuviera tiempo de decirle que había sido una malísima idea asistir, ella le había contado lo de su encuentro con Alicia Morales, y eso había bastado para que la perdonara al instante. La cuestión era que él iba a poder hablar con Alicia en breve, y en el aeropuerto tomó un taxi y fue directo a Brickell Avenue.

El Four Seasons tiene sesenta y cuatro plantas, es el edificio más alto de Florida y un pináculo del lujo y la opulencia incluso para los estándares de Miami. A decir verdad, no podía decirse que a Jack le hubiera gustado vivir allí, pero, teniendo en cuenta la interminable serie de reparaciones y renovaciones que iban sucediéndose en el Freedom Institute, a veces pensaba que lo de tener un servicio de cinco estrellas y que te consintieran las veinticuatro horas del día no sonaba nada mal.

Después de estar esa misma mañana en los cerros del oeste de Caracas, no podía ni imaginar cómo se sentiría Alicia al comparar cómo la había tratado a ella el destino con la vida que llevaba su mejor amiga del instituto.

—La odiaba —le dijo la propia Alicia—. Cada día despertaba odiando a Isa con todas mis fuerzas.

Estaban en la cocina de Isa, sentados alrededor de la pulida encimera de granito. Estaban los tres a solas. Manny ya había cumplido con su función y no tenía nada que hacer allí, y Keith había llevado a Melany a cenar *pizza* en el Coconut Grove.

Isa miró por la ventana. Seguro que durante años había sabido del resentimiento de Alicia, y puede que esta le hubiera dicho a la cara lo que sentía, pero dio la impresión de que le dolía oír aquellas palabras de boca de la que había sido su amiga. Asintió y se limitó a contestar:

—Es comprensible.

—No, mi odio estaba dirigido a la persona equivocada —admitió Alicia.

Jack la escuchó con atención mientras ella seguía hablando de corazón. Alicia confirmó lo que él ya había averiguado por su vecino en Catia, pero su explicación no se quedó ahí. Él tan solo la interrumpía cuando era necesario, y ella hacía una pequeña pausa cada pocos minutos para recomponerse. Vio que Isa y ella intercambiaban de vez en cuando una mirada o una sonrisa teñida de tristeza, pero no lo interpretó ni mucho menos como una indicación de que Alicia estuviera siguiendo un guion o tuviera aquello ensayado. Isa le había ocultado información anteriormente, le había dicho medias verdades e incluso había llegado a mentirle, eso era innegable. Pero ese sábado por la noche, en esa cocina, estando ellos tres a solas (su clienta, la mejor amiga de esta en el instituto y él mismo), nada de lo que se contó fue inventado. Estaba firmemente convencido de ello.

—Isa, ¿has hablado con Alicia del pósit?

—No.

Jack procedió a contarle que habían salido del edificio judicial entre el barullo de gente después de un día entero de juicio, y que al entrar en la limusina había descubierto que tenía pegada al maletín del portátil una nota donde ponía *Ella no va a testificar.*

—Analizamos fotograma a fotograma los vídeos que nos facilitaron las cadenas de televisión. En las imágenes se ve cómo alguien alarga la mano entre el gentío y pone la nota en el maletín cuando salimos del edificio. Da la impresión de que es una mano de mujer.

Alicia desvió la mirada. Al cabo de un momento le miró de nuevo y contestó.

—Estás diciendo que se trata de una mujer mayor. Alguien que no sabe utilizar un ordenador, que no confía en el ciberespacio y, creyendo que un correo electrónico no te llegaría, tuvo que escribir el mensaje a mano.

Alicia no estaba preguntando, estaba conduciéndole hacia una respuesta.

—¿La madre de Gabriel? —le preguntó él.

—Sí. Yo le escribí la nota. En inglés, al igual que las cartas dirigidas a la fiscal general.

—Está claro que Fátima no quiere que testifiques.

—No, no quiere.

Jack miró a Isa. A juzgar por la expresión de su rostro estaba claro que ella no estaba dispuesta a pedirle ningún favor a Alicia, así que la tarea tendría que recaer sobre él.

—El lunes le toca a Isa presentar pruebas ante el jurado. ¿La nota es tu última palabra?

Alicia se tomó unos segundos para pensárselo. Estaba claro que aún la unía un vínculo con la mujer que habría sido su suegra, y que no iba a descartar a la ligera cualquier posible pacto que las dos hubieran alcanzado sobre la posibilidad de que ella participara en el juicio.

—No, no lo es —contestó con voz firme—. Voy a testificar.

69

El lunes llegó en un abrir y cerrar de ojos, y el juicio contra Isabelle Bornelli se retomó a las nueve de la mañana.

Jack estaba de pie tras su silla. Isa estaba sentada a su izquierda. Eran los dos únicos ocupantes de la mesa de la defensa.

—La defensa llama a declarar a Alicia Morales.

Alicia llevaba desde el viernes por la noche en el apartamento de Isa, pero Jack no estaba tranquilo. Incluso esa misma mañana, cuando se dirigía hacia el juzgado en su coche, temía que Isa le llamara frenética en cualquier momento para decirle que Alicia había cambiado de opinión y había partido hacia Venezuela. Solicitar una citación judicial podría servirle para obligarla a comparecer, pero se arriesgaba a convertirla en una testigo hostil. De modo que se sintió más que aliviado al ver que las puertas dobles del fondo de la sala se abrían y ella se acercaba en silencio por el pasillo central.

Estaba claro que aquellas dos viejas amigas habían sido las más guapas de la clase en el instituto, y que compartían ropa como si fueran hermanas. El traje azul marino y la blusa burdeos que Isa le había prestado le quedaban de maravilla; las perlas de bisutería eran un accesorio que daba una imagen muy apropiada de sencillez, y caminaba con comodidad con unos zapatos sin apenas tacón. Las apariencias no lo eran todo, pero las segundas primeras impresiones no existían. Y Alicia estaba siendo observada, era el centro de todas las miradas. La sección reservada a la prensa estaba tan abarrotada que algunos periodistas habían tenido que acomodarse en la zona del público, que también estaba a rebosar. La expectación era máxima, avivada en buena parte por los rumores que afirmaban que Isa iba a subir al estrado para declarar en su propia defensa. Jack tenía la esperanza de que eso no fuera necesario gracias al testimonio de Alicia.

—Jura decir la verdad, toda la verdad...

El momento en que un testigo prestaba juramento no era una mera formalidad ni mucho menos, pero Jack no pudo evitar que su mirada se dirigiera lentamente hacia el jurado y que de allí se deslizara hacia el gentío que abarrotaba la sala. Keith estaba en la primera fila justo detrás de la mesa de la defensa, separado de su esposa por la lustrosa barandilla. La madre de Gabriel se había sentado en el lado de la acusación durante la primera semana del juicio, y allí estaba de nuevo.

Jack se acercó a la testigo.

—Buenos días, señorita Morales.

—Buenos días —contestó ella con una sonrisa ligeramente titubeante.

Él la ayudó a ir dejando atrás los nervios con unas sencillas preguntas centradas en su información personal básica: había nacido en Caracas; en la actualidad residía en Catia; no, no había completado sus estudios de secundaria; su último empleo había sido en una fábrica de camisetas.

—¿Dónde ha estado viviendo durante los últimos dos meses, señorita Morales?

—En casa de Fátima Sosa, la madre de Gabriel. Ella obtuvo la residencia y vive aquí, en Miami. Estoy aquí con un visado de tres meses de no inmigrante.

Jack hizo una pausa para que el jurado tuviera tiempo de captar lo significativo que era el hecho de que el primer testigo de la defensa estuviera viviendo con la madre de la víctima. Podría haber insistido más aún en el asunto. Podría haber revelado que Fátima le había dicho a su abuela que Alicia había escrito las cartas dirigidas a la fiscalía general, pero que había omitido mencionar el hecho de que esta había estado viviendo en su casa desde principios de verano; más aún, Fátima había llegado a hacerle creer a su abuela que él tenía que ir a Venezuela para localizar a Alicia.

Pero todas las miradas estaban puestas ya en la testigo, incluyendo la de Fátima Sosa, y él no necesitaba aumentar aún más la presión atacando a la madre de un hijo muerto.

—Retrocedamos un poco en el tiempo —le dijo a Alicia—. Su nivel de inglés es muy bueno, señorita Morales. ¿Dónde aprendió a hablarlo?

—Aquí, en Miami. Mi madre trabajaba en el Consulado General de la República Bolivariana de Venezuela en Miami, en Brickell Avenue.

—¿Cuánto tiempo trabajó allí?

—Cinco años. Yo estaba en la secundaria, tenía el inglés como segunda lengua.

—¿Con quién trabajaba su madre en el consulado?

—Era auxiliar administrativa del señor Felipe Bornelli.

Jack procedió entonces a hacer que la atención del jurado pasara a centrarse en Isa. Esperaba que ella estuviera lista para lo que se avecinaba.

—¿Es el señor Bornelli el padre de la acusada, Isabelle Bornelli?

—Sí.

—¿Conocía usted a la señora Bornelli?

—Sí, éramos muy amigas —Alicia dirigió la mirada hacia Isa—. Mejores amigas. Hasta el último momento.

—¿Qué edad tenía usted cuando terminó su amistad con Isa?

—Diecisiete, las dos estábamos en el tercer año del instituto.

—¿Qué fue lo que sucedió?

Alicia titubeó. La lista de preguntas fáciles de Jack había llegado a su fin. El momento de silencio se alargó tanto que el juez optó por intervenir.

407

—A lo mejor tendría que concretar un poco más su pregunta, señor Swyteck.

—Por supuesto, señoría. Señorita Morales, ¿dijo usted algo que causara la ruptura de su amistad con Isabelle Bornelli?

Jack se dio cuenta de que a la fiscal le habría gustado poder objetar, pero la testigo no estaba hablando de oídas, sino de algo que ella había vivido en primera persona.

—Isa y yo nos lo contábamos todo. Una noche en que estábamos a solas…, en fin, supongo que notó algo raro en mi comportamiento. Y yo le conté lo que me pasaba.

—¿Qué fue lo que le contó?

—Esto… esto era muy duro para mí, pero le dije que su padre se me había insinuado.

—Le dijo a Isabelle Bornelli que el padre de esta le había hecho una insinuación sexual indeseada, ¿verdad?

—Sí —admitió ella con voz queda.

—¿Se lo contó a alguien más aparte de la señora Bornelli?

—No quise hacerlo, temía que mi madre pudiera perder su empleo.

—Pero ¿lo hizo?, ¿se lo contó a alguien más? —insistió Jack.

—Sí, presentamos una protesta escrita ante el cónsul general.

—Acaba de hablar en plural. ¿La ayudó alguien a presentar esa protesta?

—Sí. Isabelle Bornelli.

—¿Cómo la ayudó?

—La verdad es que fue ella, Isa, la que me impulsó a redactarla. Y fue ella la que consiguió que el cónsul general nos recibiera. Mi madre era una mera secretaria, pero el padre de Isa era un diplomático. Isa tenía cierto estatus. Así que acudimos juntas al despacho del cónsul general y le entregamos la protesta a él en persona.

—¿Hubo alguna resolución final por parte del cónsul?

—Que yo sepa, no.

—¿Qué pasó después de que usted presentara su protesta?

—Mi madre fue despedida al cabo de una semana más o menos y fuimos enviadas de vuelta a Venezuela.

Jack se apartó unos segundos del estrado, sin más propósito que darle un respiro a la testigo. Y entonces prosiguió.

—¿Le contó a alguien más que Felipe Bornelli le había hecho insinuaciones?

—En Miami no. No se lo conté a nadie hasta que mi madre y yo estuvimos de vuelta en Caracas.

—¿A quién se lo dijo?

Ella lanzó una mirada hacia el jurado antes de responder.

—A Gabriel Sosa.

Jack se dio cuenta de que incluso el juez se ponía alerta al oír aquello.

—¿Qué relación tenía usted con él?

—Nos conocimos a los tres meses de mi regreso a Caracas, más o menos. Empezamos a salir juntos y poco después nos prometimos en matrimonio.

—¿Qué la impulsó a contarle lo que le había pasado en Miami con Felipe Bornelli?

Ella se tomó unos segundos para pensar cómo decirlo.

—Fue después de que nos prometiéramos. Yo empezaba a mostrarme distante con Gabriel. No es que no le amara, le amaba mucho. Le dije que la culpa no era suya... que me había pasado algo en Miami.

A Jack no le hacía ninguna gracia tener que hacer la siguiente pregunta, pero en aquel juicio no tenían cabida las ambigüedades.

—Es importante que sepamos qué fue lo que usted le dijo exactamente, señorita Morales. ¿Recuerda las palabras exactas?

Ella respiró hondo antes de contestar.

—Le dije que el señor Bornelli me había violado.

Él podría haberlo dejado ahí. El siguiente paso lógico sería preguntarle si era cierto que Bornelli la había agredido sexualmente, pero eso sería extremadamente arriesgado porque recibir un «no» por respuesta supondría convertir a su testigo estrella en una mujer que lanzaba acusaciones falsas. Pero si él no hacía la pregunta lo haría Sylvia Hunt.

—Señorita Morales, soy consciente de que puede ser difícil para usted tener que responder a esta pregunta, pero ¿la agredió sexualmente Felipe Bornelli?

Silencio absoluto. Alicia no contestó y el juez intervino.

—Señorita Morales, tiene que contestar a la pregunta.

—Lo siento. ¿Podría repetirla?

Jack lo hizo. Aguardó en silencio, la sala entera esperaba expectante.

—No —contestó ella al fin—. Mentí en eso.

Jack sintió que se le caía el alma a los pies. No era la respuesta que esperaba, no era lo que ella había contado el sábado por la noche en el apartamento de Isa.

—Señor Swyteck, ¿tiene alguna otra pregunta? —le dijo el juez González.

Jack se dio cuenta de que se había quedado callado demasiado tiempo. Iba a tener que seguir con el interrogatorio e idear la forma de encauzar la situación teniendo en cuenta el cambio de postura (y de versión de los hechos) de Alicia.

—¿Qué hizo Gabriel Sosa después de que usted le dijera que había sido agredida sexualmente?

—Fue a hablar con el señor Bornelli. Yo le supliqué que no lo hiciera, pero no me hizo caso.

—¿Él vino a verle a Miami?

—No. Para entonces, el gobierno de Venezuela había cerrado el consulado de Miami. El señor Bornelli estaba de vuelta en Caracas, trabajando para el gobierno de Chávez.

—¿Qué sucedió después de que Gabriel fuera a ver al señor Bornelli?

—Unos dos días después, Gabriel fue arrestado y le mandaron a la cárcel de Vista Hermosa.

—¿De qué se le acusaba?

—De incitación a la violencia, una acusación que el gobierno chavista presentaba contra los opositores políticos.

—¿Era Gabriel Sosa un opositor del gobierno?

—No.

—¿Cuánto tiempo pasó en Vista Hermosa?

—Seis meses.

—¿Usted fue a visitarle?

—No. Lo intenté una vez.

—¿Qué sucedió?

—Era demasiado peligroso. El lugar tiene capacidad para albergar cuatrocientos presos, y hay más de mil quinientos. La única parte de Vista Hermosa que está controlada por los guardias es la puerta principal; en el interior son los presos los que tienen el control. Las bandas rivales están dirigidas por un *pran*, que es como un jefe criminal. Tienen armas, también cuchillos. Si quebrantas las normas de la banda, te...

—¡Protesto! —La fiscal se puso en pie—. Señoría, la testigo está hablando de algo que no conoce de primera mano.

—Se acepta.

Jack estaba convencido de que el jurado había captado la idea: en Vista Hermosa, incluso un buen día suponía un castigo cruel e inusual.

—¿Cuándo volvió a ver a Gabriel?

—Cuando le soltaron.

—¿Cómo se comportaba él tras quedar libre?

Ella bajó la mirada y contestó con una voz teñida de tristeza.

—Era una persona distinta. Estaba lleno de furia, era violento. Extremadamente violento.

—¿La golpeó en alguna ocasión?

Transcurrieron unos segundos y ella terminó por asentir.

—Sí.

Jack estuvo tentado a preguntar si Gabriel la había agredido sexualmente (era algo que ella había insinuado el viernes por la noche),

411

pero Fátima Sosa estaba en la sala y eso podría condicionar la respuesta. No podía haber otro traspié con aquella testigo.

—¿Gabriel y usted siguieron estando prometidos en matrimonio?

—No, yo rompí con él.

—¿Él permaneció en Caracas?

—No, se vino a Miami.

—¿Qué pensaba hacer él a su llegada a Miami?

La fiscal se levantó de la silla de nuevo.

—¡Protesto! Está pidiendo a la testigo que especule.

—Se acepta.

La decisión del juez estaba justificada, pero, a pesar de la protesta de la fiscal, la respuesta era obvia. A Jack no le gustaba terminar justo después de encajar un revés, pero sabía que probablemente tenía base suficiente para argumentar ante el jurado que Gabriel Sosa había ido a Miami con la intención de ajustar cuentas.

—Le pido que me conceda un momento, señoría. Es posible que haya terminado.

Echó un vistazo a sus notas. Cuanto más lo pensaba, menos le gustaba la situación en la que estaban. Era de vital importancia que Alicia mantuviera su credibilidad ante el jurado, pero la imagen que había dado ella misma era la de una mentirosa, una mujer que le había mentido a su propio prometido y le había dicho a este que Felipe Bornelli era un violador. La fiscal iba a destrozarla en el contrainterrogatorio, así que él tenía que rehabilitarla. Le gustara o no, iba a tener que volver a la parte más difícil del testimonio de Alicia.

—Señorita Morales, usted ha testificado hace unos minutos que temía que el señor Bornelli pudiera tomar represalias. Usted le consideraba un hombre muy poderoso, ¿verdad?

—Sí.

—Y sigue siendo poderoso, ¿verdad?

—Protesto, señoría.

—Señoría, me limito a preguntar acerca de la percepción actual de esta testigo.

El juez se tomó unos segundos para sopesar la cuestión antes de tomar una decisión.

—La testigo puede responder.

—Sí. Según tengo entendido, tanto el partido como la administración actual siguen teniendo al señor Bornelli en alta estima.

—Cuando usted presentó su protesta contra el señor Bornelli ante el cónsul general, su madre perdió su puesto de trabajo y fue enviada de regreso a Caracas. ¿Correcto?

—Sí.

Jack había visto la casa en la que vivían y, en su opinión, era importante que el jurado la viera también. Tan solo tenía la fotografía que Theo le había mandado al móvil, la que había hecho que le dieran ganas de estrangularlo al verle tomándola tan tranquilo en plena calle. La buscó en su iPhone, y se la mostró al juez y a la fiscal antes de compartirla con la testigo.

—¿Es esta la casa a la que se fueron a vivir su madre y usted?

Dio la impresión de que ella se sorprendía al ver que Jack tenía una foto, y más aún al verle a él en la imagen.

—Sí.

Con el permiso del tribunal, Jack fue a mostrársela al jurado y después se acercó de nuevo al estrado.

—Señorita Morales, en Caracas hay casas peores que esta. ¿No es así?

—Sí, sin ninguna duda.

—En el barrio de Catia hay zonas donde la criminalidad está descontrolada. ¿Estoy en lo cierto?

—Hay lugares en los que no querría vivir jamás.

—Esta casa no es el lugar más peligroso al que su madre y usted podrían ir a parar. ¿Verdad que no?

Dio la impresión de que Alicia captaba a dónde quería ir a parar, pero la fiscal interrumpió en ese momento.

—¡Protesto, señoría! No le veo la relevancia a nada de todo esto.

—Yo tampoco. Se acepta.

Jack quería explicar que sí que era relevante, que aquella testigo no se había atrevido a contarle al jurado la horrible verdad sobre Felipe Bornelli, y que si se había echado atrás había sido por miedo a posibles represalias, el mismo miedo que la había atormentado siendo una adolescente.

—Señoría, he...

—Ya he aceptado la protesta de la fiscalía, señor Swyteck. Le pido que deje el tema.

—Por favor, ¿puedo cambiar mi respuesta?

Jack se sintió extático al oír las inesperadas palabras de Alicia, y vio que ella estaba mirando directamente a Isa. Tuvo la impresión de que tanto su clienta como la testigo habían comprendido hacia dónde se encaminaba con sus preguntas, y que las dos viejas amigas habían acordado en silencio que ya era hora de que se supiera la verdad.

La fiscal no sabía cómo reaccionar, pero aun así se dirigió al juez.

—No queda pendiente ninguna pregunta, señoría.

—Yo me encargo de eso —afirmó Jack. Estaba dejándose llevar por una corazonada, pero le bastó con mirar a Isa para saber que sus instintos habían acertado de lleno. De modo que planteó su pregunta sin vacilar—. Señorita Morales, comprendo lo difícil que debe de ser esto para usted, pero díganos, por favor: ¿la agredió sexualmente Felipe Bornelli?

Silencio. Alicia no contestó.

«¡Vamos!, ¡puedes hacerlo!», la animó Jack... aunque solo mentalmente.

El juez decidió intervenir.

—Señorita Morales, debe contestar a la pregunta.

—Perdón. ¿Podría repetirla?

Jack lo hizo. Aguardó en silencio, la sala entera esperaba expectante.

«¡Sé fuerte!», pensó él para sus adentros.

—Sí, así fue —admitió ella antes de tragar saliva con dificultad—. Felipe Bornelli me violó.

Lo había dicho. En voz alta, en la abarrotada sala de un tribunal. Y Jack no vio en ella nada que indicara que se arrepentía de haberlo hecho.

—Señorita Morales, ha testificado antes que usted le dijo a Isabelle Bornelli que el padre de esta se le había insinuado. ¿Fue eso lo que le dijo a ella?

—Sí. Me daba miedo revelarlo todo.

—Ha testificado que usted le dijo a Gabriel Sosa que Felipe Bornelli la había violado. ¿Fue eso lo que le dijo?

—Sí. Se lo dije porque era la verdad.

—En ese caso, Gabriel Sosa vino a Miami sabiendo que usted había sufrido una violación a manos del padre de Isabelle Bornelli.

Jack se percató de nuevo de que la fiscal quería objetar, pero ella optó por no disparar en esa ocasión.

—Sí, así fue. Gabriel lo sabía, yo misma se lo había dicho.

Jack sonrió a Alicia a través de la mirada (no fue nada obvio, lo justo para transmitirle que había hecho lo correcto), y entonces se alejó del estrado.

—No tengo más preguntas, señoría.

70

El lunes terminó sin sobresaltos, y Jack se sentía más que satisfecho.

El contrainterrogatorio de la fiscalía no les había perjudicado en absoluto. Sylvia Hunt había pasado el resto de la tarde intentando convencer al juez de que el testimonio de Alicia debería excluirse por ser perjudicial, y la respuesta del juez había sido la siguiente:

—Por supuesto que es perjudicial, dudo mucho que el señor Swyteck la llamara al estrado para ayudar a la acusación del Estado. El testimonio seguirá siendo admisible.

La sesión se levantó a las cinco de la tarde, y Jack decidió no hacer declaraciones ante los medios. El interrogatorio directo que él le había hecho a Alicia ya les había dado contenido de sobra para los informativos de esa noche. Por otra parte, también era importante que Isa y ella salieran por separado del juzgado, ya que la defensa no podía permitirse ser acusada de ejercer una influencia indebida sobre una testigo y fabricar pruebas falsas.

Isa y Keith se fueron a su apartamento, y él regresó al Freedom Institute. Tenía mucho trabajo por delante.

La decisión más difícil que tenía que tomar era si dejar las cosas tal y como estaban o presentar pruebas adicionales en defensa de Isa. Después de oír el testimonio de Alicia, quedaba muy claro que Gabriel había violado a Isa para ajustar cuentas con la familia Bornelli:

él había considerado que violando a la hija de Felipe Bornelli «hacía justicia» por lo ocurrido con Alicia.

En cuanto a la segunda parte de su argumento, era pura deducción: Felipe había ordenado la tortura y la ejecución de Gabriel Sosa para vengar la violación de su hija. No tenía pruebas que lo demostraran ni sabía cómo obtenerlas... a menos que llamara a declarar al padre de Isa, claro.

—¿Tenemos alguna pista sobre el paradero de Felipe Bornelli?

Su pregunta iba dirigida a Hannah, Eve y Brian, que estaban con él en el despacho. Llegados a ese punto, el equipo en pleno del Freedom Institute estaba ayudándole y el nivel de energía estaba por todo lo alto. La victoria parecía estar al alcance de la mano.

—Tengo a tres detectives trabajando en ello y ninguno ha averiguado nada —contestó Hannah—. Ni siquiera el amigo de Andie, el que había trabajado en el FBI.

—Si no está en Miami y no podemos citarlo a declarar, puede que me vea obligado a tomar la decisión mañana mismo —afirmó Jack.

Todos sabían a qué decisión se refería: a si Isa iba a testificar en su propia defensa.

—En caso de que tengas que llamarla a declarar, ¿estás preparado?

—Pasé el fin de semana entero centrado en Alicia, me vendría bien contar con un día más y, a ser posible, dejar el testimonio de Isa para el miércoles.

—Podrías volver a llamar a declarar a Ilene Simpson —le sugirió Brian—. El juez dijo que la defensa podía subirla de nuevo al estrado en este caso.

—¡Qué buena idea, Brian! ¿Podrías prepararme un esbozo de las líneas generales?

—Me pongo a ello.

Se repartieron algunas tareas más (pruebas documentales que pensaban presentar, cómo contrarrestar las posibles objeciones de la fiscalía ante esto o aquello...), y cada cual regresó a su propia oficina.

Jack estaba solo cuando recibió la llamada de teléfono de Alicia.

—¿Cómo estás?

—Eh... bien —contestó ella.

—¿Estás segura? —insistió al notarla un poco tensa.

—Pues... es que estoy con Fátima Sosa. En su casa.

No era de extrañar que estuviera tensa.

—¿Va todo bien? —le preguntó él.

—A Fátima le gustaría hablar contigo.

—¿Ahora mismo?

—Sí.

—¿De qué?

—¿Tú qué crees?

Buena respuesta. Jack tenía la esperanza de que aquel fuera el paso decisivo que haría que el caso concluyera, pero cabía la posibilidad de que se tratara de otra cosa.

—Podría estar ahí en veinte minutos.

—Yo creo que deberías venir. Te pido que lo hagas.

Su tono de voz revelaba que seguía estando tensa y la forma de expresarlo había sonado un poco rara, pero había dejado claro que se trataba de algo importante.

—De acuerdo, voy para allá —contestó él.

71

Jack condujo rumbo a la casa de Fátima Sosa (la dirección aún estaba en el GPS, la había metido cuando había llevado allí a su abuela), y en esa ocasión aparcó en el camino de entrada. Alicia le abrió la puerta y le invitó a entrar. Fátima no estaba en casa.

—Pero si me has dicho que ella quería hablar conmigo…

—Alicia le ha mentido —le dijo Felipe Bornelli al emerger del oscuro pasillo y entrar en la sala de estar—, pero porque la he obligado a hacerlo. —Empuñaba una pistola que apuntaba directamente a Jack—. Echa la cadena de la puerta, Alicia.

Ella obedeció, la cadena tintineó en su trémula mano. Los tres formaban un triángulo: Alicia junto a la puerta, Felipe más cerca del pasillo y Jack junto a la ventana, delante de las cortinas echadas.

—Está cometiendo un gran error, Felipe.

—Fue usted quien lo cometió al subestimarme, señor Swyteck.

—No ganará nada pegándome un tiro.

—Sí, eso es verdad. Por eso va a ser Alicia quien lo haga.

—¡No!, ¡no pienso hacerlo! —protestó ella.

Felipe se sacó un pequeño revólver de la chaqueta sin dejar de apuntar a Jack con la pistola.

—Ten, Alicia.

—¡No!

Felipe dejó el revólver sobre la mesa rinconera.

—Agarra el revólver, apúntale al pecho y aprieta el gatillo. Ese es el guion que hay que seguir.

Jack no estaba armado, tan solo podía esgrimir sus propias palabras. Intentó razonar con Felipe.

—¿A quién contrató, Felipe? ¿A David Kaval o a John Simpson?

—No estamos en la sala de un tribunal, aquí no tiene derecho a hacer preguntas.

—Como Gabriel violó a Isa, usted le pagó al matón de su novio para que le asesinara, ¿verdad? ¿He acertado?, ¿es usted el homicida que actuó por venganza?

Felipe esbozó una sonrisa sardónica.

—La venganza no tuvo nada que ver. Gabriel acabó en la cárcel porque intentó extorsionarme, y le puse en su sitio. Lamentablemente, estar preso solo sirvió para envalentonarlo aún más. Yo sabía que no se detendría con la violación de mi hija, que me chantajearía durante el resto de mi vida. Tenía que deshacerme de él.

—¡Eso no es verdad! —exclamó Alicia.

—Triste pero cierto —Felipe afirmó aquello con una buena dosis de sinceridad—. ¡Uy, pobrecita!, ¿te has llevado una decepción? ¿Acaso creías que después de decirle a Gabriel que te habían violado él vino a enfrentarse a mí para proteger el honor de su prometida?, ¿creías que él era tu príncipe azul? ¡Ni mucho menos! Me pidió cincuenta mil dólares.

—¡Eso es mentira!

—Empuña el revólver, Alicia.

—¡No!

—Estás tomando una decisión pésima, esto no va a terminar nada bien para ti. Os dispararé a Swyteck y a ti, y me encargaré de que tu madre viva en una choza de barro al final de las jodidas pistas de aterrizaje del Simón Bolívar. Estoy ofreciéndote una vía de escape. Swyteck te obligó a mentir sobre mí en el estrado, te rebelaste contra él y le pegaste un tiro. Para cuando yo llame a la policía, tú ya estarás a medio camino de Venezuela. Eso te lo garantizo.

Se hizo un silencio absoluto… Y, entonces, lentamente, Alicia alargó la mano hacia el revólver.

—No lo hagas —le dijo Jack.

Ella agarró el arma y la sostuvo sin fuerza ninguna.

—Vives en Catia, así que supongo que habrás disparado un arma —le dijo Felipe.

—Sí. No me obligue a hacer esto.

—Puedo destruiros a toda tu familia y a ti, Alicia. ¿Es eso lo que quieres?

—¡Le disparé a usted! —Pero no estaba apuntando a Felipe, sostenía el arma plana sobre la palma de la mano.

—No, no lo harás. Soy un hombre poderoso, Alicia. Esa es la única verdad que has dicho hoy en la sala del tribunal.

—¡Todo lo que he dicho en esa sala era la pura verdad!

—¿Que yo te violé?, ¡no digas tonterías! —contestó él con sorna—. Que yo recuerde, le di a una zorrita adolescente lo que ella quería, ni más ni menos. ¡Y ahora empuña ese revólver como se debe, apunta y aprieta el gatillo!

Alicia aferró el arma con ambas manos. Temblaba visiblemente cuando alzó y extendió los brazos para ponerse en posición. El cañón apuntaba directamente al pecho de Jack.

—¡Eso es! ¡Venga, aprieta el gatillo! —insistió Felipe.

—No lo hagas —dijo Jack.

La agonía que la atenazaba se reflejaba en su semblante. Los ojos se le llenaron de lágrimas, le temblaban las manos y el labio inferior.

—No le permitas seguir arrebatándote cosas, Alicia —le pidió Jack.

—¡Ignórale! —le ordenó Felipe.

—Te arrebató lo que no le pertenecía. Después te arrebató la vida que tenías en Miami, y a tu prometido; te arrebató tu futuro, tu cuerpo.

—¡Aprieta el gatillo!

—Ahora quiere tu alma.

—¡Hazlo! —gritó Felipe.

Ella apretó el arma con más firmeza, y Jack se dio cuenta de que estaba a punto de agotársele el tiempo. Se estrujó el cerebro buscando un buen cebo, algún argumento convincente que pudiera cambiar las tornas y hacer que la balanza se inclinara en contra de Felipe en un instante. Recordó de repente la conversación del viernes por la noche en el apartamento de Isa: Alicia y ella se habían encontrado por casualidad en aquel acto en el campus de la universidad, algo las había impulsado a ambas a asistir.

—¿Qué haría Emma Barrett? —preguntó.

Para Felipe se trataba de un nombre desconocido que lo desconcertó por un segundo; para Alicia fue la clave que inclinó la balanza.

—¿Quién…?

Fue todo cuanto alcanzó a decir Felipe. Antes de que pudiera reaccionar, el cañón del revólver dejó de apuntar a Jack y le apuntó a él. Alicia apretó el gatillo. Lo apretó otra vez, y otra y otra…

Tan solo se detuvo una vez que hubo vaciado las seis cámaras, y entonces dejó caer el arma y cayó de rodillas al suelo. De sus ojos brotó un mar de lágrimas que parecía no tener fin, sus hombros se sacudían en catárticas oleadas.

Jack comprobó si Felipe tenía pulso, y tras confirmar que estaba muerto se acercó a Alicia, se arrodilló junto a ella y la rodeó con un brazo. Y entonces expresó con palabras lo que le había dicho valiéndose tan solo de la mirada en la sala del tribunal.

—Tranquila, Alicia. Has hecho lo correcto.

72

Jack acudió al edificio judicial el martes por la mañana. Sylvia Hunt anunció formalmente que la causa contra Isa quedaba sobreseída, y el juez González emitió su veredicto desde el estrado: quedaba absuelta de todos los cargos.

—Le deseo buena suerte, señora Bornelli. Puede marcharse con total libertad.

Ella le tomó la palabra y se fue de allí de inmediato.

Keith, Melany y ella tenían billetes para el último vuelo con destino a Hong Kong con escala en Toronto. Un becario de las oficinas del IBS en Miami se encargaría de empacar y enviarles todo cuanto no pudieran meter en una maleta. Cayo Vizcaíno no les pillaba de camino al aeropuerto, pero se pasaron por casa de Jack para despedirse tanto de él como de Andie y de Riley.

Isa quiso hablar un minuto a solas con él, así que la condujo a la terraza de atrás y, una vez que cerró la puerta corredera, se sentaron a la mesa de tablero de cristal.

Estaban los dos solos, con la fresca brisa procedente de la bahía uno empezaba a tener la sensación de que el otoño había llegado del todo a Miami. Desde donde estaban alcanzaba a oírse el chapoteo del oleaje.

—Soy consciente de que no he sido modélica como clienta, supongo que a veces te desquicié —le dijo ella.

—Qué va, en realidad…, bueno, la verdad es que sí.

Intercambiaron una pequeña sonrisa, y entonces ella se puso seria.

—No quiero que le pase nada malo a Alicia.

—Quédate tranquila, no va a pasarle nada. Felipe estaba armado y amenazaba con matarnos a los dos, es el caso más claro de homicidio justificado que he visto en toda mi vida.

—¿Opina igual la fiscalía general?

—Sí. He llamado a Sylvia Hunt después de que el juez cerrara tu caso, y la cosa ha ido más allá de la típica conversación para despedirse con cordialidad en plan «sin rencores» y tal. Resulta que no van a presentar cargos contra Alicia. Pero no puedo decir lo mismo en lo que a David Kaval e Ilene Simpson se refiere.

—¿Va a llevarlos a juicio?

—Ilene Simpson no contrató a un abogado en ningún momento, así que no se protegió con un trato formal de inmunidad. Solo pensó en proteger a Kaval, su nuevo novio, con lo que quedó totalmente expuesta a que la imputaran. Sylvia dice que va a ir a por ella.

—Y ¿qué pasa con Kaval?

—Que él mismo se ha echado la soga al cuello. El trato que hizo con la fiscalía tenía como condición que permaneciera alejado de Ilene hasta después del juicio, y el muy gilipollas prácticamente estaba viviendo con ella. Va a volver a la cárcel.

—Vaya, quién lo iba a decir. Un final feliz.

—Ya, solo que no es el final, ¿verdad? No me has hecho salir a la terraza para oír mis explicaciones, querías decirme algo.

Isa dirigió la mirada hacia la bahía. Tardó un minuto en arrancar, y finalmente se irguió un poco más en la silla y habló con la actitud de alguien que ha preparado sus palabras de antemano, pero que no acaba de ceñirse a ellas del todo.

—Esto no va a excusar todos los dolores de cabeza que te he dado, pero puede que te ayude a comprender algunos de mis actos. Quería que estuvieras enterado de esto.

Metió la mano en su bolso y depositó sobre la mesa una carta manuscrita de una sola página. Estaba en español.

—¿Qué es eso? —le preguntó Jack.

—Una carta que me escribió mi madre antes de morir. Estaba enferma, tanto que ni siquiera pudo enviármela por correo... o puede que no quisiera que llegara a mis manos antes de su muerte. Se suponía que mi padre tenía que dármela hace nueve años en su funeral, pero no lo hizo. Me la dio cuando nos reunimos para hablar en el Cy's Place.

—¿Se la has mostrado a Keith?

—No, no le he hablado a nadie de su existencia.

Jack tomó la carta. Podía leer bastante bien el español, pero la cursiva en la oscuridad estaba por encima de sus posibilidades; aparte de eso, la caligrafía era mala... lo que no era de extrañar, tratándose de la escritura distorsionada de una mujer que estaba en su lecho de muerte.

—Es una disculpa —le explicó Isa al ver que le costaba leerla—. Mi madre quería que yo supiera cuánto lo lamentaba.

—¿El qué?

Ella miró de nuevo hacia la bahía antes de volverse hacia él.

—Quiero dejar clara una cosa: mi padre se valió de esto para intentar convencerme de que jamás debía contarle a nadie que me habían violado. Manny fue bastante intuitivo con eso de que «sin violación no hay móvil», mi padre opinaba igual. Solo que en esta carta no se habla de mis motivos para querer vengarme de Gabriel.

—Ah. ¿De qué trata entonces?, ¿de los motivos de tu padre?

—No, de los de mi madre.

—¿Qué? —la miró desconcertado.

—Mi padre no fue a visitarme nunca a la universidad, pero mi madre sí. Ella conoció a David Kaval, se dio cuenta de que era un matón y no aprobaba en absoluto que yo estuviera saliendo con él. La llamé después de decirle a David que me habían violado. Yo estaba asustada, le dije lo furioso que se había puesto David y que me daba miedo que pudiera tomarse la justicia por su mano. Yo no llegué a enterarme, pero resulta que ella contactó con David. —Hizo una pequeña pausa antes de añadir—: Y no lo hizo con intención de detenerlo.

Jack sintió de repente que las piezas del rompecabezas empezaban a encajar.

—Tu madre le pidió a David Kaval que…

—Que le diera una lección a Gabriel, no que lo matara.

—Pero tu padre admitió ante mí que fue él quien instigó la tortura y el asesinato de Gabriel.

—Se involucró en el asunto en algún momento dado, mi madre debió de contarle la conversación que había mantenido con David. Mi padre se hizo con el control de la situación, como siempre, y llevó las cosas al siguiente nivel: lo retorció todo según su propia conveniencia.

—Vaya. —Jack no sabía qué decir.

—Pues sí, «vaya» —dijo ella sin inflexión alguna en la voz—. De modo que, si este juicio hubiera continuado hasta el final, si mi padre hubiera seguido con vida y hubiera contado su relato sobre violaciones y venganzas, la mala de la historia habría sido mi madre. Y ella no tenía forma de defenderse… excepto a través de mí.

Jack guardó silencio.

—Mi padre la maltrató incluso estando muerta. —Isa le miró a los ojos y admitió—: Me alegra que esté muerto. Supongo que es terrible que una hija hable así de su propio padre, pero es la pura verdad.

Él asintió, pero no dijo nada.

Isa se puso en pie y extendió la mano. No hubo abrazo, tan solo un apretón de manos.

—Gracias, señor Swyteck. Gracias por todo.

Mientras se dirigían hacia la puerta y volvían a entrar en la casa, aquellas palabras de Isa («me alegra que esté muerto») resonaron en la mente de Jack, que de repente se dio cuenta de algo: por primera vez desde la primavera, tenía la certeza absoluta de que aquella clienta estaba diciendo la verdad.

AGRADECIMIENTOS

Los lectores conocieron a Jack Swyteck en mi primera novela, *The Pardon*, cuando era un joven abogado idealista y bastante ingenuo cuya vida amorosa podría haber dado para un volumen entero de *Las reglas de Cupido en el amor y en la guerra: edición para idiotas*. Ha madurado mucho desde entonces, al igual que yo. Esta es mi novela número veinticinco (¡madre mía, cuesta creerlo!).

Llegar a las veinticinco obras publicadas es un hito especial, y le estoy agradecido al equipo que ha estado detrás de todo esto. He tenido la buena suerte de trabajar para la misma editorial (HarperCollins) y con el mismo agente literario (Richard Pine y anteriormente su padre, Artie) desde *The Pardon*. Han pasado más de veinte años desde que Carolyn Marino se convirtiera en mi editora para asegurarse de que no me convirtiera en un escritor de carrera efímera y, desde entonces, a Jack no le ha pasado nada que no superara antes el «test de Carolyn».

Aquellos que leen mis obras antes de su publicación para darme su opinión son los héroes que permanecen en las sombras. Janis Koch (a quien sus estudiantes llamaban «Conan, la bárbara de la gramática»), ha sido un miembro irremplazable de mi equipo desde *Got the Look*; Janis y Gloria Villa, una amiga mía de toda la vida, han corregido cientos de errores que habrían aparecido en la edición impresa de no ser por ellas. Los lectores pueden agradecerles a ellas los arreglos y culparme a mí por los errores que hayan podido quedar.

Por último, gracias a mi mujer, Tiffany, quien vivió junto a mí todo el estrés previo a la publicación de *The Pardon*, quien sabe por qué esta novela no es la número veintiséis y quien no me ha dado sino amor y apoyo tanto en los buenos momentos como en los malos, tanto en los éxitos como en los reveses.

JMG, mayo de 2016